古典詩歌研究彙刊

第二九輯

龔鵬程 主編

第 6 冊

賀裳詩學理論研究
——以《載酒園詩話》為中心

王思佳 著

國家圖書館出版品預行編目資料

賀裳詩學理論研究——以《載酒園詩話》為中心／王思佳 著 --
初版 -- 新北市：花木蘭文化事業有限公司，2021〔民110〕
目 2+254 面；17×24 公分
（古典詩歌研究彙刊 第二九輯；第 6 冊）
ISBN 978-986-518-324-0（精裝）
1.（清）賀裳 2. 詩學 3. 詩話 4. 詩評
820.91 110000262

ISBN-978-986-518-324-0

9 789865 183240

古典詩歌研究彙刊
第二九輯　第 六 冊　　　　　ISBN：978-986-518-324-0

賀裳詩學理論研究
——以《載酒園詩話》為中心

作　　　者　王思佳
主　　　編　龔鵬程
總 編 輯　杜潔祥
副總編輯　楊嘉樂
編　　　輯　許郁翎、張雅淋　美術編輯　陳逸婷
出　　　版　花木蘭文化事業有限公司
發 行 人　高小娟
聯絡地址　235 新北市中和區中安街七二號十三樓
　　　　　　電話：02-2923-1455／傳真：02-2923-1452
網　　　址　http://www.huamulan.tw 信箱 service@huamulans.com
印　　　刷　普羅文化出版廣告事業
初　　　版　2021 年 3 月
全書字數　188694 字
定　　　價　第二九輯共 12 冊（精裝）新台幣 25,000 元　　版權所有・請勿翻印

賀裳詩學理論研究
——以《載酒園詩話》為中心

王思佳　著

作者簡介

　　王思佳，1994 年 10 月生，遼寧瀋陽人。江南大學人文學院漢語言文學學士，師從史應勇先生。私立輔仁大學中國文學系碩士，撰《賀裳詩學理論研究——以《載酒園詩話》為中心》，師從胡幼峰先生，主要研究領域為明清詩學。

　　曾赴香港珠海學院參加第三屆中華文化人文發展國際學術研討會，並發表會議論文〈以認知語言學的角度解讀《老子》的以水喻道〉。現任職東北大學機器人科學與工程學院綜合辦公室行政助理。

提　　要

　　《載酒園詩話》為賀裳論詩之重要著作，以其編次完整，批評範圍廣泛、內容全面、態度公允等特點為學界所知。縱觀詩話全本，賀裳於論詩宗旨、詩歌創作、詩歌批評上都有豐富的論述，本文藉由對該書內容重新梳理、整合，期望能夠以系統化的方式呈現賀裳的詩學理論。

　　本文茲分六章進行析論：

　　第一章〈緒論〉：主要說明本文的研究動機、研究方法，並對過去相關研究進行述評。

　　第二章〈生平、交游與著作〉：本章分為賀裳的生平、交游及著作三部分討論。賀裳生卒年不詳，生平資料極為有限，本章通過爬梳現有資料對賀裳之生卒年進行商榷，隨後探究賀裳之交游與其詩學著作，分析其詩學理論形成之根源。

　　第三章〈論詩宗旨〉：論詩宗旨為詩論家批評詩歌及詩人的中心思想，本章分為「理不礙詩之妙」、「述情貴真，寫景尚妍」以及「詩貴含蓄」三部分來討論，並與賀裳之實際批評相參照，以明其論詩宗旨。

　　第四章〈詩歌創作論〉：分為創作之原則、創作之題材、創作之技巧三大部分。在創作之原則上，賀裳強調作詩貴於用意。此外，賀裳在詩歌的題材、章法、用字、對仗、用事、蹈襲等方面，皆有所論述。

　　第五章〈詩歌批評論〉：本章以時代作為向度，分為「論唐代」、「論宋代」兩部分，探討賀裳之詩歌批評論。其中論唐宋兩代時，除泛論一代詩風特色，同時分述賀裳對個別重要詩人的評論。

　　第六章〈結論〉：總結賀裳之詩學理論，並論述其在唐宋詩批評方面的成就。

目

次

第一章　緒　論

第一節　研究動機

　　詩話是我國古代文學批評中較為特殊的存在，自北宋歐陽修《六一詩話》始，創作動機本為茶餘酒後「以資閒談」[註1]之用。作為中國所特有的一種論詩之體，詩話是閒談式的，隨筆式的，由於詩話大多是作者偶感隨筆，因而自成片段，不需嚴縝的思維論證與結構體系；詩話風格大多輕鬆活潑，體制大多呈現為內容互無關聯的論詩條目連綴而成，富有彈性，則與則之間不必銜接連貫，也沒有既定的排列次序。詩話這種內容上的隨意性和形式上的靈便性，據郭紹虞先生的說法是「為論詩開了個方便法門」，使得撰寫詩話成為人盡可能之事，也因此詩話一經產生，便迅速發展起來，儼然成為詩學著作之大宗。

　　據郭紹虞《宋詩話考》，宋代詩話總數達到 140 餘種，數量已然可觀。發展到明代，詩話的數量更是遠勝前代[註2]。及至清代，詩話的

[註1] 歐陽修《六一詩話》卷首題辭曰：「居士退居汝陰，而集以資閒談也。」見何文煥編定：《歷代詩話》（台北：藝文印書館，1971 年 2 月），頁 156。

[註2] 根據吳文治先生主編《明詩話全編》一書提及，該書所收錄的明代詩話，除原先已單獨成書的一百二十餘種，並輯錄本無輯本傳世的散見詩話六百餘家，總計七百二十二家，數量極為可觀。詳見吳文治主編：

數量呈現爆發式增長，數倍於前代著作〔註3〕，歎為觀止。清代詩話的數量之多，已遠遠超過宋、金、元、明歷代詩話之著的總和。清人詩話創作，其卷帙之繁富，體系之完整，理論之精確，成就之卓著，已經遠遠超過以前任何一個時代的詩話。〔註4〕

　　近代以來，人們對於中國詩學理論批評的看法大多認為是屬於感悟式、印象式的，並且沒有成為系統的理論著作〔註5〕。但實際上，清人研究詩學，已不似前人那樣大而化之的泛論詩史，清代詩學家們更多致力於針對專門問題進行深入研究。

　　賀裳《載酒園詩話》以其「思維縝密，明顯有條理化傾向」〔註6〕而為人所知，詩話自設綱目，觀點一目了然，論點簡潔明晰，這種擺脫隨筆性質而嚴謹闡論詩學見解的詩話著作是難能可貴的。郭紹虞先生

《明詩話全編》（南京：江蘇古籍出版社，1997年），〈前言〉，頁1。隨後陳廣宏、侯榮川也指出，已統計單獨成書的明代詩話著作有200餘種，並且還有增補的空間。詳見陳廣宏、侯榮川：〈關於明詩話整理的若干問題〉，《復旦學報（社會科學版）》2013年第1期（2013年1月）。

〔註3〕關於清代詩話的數量：吳宏一主編《清代詩話知見錄》中共收錄有詩話一千一百七十四種。吳宏一主編：《清代詩話知見錄》（台北：中央研究院中國文哲研究所，2002年2月）。

〔註4〕蔡鎮楚：《中國詩話史》（長沙：湖南文藝出版社，1988年5月第1版），頁212。

〔註5〕如朱光潛先生《詩論》就提到：「中國人的心理偏向重綜合而不喜分析，長於直覺而短於邏輯的思考」、「中國向來只有詩話而無詩學……詩話大半是偶感隨筆，信手拈來，片言中肯，簡煉親切，是其所長；但是它的短處在零亂瑣碎，不成系統，有時偏重主觀，有時過信傳統，缺乏科學的精神和方法。」詳見朱光潛：《詩論》（北京：北京出版社，2005年），頁1。黃藥眠、童慶炳主編：《中西比較詩學體系》一書中也提到：「西方的詩學理論有較強的系統性，而我國傳統的理論則較為零散。因為西方傳統理論重分析、論辯，當然就表現出很強的系統性；而中國的詩學理論批評重感受、重領悟，所以往往表現為片言隻語。」詳見黃藥眠、童慶炳主編：《中西比較詩學體系》（北京：人民文學出版社，1991年版），頁24。

〔註6〕此為蔣寅〈在中國發現批評史〉一文中稱讚《載酒園詩話》之語，詳見蔣寅：〈在中國發現批評史〉，《文藝研究》2017年第10期（2017年10月），頁38。

也評賀裳《載酒園詩話》「頗具有真知巧見，足資參考。」〔註7〕因此，本文將試圖爬梳《載酒園詩話》的論詩之語，藉以歸納其中的詩學理論，呈現其詩學成就。同時期待提供日後學者關於賀裳詩論更多的思考面向與討論空間。

第二節　相關研究述評

　　清以後直至 20 世紀 50 年代這段時期，是《載酒園詩話》研究的空白期。出現於這一時期的較有影響的文學理論著作，如陳鍾凡的《中國文學批評史》、郭紹虞的《中國文學批評史》、羅根澤的《中國文學批評史》、方孝岳的《中國文學批評》、朱東潤的《中國文學批評史大綱》等都沒有對賀裳《載酒園詩話》的研究。20 世紀 50 年代後，對《載酒園詩話》的研究開始出現。綜觀現今論及賀裳及《載酒園詩話》的相關研究資料，可將其分為以下三大類：

一、期刊論文

　　台灣地區，目前未見有專門論及賀裳或《載酒園詩話》的專篇論文。

　　大陸地區，現有兩篇論文。其中蔣寅〈論賀裳的《載酒園詩話》〉〔註8〕一文肯定《載酒園詩話》在內容及形式上的獨特風格，同時也指出其缺點：有時停留在資料的羅列，並沒有更加深入的思考。李梓芮〈《載酒園詩話》的柳宗元詩歌批評〉〔註9〕，從總體評價、比較評價、作品評價三個方面分析賀裳對於柳宗元詩歌的評價。

二、學位論文

　　台灣地區，僅有國立政治大學中國文學研究所王熙銓於 1991 年寫

〔註7〕郭紹虞編選：富壽巧校點：《清詩話續編・序》，頁1。
〔註8〕蔣寅：〈論賀裳的《載酒園詩話》〉，《徐州師範大學學報（哲學社會科學版）》，第 37 卷第 4 期。
〔註9〕李梓芮〈《載酒園詩話》的柳宗元詩歌批評〉，《青年文學家》2019 年第 23 期。

作的碩士論文《賀裳《載酒園詩話》研究》〔註10〕一篇，此篇論文於
2006年被台北花木蘭出版社重新整理後出版，故本文將其置於專書一
類中進行討論。

　　大陸地區，在學位論文方面，有萬亞男的《《載酒園詩話》唐宋
詩批評研究》〔註11〕和戴夢軍的《賀裳《載酒園詩話》研究三題》〔註
12〕兩篇碩士論文。其中萬亞男的《《載酒園詩話》唐宋詩批評研究》，
論文整體立足於賀裳《載酒園詩話》中對於唐宋詩的批評，共分為四
章分別論述《載酒園詩話》唐宋詩批評的發生背景、主要內容、基本
原則和審美標準。但論文篇幅較為短小，且分析集中在《載酒園詩話》
中唐宋詩批評的典型案例處。戴夢軍的《賀裳《載酒園詩話》研究三
題》以《載酒園詩話》的文本出發，兼及清詩話續編本中黃生對於《載
酒園詩話》的評價，以三個章節分別針對賀裳的詩學觀、對唐詩以及
對宋詩的批評展開論述。但對於賀裳詩學之創作論以及賀裳對明代詩
家詩說如王世貞的《藝苑卮言》、楊慎的《升庵詩話》、謝榛的《詩家
直說》以及鍾惺、譚元春的《詩歸》等包含賀裳詩學理論的精彩評價
並未展開論述。

三、專書

　　台灣地區，有政大王熙銓先生《賀裳《載酒園詩話》研究》一書，
全書共有六個章節，分別論述賀裳《載酒園詩話》論詩之體例、論詩之
本質、論詩之創作、論讀書的問題、實際批評以及賀裳批評的優缺點總
結。書中對《載酒園詩話》的研究較為全面，對於資料爬梳的細緻令人
欽佩，但在詩歌批評論方面仍有發揮的空間。此外，張健教授於2012

〔註10〕 王熙銓：《賀裳《載酒園詩話》研究》（台北縣永和市：花木蘭文化出
　　　　 版社，2006年9月）。
〔註11〕 萬亞男：《《載酒園詩話》唐宋詩批評研究》（瀋陽：遼寧大學碩士論文，
　　　　 2015年5月）。
〔註12〕 戴夢軍：《賀裳《載酒園詩話》研究三題》（徐州：江蘇師範大學碩士
　　　　 論文，2017年5月）。

年出版的《唐詩與宋詩——〈載酒園詩話〉研究》〔註13〕一書，亦是針對賀裳《載酒園詩話》進行專門討論的著作。全書共有三個章節，圍繞賀裳論唐詩、論宋詩以及賀裳論詩三個切入點進行撰寫，此書將《載酒園詩話》之原文進行整理，去冗存精，文後加以作者「按語」進行詮釋、補充及批判。

　　除以上兩本書之外，並無其他研究賀裳詩學的專書。關於賀裳詩學相關的論述，散見於明清詩學的相關著作，如以下諸書：

　　大陸地區，日本青木正兒《清代文學評論史》〔註14〕認為《載酒園詩話》是一部編次頗為完整的著作，其主要關注的是詩話對中、晚唐詩以及宋詩的態度，賀裳對於保有唐風之宋詩加以認可，至於純宋風詩，則極力排擊。青木正兒先生因賀裳在詩話中尊唐抑宋之反擬古傾向而將其歸於錢謙益一派。

　　蔡鎮楚《中國詩話史》卷五清詩話中，將賀裳《載酒園詩話》歸為宗唐派詩話，稱詩話之中極盡詆訶貶斥宋詩，實為重拾王、李七子「宋無詩」之餘唾。書中認為，《載酒園詩話》其中所論雖不無可取之處，但其論詩的基本傾向是錯誤的，以至影響詩話的理論價值和批判意義。

　　黃保真的《中國文學理論史》〔註15〕通過對賀裳、馮班、吳喬三家的詩歌理論進行比較，總結出三家的共同點：祖少陵、宗玉溪、張皇西崑，強調抒情寫意的詩歌本質，注重比興寄託的藝術方法，追求溫雅濃麗的文字風格，崇尚溫柔敦厚的思想原則。同時書中還說道，賀裳長於批評，其論唐宋詩人的藝術得失，源流升降，不僅全面、系統，而且比較客觀。

〔註13〕張健：《唐詩與宋詩——《載酒園詩話》研究》（新北：花木蘭文化出版社，2012年9月）。
〔註14〕日・青木正兒著，陳淑女譯：《清代文學評論史》（台北：開明書店，1969年）。
〔註15〕黃保真，成復旺，蔡鍾翔著：《中國文學理論史（四）》（全五冊）（北京：北京出版社，1987年12月）。

　　霍松林主編的《中國歷代詩詞曲論專著提要》〔註16〕簡略談及《載酒園詩話》的詩歌作法、藝術表現方法，對「詩不論理」等條目簡略分析，對《載酒園詩話》唐宋詩評中部分如評李杜、評韋應物、評溫庭筠等評價加以整理點評。

　　王運熙、顧易生主編的《清代文學批評史》〔註17〕較為客觀地評價賀裳的《載酒園詩話》，肯定詩話「尊唐抑宋又不一概鄙薄宋詩」的基本態度，並談到賀裳論詩「先觀大意」、詩與「理」之關係、「言辭與義理並美」等詩學觀念，但都未進行詳細論述。

　　霍松林主編的《中國詩論史》〔註18〕一書在《中國歷代詩詞曲論專著提要》的基礎上對賀裳《載酒園詩話》各卷詩論進行簡要分析，如卷一的「詩不論理」、「末流之變」條。書中還對賀裳論詩的偏頗之處簡略點提，賀裳在詩話中一反傳統評價，為西昆派鳴不平之氣，將歐陽修視之為宋詩之「罪人」，更看不起蘇舜欽，認為其詩「粗豪殊甚」。總體說來，賀裳對真正開創宋詩新風的歐、梅、蘇，均表不滿。賀裳論詩，不為前人所囿，確有其獨到之思。他雖然在理論上提出「理與辭相輔而行」，但在批評實踐上卻側重藝術，尤其推重自然、含蓄的風格，他對宋詩的評價，不無可取之處，但偏頗之處也顯而易見。提出詩話值得商榷之處。

　　劉德重、張寅彭《詩話概說》〔註19〕對《載酒園詩話》中賀裳的宋詩觀作簡要略論，書中指出，賀裳的宋詩觀是以唐詩為標準來評價宋詩得失，並認為賀裳寬待尚未擺脫晚唐藩籬的宋初詩人，而嚴究此後所謂的「宋詩三變」是一種手足倒置式的看法。在作者看來，賀裳對於宋詩的分析與宋詩的真面目南轅北轍，這是把宋詩「寄植」於唐詩的結果。

〔註16〕霍松林主編：《中國歷代詩詞曲論專著提要》（北京：北京師範學院出版社，1991 年 10 月）。

〔註17〕王運熙、顧易生主編：《清代文學批評史》收入《中國文學批評通史》（全七冊）（上海：上海古籍出版社，1996 年）。

〔註18〕霍松林主編：《中國詩論史》（合肥：黃山書社，2006 年 10 月）。

〔註19〕劉德重、張寅彭著：《詩話概說》（合肥：安徽教育出版社，2009 年）。

　　陳伯海《唐詩學史稿》〔註20〕中主要分析賀裳的唐詩論，並簡要分析賀裳對初盛中晚唐詩四個時期的態度：在四唐中，他最稱道盛唐「高凝整渾」，並推崇李、杜詩；賀裳認為初唐承六朝模山范水之風，「專務鋪敘」，除陳子昂、張九齡外，「雅人深致，實可興現」者難覓。對中唐，他區別對待：初期，對韓翃、韋應物、嚴維等人均有好評；中後期，對柳宗元、劉禹錫、韓愈亦有好評；但與盛唐比，中唐詩氣力減弱，賀裳準確抓住中唐詩風變化，認為它無法比肩雄渾放逸、沉靜深厚的盛唐，與動亂之後士人哀怨低旋、委靡不振的精神有關。對晚唐詩，他極力斥責，雖然如此，卻又著力研究，對溫李詩更能作具體分析。

　　蔣寅《清代詩學史（第一卷）》〔註21〕中專設一節論賀裳及吳喬的詩歌批評。書中提到，賀裳《載酒園詩話》可說是一部從內容到形式都很獨特的詩話，表面上看它沿襲明代詩話貪多求全、包攬古今的規模，但卻不像明人詩話那樣空疏而好作大言，看得出他對古今詩學卻有一番了解。該節主要關注賀裳的唐宋詩論，認為賀裳論唐詩雖精到識見不多，評說大體還持平，而論宋詩則因深懷偏見而每有武斷過甚之辭。

　　感謝前人著作的幫助，筆者不揣淺陋，跟隨前人的腳步，對賀裳之詩學理論作進一步的探索與研究，然為個人學力所限，疏漏之處，勢所難免，還請博雅君子不吝指正。

第三節　研究方法

一、歸納分析法

　　歸納法即將具有相同或類似的資料合併討論，並透過分析法闡明資料於整體研究中的意義。蔡鎮楚《詩話學》將「詩話理論體系」相關分類原則分文八類：詩歌本質論、詩歌創作論、詩歌風格論、詩歌鑑賞

〔註20〕陳伯海主編：《唐詩學史稿》（北京：人民出版社，2011 年 4 月）。
〔註21〕蔣寅：《清代詩學史（第一卷）》（北京：中國社會科學出版社，2012 年4 月）。

論、詩歌批評論、作家論、詩體論、詩史論。以上八個分類標準，可以說全面觀照詩話研究和各個方面。

賀裳的一生著述頗豐，但大多散佚。其詩學理論僅見於《載酒園詩話》一書，故本文從賀裳《載酒園詩話》文本出發，以此詩話內容為基礎。本文採用上述提及詩話分類方法分析賀裳之《載酒園詩話》，根據《載酒園詩話》之實際內容，於分類上稍做更動：

1. 因《載酒園詩話》中言及「詩歌本質論」的敘述較少，故本文將「本質論」以及賀裳其他論詩之語合併為「論詩宗旨」。

2. 賀裳對於詩體論的敘述，散見於對唐宋各家詩人的評論中，並無論及某一詩體的起始、源流與演變過程等，是以本文不再單設一章對其進行討論。

3. 詩歌鑒賞論與風格論二者之間存在某種同質性的交涉，《載酒園詩話》中多以批評唐宋兩代詩人詩作，兼及對明代詩學的評論。故本文將「詩歌風格論」與「詩歌鑒賞論」合併為「詩歌批評論」。

綜上，本文擬就賀裳「生平、交游及著作」、「論詩宗旨」、「詩歌創作論」、「詩歌批評論」四部分進行探究。

二、對比分析法

賀裳的諸多詩學觀點對前人理論進行一定程度的沿襲，但也有部分獨創性觀點。與賀裳交游的同時期詩論家如馮班、吳喬等，也對賀裳詩學觀點有一定影響。《清詩話續編》版本中還涉及到黃生對《載酒園詩話》的品評與辨誤，可作為賀裳之理論的補充。因此本文將對比賀裳與其他詩家詩論之異同，以完善賀裳的詩學理論體系。

三、歷史分析法

文人詩學思想的形成，與時代環境及學術思潮有著密切的關聯性。賀裳處於明末清初之際，不免受到時代詩學風潮及背景環境的影響，故將詩話置於歷史語境中進行考察有助於探討賀裳詩學思想之淵源變化。

四、統計法

　　《載酒園詩話》中賀裳共評價唐宋詩人共 235 人〔註22〕，所評詩人甚多，文本量極大，故本文以表格的方式統計出賀裳所論及的詩人、批評對象、主要評語以及批評方式，有助於直觀地展現賀裳之詩學批評觀點。

〔註22〕　此前學位論文或期刊論文統計賀裳論及詩人皆以《載酒園詩話》之綱目為準，即以「貞觀諸家」、「四傑」、「四靈」為一人。為更好統計書目，筆者並未如此計算，本文將賀裳論及的每一位詩人獨立看待，是以賀裳論初唐詩家 26 人、盛唐詩家 30 人、中唐詩家 36 人、晚唐詩家 45 人，宋代詩家 98 人共計 235 人。

第二章　生平、交游及著作

　　賀裳，字黃公，號檗齋（一作蘗齋），自署九曲阿隱者〔註1〕、白鳳詞人，國子監生，生卒年不詳，明末清初江蘇丹陽〔註2〕人。

　　「頌其詩，讀其書，不知其人可乎，是以論其世也。」〔註3〕在研究賀裳詩學理論之前，首先要了解他的生平、思想以及他生活的時代。而關於賀裳的生平事跡，正史中並未為其立傳。礙於目前文獻資料的短缺，現存關於賀裳生平事蹟的記載過於簡略，對其家世遭際實無法充分考析，因此處理賀裳之生平傳略，僅於本章第一節稍作簡述。本章分別對賀裳之生平、賀裳之交游以及賀裳之詩學著作三部分進行討論。

〔註1〕《載酒園詩話》中有「九曲阿隱者賀裳黃公氏論次」，據此可知。
〔註2〕賀裳的故鄉說法有二：一為金壇，其說法出自吳喬（1611～1695）《圍爐詩話·自序》，序中提及賀裳為金壇人，「一生困阨，息交絕游，惟常熟馮定遠班，金壇賀黃公裳所見多合。」出自郭紹虞主編：《清詩話續編》之張海鵬刻本，頁469。二為丹陽，其說法出自《江蘇省重修丹陽縣志》，江蘇省《重修丹陽縣志》卷二十〈文苑傳〉中有賀裳一條，以賀裳為丹陽人。出自清·劉誥等修《江蘇省重修丹陽縣志》第三冊（台北：成文出版社，1983年），頁900、901。《四庫全書總目提要》卷九十，史部史評類存目二，【史折三卷續一卷】條下云：「國朝賀裳撰，裳字黃公，丹陽人。」亦以賀裳為丹陽。清·永瑢、清·紀昀等撰：《四庫全書總目》卷九十史部四十六，史評類存目二，頁1866。故本文採賀裳為丹陽人之說法。
〔註3〕《孟子》，收入宋·朱熹注；王浩整理：《四書集注》（南京：鳳凰出版社，2008年11月），頁306。

第一節　賀裳之生平與家世

一、賀裳生卒年商榷

　　有關賀裳之生卒年資料，極其有限，政大王熙銓先生之碩論《賀裳〈載酒園詩話〉研究》第一章第一節〈賀裳傳略與著作〉已將其爬梳的相當清楚，筆者希冀根據前人的研究成果，並結合新蒐羅到的資料，進一步商榷賀裳生卒年之時間。

　　首先，《四庫全書總目》卷九十，史部史評類存目二《史折》三卷《續》編一卷條提及賀裳：

　　　　【史折三卷續一卷】（湖南巡撫采進本）國朝賀裳撰，裳字黃
　　　　公，丹陽人，康熙諸生。是書取明人評史諸書，義有未當者，
　　　　折衷其是。古今論史，言人人殊。所謂彼亦一是非，此亦一
　　　　是非也。裳所駁正，頗屬持平。然其中可一兩言決者，必連
　　　　篇累牘，覺浮文妨要。〔註4〕

從引文可知，賀裳為康熙時期諸生〔註5〕，《清朝文獻通考》卷二百二十二也同樣提到：「《史折》三卷續一卷，賀裳撰。裳字黃公，丹陽人，康熙初諸生。」〔註6〕康熙初即1661年前後，那麼若是康熙初諸生，則賀裳1661年前後應仍在世。

　　潘介祉撰輯《明詩人小傳稿》「賀裳」條可對以上資料進行補充：

　　　　裳字黃公，丹陽人。少以諸生入太學，年三十，不知為古文
　　　　詞。見有為駢語，乃自愧，發所藏書讀之。畏聞戶外聲至，
　　　　以絮塞其耳，十年，博極群書。〔註7〕

〔註4〕清・永瑢、清・紀昀等撰：《四庫全書總目》卷九十史部四十六，史評類存目二，頁1866。

〔註5〕諸生，指明清時期經考試錄取而進入府、州、縣各級學校學習的生員。生員有增生、附生、廩生、例生等，統稱諸生。

〔註6〕清・張廷玉等奉敕撰，紀昀等校訂：《清朝文獻通考》（原名《皇朝文獻通考》）卷二百二十二經籍考十二，頁6842～2。

〔註7〕清・潘介祉著：《明詩人小傳稿（十四卷）》（台北：國立中央圖書館，1986年），頁262。

從引文中可以看出賀裳生平中有兩個重要時間點，30 歲和 40 歲。30
歲時，賀裳尚不知古詩文，而 30 歲至 40 歲這十年，賀裳發奮讀書，
至 40 歲則博覽群書。此外，張慧劍所編《明清江蘇文人年表》中有 3
則賀裳生平資料亦可為推斷賀裳之生卒年進行補充：

1. 西元 1629 年，己巳，崇禎二年，後金天聰三年，丹陽賀
   裳（黃公）、賀燕徵（元生）、荊廷實（實君）等，先後入
   復社。〔註8〕

2. 西元 1644 年，甲申，崇禎十七年，清世祖福臨順治元年，
   丹陽賀裳刻所著《蛻疣集》二卷、《紅牙詞》一卷、《皴水軒
   詞筌》一卷。《販書偶記》：裳所編著還有《文隽》、《文隽外
   編》、《唐詩鈔》、《宋詩涇泩》、《明詩擇聞集》、《載酒園詩話》
   二卷、《史折》四卷、《少賤齋集》、《尋墜齋集》。〔註9〕

3. 西元 1681 年，辛酉，康熙二十年，崑山吳喬錄與丹陽賀
   裳論詩語入詩話。（《圍爐詩語序》）〔註10〕

從上述引文可以提煉出以下三個關鍵點：

其一，賀裳於明思宗崇禎二年，後金天聰三年即 1629 年同賀燕
徵、荊廷實先後加入復社。

其二，賀裳 1644 年刻所著文集，其文集涉獵甚廣，詩、詞、文、
史均有著述，那麼此時賀裳只有在年四十「博覽群書」之後方能做到。
據此推斷，賀裳斷不可能生於 1614 年之後，因為賀裳三十歲時尚不知
古詩文，又遑論撰寫如此多著作，賀裳應生於 1604 年前後，如此才能
在 1644 年刊刻文集。

其三，1681 年吳喬（1611～1695）〔註11〕《圍爐詩話》中錄與賀

〔註8〕　張慧劍著：《明清江蘇文人年表》（北京：人民文學出版社，2008 年 6
　　　　月），頁 492。

〔註9〕　張慧劍著：《明清江蘇文人年表》，頁 583。

〔註10〕　張慧劍著：《明清江蘇文人年表》，頁 820。

〔註11〕　有關於吳喬之生卒年，胡師幼峰〈吳喬之生平交游及著作辨疑〉一文中
　　　　有詳細探討，《輔仁國文學報》，第 30 期（2010 年 4 月），頁 227～248。

裳論詩之語。此外吳喬《逃禪詩話》中對馮班及賀裳之形容為「亡友」〔註12〕，那麼可以說明《逃禪詩話》成書之時賀裳已然去世，但可惜有關於《逃禪詩話》的具體成書時間仍無法確定〔註13〕，因此根據現有資料，只能推斷出賀裳1661年前後仍在世。

結合上述分析，賀裳之生卒年商榷如下：賀裳之生年應在1604年前後，其卒年未知，但1661年前後仍在世。

二、賀裳之家世

礙於資料十分有限，賀裳家族淵源無從可考。江蘇省《重修丹陽縣志》一書中對賀裳之子女有零散的記載，茲羅列如下：

1. 賀國璘，字天山，邑文生，受業於賀裳之門。嘗有文載之選，幾於洛陽紙貴，詩名尤傾動一時。刊有天山文集。〔註14〕

2. 賀理昭，字孟循，號著軒，太學生。襁褓中，父向竣以諸生殉國難，母史氏矢節撫孤。十歲從叔父國璘受經，穎悟異常。母泣曰：兒父慘死，但得勉讀父書，使天下知其父有孤幸矣，功名非所望也！理昭奉母教，終身不敢違。〔註15〕

3. 賀易簡（裳子）與弟對達、對揚，有《載酒園同懷集》。〔註16〕

〔註12〕 「知有體制者，惟萬曆間江陰許伯清先生，及亡友常熟馮班定遠、金壇賀裳黃公三人。」清·吳喬著：《逃禪詩話》（台北：廣文書局，1973年），頁587。

〔註13〕 胡師幼峰〈吳喬之生平交游及著作辨疑〉一文中有詳細探討《圍爐詩話》與《逃禪詩話》成書孰先孰後的問題，並得出結論：《逃禪詩話》既早於《圍爐詩話》也晚於《圍爐詩話》，它是吳喬論詩的未完成稿。詳見胡師幼峰：〈吳喬之生平交游及著作辨疑〉，第30期（2010年4月），頁245～248。

〔註14〕 出自清·劉誥等修《江蘇省重修丹陽縣志》第三冊，卷二十〈文苑傳〉（台北：成文出版社，1983年），頁903。

〔註15〕 出自清·劉誥等修《江蘇省重修丹陽縣志》第三冊，卷二十二〈孝友傳〉，頁956、957。

〔註16〕 出自清·劉誥等修《江蘇省重修丹陽縣志》第三冊，卷三十五〈書籍

　　4. 賀祿《奩餘詩詞稿》，裳三女，金壇王浦妻。〔註17〕

　　此外，嚴迪昌《清詞史》一書中亦有提到賀裳之子女：

> 其實自明末至清初，丹陽賀姓家族詞人輩出，不僅賀裳以下
> 四代子孫皆能詞，而且賀裳之女賀潔、賀祿、以及後出家為
> 尼名舒霞的賀無瑛均為女詞人，有作品傳世。〔註18〕

從上述引文可歸納出以下三點：

　　其一，賀裳有四子：賀向竣、賀易簡、賀對達、賀對揚。賀向竣以諸生殉國難，與妻史氏生子賀理昭。賀易簡、賀對達、賀對揚三人著有《載酒園同懷集》。

　　其二，賀裳有三女：賀潔、賀祿、賀無瑛。賀祿嫁與金壇人王浦，著有《奩餘詩詞稿》。賀無瑛出家為尼更名舒霞。

　　其三，賀國璘受業於賀裳之門。

第二節　賀裳之交游

　　《禮記・學記》云：「獨學而無友，則孤陋而寡聞」〔註19〕，賀裳交游之對象，對賀裳之詩學觀點定會產生一定程度的影響。有關賀裳之交游，史料中記載甚少。《江南通志》卷一百六十六〈人物志〉云：「賀裳，字黃公，丹陽人，少以諸生入太學，與張溥、楊廷樞友。」此外，筆者查找到收錄在《蛻疣集》中賀裳為好友卓人月所寫的弔文〈弔卓珂月文〉。下面就資料中提及曾與賀裳交游之張溥、楊廷樞、卓人月三人稍作交代。

　　　　志〉，頁 2025。

〔註17〕　出自清・劉誥等修《江蘇省重修丹陽縣志》第三冊，卷三十五〈書籍志〉，頁 2045。

〔註18〕　出自嚴迪昌：《清詞史》（南京：江蘇古籍出版社，1990 年），頁 548、549。但書中出處未知。

〔註19〕　出自〈學記第十八〉，元・陳澔注；金曉東校點：《禮記》（上海：上海古籍出版社，2006 年 11 月），頁 419。

一、張溥（1602～1641）、楊廷樞（1595～1647）

　　張溥初字乾度，改字天如，號西銘。南直隸蘇州府太倉州（今屬江蘇太倉）人，與同里張采共學齊名，並稱「婁東二張」〔註 20〕，因各居西郭、南郭，故人稱西張、南張。〔註 21〕崇禎四年（1631 年）成進士，授庶起士。天啟四年（1624 年），與郡中名士結為文社，稱為應社，人員有張采、楊廷樞、楊彝、顧夢麟、朱隗、吳昌時等十一人。〔註 22〕後改名為復社。一生著作宏豐，編述三千餘卷，輯有《漢魏六朝百三家集》。〔註 23〕代表作《七錄齋集》、《五人墓碑記》。《明史》卷二百八十八有傳。〔註 24〕

　　楊廷樞字維斗，號復庵，復社諸生所稱維斗先生。〔註 25〕南直隸蘇州府長洲（今江蘇蘇州）人。著有《古柏軒詩集》，《明史》卷二

〔註 20〕　《明史·張溥張采傳》：「與同里張采共學齊名，號『婁東二張』」，見清·張廷玉等撰；楊家駱主編：《明史》卷二百二十七，列傳第一百七十六，文苑四，頁 7404。

〔註 21〕　陸岩軍：〈張溥名字號小考〉一文中有對張溥姓名、字號的詳細考證，可資參考。見《古典文學知識》2019 年 06 期。

〔註 22〕　出自清·朱彝尊：《靜志居詩話》（北京：人民文學出版社，1990 年 10 月版），頁 641。

〔註 23〕　《四庫全書總目提要》：「【漢魏六朝一百三家集一百十八卷】（兩江總督採進本）明張溥編。溥有《詩經注疏大全合纂》。已著錄。」見清·紀昀、永瑢等撰：《四庫全書總目提要》，卷一百八十九，集部四十二，頁 4213。

〔註 24〕　「張溥，字天如，太倉人。……溥幼嗜學。所讀書必手鈔，鈔已朗誦一過，即焚之，又鈔，如是者六七始已。右手握管處，指掌成繭。冬日手皸，日沃湯數次。後名讀書之齋曰「七錄」，以此也。與同里張采共學齊名，號「婁東二張」。……集郡中名士相與復古學，名其文社曰復社。四年成進士，改庶吉士。以葬親乞假歸，讀書若經生，無間寒暑。四方嗷名者爭走其門，盡名為復社。溥亦傾身結納，交游日廣，聲氣通朝右。」出自清·張廷玉等撰；楊家駱主編：《明史》卷二百二十七，列傳第一百七十六，文苑四，頁 7404。

〔註 25〕　《明史·徐汧楊廷樞傳》：「廷樞，復社諸生所稱維斗先生者也。……天啟五年……當是時，廷樞名聞天下。崇禎三年，廷樞舉應天鄉試第一。」出自清·張廷玉等撰；楊家駱主編：《明史》卷二百六十七，列傳第一百五十五，頁 7404。

百六十七有傳。〔註26〕

　　賀裳與張溥、楊廷樞交游之文獻缺略，除前引《江南通志》中有所提及外，僅有江蘇省《重修丹陽縣志》中有對其簡要記載，江蘇省《重修丹陽縣志》卷二十〈文苑傳〉云：

　　　　賀裳，字黃公，號檗齋，邑文生。與吳門張溥、楊廷樞執復
　　　　社牛耳。葺載酒園，與名流觴詠其中，一時推為風雅。〔註27〕

引文可見賀裳與張溥、楊廷樞交游之情形。此外，《明代千遺民詩詠三編》云：「有人筮元吉，黃公之名裳。古文似潮海，樂府皆琳琅。良朋能切磋，名宿同商量。不見檗齋集，此才以斗量。」詩詠下云：「賀裳，丹陽人，監生，著《檗齋集》，與楊維斗、張西銘善工古文、樂府、古詩，醞釀甚，稱為才士。」〔註28〕亦可以作為賀裳同張溥、楊廷樞交游之證據。

　　張溥論詩時，對於「性情」給予特別強調，主張「詩本性情」。其〈宋趙清獻公文集序〉中說到：「托性情於詠吟，憂時則痛哭流涕，閒暇則陶寫自然。」〔註29〕，此外其〈天保治內采薇治外解〉中也提到：「詩之為言，依人性情」〔註30〕。張溥論詩雖重性情，但也不忽略文采，而是表現出重情與重文采的特點〔註31〕。廖可斌先生在其《明代

<hr />

〔註26〕《明史・徐汧楊廷樞傳》：「廷樞，復社諸生所稱維斗先生者也。……天啟五年……當是時，廷樞名聞天下。崇禎三年，廷樞舉應天鄉試第一。」出自清・張廷玉等撰；楊家駱主編：《明史》卷二百六十七，列傳第一百五十五，頁7404。

〔註27〕清・劉誥等修：《江蘇省重修丹陽縣志》第三冊（台北：成文出版社，1983年），頁900、901。

〔註28〕清・張其淦撰，祈正注：《明代千遺民詩詠三編》：《清代傳記叢刊》067隱逸類（台北：明文書局，1985年版），頁225、226。

〔註29〕出自明・張溥著：《七錄齋近集》，卷三。明崇禎十五年吳門正雅堂刻本，復旦大學圖書館藏。

〔註30〕出自明・張溥著：《七錄齋詩文合集》〈館課卷一〉，續修四庫全書本。

〔註31〕〈雲間幾社詩文選序〉：「或謂諸子文辭太盛，無束帛丘園之義，疑與儒者不合。然則六經非聖人作乎？委巷之言，君子所鄙；言文行遠，四國賴之。且其人孝於而親，忠於而君，即不文猶傳；又有文焉，其事全矣。今人聞談性命，不察其生平，稱為儒者流。方言里諺，視

文學復古運動研究》一書中對此進行解釋,「與詩歌的情感特徵密切相關的是詩歌的文采問題。人們情感活動複雜微妙,表達這種情感的詩歌也必定意象變幻,豐富多彩。復古運動第三次高潮的作家既強調詩歌的情感特徵,自然就特別重視詩歌的文采。」〔註32〕賀裳論詩亦強調「詩貴情真」以及「理與辭相輔而行」〔註33〕。

　　張溥論詩亦重學問,其〈王與游詩稿序〉說到:「夫惟學立於詩之上者,偶發為詩,無乎不神。」〔註34〕這也是張溥針對明代「士子不通經術,但剽耳繪目,幾倖弋獲於有司;登明堂不能致君,長郡邑不知澤民;人材日下、吏治日偷」〔註35〕的現象有感而發。〔註36〕賀裳以自身實際行動證明其重學之觀點〔註37〕。

　　對於當時盛行一時的竟陵派,以張溥為首的復社則採取辨正的態度,其觀點主要見於張溥〈張草臣詩序〉〔註38〕一文中,張溥認為竟陵派詩歌的不足是過於纖細幽峭,缺乏「蒼遠深厚」之致,然其貢獻在

　　　　若《太玄》,謂聖人在是。諷雅頌之音,覽竹素之字,則等於鄒衍九州,濫耳不信。此固明詔所不許,亦諸子當日所竊笑也。」出自明‧張溥著:《七錄齋詩文合集》〈館課卷一〉,續修四庫全書本。

〔註32〕廖可斌著:《明代文學復古運動研究》(北京:商務印書館,2008年),頁387。

〔註33〕有關賀裳「詩貴情真」及「理與辭相輔而行」之論詩觀點,將在本文第三章〈論詩宗旨〉中詳細分析,此處便不再贅述。

〔註34〕明‧張溥:《七錄齋文集》〈緒刻卷三〉,天一閣藏善本。

〔註35〕語出自清‧陸世儀撰:《復社紀略》卷一(北京:北京古籍出版社,2002年),頁210。

〔註36〕有關張溥的詩學思想,陸岩軍〈論張溥的詩學觀〉,《蘭州學刊》2016年07期以及曹原:《張溥散文研究》第六章(山東師範大學碩士論文,2019年6月)有詳細論述,可資參考。

〔註37〕詳見本文第四章〈詩歌創作論〉第一節「創作之先決條件——博覽群書」。

〔註38〕張溥〈張草臣詩序〉:「稱草臣詩者,多言其系自竟陵,有所根統,播揚同聲,弗能借也。予獨以為不然。……今以草臣之詩,蒼遠深厚,靈樸幽越,極命作者,必為竟陵之所尊尚,而即被以其名,將所謂《古詩十九首》與夫唐山夫人、盧江小吏諸作,登竟陵之選者,皆名之竟陵可乎?然而窮流測源,竟陵之功,要不可誣也。」出自明‧張溥《七錄齋集論略》,四庫禁毀書叢刊本,卷一。

「窮流測源」，即「提倡漢魏之音，特別是在《唐詩品彙》、《古今詩刪》盛行時，人們知學盛唐、王李，而不知學漢魏。」〔註39〕此外，曾肖在〈論復社對竟陵派的詩學批評與接受〉一文中也總結道：「復社人士承認竟陵派在詩壇上的宗主地位，但不滿竟陵取徑狹、立論偏、求新異的詩學主張和詩歌傾向。」〔註40〕賀裳亦不喜鍾、譚過於追求詩歌之孤深幽峭〔註41〕。

二、卓人月（1606～1636）

　　卓人月，字珂月，號蕊淵。浙江塘棲（今杭州）人。《明人傳記資料所引》載其著有《蕊淵集》十二卷、《蟾臺集》四卷〔註42〕，《明史》記載其輯有《古今詞統十六卷》〔註43〕。崇禎八年（1635）貢生，復社成員。富才情，工詩文，著述甚豐，與孟稱舜、袁于令、徐士俊等人交善。〔註44〕

　　賀裳與卓人月之交游如今僅能在賀裳為其撰寫的〈弔卓珂月文〉中可見一斑：

　　　　余友武林卓珂月，才而早殀，此予聞其凶問，已再期矣。……
　　　　嗚呼！珂月賦才何豐，稟年胡嗇。憶始邂逅，實惟凜冬，映
　　　　簷前之積雪，快讀高文；抽架上之殘書，互稽軼事。及我東

〔註39〕　王運熙、顧易生、袁震宇、劉明今著：《中國文學批評通史（明代卷）》（上海：上海古籍出版社，1997 年），頁 577。

〔註40〕　曾肖：〈論復社對竟陵派的詩學批評與接受〉，《玉溪師範學院學報（第34 卷）》，2018 年第 10 期。

〔註41〕　有關於賀裳對竟陵派之評價，詳見本文第五章〈詩歌批評論〉第三節「論明代」中論鍾、譚《詩歸》部分。

〔註42〕　昌彼得、喬衍琯、宋常廉等編：《明人傳記資料索引》（台灣：文史哲出版社，1978 年），頁 304。

〔註43〕　清・張廷玉等撰；楊家駱主編：《明史》卷九十九，志第七十五，藝文四，頁 2494。

〔註44〕　有關卓人月之生平，可參見郎淨：〈卓人月年譜〉，《古籍整理研究學刊》2011 年 04 期（2011 年 7 月）以及潘丹：《卓人月研究》（黑龍江大學博士論文，2015 年 10 月）第一章第二節。

游，逢子蕭寺，夕則共研經史，晝則同眺湖山。嗣後每當欲

別，輒題零雨之篇；偶爾相思，即賦停雲之什。〔註45〕

引文可以看出，賀裳與卓人月交游甚密，時常一起「快讀高文，互稽軼事，研讀經史」，故而賀裳之詩學觀點必然會受到卓人月之影響。卓人月對於竟陵派之態度，可見下文：

1. 自七子之論舊，而鍾譚乘其敝，以其詩選孤行天下。大約境取其幽，理取其奇，質取其樸，想取其細。……七子之流，入於庸俗；鍾譚之流，入於舛謬。總非千年不宿之物耳。〔註46〕

2. 今世作詩譜法律者，其初不知何所奉也。自近日有鍾譚之詩歸，而人人奉鍾譚惟謹。余壹不知鍾譚之有法律乎？否也。余亦不知今人之所餘其與鍾譚合乎？否也。但覺今人之所云甚固且甚舛，余則詈之……〔註47〕

引文 1 為卓人月〈顧山臣今年草序〉之語，可以看出其反對鍾、譚二人庸俗守舊和過分追求幽情單緒的創作傾向；引文 2 中卓人月〈張潛夫詩序〉之語，則更能看出他對鍾譚二人的反對意見。

此外，卓人月也就詩歌創作時的「擬古」現象提出自己的看法，其〈沈雲仙臥雲居詩草序〉中說到：「吾嘗自以其意為詩，初未知古人有此句、有此事，越月逾時而閱古人之書，或有冥合焉者矣。今之解古人之詩者，又必謂其擬古人某句，用古人某事，是皆有累於其清者也。」認為應該「自以其意為詩」，達到「有真色而無粉塵，有生氣而無死灰」〔註48〕之境界〔註49〕。針對「擬古」現象，賀裳於《載酒園詩話》中

〔註45〕 出自清・賀裳著：《蛻疣集》（清初鶉漿閣刻本），頁 49。
〔註46〕 出自明・卓人月著：《蟾臺集》（明崇禎傳經堂刻本），卷二。
〔註47〕 出自明・卓人月著：《蟾臺集》（明崇禎傳經堂刻本），卷二。
〔註48〕 出自明・卓人月著：《蟾臺集》（明崇禎傳經堂刻本），卷二。
〔註49〕 有關於卓人月之詩學主張，詳見於郎淨：〈試論晚明文學家卓人月之文學觀〉，收入《中國古代文學理論學會第十八屆年會論文集》，2013 年 8 月以及黑龍江大學博士論文《卓人月研究》第二章第一節。

亦提出自己的觀點。〔註 50〕賀裳對於竟陵派的評價以及對於詩歌創作中「擬古」現象的看法，當是受其影響。

第三節　賀裳之詩學著作——《載酒園詩話》

賀裳一生著述頗豐，論詩有《載酒園詩話》五卷，論詞則有《皺水軒詞筌》一卷，論史有《史折》三卷、《續史折》一卷、《戰國論略》。論文則有《文隲》、《文隲外編》。自著則有《蛻疣集》二卷、《紅牙詞》一卷、《少賤齋集》、《尋墜齋集》。纂錄則有《左》、《國》、《史》、《漢》及《管》、《韓》諸子，《唐宋八家明文》，《尚型》、《破愁》、《保殘》三集，又有《文正》、《文型》、《文軌》、《鳳毛》諸集，《唐詩鈔》、《宋詩涇沚》、《明詩擇聞集》、《逸詩紀》等，最後又得《檗子說孟》，惜乎未成而卒。〔註 51〕

本文的研究對象為賀裳的詩學理論，因此對賀裳著作的討論僅集中在《載酒園詩話》一書。《載酒園詩話》目前可見之版本，大概有以下 6 種：〔註 52〕

1. 清初與《皺水軒詞筌》、《紅牙集》、《蛻疣集》合刊本。該版本所錄《載酒園詩話》內僅有通論部分一卷，現藏北京大學圖書館。

2. 清初賀氏載酒園鄒水軒刻本。此刻本內含《載酒園詩話》五卷、《鄒水軒詞筌》一卷。現藏於北京圖書館（殘）、北京大學圖書館、江蘇泰州市圖書館、浙江圖書館（殘）、浙江天一閣文物保管所、廣東中山圖書館（殘）。

〔註 50〕　詳見第四章〈詩歌創作論〉第四節「創作之技巧」中論蹈襲部分。

〔註 51〕　有關賀裳之著述，可參見《重修丹陽縣志》卷三十五〈書籍志〉，頁 2016、2017。

〔註 52〕　本文所述《載酒園詩話》版本係根據吳宏一主編《清代詩話知見錄》（台北：中研院文哲所，2002 年 2 月）、《清代詩話考述》（台北：中研院文哲所，2006 年 12 月）、張寅彭著《新訂清人詩學書目》（上海：上海古籍出版社，2003 年 7 月第一版）、蔣寅《清詩話考》（北京：中華書局，2005 年）內容所查索整理之結果。

3. 康熙間刊本。該版本包含《載酒園詩話》一卷，又編三卷（又名《賢已集》一卷《唐宋詩話》三卷）。孫殿起《販書偶記》《販書偶記》卷二十記載到：

> 《載酒園詩話》一卷，《又編》三卷。九曲阿隱者賀裳撰，無刻書年月，約康熙間刊。又編印初盛唐一卷，中唐一卷，晚唐一卷，又名《賢已集》。〔註53〕

民國藏書家諸宗元先生〈黃白山先生《載酒園詩話》評序〉中述及此書，有云：「其通論則曰《賢已集》，其又編則曰《唐宋詩話》。所自為〈緣起〉……。賀氏原書，世亦罕見，游舊中惟沈寐叟曾稱之。今故掇拾其緣起，以見原書之旨趣。」〔註54〕是時諸宗元先生所見之版本蓋為此刊本。

4. 嘉慶 24 年（1819 年）夏之勳煙煙環閣刊本。該刊本前有眭修季序、作者自撰〈唐宋詩話緣起〉、吳錫麒序、嘉慶五年（1800 年）夏之勳序，後有范鍇跋、嘉慶二十四年秦鶴齡跋。據各家序跋，此本據夏之勳藏本翻刻，原本不知為何本，殘缺曾幾之後二十七則，無從校補。則嘉慶時此書傳本已罕矣（吳騫《拜經樓詩話》卷二謂其書世不甚傳），其分五卷與原刊本分三編亦異也。

5. 清藕香簃鈔本。該鈔本含《載酒園詩話》五卷，現存於北京大學圖書館。

6. 清詩話續編本。此版本由郭少虞編選、富壽蓀校點之，上海古籍出版社與台北藝文印書館、木鐸出版社均有出版。全本分為三編五卷，卷一前有眭修季序，泛論作詩原理和前人詩評得失。卷二、三、四又稱為《載酒園詩話又編》，其中卷二論初、盛唐人詩；卷三論中唐人詩；卷四論晚唐人詩。卷五前有賀裳自撰〈唐宋詩話緣起〉，其主要論兩宋人詩。此版本較為特色之處是插入黃生的《載酒園詩話評》。黃生

〔註53〕 孫殿起著：《販書偶記》卷二十
〔註54〕 宋·朱弁等撰，賈文昭主編：《皖人詩話八種》（合肥：黃山書社，2014年版），頁 107。

（1622～1696）譜名曰琯，又稱景琯，庠名起潟，字孟扶，一字房孟、生父。自以為鍾靈秀於黃山、白嶽，因其姓而自號白山，別號冷翁、陶長公子。又夢中作黃山詩，醒後止記「蓮花史」三字，故又自號「蓮花外史」。江南安徽歙縣潭渡人，明末諸生，入清不仕，著述以終〔註55〕。民國十七年（1928），藏書家諸宗元所藏黃批本《載酒園詩話》由黃氏後人黃賓虹錄出並校印單行，名《載酒園詩話評》。《載酒園詩話評》是黃生對賀裳《載酒園詩話》的批語，清詩話續編本中黃生的評語應為郭紹虞附加入《載酒園詩話》中，以求全其貌。

　　由於清詩話續編本較為普遍通行，有利於讀者方便查索，因此，本文凡徵引《載酒園詩話》之原文皆出於上海古籍出版社 1983 年出版之清詩話續編本。

〔註55〕有關黃生詳細生平資料，詳見胡幼峰師指導之碩論：《黃生之詩學研究》第二章第一節〈黃生之家世與生平〉。廖俐婷著：《黃生之詩學研究》（輔仁大學中國文學研究所碩士論文，2011 年 5 月），頁 7～14。

第三章　論詩宗旨

　　論詩宗旨，是指一個作家在批評作品時所秉承的中心思想及主張，它超乎作品之上，先作品而存在，並直接影響到作品的精神、風格、內容、取材。〔註1〕縱觀《載酒園詩話》，卷一中「詩不論理」、「詩嫌於盡」兩條集中反映賀裳所秉承的核心詩觀與詩學主張，可謂其論詩宗旨之所在。此外，觀賀裳對唐宋兩代詩人詩作以及對明代詩學著作的批評，能夠看出賀裳對「情」、「景」這兩個議題也頗有見解。因此，本章將賀裳之論詩宗旨分為「理不礙詩之妙」、「述情貴真，寫景尚妍」以及「詩貴含蓄」三節進行分別論述。

第一節　理不礙詩之妙

　　詩歌發展至唐代，逐漸確立了其文學中心的地位，而到了宋代，仍是文學主流之一，並有極大數量的作品傳世。然而，宋詩有著與唐詩所不同的性質：「宋人不是把詩作為單純抒情的場合，而是作為表露感情的同時，也表露其理智的場合」〔註2〕。賀裳於《載酒園詩話》開篇便以「詩不論理」條闡發詩與理之關係：

〔註1〕胡師幼峰：《沈德潛詩論探研》（台北：學海出版社，1986 年 3 月初版），
　　　　頁 31。
〔註2〕此處說法參見日・吉川幸次郎著；李慶等譯：《宋元明詩概說》（鄭州：
　　　　中州古籍出版社，1987 年 9 月），頁 8～14。

「詩有別趣，非關理也」。然理原不足以礙詩之妙，如元次山
〈春陵行〉、孟東野〈遊子吟〉、韓退之〈拘幽操〉、李公垂〈憫
農詩〉，真是《六經》鼓吹。〔註3〕

上述引文可以從以下兩個方面加以析論：

其一，賀裳同意嚴羽《滄浪詩話‧詩辨》：「詩有別趣，非關理也」
〔註4〕的論點。受政治狀況之影響，宋代文人「對政治具有更加強烈的
參與意識各更深刻的憂患意識」，於是「文人和政治的關係更為密切」
〔註5〕，宋人喜好在詩歌中批評時政，因此必須說理明白，這也逐漸變
成宋詩之特色。嚴羽以「理」論詩，「詩有別趣，非關理也」之說針對
宋人以理入詩之現象予以批評，拉開詩論史上「詩與理」之關係論爭的
大幕。

其二，賀裳進一步提出「理不礙詩之妙」之觀點，並以元結〈春
陵行〉、孟郊〈遊子吟〉、韓愈〈拘幽操〉、李紳〈憫農〉四首詩為例。
下面對以上四首詩逐一分析：元結〈春陵行〉一詩作於廣德二年（764
年）〔註6〕，元結於廣德元年（763 年）受命為道州刺史，十二月啟程，
次年五月抵達道州，此詩描寫的便是元結途中所見：戰亂後官吏對百
姓橫徵暴斂、嚴刑催逼賦稅以至於民不聊生的情形，元結藉此表達自
己對民生疾苦深切的同情，以及毅然決定違令緩租，希冀上位者能夠
改革朝廷政策的決心；孟郊〈遊子吟〉則先以不做修飾之語描寫臨行前
母親為遊子縫衣的情形，隨後暗用萱草之典故〔註7〕，將其升華到母愛

〔註3〕出自清‧賀裳：《載酒園詩話》卷一，「詩不論理」條，頁 209。
〔註4〕宋‧嚴羽著，郭紹虞校釋：《滄浪詩話》（台北：文馨出版社，1973 年
3 月），頁 23。
〔註5〕趙仁珪著：《宋詩縱橫》（北京：中華書局，1994 年 6 月），頁 5。
〔註6〕出自陳貽焮主編：《增訂注釋全唐詩‧元結‧春陵行》（北京：文化藝
術出版社，2001 年 5 月），頁 461。
〔註7〕「萱」字最早寫作「諼」。《詩經‧衛風‧伯兮》中有「焉得諼草，言樹
之背」之句，朱熹注釋說：「諼草，令人忘憂；背，北堂也。」「諼草」
就是萱草，「諼」是忘卻，忘記的意思。「背」是指北堂，古代一般是母
親住在北堂，所以用「北堂」代指母親。這句話的意思是，到哪裡去找

的偉大與無私，表達詩人對母愛的感激以及對母親深深的愛與尊敬之情；〈拘幽操〉〔註8〕是韓愈〈琴操〉組詩其中一首，詩中韓愈藉文王之口，描摹了其所處境遇的惡劣，以古人之悲反照自己生存環境的險惡，在希望得到皇上憐憫的同時，抨擊了皇帝聽信讒言而忠奸不辨的昏聵〔註9〕；李紳〈憫農〉則以通俗、樸實無華的語言描寫耕耘種地這一眾人皆知的道理，以此道出封建時代農民的生存狀態〔註10〕。

　　賀裳認為，〈舂陵行〉、〈遊子吟〉、〈拘幽操〉、〈憫農〉四首詩雖然也在詩中闡發議論、講述道理，但並沒有因此而影響詩歌藝術的表達以及詩人情感的抒發，同時，這四首詩或針對時政、或論及人倫，也做到了儒家《六經》〔註11〕所鼓吹的詩歌教化人民〔註12〕的功能。綜上可以看出，賀裳不否認詩中談理，同時認為「理」不應該成為批判詩歌的標準。隨即，賀裳針對詩中之「理」展開進一步論述，主要可以分為以下三點：

一、「理與辭相輔而行」

　　通過上述分析，可以看出賀裳並不排斥詩中之「理」的存在，對

來萱草，種在北堂前好忘卻愁呢？古時遊子要遠行時，就會先在北堂種上萱草，希望能減輕母親對孩子的思念，忘卻煩憂。此處說法參見酈波：《唐詩簡史》（上海：學林出版社，2018年2月），頁280。

〔註8〕韓愈：〈拘幽操〉出自屈守元、常思春：《韓愈全集校注》（成都：四川大學出版社，1996年），頁798。

〔註9〕此處說法參見杜興梅、杜運通：〈論韓愈《琴操十首》〉，《樂府學》2011年00期（2011年12月），頁190。

〔註10〕參見酈波：《唐詩簡史》（上海：學林出版社，2018年2月），頁302～305。

〔註11〕指經過孔子整理而傳授的六部先秦古籍，依次為：《詩經》、《尚書》、《禮記》、《周易》、《樂經》《春秋》。

〔註12〕《禮記・經解》篇中，提到了《六經》的作用，：「入其國，其教可知也。其為人也，溫柔敦厚，詩教也。」孔穎達解釋：「溫謂顏色溫潤，柔謂情性和柔。詩依違諷諫，不指切事情，故云溫柔敦厚是詩教也。」以上《禮記・經解》篇以及孔穎達之解釋均出自《十三經注疏》整理委員會整理：《十三經注疏》《禮記正義》（下），（北京：北京大學出版社，1999年12月），頁1368、1369。

此，賀裳繼續指出詩中之「理」應該如何表現，他的態度是理與辭必須並重，不可執一而廢。針對這一討論，賀裳以白居易為例展開論述：

> 樂天與微之書曰：「文章合為時而著，歌詩合為事而作。」然其生平所負，如〈哭孔戡〉諸詩，終不諧於眾口。此又所謂「言之無文，行之不遠」。故必理與辭相輔而行，乃為善耳，非理可盡廢也。〔註13〕

安史之亂後的唐朝，朝政昏暗、軍閥割據混戰、宦官專權、民不聊生，當時「擢在翰林，身是諫官」〔註14〕的白居易，以儒家「窮則獨善其身，達則兼濟天下」〔註15〕的說教為準則，提出其著名的詩歌綱領「文章合為時而著，歌詩合為事而作」〔註16〕。白居易此舉，即是要求詩歌應對社會現實有所反映，他希望能夠繼承《詩經》以降的儒家傳統，用詩歌來針砭時弊、干預政治，達成「美刺」的功能〔註17〕，因而作了一系列諷諭詩，其主要價值取向在於政治，而不在於文學；在於社會功效，而不在於個人抒情。〔註18〕白居易〈哭孔戡〉〔註19〕一詩，主要是讚頌孔戡剛直不阿，不計個人利害，敢於同違法亂紀等不合理現

〔註13〕 出自清‧賀裳：《載酒園詩話》卷一，「詩不論理」條，頁209。

〔註14〕 唐‧白居易著；韓鵬傑點校：《白居易全集》（四）（長春：時代文藝出版社，2001年），頁960。

〔註15〕 出自《孟子‧盡心章句上》，收入宋‧朱熹注；王浩整理：《四書集注》（南京：鳳凰出版社，2008年11月），頁333。

〔註16〕 唐‧白居易著；韓鵬傑點校：《白居易全集》（四）（長春：時代文藝出版社，2001年），頁960。

〔註17〕 日‧靜永健著；劉維治譯：《白居易寫諷諭詩的前前後後》（北京：中華書局，2007年10月），頁11。此外，台灣張雙英教授〈「言志道」與「說情性」——論白居易的「詩觀」兼評台灣的「中國抒情傳統論」〉一文中亦對白居易之詩觀有所論述，可資參考。詳見張雙英：〈「言志道」與「說情性」——論白居易的「詩觀」兼評台灣的「中國抒情傳統論」〉，《文與哲》第二十七期（2015年12月），頁201～227。

〔註18〕 莫礪鋒：《莫礪鋒評說白居易》第六講〈百姓憂樂〉（合肥：安徽文藝出版社，2010年2月），頁68、69。

〔註19〕 唐‧白居易著；韓鵬傑點校：《白居易全集》（一）（長春：時代文藝出版社，2001年），頁2、3。

象作鬥爭的優秀品質，同時對他滿腔抱負無法施展，鬱鬱不得志而死表示了深切的同情。全詩雖然層次井然，意在說理，但「終不諧於眾口」。

　　賀裳以白居易〈哭孔戡〉詩為例，提出「言之無文行之不遠」〔註20〕，認為詩文行之久遠則需要言之有物，理暢而辭達，不管是反映重大的歷史事件，亦或是鋪敘當時所見所感的社會現象，皆需要在詩文之文采上面進行點綴、修潤。「子曰：辭達而已矣。」朱熹注其曰：「辭取達意而止，不以富麗為工。」〔註21〕若是沒有貼切的文字，則無法傳達作者心中的悲切、痛苦。綜上所述，賀裳承認詩中之「理」的存在，認為並非所有詩中之「理」都要廢除，但同時也提出，詩中之理與辭相輔而行才能成就好詩。

二、「無理而妙」與「無理之理」

　　賀裳除了關注有「理」之詩外，還關注到詩中「無理」的現象。他提到：

> 詩又有以無理而妙者，如李益「早知潮有信，嫁與弄潮兒」，此可以理求乎？然自是妙語。至如義山「八駿日行三萬里，穆王何事不重來」，則又無理之理，更進一塵。總之詩不可執一而論。〔註22〕

引文中「早知潮有信，嫁與弄潮兒」出自李益〈江南曲〉〔註23〕，此詩描寫的是女子埋怨外出經商的商人丈夫，長年在外無固定歸期，於是思婦便生出願意嫁給弄潮兒之想法，只因潮水漲退自有規律。詩人

〔註20〕　見《左傳》襄公二十五年，參見趙生群著：《春秋左傳新注》（上）（西安：陝西人民出版社，2008 年），頁 636。
〔註21〕　《論語》，收入宋・朱熹注；王浩整理：《四書集注》（南京：鳳凰出版社，2008 年 11 月），頁 165。
〔註22〕　出自清・賀裳：《載酒園詩話》卷一，「詩不論理」條，頁 209。
〔註23〕　李益〈江南曲〉全文為「嫁得瞿塘賈，朝朝誤妾期。早知潮有信，嫁與弄潮兒。」出自陳貽焮主編：《增訂注釋全唐詩・李益・江南曲》（北京：文化藝術出版社，2001 年 5 月），頁 896。

使用白描之手法，僅用平白無華的二十個字，將詩中主人公的濃濃閨怨之情表達的淋漓盡致，詩句看似「無理」卻又發乎至情，極富妙趣。「八駿日行三萬里，穆王何事不重來」語出李商隱〈瑤池〉〔註24〕一詩，詩中藉周穆王的傳說，諷刺求仙的愚蠢行為。詩中沒有從正面描寫周穆王的活動，反而設想西王母盼不到周穆王重來，傳聞西王母為群仙之首，吃她一枚桃子便可享壽三千歲，李商隱以西王母思念的周穆王都不得重返瑤池為例，捉住迷信傳說中的破綻〔註25〕，可謂「無理之理」，即以看似無理的例子闡明詩中的道理。

結合以上二例，可以看出賀裳認為的「無理」多為詩中存在不合事理或違背某種客觀事實（如社會政治、道德倫理）的現象，但是這些「無理」之詩卻能夠將常言難以表達的情感以生動的方式表達出來，賀裳提出「無理而妙」、「無理之理」這兩個觀點是對詩歌之「理」的深度探索。

三、「以理拘執」與「背理」

前兩點賀裳討論到了詩中「有理」與詩中「無理」的狀態，此外賀裳還針對詩中用「理」不當之處進行探討：賀裳反對作詩「以理拘執」以及太過「背理」之詩，他說到：

> 論詩雖不可以理拘執，然太背理則亦不堪。……王元之〈雜興〉云：「兩株桃杏映籬斜，裝點商州副使家。何事春風容不得，和鶯吹折數枝花。」其子嘉祐曰：「老杜嘗有『恰似春風相欺得，夜來吹折數枝花。』」余以且莫問雷同古人，但安有花枝吹折，鶯不飛去，和花同墜之理？此真傷巧。〔註26〕

〔註24〕 李商隱〈瑤池〉全文為：「瑤池阿母綺窗開，黃竹歌聲動地哀。八駿日行三萬里，穆王何事不重來」出自唐・李商隱著；清・馮浩箋注：《玉谿生詩集箋注》（上）（上海：上海古籍出版社，1979 年 10 月），頁269。

〔註25〕 此處說法參考陳伯海選注：《李商隱詩選注》（上海：上海古籍出版社，1982 年 2 月），頁 36。

〔註26〕 出自清・賀裳：《載酒園詩話》卷一，「詩不論理」條，頁 210。

賀裳反對作詩過於拘泥於理，此觀點雖沒有明確說明，但在賀裳對他人之批評中可見一斑。賀裳在評朱熹一條中說到：「詩雖不宜苟作，然必字字牽入道理，則詩道之厄也」〔註27〕，他認為，作詩若是字字都要求其有理有據，那麼也是詩歌之災難，可以看出他反對作詩太過拘泥於理。但同時，他也提出作詩不能太過「背理」，賀裳以王禹偁之詩進一步說明「背理」太過的詩實則「傷巧」，他指出王禹偁〈春居雜興〉一詩有兩處不足：一是「雷同古人」，詩之後二句乃是襲取自杜甫〈絕句漫興九首・其二〉的後二句「恰似春風相欺得，夜來吹折數枝花」；二是「背理」，花枝被風吹斷之後黃鶯沒有飛走而是與花一同墜地太過違背常理。從賀裳對王禹偁之詩的批評可以看出，他所認為的「背理」是指詩中所論之理違反人的理解範疇和思考邏輯，賀裳認為這種違背生活常理之詩使人難以取信，故而「傷巧」。

綜合上述三點，可以看出賀裳對於「理」的論述相當靈活，既看到理的邏輯性，同時也發現理之順、逆的關係。賀裳措辭層層遞進，從三方面展開緊密論述，既稱讚如元結〈舂陵行〉等說理應恰到好處之詩，也批評做詩過於「以理拘執」的朱熹；既分析如李益的〈江南曲〉等「無理而妙」的作品，也批評如王禹偁〈春居雜興〉等「太背理」而不堪之詩。至於賀裳認為詩中之「理」該如何存在，他給出明確的答案：「理與辭相輔而行」。

第二節　述情貴真，寫景尚妍

古代詩論中，情景一直是詩家們關注的範疇，王國維《文學小言》中寫道：「文學中有二原質焉：曰景曰情」〔註28〕。有關於情景論的研討，秦漢之際已初步規模。〔註29〕發展至明清，各大詩論家對其論述

〔註27〕出自清・賀裳：《載酒園詩話》卷五，評宋代詩人「朱熹」條，頁445。
〔註28〕語出自王國維：《王國維遺書》（上海：上海古籍出版社，1983年），頁28。
〔註29〕馬連菊：〈「景」字與中國詩學早期情景論〉一文中通過對於「景」之

和闡發層出不窮，如明‧謝榛《四溟詩話》曰：「作詩本乎情景，孤不
自成，兩不相背」〔註30〕，明‧胡應麟《詩藪》曰：「作詩不過情、景
二端」〔註31〕，明‧袁中道〈牡丹史序〉曰：「天地間之景，與慧人才
士之情，歷千百年來，互竭其心力之所至，以呈工角巧意，其餘無蘊
矣」〔註32〕，明末清初時王夫之在其《薑齋詩話》中也詳盡分析情與
景的關係：「情、景名為二，而實不可離。神於詩者，妙合無垠。巧者
則有情中景，景中情」〔註33〕。近代以來，學界對於詩歌情景理論研
究成果頗為豐碩，東北師範大學馬連菊博士將其歸納為七類：情景詩
論的溯源論、歷史觀、意境說、構成說、搭配說，有關情景詩論之研究
熱點——王夫之的情景論以及中西方情景論比較研究。〔註34〕賀裳在
《載酒園詩話》中也對情與景的關係進行了討論，如「升菴詩話」條道
出了賀裳對於情景論的基本態度：

> 作詩以情意為主，景與事輔之，兼之者宗工巨匠也，得一端
> 者亦藝林之秀也。〔註35〕

賀裳認為「情意」與「景事」是主輔關係，也就是說，處於輔助地位的
「景與事」，是為表達「情意」服務的。在他看來，能夠兼顧「情意」、

一字的溯源，發現古代文論中的「物」、「象」等概念恰恰便指「景」，
因此情景論基本內涵於「感物」論、「物象」論之中。詳見馬連菊：
〈「景」字與中國詩學早期情景論〉，《哈爾濱師範大學社會科學學報》
（2017 年第 6 期），頁 97～99。

〔註30〕 明‧謝榛著：《四溟詩話》（北京：中華書局，1985 年），頁 41。
〔註31〕 明‧胡應麟：《詩藪》（上海：上海古籍出版社，1979 年），頁 63、64。
〔註32〕 明‧袁中道著；錢伯城點校：《珂雪齋集》（上海：上海古籍出版社，
1989 年），頁 23。
〔註33〕 明‧王夫之撰；戴洪森點校：《薑齋詩話箋注》（台北：木鐸出版社，
1982 年 4 月），頁 72。
〔註34〕 詳見馬連菊：《《瀛奎律髓》詩學研究——以情景論為中心》（東北師範
大學博士論文，2015 年 6 月），頁 5～7。此外，王金根：《中國古代詩
歌情景論研究》（南昌大學碩士論文，2007 年 5 月）以及和靜：《明清
詩學情景論研究》（雲南師範大學碩士論文，2013 年 6 月）中對於情
景論亦有詳細論述，可資參考。
〔註35〕 出自清‧賀裳《載酒園詩話》卷一，評「升菴詩話」條，頁 262。

「景事」的詩人便是詩壇的「宗工巨匠」，即便不能兼之，二者得其一也堪為「藝林之秀」。從引文可見賀裳對於詩歌中情景重要性之高度肯定，認為二者本身便具有成就優秀詩歌的條件。不僅如此，賀裳還將此觀點融入到他對詩人詩作的批評之中，如評劉長卿〈嚴維宅送包佶〉一詩曰：「情旨溫然，又不徒寫景述事矣」〔註36〕。又如評盧綸：

> 劉長卿外，盧綸為佳。其詩亦以真而入妙，……皆能使人情
> 為之移，甚者欷歔欲絕。寫景之工，……悉如目見也。〔註37〕

賀裳對盧綸之評價極高，認為中唐詩人除劉長卿外，便是盧綸之詩值得稱道。其原因便在於盧綸作詩情真之句能使人「情為之移」，景工之句能使詩中之景「悉如目見」，賀裳好讀入情切景之詩，如嚴維〔註38〕、鄭谷〔註39〕之詩都是賀裳所讚賞的。

下面，本文將從「述情貴真」、「寫景尚妍」兩個方面具體分析賀裳之情景詩論，分析如下：

一、述情貴真

明代中後期詩壇，「情」的地位越來越重要，甚至出現廣泛的尊情主張。〔註40〕作為明末清初的文人，賀裳也不例外，他亦肯定情感在詩歌中的重要地位，如《載酒園詩話》卷一「翻案」一條云：「大都詩貴入情，不須立異」〔註41〕賀裳尤其強調詩人主體「情真」的創作表

〔註36〕　出自清・賀裳《載酒園詩話》卷三，評中唐詩人「劉長卿」條，頁330。

〔註37〕　出自清・賀裳《載酒園詩話》卷三，評中唐詩人「盧綸」條，頁336。

〔註38〕　出自清・賀裳《載酒園詩話》卷三，評中唐詩人「嚴維」條：「中唐數十年間，亦自風氣不同。其初，類於平淡中時露一入情切景之語，故讀元和以前詩，大抵如空山獨行，忽聞蘭氣，餘則寒柯荒阜而已……」頁338。

〔註39〕　賀裳《載酒園詩話》卷四，評晚唐詩人「鄭谷」條：「鄭谷詩以淺切而妙，如〈寄孫處士〉、〈題少華甘露寺〉、〈贈歙溪高士〉、〈舟行〉、〈羅村路見海棠〉、〈中年〉、〈寄楊處士〉皆入情切景。」，頁389。

〔註40〕　曾中輝：〈淺論明代文學尊情觀的發展脈絡〉，《江西師範大學學報（哲學社會科學版）》第31卷第1期（1998年2月），頁27。

〔註41〕　出自清・賀裳《載酒園詩話》卷一，「翻案」條，頁220。

現，他認為作詩必須以真性情出之，如此方能感人。正如《莊子》曰：
「真者，精誠之至也。不精不誠，不能動人。」〔註42〕

賀裳《載酒園詩話》中討論到「情」的文字並不多，但他卻以情
作為評價詩歌的審美標準，他關於詩之情的論述見於以下3條：

1. 孟詩佳處只一「真」字，初讀無奇，尋繹則齒頰間有餘
   味。〔註43〕

2. 獨喜其「酒酣暫輕別，路遠始相思」，真入情切事。〔註44〕

3. 「乍見翻疑夢，相悲各問年」，可謂情至之語，李益曰「問
   姓驚初見，稱名憶舊容」，則情尤深，語尤愴，讀之者幾
   於淚不能收。〔註45〕

引文1為賀裳評孟浩然之語，賀裳認為孟浩然之詩初讀感覺平平無奇，
但因其情真，所以值得回味。引文2為賀裳評錢起之語，「酒酣暫輕別，
路遠始相思」出自錢起〈送楊朱作歸東海〉〔註46〕，詩中寥寥几語，
道出詩人送別友人時不捨之情。因詩中之情皆為真情，能引起讀者之
共鳴，故而能夠打破詩人與讀者時空不同所造成的隔閡。引文3為賀
裳評司空曙之語。「乍見翻疑夢，相悲各問年」語出司空曙〈雲陽館與
韓紳宿別〉〔註47〕，此詩為惜別詩，詩寫乍見又別之情，不勝黯然。
「乍見」二句描寫人到情極處，往往以假為真，以真作假。久別相逢，

〔註42〕 清·王先謙集解；方勇導讀、整理：《莊子》（上海：上海古籍出版社，
2009 年 6 月），頁 322。

〔註43〕 出自清·賀裳《載酒園詩話》卷二，評盛唐詩人「孟浩然」條，頁 312。

〔註44〕 出自清·賀裳《載酒園詩話》卷三，評中唐詩人「錢起」條，頁 332。

〔註45〕 出自清·賀裳《載酒園詩話》卷三，評中唐詩人「司空曙」條，頁 339。

〔註46〕 錢起〈送楊著作歸東海〉全文為：「楊柳出關色，東行千里期。酒酣暫
輕別，路遠始相思。欲識離心盡，斜陽到海時。」出自陳貽焮主編：
《增訂注釋全唐詩·錢起·送楊著作歸東海》（北京：文化藝術出版社，
2001 年 5 月），頁 432。

〔註47〕 司空曙〈雲陽館與韓紳宿別〉全文為：「故人江海別，幾度隔山川。乍
見翻疑夢，相悲各問年。孤燈寒照雨，濕竹暗浮煙。更有明朝恨，離
杯惜共傳。」出自陳貽焮主編：《增訂注釋全唐詩·司空曙·雲陽館
與韓紳宿別》（北京：文化藝術出版社，2001 年 5 月），頁 964。

乍見以後，反疑為夢境，正說明上次別後的相思心切和此次相會不易。「翻疑夢」，不僅情真意切，而且把詩人欣喜、驚奇的神態表現得維妙維肖，十分傳神。「問姓驚初見，稱名憶舊容」出自李益〈喜見外弟又言別〉〔註48〕，詩中再現詩人同外弟久別重逢又匆匆話別的情景。賀裳引出的「問姓」二句又同司空曙〈雲陽館與韓紳宿別〉「乍見」二句情景顯然不同。互相記憶猶新才可能「疑夢」，而李益和表弟卻因離別太久而相見不相識。兩首詩皆是寫離後重逢之情，賀裳認為李益「問姓」二句情感較司空曙「乍見」二句更為深刻，給人的震撼也更加鮮明。賀裳在評「李益」〔註49〕一條時也明確表示喜愛其入情之句，除李益之外，同樣被賀裳提及有入情之句的詩人還有崔塗、張喬、張蠙三人。〔註50〕

二、寫景尚妍

在論及「景」這一概念時，賀裳將「景」與「妍」結合到一起，他於《載酒園詩話》卷一「詩魔」一條中提出「詩非借景不妍」之論：

歐陽公《詩話》云：「國朝浮圖以詩名於世者九人，號『九

〔註48〕 李益〈喜見外弟又言別〉全文為：「十年離亂後，長大一相逢。問姓驚初見，稱名憶舊容。別來滄海事，語罷暮天鐘。明日巴陵道，秋山又幾重。」出自陳貽焮主編：《增訂注釋全唐詩‧李益‧喜見外弟又言別》（北京：文化藝術出版社，2001年5月），頁892。

〔註49〕 賀裳《載酒園詩話》卷三，評中唐詩人「李益」條：「余尤愛其入情之句，如〈遊子吟〉：『莫以衣上塵，不謂心如練』〈雜曲〉：『愛如寒爐火，棄若秋風扇。山嶽起面前，相看不相見』『嘗聞生別離，悲莫悲於此。同器不同榮，堂下即千里』」，頁341。

〔註50〕 賀裳《載酒園詩話》卷四，評晚唐詩人「崔塗、張喬、張蠙」條：「崔塗、張喬、張蠙皆有入情之句。如崔〈游邊感懷〉：『兄弟江南身塞北，雁飛猶自半年餘。夜來因得思鄉夢，重讀前秋轉海書。』蠙〈寄友人〉：『戀道欲何如，東西遠索居。長疑即見面，翻致久無書。向麥深藏雉，淮苔淺露魚。相思不我會，明月屢盈虛。』崔〈除夜有感〉：『迢遞三巴路，羈危萬里身。亂山殘雪夜，孤燭異鄉人。漸與骨肉遠，轉於僮僕親。那堪正飄泊，明日歲華新？』讀之如涼雨淒風颯然而至，此所謂真詩，正不得以晚唐概薄之。」，詳見頁388。

　　僧詩』。時有進士許洞，會諸詩僧分題，出一紙，約不得犯
此一字。其字乃山、水、風、雲、竹、石、花、草、雪、
霜、星、月、禽、鳥之類，於是諸僧各閣筆。」余意除卻十
四字，縱復成詩，亦不能佳，猶庖人去五味，樂人去絲竹
也。直用此策困之耳，狙獪伎倆，何關風雅！按九僧皆宗
賈島、姚合，賈詩非借景不妍，要不特賈，即謝朓、王維，
不免受困。〔註51〕

賀裳認為「景」對於詩歌之所以特別重要，其關鍵在於「妍」。「妍」即
美好的意思，「詩非借景不妍」表明，詩之美必須借助於「景」，賀裳的
這一命題從詩歌美學的高度闡釋「景」對於詩歌創作和作品的價值意
義，簡單來說，如果沒有「景」的描寫，詩歌就不美，詩之美離不開對
於景的描寫。引文中賀裳借歐陽修《六一詩話》中「九僧詩」之事例說
明「景」對於詩歌創作及詩學作品作品的價值意義。詩歌沒有寫景，就
像「庖人去五味，樂人去絲竹」一樣，詩人就會被「困之」，即便是謝
朓、王維這樣的大詩人也「不免受困」。若是作詩不寫景，那麼即便作
成詩歌，亦不能稱得上是佳詩。因此，在賀裳看來「景」對於古代詩歌
來說，是構成詩之美的關鍵因素。

　　然而「景」為何同詩之「妍」有所關聯，賀裳並未詳細說明，不過
可以從其詩歌批評中窺其一二。《載酒園詩話》卷一「用意」條評李商隱
〈宿晉昌亭聞驚禽〉詩之前四句云：「數語寫景如畫」〔註52〕，《載酒園
詩話》卷五評「僧惠崇」條云：「不惟語工，兼多畫意」〔註53〕，《載酒
園詩話》卷三「李賀」條評〈黃家洞〉詩云：「讀一過，萬里之外，如在
目前」〔註54〕、評〈江南弄〉一詩曰：「寫景真是如畫」〔註55〕，又如卷

〔註51〕 出自清・賀裳《載酒園詩話》卷一，「詩魔」條，頁243。
〔註52〕 出自清・賀裳《載酒園詩話》卷一，「用意」條，頁229。
〔註53〕 出自清・賀裳《載酒園詩話》卷五，評宋代詩人「僧惠崇」條，頁405。
〔註54〕 出自清・賀裳《載酒園詩話》卷三，評中唐詩人「李賀」條，頁353、
　　　　354。
〔註55〕 出自清・賀裳《載酒園詩話》卷三，評中唐詩人「李賀」條，頁355。

二評「李白」〈蜀道難〉一條：

> 〈蜀道難〉一篇，真與河嶽並垂不朽。即起句「噫吁嚱，危
> 乎高哉」七字，如累碁架卵，誰敢併於一處？至其造句之妙：
> 「連峯去天不盈尺，孤松倒掛倚絕壁。飛湍瀑流爭喧豗，砯
> 崖轉石萬壑雷。」每讀之，劍閣、陰平，如在目前。〔註56〕

賀裳所評的這些詩歌都是寫景之佳作，詩中的景色描寫使詩「兼多畫意」，具有「如畫」的美感，故而能使讀者在讀詩時仿佛能栩栩如生、形象生動的場景，就如同賀裳評語所說「萬里之外，如在目前」。

　　由此可知，寫景之所以能夠成就詩之「妍」，原因就在於景的描寫賦予詩歌以形象之美。而「如畫」的形象之美正是詩歌之美不可或缺的核心因素之一，因為詩歌如果缺少這種「如在目前」的形象畫面，即便「情意」深遠豐富，也難以達到最佳的審美境界。賀裳將「景」與「妍」聯繫起來，闡釋詩中之「景」是構成詩歌之美的關鍵因素，這種闡釋具有更高的層次，是對古代詩學情景理論的深化和推進。

第三節　詩貴含蓄

　　講究含蓄是我國古代藝術的審美追求，賀裳以之作為唐宋詩批評的標準，是對傳統的詩學思想的繼承。追溯其根源，古人對含蓄美的追求最早源於儒家「溫柔敦厚」的詩教傳統。而後，漢儒提出「主文而譎諫」〔註57〕，要求詩歌創作不直陳其事而用比興手法，不直露其言而用以委婉諷刺〔註58〕，這種委婉的態度便是「含蓄」的發端。

〔註56〕 出自清‧賀裳《載酒園詩話》卷二，評盛唐詩人「李白」條，頁316。

〔註57〕 漢‧鄭玄箋，唐‧孔穎達疏：《毛詩正義》（台北：廣文書局，1971年11月），頁8。

〔註58〕 蔣凡、顧易生《中國文學批評通史‧先秦兩漢卷》中對此現象作出解釋：「漢代經生之『刺』，是有限度的、有原則的，它強調的是『發乎情』而『止乎禮義』，這是符合孔子所說『詩可以怨』的意思。它不是金剛怒目式的批判揭露，不能傷害統治者的尊嚴和體面；而是通過委婉含蓄之詞，寄託忠心諷諫之意。」出自蔣凡、顧易生：《中國文學批評通史‧先秦兩漢卷》（上海：上海古籍出版社，1996年），頁411。

劉勰《文心雕龍‧隱秀》云：「隱也者，文外重旨者也」〔註59〕又云：「夫隱之為體，義主文外。祕響傍通，伏采潛發」〔註60〕從創作和鑑賞兩個方面，指出了含蓄美的特質與功能。司空圖於《詩品》專有一品論「含蓄」〔註61〕，以類似佛家偈語的形式，來說明含蓄的內涵。而含蓄的特徵，在於不必借用太多字便能表達出詩人所欲述說之情感。在文辭上不落痕跡，運用具有啟發性與暗示性的文辭，能夠喚起讀者更多的聯想，讓人讀來有意味無窮，餘韻不絕的審美效果。

賀裳在《載酒園詩話》卷一「疑誤」一條中明確表明「詩貴含蓄」的觀點：

> 楊大年「風來玉宇鳥先覺」，有作「轉」字者，便意味索然；「轉」字意已具於「覺」字內也。詩貴含蓄，忌淺露，雖一字實分徑庭。〔註62〕

可以看出，賀裳認為詩歌在表情達意方面要做到含蓄蘊藉，切忌過於生硬；而詩歌本身不可過於淺顯，能做到「言有盡而意無窮」方為上。鍾嶸在〈詩品序〉中提出「文已盡而意有餘」的說法，並把文學的含蓄美看成是運用賦、比、興的藝術手法的結果，「文已盡而意有餘，興也；因物喻志，比也；直書其事，寓言寫物，賦也。宏斯三義，酌而用之，干之以風力，潤之以丹彩，使味之者無極，聞之者動心，是詩之至也。」〔註63〕賀裳「含蓄」之說對此多有吸收、借鑒，這一點在對王安石和

〔註59〕 出自王運熙、周鋒撰：《文心雕龍譯注》，頁266。
〔註60〕 出自王運熙、周鋒撰：《文心雕龍譯注》，頁266。
〔註61〕 「不著一字，盡得風流，語不涉難，已不堪憂。是有真宰，與之沈浮。如滿綠酒，花時反秋。悠悠空塵，忽忽海漚。淺深聚散，萬取一收。」出自司空圖：《二十四詩品》，收入清‧何文煥編定：《歷代詩話》（北京：中華書局，1981年），頁40、41。
〔註62〕 出自清‧賀裳《載酒園詩話》卷一，「疑誤」條，頁245。
〔註63〕 南朝梁‧鍾嶸著；趙仲邑譯注：《鍾嶸詩品譯注》（桂林：廣西人民出版社，1987年10月），頁6。此外，宋‧胡寅（1098～1156）在〈致李叔易〉一文中也說到「賦、比、興，古今論者多矣，惟河南李仲蒙之說最善。」李仲蒙嘗謂：「敘物以言情，謂之賦，情物盡也；索物以托情，謂之比，情附物者也；觸物以起情，謂之興，物動情者也。故

歐陽修的批評上充分體現出來：

1. 讀臨川詩，常令人尋繹於語言之外，當其絕詣，實自可興可觀，不惟於古人無愧而已。吾嘗謂此不當以文恕其人，亦不當以人棄其文，特推為宋詩中第一。〔註64〕

2. 歐公古詩苦無興比，惟工賦體耳。至若敘事處，滔滔汨汨，累百千言，不衍不支，宛如面談，亦其得也。所惜意隨言盡，無復餘音繞梁之意。又篇中曲折變化處亦少。公喜學韓，韓本詩之別派，其佳處又非學可到，故公詩常有淺直之恨。〔註65〕

兩者相較，不難看出，王安石之詩歌用比興的手法，具有言外之意，所以被賀裳推舉為宋詩第一；而歐陽修之詩歌沒有比興，只擅長用賦體，故而意隨言盡，有淺直之恨。由此可知，比興手法在詩歌中的運用，是造成詩歌具有「言有盡而意無窮」效果的最直接有效手段。

賀裳在進行具體的唐宋詩批評中，曾多次以含蓄作為評詩之標準，具體表現為如下 5 處：

1. 「獻凱日繼踵，兩番靜無虞。漁陽豪俠地，擊鼓吹笙竽。雲帆轉遼海，粳稻來東吳。越羅與楚練，照耀輿臺軀。主將位益崇，氣驕凌上都。邊人不敢議，議者死路衢。」首章言應募，次章言入幕，三章言立功，至此極言邊城之富，而邊將之橫，始有失身之懼矣。**末二句尤含蓄無限。**〔註66〕

2. **詩有一意透快，略不含蓄，不礙其為佳者，沈千運、孟雲卿是也。**沈之「近世多夭傷，喜見鬢髮白」，孟之「為長

物有剛柔、緩急、榮悴、得失之不齊，則詩人之情亦各有所寓。」出自宋・胡寅：〈致李叔易〉，《斐然集》，收入吳文治主編：《宋詩話全編》（南京：江蘇古籍出版社，1998 年 12 月），頁 3395、3396。

〔註64〕出自清・賀裳《載酒園詩話》卷五，評宋代詩人「王安石」條，頁 418。

〔註65〕出自清・賀裳《載酒園詩話》卷五，評宋代詩人「歐陽修」條，頁 411。

〔註66〕出自清・賀裳《載酒園詩話》卷二，評盛唐詩人「杜甫」條，頁 321。

心易憂，甲孤意常傷」，語皆入妙。〔註67〕

3. 「秦女窺人不解羞，攀花趁蝶出牆頭。胸前空帶宜男草，嫁得蕭郎愛遠遊。」首二句即王江寧「閨中少婦不知愁，春日凝妝上翠樓」意。但見柳色而悔，是少婦自悔，此卻出於旁觀者之矜惜。**然語意含蓄，較之「自慚輸廄吏，餘暖在香韉」，可謂好色不淫也。**〔註68〕

4. 「紅衣落盡暗香殘，葉上秋光白露寒。越女含情已無限，莫教長袖倚闌干。」此詩最流傳人口，然僅賞其標緻耳。題是〈郡中即事〉，固是感秋而作。但「越女含情」，與太守何涉，而「莫教倚闌」也？此正喻孤臣於思婦之意，藉以寫留滯周南之感耳。唐時重內而輕外，羊以與呂溫善而謫外，故發於語言者如此。**然雖感慨，而含蓄不露，頗有風人之遺。**〔註69〕

5. **張正言詩，亦倜儻率真，不甚蘊藉，然胸中殊有浩落之趣。**「眼前一樽又長滿，胸中萬事如等閒」，有此風調，固宜太白與之把臂。〔註70〕

上述引文1、3、4為賀裳評價他認為含蓄蘊藉詩之評語。引文1是賀裳評杜甫〈後出塞五首（其四）〉之語，引文3為賀裳評于鵠〈題美人〉之語，引文4為賀裳評羊士諤〈郡中即事〉之語，從三段引文中可以看出，除「含蓄」外，賀裳還以「好色不淫」、「風人之遺」語句來評價詩歌。「好色不淫」語出《史記·屈原賈生列傳》：「國風好色而不淫，小雅怨誹而不亂，若離騷者，可謂兼之矣。」是對《詩經·國風》內容

〔註67〕出自清·賀裳《載酒園詩話》卷二，評盛唐詩人「沈千運、孟雲卿」條，頁326。

〔註68〕出自清·賀裳《載酒園詩話》卷三，評中唐詩人「于鵠」條，頁342。

〔註69〕出自清·賀裳《載酒園詩話》卷三，評中唐詩人「羊士諤」條，頁343、344。

〔註70〕出自清·賀裳《載酒園詩話》卷二，評盛唐詩人「張謂」條，頁326、327。

的評價。而「風人之遺」也同《詩經‧國風》相關，那麼可以看出，賀
裳所論之「含蓄」，不僅包括詩歌風格的含蓄蘊藉，還有提倡詩教的意
思在內。

　　賀裳雖以「含蓄」作為詩歌批評的標準，但需要注意的是，賀裳
並未一味反對那些並不「含蓄」的詩作，如引文 2 賀裳評沈千運、孟
雲卿之詩，也提到雖然他們二人之詩語意透快，略不含蓄，但並不妨礙
其詩成為佳詩；引文 5 賀裳評張謂之詩也能看出，雖然張謂之詩有「倜
儻率真，不甚蘊藉」的特點，但是他的胸中有「浩落之趣」，因此「眼
前一樽又長滿，胸中萬事如等閒」之類的詩句並不遜色於李白之作。

小結

　　本章針對賀裳《載酒園詩話》之論詩宗旨展開論述，並又將其分
為「理不礙詩之妙」、「述情貴真，寫景尚妍」以及「詩貴含蓄」三部分
進行論述，現將上述分析所得之結論，簡明扼要的總結於下：

第一、理不礙詩之妙

　　賀裳「理不礙詩之妙」的觀點是根據嚴羽「詩有別趣，非關理也」
的觀點發展而來。賀裳對於「理」的論述相當靈活，既看到理的邏輯
性，也發現理之順、逆的關係。賀裳措辭層層遞進，從三方面展開緊密
論述：其一，賀裳對於詩之「理」的態度是理與辭必須並重，不可執一
而廢；其二，賀裳進而「無理而妙」、「無理之理」兩個觀點，乃是對詩
歌之「理」的進一步探索；其三，賀裳批評太過拘泥於理以及太過背理
之詩歌。可以看出，賀裳認為詩中是否說理，都有巧妙與否者，詩與
「理」之關係，並非水火不容，不可得兼的，而是要看詩人的創作意圖
與創作水準。

第二、述情必真，寫景尚妍

　　賀裳肯定情感在詩歌中的重要地位，同時還將「情真」作為品評
詩歌的審美標準。賀裳認為「情意」與「景事」是主輔關係，也就是說，

處於「輔之」地位的「景與事」，是為表達「情意」服務的。在賀裳看來，理想的詩歌是「情意」與「景事」的「兼之」，並將此觀點融入到他對詩人詩作的批評之中。賀裳還創新性的將「景」與「妍」結合到一起，提出「詩非借景不妍」之論，闡釋詩中之「景」是構成詩歌之美的關鍵因素，賀裳將詩之情景論上升到詩歌美學的高度。

第三、詩貴含蓄

賀裳認為詩歌在表情達意方面要做到含蓄蘊藉，切忌過於生硬；而詩歌本身不可過於淺顯，能做到「言有盡而意無窮」；隨後賀裳通過對王安石和歐陽修的批評說明想要達到詩之「言有盡而意無窮」需要使用比、興之手法；賀裳不僅提出「詩貴含蓄」的說法，更是將「含蓄」作為其詩歌批評的標準，但需要注意的是，賀裳並未一味反對那些並不「含蓄」的詩作，反而稱讚那些率真之詩。

第四章　詩歌創作論

　　文學創作是一種特殊的複雜的精神生產，是作家對生命的審美體驗，通過藝術加工創作出可供讀者欣賞的文學作品的創造性活動。〔註1〕而當它作為一種「原理」而進行研究的時候，它的範疇了概括文學活動的對象、觀念、方法及架構。〔註2〕而劉勰早在《文心雕龍‧總述》中便提及創作技巧的重要性。〔註3〕所謂的「創作論」，指的是文藝創作的現實基礎、主體意識、提煉加工，以及創作過程中的思維活動。〔註4〕

　　賀裳《載酒園詩話》卷一凡41條，其中明確論及創作技巧之條目有14條：「用事」、「考證」、「三偷」、「翻案」、「詠史」、「艷詩」、「詠物」、「詠事」、「用意」、「佳句各有所宜」、「一聯工力不均」、「前後失

〔註1〕狄其驄、王汶成、凌晨光著：《文藝學通論》（北京：高等教育出版社，2009年4月），頁183。

〔註2〕杜書瀛《文學原理：創作論》緒論部分於創作論研究的範疇：對象、觀念、方法及架構有作概要說明，（北京：人民文學出版社，2001年11月），頁1～25。

〔註3〕「夫不截盤根，無以驗利器；不剖文奧，無以辨通才。才之能通，必資曉術，自非圓鑒區域，大判條例，豈能控引情源，制勝文苑哉！」出自王運熙、周鋒撰：《文心雕龍譯注》（上海：上海古籍出版社，2012年8月），頁289。

〔註4〕參見吳中杰：《文藝學導論》（上海：復旦大學出版社，2002年10月），第二編創作論，頁77～131。

貫」、「字法」、「屬對」，但仍有一部分創作觀點散見於其他條目之中。

　　在《載酒園詩話》中，賀裳並未專列「重學」或「讀書」等條目，但從他自身的實際做法以及散落在詩話中的隻言片語中，還是能夠看出賀裳心目中博學多讀的重要性。〔註5〕而關於如何讀詩，賀裳亦提出自身觀點：「不讀《全唐詩》，不見盛唐之妙；不讀遍盛唐諸家，不見李、杜之妙。」〔註6〕賀裳指出想要了解盛唐詩之妙處，首先應通讀《全唐詩》；想要了解李白、杜甫詩之妙處，則須讀遍盛唐諸家之詩。可以看出，賀裳認為評價一個時代或詩人的詩作之前需要對整個朝代或同時期詩人有一定了解。除此之外，也能從側面看出想要評價詩人、詩作時，應有一定的知識積累。「讀詩得別本互看為佳。」〔註7〕賀裳指出人們在讀詩之時不應只專注於一個版本，應當用別本互看，相互比對，如此才能有所取捨，擇優而取。此外，賀裳在「用事」一條中指出杜甫創作〈閣夜〉詩時乃是「當日正是古今貫串於胸中，觸手逢源」〔註8〕，認為杜甫能創作出如此「用事無跡」之詩正是因為其知識儲備豐富，各朝各代之典故皆熟記於胸。

　　可以看出，賀裳對於如何讀詩、詩之創作頗有見地，下面本章將分為「創作之原則」、「創作之題材」以及「創作之技巧」三部分進行討論，以分析賀裳之詩歌創作觀點。

〔註5〕本文第二章第一節中有提到潘介祉撰輯《明詩人小傳稿》中「賀裳」一條有如下記載：「裳字黃公，丹陽人。少以諸生入太學，年三十，不知為古文詞。見有為駢語，乃自愧，發所藏書讀之。畏閭戶外聲至，以絮塞其耳，十年，博極群書。」可以看出，賀裳在三十歲時認識到「學」的重要性，於是十年間奮發讀書，博覽群書。《載酒園詩話》中賀裳卷二至卷五共論及唐宋詩人共235人，對其詩作進行評價，從其所論詩人詩作之多便可以看出，沒有一定的知識積累是無法做到的。此外，賀裳論書甚博，從其著作中也可看出，賀裳之著作涉獵範圍極廣，涵蓋經、史、詩、詞等各個方面。（有關賀裳之著作，已在本文第二章第三節有所討論，此處便不再贅述。）

〔註6〕出自清‧賀裳《載酒園詩話》卷二，評盛唐詩人「李白」條，頁315。

〔註7〕出自清‧賀裳《載酒園詩話》卷一，「別本」條，頁246。

〔註8〕出自清‧賀裳《載酒園詩話》卷一，「用事」條，頁210。

第一節　創作之原則──貴於用意

　　「以意為主」是中國文學理論中的傳統命題，詩之「意」，乃是決定創作整體方向的重要因素，早在南朝宋范曄〈獄中與諸甥姪書〉中便提出「以意為主」的說法，「常謂情志所託，故當以意為主，以文傳意。以意為主，則其旨必見；以文傳意，則其詞不流；然後抽其芬芳，振其金石耳。」〔註9〕范曄將「意」作為文章的主導角色，要求創作時須有一主要意旨來支撐作品，而此意旨則主要表達詩人的情感思想，並藉由文辭作為媒介來傳達。唐代杜牧也在〈答莊充書〉中闡述文與意之關聯〔註10〕。繼范曄、杜牧之後，「以意為主」的詩學論調被不少詩論家不斷申言，皆闡明詩歌以意為主，以文詞為輔的創作原則，例如北宋劉攽《中山詩話》〔註11〕、張表臣《珊瑚鉤詩話》〔註12〕、魏慶之《詩

〔註 9〕　沈約：《宋書‧列傳第二十九‧范曄》（台北：鼎文書局，1975 年 6 月），頁 1830。

〔註10〕　「凡為文以意為主，以氣為輔，以辭采章句為之兵衛。未有主強盛而輔不飄逸者，兵衛不華赫而莊整者。四者高下圓折步驟隨主所指，如鳥隨鳳，魚隨龍，師眾隨湯、武，騰天潛泉，橫裂天下，無不如意。苟意不先立，止以文采辭句，繞前捧後，是言愈多而理愈亂，如入闤闠，紛然莫知其誰，暮散而已。是以意全勝者，辭愈樸而文愈高；意不勝者，辭愈華而文愈鄙。是意能遣辭，辭不能成意。大抵為文之旨如此。」出自董誥等撰：《全唐文‧卷七百五十一‧杜牧‧答莊充書》（台北：大通書局，1979 年 7 月），頁 9846。杜牧以軍中階級比喻文章中意、氣以及辭采章句的重要程度，認為文章之意與辭采章句如同主帥與兵衛的主從關係。杜牧強調詩文創作應以立意為本，文章之意便如同軍之統帥，是整篇文章的主腦；其次是氣，最後才是文章的辭采章句。杜牧指出做文章應以意之統帥來支配語言文詞，作詩為文若顛倒以意為主，文詞從之的關係，僅僅追求華辭麗藻並以之為主，那麼詩文之意失去主導優勢，其核心意旨也就無由彰顯。「意能遣辭，辭不能成意」可謂對意詞關係做出決定性的論斷。

〔註11〕　「詩以意為主，文詞次之，或意深義高，雖文詞平易，自是奇作。世效古人平易，而不得其意義，翻成鄙野可笑。」出自劉攽：《中山詩話》，收入何文煥編訂《歷代詩話》，頁 285。

〔註12〕　「詩以意為主，又須篇中鍊句，句中鍊字，乃得工耳」出自宋‧張表臣《珊瑚鉤詩話》，收入何文煥編訂《歷代詩話》，頁 455。

人玉屑》中也提到作詩必先命意之說。〔註13〕金人王若虛《滹南詩話》亦引其舅周昂之言提出「文章以意為之主」〔註14〕。

賀裳強調詩歌創作應貴於用意，也是自「以意為主」這一命題發展而來。賀裳在《載酒園詩話》中專設「用意」一條，表達「作詩貴於用意，又必有味，斯佳」〔註15〕的創作原則。賀裳將詩意與詩味看作是詩歌創作的重要原則，詩歌創作時首先要「用意」，而在此基礎上創作的詩歌應詩味豐富。在賀裳看來，只有同時滿足「用意」與「有味」的詩歌才是上等的佳作。賀裳在《載酒園詩話》中雖沒有對「用意」做正面說明，但卻舉 3 條例子來說明用意的重要性。

第一，賀裳以李商隱〈宮妓〉一詩為例，說到：

> 余初讀此語，殊自茫然，暨思得之，此詩只形容女子慧心，
> 男子一妒字耳。偃師事載《列子》：「周穆王自昆侖歸，……，
> 悉假物也。」余因自嘆其鈍，而羨古人之敏，自此粗知執筆。
> 每舉以問人，亦未有應聲而解者。今人之病，正在求奇字句，
> 全不想古人用意處耳。〔註16〕

賀裳先是引用楊億《談苑》一書中對李商隱〈宮妓〉〔註17〕詩的評價，表示自己初讀之詩並不理解楊億對此詩為何會有「措辭寓意如此之深妙」這樣的感歎。隨後，挖掘出李商隱詩中深意，李商隱詩中使用《列

〔註13〕 宋‧魏慶之《詩人玉屑》卷六〈命意〉中提到：「作詩必先命意，意正則思生，然後擇韻而用，如驅奴隸；此乃以韻承意，故首尾有序。今人非次韻詩，則遷意就韻，因韻求事；至於搜求小說佛書殆盡，使讀之者惘然不知其所以，良自有也。」出自魏慶之：《詩人玉屑》引〈室中語〉，（台北：商務印書館，1968 年 6 月），頁 106。

〔註14〕 「文章以意為之主，字語為之役。主強而役弱，則無使不從。世人往往驕其所役，至跋扈難制，甚者反役其主。」出自金‧王若虛：《滹南詩話》，丁仲祜編訂《續歷代詩話》（中）（台北：藝文印書館，1971 年 10 月），頁 1。

〔註15〕 出自清‧賀裳《載酒園詩話》卷一，「用意」條，頁 229。

〔註16〕 出自清‧賀裳《載酒園詩話》卷一，「用意」條，頁 228。

〔註17〕 參見劉學鍇、余恕誠著：《李商隱詩歌集解》（北京：中華書局，2004 年 11 月重印版），頁 2076。

子》中「偃師」之典故，將宮妓同偃師關聯到一起，《列子》中所強調的是善弄機巧的偃師到頭來終不免觸怒君王，自取其禍。此詩以宮廷舞妓而託諷現實，了解李商隱所用典故之意義後，方知此詩用意之深妙。同時可以看出，賀裳所追求的「用意」，指的便是詩人創作的主要意旨，該意旨也就是整首詩的價值所在。賀裳強調作詩應「貴於用意」，便是要求詩人作詩之時要以意為主，是針對詩歌創作中的構思環節而言。賀裳還批判今人作詩之弊，他指出，每以李商隱〈宮妓〉詩問他人，都未有能理解詩中之意的人應聲，對此賀裳批判，今人作詩力求奇句僻典，全然不顧古人作詩之意旨。

第二，賀裳「用意」條又舉李商隱〈亂石〉、〈食筍呈座中〉、〈蜀桐〉、〈食筍〉四首詩為例，說到：

> 義山又有〈亂石〉一詩，亦深妙。……義山又有〈食筍呈座中〉詩「皇都陸海應無數，忍剪凌雲一寸心」，〈蜀桐〉詩「枉教紫鳳無棲處，斷作秋琴彈〈廣陵〉」，亦即〈亂石〉意，但以不使事，故語亮然。〈食筍〉詩感慨已盡於言內。叔夜死而〈廣陵散〉不傳，言外有知音難遇意，此語亦深也。〔註18〕

引文中賀裳認為李商隱詩意味深遠，但若是想要理解詩人作詩之真正意圖，便不能僅追求字句表面的含義，「解其義」方能「知其美」。就如上文賀裳所舉李商隱〈亂石〉〔註19〕一詩為例，前兩句既是寫石，又是用典〔註20〕，而「星光纔歛雨痕生」中以隕星緊扣題目中的「石」字，並以天落之星來暗示才士不凡。後二句「不須併礙東西路，哭殺廚頭阮步兵」則使用阮籍之事〔註21〕以抒發自己的窮途之悲。若是不仔

〔註18〕 出自清‧賀裳《載酒園詩話》卷一，「用意」條，頁 228、229。

〔註19〕 參見劉學鍇、余恕誠著：《李商隱詩歌集解》，頁 819。

〔註20〕 賀裳認為其「虎踞龍蟠縱復橫」一句出自柳宗元〈永州崔中丞萬石亭記〉：「綿谷跨溪，皆大石林立，渙若奔雲，錯若置棋，怒若虎鬥，企若鳥厲」。

〔註21〕 阮籍生當魏晉鼎革之際，社會現實的混亂動盪，政治鬥爭的血腥殺戮，使他非但才志不得施展，而又時有生命之憂，內心痛苦萬狀。《晉書》記載，阮籍不與世事，酣飲為常（實亦借酒避禍）。聞步兵廚營人善釀

細考察李商隱詩中之典故,又如何知曉其詩本意。

第三,賀裳在提出作詩應「貴於用意」後,緊接著便提出詩人創作之詩應「有味」這一觀點,賀裳以李商隱〈槿花二首〉(其一)詩為例:

> 「燕體傷風力,雞香積露文。殷鮮一相雜,啼笑兩難分。月裡寧無姊,雲中亦有君。三清與仙島,何事亦離羣?」此詩殊不可解。余嘗句揣之:「燕體」句言花枝娟弱,搖曳風中,猶燕之受風也。「雞香」,雞舌香,入直者含之,言花含露而香似之,蓋以對上「燕」字耳。第三句言其色,第四句言其態。第五第六又因「啼笑」句來,以美人喻花,又非凡間美人可擬,故引「月姊」、「雲君」,以「仙島」、「離羣」結之,見是天所謫降者。不徒奧僻,實亦牽強支離,有心勞日拙之憾。〔註22〕

賀裳認為,李商隱的〈槿花二首〉(其一)〔註23〕詩並非是「有味」之作,因其「殊不可解」。賀裳表示為理解此詩,他曾經句句揣摩,而後得出此詩:首句以趙飛燕之受風〔註24〕言槿花花枝娟弱,次句用雞香形容槿花含露以及槿花之香味似之,第三句描寫槿花顏色,第四句描寫槿花外在形態,末四句以美人喻花,以「仙島」、「離群」作結,表達槿花為「天所謫降」。賀裳通過對此詩的揣摩,指出此詩「奧僻」、「牽強支離」、讓人有「心勞日拙之憾」。這是指作詩用意若是過於偏僻,只求出奇,反而會使詩歌支離破碎,可以看出賀裳反對詩歌創作時用詞過於僻奧或是堆砌辭藻等不當行為。

酒,有貯酒三百斛,乃求為步兵校尉又常醉意駕車,不由路徑,至不可行處,便慟哭而返。

〔註22〕 出自清‧賀裳《載酒園詩話》卷一,「用意」條,頁229。

〔註23〕 參見劉學鍇、余恕誠著:《李商隱詩歌集解》,頁1778。

〔註24〕 《三輔黃圖》卷四:「成帝與趙飛燕戲於太液池,以金鎖纜雲舟於波上。每輕風時至,飛燕殆欲隨風入水。帝欲以翠縷結飛燕之裙。」此事全段與《拾遺記》卷六文字相同。

　　由〈槿花〉一詩可以看出，賀裳強調「不可解」的作品不是「有味」之作，也就是說，「有味」之作應是「可解」的。賀裳認為詩之佳作應無「心勞日拙之憾」，「有味」之詩不應「奧僻」、「牽強支離」。進一步說，詩歌「有味」與藝術表現密切相關，詩歌要想「有味」，必須在語言表達、技巧運用等方面下功夫，應該避免「奧僻」、「牽強支離」等毛病，不能讓讀者「有心勞日拙之憾」。所以，詩歌之味涉及到藝術表達的問題，與「詩意」不是一個層面上的東西。隨後賀裳又舉李商隱〈李花〉〔註25〕以及〈宿晉昌亭聞驚禽〉〔註26〕二詩為例，皆是為例說明詩歌創作時若是藝術表達方過於曲折或是使用典故過於奧僻，則會使詩難以理解，自然也就無法讀懂詩人之用意。

　　綜合以上三點，可以看出賀裳想要表達的是，詩歌創作應以表情達意為首要任務，但在表情達意的同時要注重該意圖的藝術表現方式，也就是要表達自然、有韻味且有思想深度。賀裳將「有味」的概念同「用意」這一傳統概念結合到一起，在作詩應「貴於用意」的基礎上強調詩歌的語言、藝術結構等表達方式的重要性。

第二節　創作之題材

　　賀裳關於詩歌取材的議論，主要見於《載酒園詩話》卷一「詠史」、

〔註25〕賀裳評李商隱〈李花〉詩：「『自明無月夜，強笑欲風天』，詠物只須如此，何必詭僻如前作」，出自清・賀裳《載酒園詩話》卷一，「用意」條，頁229。

〔註26〕賀裳評李商隱〈宿晉昌亭聞驚禽〉詩：「『羈緒鰥鰥夜景侵，高窗不掩見驚禽。飛來曲渚煙方合，過盡南塘樹更深。』數語寫景如畫。後聯『胡馬嘶和榆塞笛，楚猿吟雜橘村砧。失羣掛木知何限，遠隔天涯共此心』。始以『羈緒』而感『驚禽』，又因『驚禽』而思及『塞馬』、『楚猿』之失偶傷離者，雖則情深，徑路已紆折也！謝茂秦曰：『詩貴乎遠而近，凡靜室索詩，心神渺然，西遊天竺國，仍歸上黨昭覺寺，此所謂遠而近之法也。若經天竺，又向扶桑，此遠而又遠，於何歸宿？』此詩未免犯此病。」出自清・賀裳《載酒園詩話》卷一，「用意」條，頁229、230。

「艷詩」、「詠物」以及「翻案」四個條目之中〔註27〕，其中「翻案」條是對詠史詩中有關翻案一類詩歌的討論，故本一小節主要針對賀裳論及詠史詩、詠物詩以及艷情詩這三種題材的創作方法展開討論。

一、詠史詩

　　詠史詩為直接截取史傳上的人物、事件作為題材而賦詩以歌詠之、嘆美之、感慨之的詩歌作品。〔註28〕肖馳先生在《中國詩歌美學》一書中也說到：「詠史就是通過歷史對象使主體的情感客觀化。」〔註29〕就「歷史對象」而言，詠史詩可分為詠歷史人物、歷史事件和歷史現象三類。詠史詩也有其特定的表現形式：有就事論事的，即作者藝術地再現當時歷史的畫面，對前人或往事進行褒貶，提出某種政治見解和哲學理念；也有託古諷今、指桑罵槐，即作者隱曲地表達人生際遇和複雜情懷。〔註30〕現存最早的詠史詩是東漢・班固的五言古詩〈詠史〉，而晉・左思〈詠史〉代表著晉代詠史詩的最高成就。

　　詠史詩大體可分為三類，詠史詩有詠史、懷古、詠懷古跡三種類型。詠史乃針對具體歷史事件或歷史人物抒發作者見解和感情，一般述寫比較具體，寓意明直。懷古詩多為作者親臨古地追懷往事以寄感慨，多借眼前古跡揮寫大意，涵概一切，藝術上多虛實相間，北魏詩人

〔註27〕　賀裳雖也列「詠事」一條，但其中大量篇幅用於討論作詩用事之技巧以及作詩之原則──「貴於用意」，並未對詠事詩之作法展開深入討論，故此小節不做分析。

〔註28〕　參見趙望秦著：《唐代詠史組詩考論》（西安：三秦出版社，2003 年 8 月），頁 2、3。此外，陳建華也在《唐代詠史懷古詩論稿》一書中對詠史詩作出定義：「凡是對某一個或幾個歷史人物或事件進行歌詠，發表評論意見，皆以抒泄情感，發表見解的詩歌，都可稱為詠史詩。」詳見陳建華著：《唐代詠史懷古詩論稿》（武漢：華中科技大學出版社，2008 年 8 月），頁 3、4。

〔註29〕　參見肖馳：《中國詩歌美學》（北京：北京大學出版社，1986 年 11 月），頁 126。

〔註30〕　參見陳建華著：《唐代詠史懷古詩論稿》（武漢：華中科技大學出版社，2008 年 8 月），頁 4。

常景首創。詠懷古跡則融詠懷、詠史、懷古為一體，託古跡起興，抒發懷抱，肇自杜甫。三者的共同特點是往往亦古亦今，重在抒懷，並非純粹發思古之幽情。〔註31〕縱觀《載酒園詩話》可以看出，賀裳在「詠史」及「翻案」兩條都是針對詠史詩進行的討論。

賀裳在「詠史」、「翻案」兩條中討論詠史詩主要以王安石之詩為例，並提出「意氣棲託之地」、詠史需「比擬得當」、「切情合事」兩個觀點。

（一）詠史詩為「意氣棲託之地」

賀裳在「詠史」一條的第一句便提出「詠史詩雖是意氣棲託之地，亦須比擬當於其倫。」〔註32〕這一論點，這是賀裳對詠史詩本質特性的討論，賀裳認為詠史詩並非僅僅述古敘事，而著重在表識見、言志向、詠胸懷、抒感情。詠史詩往往借助於詩人對歷史人物的追慕和讚賞，或通過對歷史人物功過的評說，來表述自己的想法。詠史詩一般都是有所寄寓，它熔述史、達識、抒情為一爐，詩人之所以創作詠史詩，其目的就是為了借史抒懷。

（二）詠史應「比擬得當」、「切情合事」

「切情合事」一語出自賀裳《載酒園詩話》「翻案」一條中賀裳評白居易〈王昭君〉一詩之中：

> 樂天則曰：「漢使卻迴憑寄語，黃金何日贖蛾眉？君王若問妾顏色，莫道不如宮裏時。」似此翻案卻佳，蓋尤為切情合事也。〔註33〕

「切情合事」便是要求詠史詩的創作需要詩人所抒發的情感要基本符合歷史情境，不可相去甚遠。賀裳認為白居易〈王昭君〉一詩中所寫是合情合理的，以此抒發個人情感，才能使人信服。基於此，賀裳舉出高

〔註31〕　參見王洪，田軍總主編：《唐詩百科大辭典》（北京：光明日報出版社，1990年10月），頁1300。
〔註32〕　出自清・賀裳《載酒園詩話》卷一，「詠史」條，頁220。
〔註33〕　出自清・賀裳《載酒園詩話》卷一，「翻案」條，頁220。

啟〈明妃詞〉一例，認為其結句四句：「妾語還憑歸使傳，妾身沒虜不
須憐。願君莫殺毛延壽，留畫商巖夢裏賢。」是「終是文人之語，非兒
女子之言也。」〔註34〕在賀裳看來，詩中所寫王昭君為毛延壽祖護，
「願君莫殺毛延壽」是不可能發生的，高啟此處描寫違背史實太過，是
不合情理的。同樣，《載酒園詩話》中賀裳多處舉出王安石所作詠史詩
詠史不當之例：

1. 「漢業存亡俯仰中，留侯于此每從容。固陵始議韓彭地，
   復道方圖雍齒封。」嗚呼，是徒知進言之易，不知中節之
   難也。隆準公雖云大度，城府實較重瞳尤甚，非沙中偶語，
   必不可乞雍齒之封，不至固陵，不可為韓、彭乞地也。昔
   人稱留侯善藏其用，此語最當。〔註35〕

2. 「天下紛紛未一家，販繒屠狗尚雄誇。東陵豈是無能者，
   獨傍青門手種瓜。」此詩乍觀則佳，細思則謬。邵平身居
   侯爵，不能救秦之亡，何稱能者？觀其說蕭相國，蓋一明
   哲保身之士耳。絳、灌與高帝同起徒步，少困閭裡，自是
   秦之失人，反以其屠販為笑乎？吾亦知介甫是寄託之言，
   終傷輕率。〔註36〕

前文也提到，賀裳認為詠史詩「須比擬當於其倫」，也就是詩人在抒發
自身情感之時應以同類的史人或史事來比擬。在賀裳看來，詩人不可
以借史隨意抒懷，而是需要「切情合事」。引文 1 中賀裳引用王安石的
〈張良〉〔註37〕一詩作為反例，賀裳認為王安石此詩只顧發表己意，
並沒有注意到當時的實際形勢，以今人之立場，忽略當時之局勢妄斷
古人，將自己的想法來揣測古人之意，是不合情理的。引文 2 中賀裳

〔註34〕 出自清·賀裳《載酒園詩話》卷一，「翻案」條，頁 220。
〔註35〕 出自清·賀裳《載酒園詩話》卷一，「詠史」條，頁 221。
〔註36〕 出自清·賀裳《載酒園詩話》卷一，「詠史」條，頁 221。
〔註37〕 出自宋·王安石著；中華書局上海編輯所編輯：《臨川先生文集》（北
　　　　京：中華書局，1959 年 1 月），頁 356。

以王安石〈邵平〉〔註 38〕一詩為例，指出東陵侯邵平身居侯爵之位卻無法保秦，秦亡之後明哲保身，在城門之外耕田種瓜。而在這種背景下，王安石認為邵平並非是無能之人，顯然與史相悖，這種「寄託之言」終是「文人妄語」。賀裳認為詠史詩固然可以寄託詩人本身的感情與看法，但這種情感的表達不可隨意而為，詩人下筆之時應力求「切情合事」，萬不可以己私意誇大古人或抹殺古人。

　　除王安石外，賀裳同樣對蘇軾詠史失實作出批評：

> 子瞻作〈秦穆公墓〉詩曰：「昔公生不誅孟明，豈有死之日而忍用其良。乃知三子殉公意，亦如齊之二子從田橫。」語意高妙。然細思之，終是文人翻案法。〔註 39〕

蘇軾〈秦穆公詩〉〔註 40〕中認為穆公生前不誅殺喪師之將孟明，因此是不會用三良殉葬的。三良之死，就像田橫自殺後，從行至洛陽的二齊士自刎殉主一樣，完全是「士為知己者死」的意思。詩中高度讚揚了三良的忠義，認為他們是自願從殉，而非秦穆公所逼迫，但在賀裳看來，蘇軾對於秦穆公一事的看法有誤，是以今人之看法強加於古人身上，並不切合史實，實不可取。黃生在此條之下也評論道：「子瞻好作史論，然評斷多誤，如范增、鼂錯論，皆錯斷了，此詩亦其類也。」〔註 41〕

〔註 38〕　出自宋·王安石著；中華書局上海編輯所編輯：《臨川先生文集》（北京：中華書局，1959 年 1 月），頁 337。

〔註 39〕　出自清·賀裳《載酒園詩話》卷一，「詠史」條，頁 221、222。

〔註 40〕　蘇軾〈秦穆公詩〉全文為：「橐泉在城東，墓在城中無百步。乃知昔未有此城，秦人以泉識公墓。昔公生不誅孟明，豈有死之日而忍用其良。乃知三子徇公意，亦如齊之二子從田橫。古人感一飯，尚能殺其身。今人不復見此等，乃以所見疑古人。古人不可望，今人益可傷。」出自宋·蘇軾著：《蘇軾詩集》（北京：中華書局，1999 年重印本），頁118。

〔註 41〕　蘇軾〈秦穆公詩〉全文為：「橐泉在城東，墓在城中無百步。乃知昔未有此城，秦人以泉識公墓。昔公生不誅孟明，豈有死之日而忍用其良。乃知三子徇公意，亦如齊之二子從田橫。古人感一飯，尚能殺其身。今人不復見此等，乃以所見疑古人。古人不可望，今人益可傷。」出自宋·蘇軾著：《蘇軾詩集》（北京：中華書局，1999 年重印本），頁222。

可見黃生也同意賀裳的看法，兩人都認為蘇軾詠史之詩亦會犯失實之病。

總而言之，賀裳認為詠史詩應當作為詩人「意氣棲託之地」而存在，詩人在創作詠史詩之詩可以藉由史事抒發個人情感、志向，但在創作詠史詩之詩要做到「比擬得當」、「切情合事」。

二、詠物詩

詠物詩是指吟詠具體事物的詩歌〔註42〕，其要素有三：其一，必須以一物為吟詠之對象；其二，表現方法為「窮物之情，盡物之態」，亦即詠物詩必須盡全力描寫物象，以期窮盡其情態。所詠之物，必須以具體之物為範圍；其三，詠物詩可以借物抒情、言志，但仍以吟詠物的個體為主旨。〔註43〕詠物詩於先秦兩漢時期便已然出現，屈原的〈九章‧橘頌〉是現存較早的詠物詩之一。至魏晉南北朝時期，詠物詩逐漸興起數量大增，至唐大盛。詠物詩重在寄託，是詩人常用來抒懷遣興的抒情詩體裁。

賀裳《載酒園詩話》中也對詠物詩進行討論，賀裳對詠物詩的討論是圍繞具體詩人作品而展開，「詠物」一條中具體評價4首詠鳥之詩（分別是雍陶〈白鷺〉，鄭谷〈鷓鴣〉，崔珏〈鴛鴦〉，白居易〈鶴〉）7

〔註42〕 參見王洪、田軍總主編：《唐詩百科大辭典》，頁1300。台北學者洪順隆先生對詠物詩的定義有更為通達、恰當的解釋：「我們以為一篇之中，主旨在吟詠物的個體（包括自然界和人造的）的，也即作者因感於物，而力求工切地『體物』、『狀物』、以『窮物之情』、『盡物之態』，且出之以詩體的，才是詠物詩。」詳見洪順隆：《六朝詩論》（台北：文津出版社，1985年），頁5。于志鵬：〈中國古代詠物詩概念界說〉一文中也否定了簡單將詠物詩看作是吟詠一切物類的詩歌這一認識，同時提出：「以自然風物，包括天象、植物、動物以及人工物品以及物化的人等物類為吟詠對象，他們或為詩歌的題目，或為詩歌創作的主體，在詩中作者或就物論物，或借物詠懷寄寓深意。這樣的詩歌，就叫詠物詩。」參見于志鵬：〈中國古代詠物詩概念界說〉，《濟南大學學報（社會科學版）》，2004年02期，頁52。

〔註43〕 參見曹旭主編；趙紅菊著：《南朝詠物詩研究》（上海：上海古籍出版社，2009年5月），頁27。

首詠植物詩（分別是黃庭堅〈酴醾〉，蘇軾〈紅梅〉、〈海棠〉，梅堯臣〈用荄〉，羅隱〈牡丹〉）以及林逋〈蝴蝶〉、李益〈賦得早燕送別〉共11首詩，賀裳對詠物詩之具體要求可分為兩方面，下面分別論述：

（一）詠物需精切，不可入俗

《載酒園詩話》「詠物」條開篇賀裳便提出：

> 詠物詩惟精切乃佳，如少陵之詠馬詠鷹，雖寫生者不能到。

〔註44〕

賀裳此處以杜甫詠馬、詠鷹之詩作為詠物詩的最高標準。杜甫之詠物詩，大抵分為兩種，一種是間接詠物，即為題畫詠物詩；第二種是直接詠物，即直接提取眼前事物，有感而作。然而不管哪一種，在杜甫詠物詩之中，馬與鷹的確是出現頻率過高的兩個意象。〔註45〕杜甫在詠馬、詠鷹詩中著重刻畫馬和鷹的英偉奇特、驍勇矯健的形象，在描繪駿馬和雄鷹外形、神態的同時，也極力讚美它們的才能：寫馬時誇其善於萬里奔馳、衝鋒陷陣；寫鷹時讚其豪縱健猛。杜甫詠馬詠鷹之詩，往往形神具備，又是借物抒情，有所寄託，是以賀裳將其讚為詠物詩「精切」之標準。詠物之詩應該如同杜甫詠馬、詠鷹之詩那樣精巧傳神，並非像

〔註44〕出自清·賀裳《載酒園詩話》卷一，「詠物」條，頁225。

〔註45〕宋·黃微曾說過：「杜集及馬與鷹者甚多。」（《碧溪詩話》卷二）鄧魁英〈杜甫詩中的馬和鷹〉一文中粗略統計杜集中詠馬詠鷹之詩共有二十餘首：「杜甫詠馬之詩有：〈房兵曹胡馬〉、〈高都護驄馬行〉、〈沙苑行〉、〈天育驃圖歌〉、〈驄馬行〉、〈瘦馬行〉、〈李鄠縣丈人胡馬行〉、〈病馬〉、〈題壁上韋偃畫馬歌〉、〈玉腕騮〉、〈白馬〉、〈丹青引〉、〈韋諷錄事宅觀曹將軍畫馬圖歌〉等；詠鷹之詩有：〈畫鷹〉、〈姜楚公畫角鷹歌〉、〈楊監又出畫鷹十二扇〉、〈王兵馬使二角鷹〉、〈見王監兵馬使說近山有白黑二鷹二首〉等」出自鄧魁英：〈杜甫詩中的馬和鷹〉，《北京師範大學學報》，1984年03期，頁18。趙夢《唐代詠鳥詩研究》中亦統計出杜甫詠物詩現存103首，其中詠鳥詩有32首。參見趙夢：《唐代詠鳥詩研究》（陝西師範大學碩士學位論文，2001年4月），頁16。何詩海〈杜甫詠鷹詩及其思想意蘊〉一文中統計杜甫詠鷹之詩共有9首，數量雖然不多但「超過了唐以前所有作家的總和。」參見何詩海：〈杜甫詠鷹詩及其思想意蘊〉，《中國韻文學刊》，2003年第2期，頁33。

「寫生者」作畫臨摹一般，徒有其形。但是，單單描寫「精切」是不夠的，賀裳認為詠物詩亦不能「入俗」：

> 至於晚唐，氣益靡弱，間於長律中出一二俊語，便囂然得名。然八句中率著牽湊，不能全佳，間有形容入俗者。如雍陶〈白鷺〉詩曰「立當青草人先見，行傍白蓮魚未知」，可為佳絕。至「一足獨拳寒雨裏，數聲相叫早秋時」，已成俗韻。此黏皮帶骨之累也。末句「林塘得爾須增價，況是詩家物色宜」，竟成打油惡道矣。……又崔珏〈鴛鴦〉詩凡數章，其佳句如「暫分煙島猶回首，只渡寒塘亦並飛」，「溪頭日暖眠沙穩，渡口風寒浴浪稀，」「紅絲毳落眠汀處，白雪花成蹙浪時」，亦微有致，但神似亦不及雍也。至「映霧盡迷珠殿瓦，逐梭齊上玉人機」，語雖可觀，然遯之瓦與錦，終屬牽曳。〔註46〕

晚唐詩人氣骨較弱，往往一篇之中出一二句佳句，便可得名於世，但詩中佳句往往為俗句所累。賀裳舉出雍陶〈白鷺〉及崔珏〈鴛鴦〉兩詩為例，意在說明過於追求事物外形的描述，往往容易刻畫牽強，產生匠氣，反而失之精巧。

賀裳還將黃庭堅的〈酴醿〉、蘇軾的〈紅梅〉、〈海棠〉三首詩進行比較：

> 山谷〈酴醿〉詩：「露濕何郎試湯餅，日烘荀令炷爐香。」楊誠齋云：「此以美丈夫比花也。」余以所言未盡，上言其白，下言其香耳。又云：「此詩出奇，古人未有。」余以此亦余、宋落花一類，總出玉溪，固非獨創。余又思此二語雖佳，尚不及東坡〈紅梅〉詩「寒心未肯隨春態，酒暈無端上玉肌」，尤無痕跡。當時卻盛稱其〈海棠〉詩「朱唇得酒暈生臉，翠袖卷紗紅映肉」，此猶屏甘鮮而專取厚載也。〔註47〕

賀裳將黃庭堅的〈酴醿〉詩與蘇軾的〈紅梅〉詩對比之後，認為黃庭堅

〔註46〕出自清・賀裳《載酒園詩話》卷一，「詠物」條，頁225、226。
〔註47〕出自清・賀裳《載酒園詩話》卷一，「詠物」條，頁226。

之詩用丈夫之美比擬花之美，詩句雖佳卻多了一分匠氣，不如蘇軾詠
紅梅二句，此二句出自蘇軾〈紅梅三首（其一）〉，賀裳所引二句為全詩
唯一一處正面描寫紅梅外表之語，寥寥几語，將紅梅於潔白之中透出
的紅意比作美人酒後微紅的肌膚，其比喻了無痕跡，韻味無窮。但此詩
並未有〈海棠〉詩更為時人所稱讚，在賀裳看來，這是人們本末倒置，
拋棄甘鮮之美而專取厚藏之膩。

（二）詠物詩應「神情俱似」、「意態俱佳」

賀裳強調詠物詩應「神情俱似」、「意態俱佳」，反對那些僅得皮毛，
未及骨髓之詩，他以宋代林逋〈蝴蝶〉詩及中唐李益〈賦得早燕送別〉
詩為例進行論述：

> 宋人詠物詩亦自有工者，如林和靖〈蝴蝶〉詩「清宿露花應
> 自得，暖爭風絮欲相高」，神情俱似矣。後二語用韓馮、莊周
> 事，亦佳。李君虞曰「梁空繞復息，簷寒窺欲遍」，真似早燕。
> 詠物如此，晚唐人俱拜下風，何論於宋！〔註48〕

賀裳舉林逋〈蝴蝶〉一詩為例，認為該詩是詠物詩之佳作，其原因便是
林逋描寫蝴蝶時，做到「神情俱似」。同樣，賀裳對於中唐李益〈賦得
早燕送別〉詩也評價甚高，認為「梁空繞復息，簷寒窺欲遍」二句生動
形象描繪出早春之燕的神態特徵，能作出此等境界的詠物詩，晚唐詩
人都甘拜下風，又何況是宋代詩人。

同樣，賀裳也舉出他所認為「意態俱佳」的詩作——白居易的〈鶴〉
詩：

> 樂天〈鶴〉詩「低頭祗恐丹砂落，曬翅常疑白雪消」，意態俱
> 佳。然「轉覺鷓鷦毛色下，苦嫌鸚鵡語聲嬌」，亦不老氣也。
> 至宋人謂詠禽須言標致，祗及羽毛飛鳴則陋，此論亦僻不足
> 從。〔註49〕

〔註48〕 出自清‧賀裳《載酒園詩話》卷一，「詠物」條，頁 226、227。
〔註49〕 出自清‧賀裳《載酒園詩話》卷一，「詠物」條，頁 226。

上文賀裳所引詩句出自白居易〈池鶴二首〉,「低頭」二句從正面描寫仙鶴丹頂的鮮豔明麗以及羽毛的雪白純淨兩個外形特徵。此二句不僅描寫出鶴之外形特徵,「祇恐丹砂落」、「常疑白雪消」更是將鶴之神態描寫的淋漓盡致,短短兩句,便同時將鶴之外形及神態生動形象的展現在讀者眼前,如此之詩,才堪為「意態俱佳」。而後「轉覺」二句中,「祇恐」、「常疑」二詞寫出仙鶴珍愛自己美麗儀態的微妙心理變化。此兩句是從側面著墨,運用襯托對比的手法突出仙鶴的高雅風度。鴻鵝羽毛黑紫,同仙鶴相比,差若天淵;鸚鵡學舌,聲音雖嬌,但人云亦云,而鶴鳴九皋,聲調激越,二者相比,去之千里。加之「轉覺」、「苦嫌」,用詞熨帖,表意準確,將詩人的愛憎之情溢於言表,是以賀裳評價其「不老氣」。賀裳以白居易此詩為例,反駁宋人所認為詠禽若只及羽毛、鳴叫聲便是過於鄙陋,在賀裳看來,即便是僅僅描繪羽毛及叫聲,若是能夠做到「神情俱似」、「意態俱佳」,亦能稱之為好詩。

三、艷情詩

除詠史詩、詠物詩之外,賀裳還對艷情詩之創作進行討論。艷情詩,是指以描寫女性之美及男女之情為主的一類詩作。〔註50〕霍松林〈關於「艷體詩」〉中說到:「我國古代稱男女愛情為『豔情』,因此凡以男女愛情為題材的詩歌,便被稱為『豔詞』、『豔曲』、『豔歌』,統稱『豔體詩』。」〔註51〕文航生〈晚唐豔詩概述〉認為艷情詩有兩大特點:一是題材豔,專寫女性豔美及違背禮教的男女情愛;二是風格豔,這類詩歌雕繪蔓飾,精巧華美,綺麗多姿。並為艷情詩下定義為:「文學史上專寫女性豔美及男女豔情的文人情詩。」〔註52〕康正果也在書

〔註50〕 此說法參見嚴明、熊嘯:〈中國古代艷詩辨〉,《社會科學》,2014 年第 10 期,頁 175。

〔註51〕 參見霍松林〈關於「艷體詩」〉收入霍松林:《唐音閣隨筆》(石家莊:河北教育出版社,2000 年),頁 230。

〔註52〕 參見文航生:〈晚唐豔詩概述〉,《四川師範學院學報(哲學社會科學版)》,1996 年第 1 期,頁 8。

中指出：「在古代，人們把夫婦情愛以外各種形態的男女戀情泛稱為『豔情』，把寫豔情的詩篇稱為『豔情詩』」〔註53〕。陳妍《南朝與唐代豔詩繁盛探微》認為符合表現女性之美、表現男女之情即豔情、展示一種綺靡惝恍，幽眇之思的纏綿吟唱以上任何一點的詩作都可以歸入豔情詩。〔註54〕

　　然仔細觀察賀裳於「豔詩」一條中所舉例的詩作，如崔顥〈代閨人答輕薄少年〉，崔國輔〈古意〉，王昌齡〈閨怨〉，王適〈古別離〉，徐安期〈催妝〉，蔡環〈夏日閨怨〉，劉希夷〈公子行〉，徐安貞〈聞鄰家理箏〉，白居易〈花非花〉，溫庭筠〈偶遊·曲巷斜臨一水間〉、〈贈知音·翠羽花冠碧樹雞〉、〈偶題·微風和暖日鮮明〉，杜牧〈閑題〉、〈黃州偶見作〉、〈留贈〉、〈倡樓戲贈〉，李商隱〈無題·來是空言去絕蹤〉、〈無題·鳳尾香羅薄幾重〉，王諲〈閨怨〉、〈後庭怨〉，張潮〈江風行〉，劉方平〈京兆眉〉等20位詩人之作，可以看出本條內賀裳所討論之「豔情」詩並非是普遍意義的豔情詩，實則是閨情之詩。

（一）豔情詩應「樂而不淫」、「止乎禮義」

賀裳於「豔詩」一條開篇便提出：

> 正人不宜作豔詩，然〈毛詩〉首篇即言河洲窈窕，固無妨於涉筆，但須照攝樂而不淫之義乃善耳。唐崔顥、崔國輔皆以豔詩名，司勳較司馬，則殊有蘊藉。如「愁來欲奏相思曲，抱得秦箏不忍彈」，尚是止乎禮義。至「時芳不待妾，玉珮無處誇。悔不盛年時，嫁與青樓家」。語雖工，未免激而傷雅。〔註55〕

引文中可以看出賀裳對豔情詩的矛盾態度：賀裳首先提出正統文人不

〔註53〕此說法參見康正果：《風騷與豔情》（上海：上海文藝出版社，2001年），頁152。

〔註54〕參見陳妍：《南朝與唐代豔詩繁盛探微》，（西北大學博士學位論文，2007年），頁8、9。

〔註55〕出自清·賀裳《載酒園詩話》卷一，「豔詩」條，頁223。

應作艷情詩，但又不得不承認艷情詩作為詩歌題材存在的意義，他一方面提出正統文人不宜創作艷情詩，因為這有傷風雅；另一方面又舉〈關雎〉之例為艷情詩開脫，認為正人作艷情詩「無妨於涉筆」，由此引發出賀裳對於艷情詩創作的第一個要求——「樂而不淫」、「止乎禮義」。賀裳隨即引出以艷情詩聞名的兩位詩人崔顥、崔國輔的詩作，〈代閨人答輕薄少年〉及〈古意〉來驗證此說法。「愁來欲奏相思曲，抱得秦箏不忍彈」出自崔顥〈代閨人答輕薄少年〉，詩中情感節制，對於閨中女子的描寫工而雅正，因其「止乎禮義」故而不傷其雅正；「時芳不待妾，玉珮無處誇」四句出自崔國輔〈古意〉，此四句情感外露且未有節制，感情濃烈終失雅正，因此賀裳評價崔顥之詩較之於崔國輔，更有蘊藉，詩作成就更高。由以上分析可以看出，賀裳認為創作艷情詩應「樂而不淫」、「止乎禮義」，對於想要表達之情感應有節制，創作的時候應避免情緒過於濃烈的表達，否則將流於淫靡，終失雅正。

中晚唐時期，社會環境發生劇烈變化，朝廷間崇奢之風尚行，傳統士族遭受巨大衝擊，而活躍於社會舞台的新興進士階層的審美傾向、行事作風同前人有所不同。這一時期的艷情詩語言大多淺顯易懂，故而能在社會上廣為流傳。同時這一時期的詩人創作艷情詩時不再羞於將男女之情付之於詩，反而以自身戀愛經歷創作大量情詩。這便違背儒家的正統禮義思想，賀裳評晚唐艷情詩道：

> 王適「已能憔悴今如此，更復含情一待君」，徐安期「不須面上渾妝卻，留著雙眉待畫人」，蔡琰「但恐愁容不相識，為教恆著別時衣」，皆〈草蟲〉、〈秣杜〉之遺音，「飛蓬」、「曲局」之轉境也。即劉希夷「願作輕羅著細腰，願為明鏡分嬌面」，徐安貞「曲成虛憶青蛾斂，調急遙憐玉指寒。銀鑰重關聽未闢，不如眠去夢中看」，尚為虛景，不失〈漢廣〉、〈秣駒〉之意。至元稹、杜牧、李商隱、韓偓，而上宮

之迎，塊垣之望，不惟極意形容，兼亦直認無諱，真桑、

濮耳孫也。〔註56〕

從上述引文中可以看出，賀裳對於唐朝前期詩人，如王適、徐安期、蔡
環、劉希夷、徐安貞的詩作尚有正面評價，認為仍有《詩經》之遺音。
而發展至中晚唐時期，元稹、杜牧、李商隱、韓偓等人之詩風，都是極
力描寫刻劃，表達情感毫無避諱，也就違反溫柔敦厚的儒家正統思想。
因此賀裳在儒家正統「止乎禮義」這一批評原則下，認為他們四人之詩
是「桑、濮耳孫」，乃是亡國之音。

　　賀裳還針對元、白、溫、李四人之艷情詩進行詳細評價：

元、白、溫、李，皆稱艷手。然樂天惟「來如春夢幾多時，
去似朝雲無覓處」一篇為難堪，餘猶〈國風〉之好色。飛卿
「曲巷斜臨」、「翠羽花冠」、「微風和暖」等篇，俱無刻劃。
杜紫微極為狼藉，然如「綠楊深巷馬頭斜」，「馬鞭斜拂笑回
頭」，「笑臉還須待我開」，「背插金釵笑向人」，大抵縱恣於旗
亭北裡間，自云「青樓薄倖」，不虛耳。元微之「頻頻聞動中
門鎖，猶帶春酲懶相送」，李義山「書被催成墨未濃」，「車走
雷聲語未通」，始真是浪子宰相，清狂從事。〔註57〕

「來如春夢幾多時，去似朝雲無覓處」語出自白居易〈花非花〉一詩，
其中「夢」、「朝雲」是借用宋玉〈高唐神女賦〉中楚王與巫山神女夢中
相會的典故，以比喻男女之幽會。賀裳認為白居易僅此一篇艷情詩較
為難堪，其餘之詩尚有可取之處。隨後，賀裳又舉溫庭筠、杜牧、李商
隱三人詩作，其評語皆為「狼藉」、「青樓薄倖不虛」、「清狂從事」，可
以看出受儒家正統思想所影響的賀裳在評價元、白、溫、李這四位中晚
唐創作艷情詩的中流砥柱人物時，用語不吝狠厲。但作為詩論家，賀裳
仍能較為客觀的評價其詩人詩作，難能可貴。

〔註56〕出自清‧賀裳《載酒園詩話》卷一，「艷詩」條，頁223、224。
〔註57〕出自清‧賀裳《載酒園詩話》卷一，「艷詩」條，頁224。

（二）艷情詩之創作應「如或見之」、「情深入癡」

在賀裳看來，唐代詩人所創作之艷情詩，並非一無是處：

> 唐人艷詩，妙於如或見之。如崔顥「閒來鬭百草，度日不成
> 粧」，儼然一閨秀。王維「散黛恨猶輕，插釵嫌未正。同心勿
> 遽遊，幸待春粧竟」，儼然一宮嬪。韓致堯「隔簾窺綠齒，映
> 柱送微波」，直畫出一手語之紅綃矣。孟襄陽，素心士也。其
> 〈庭橘〉詩「並生憐共蒂，相示感同心」，一何婉昵！至若「照
> 水空自愛，折花將遺誰」，真有生香真色之妙，覺老杜「香霧
> 雲鬟」、「清輝玉臂」，未免太宮樣粧矣。〔註58〕

賀裳舉崔顥、王維、韓偓、孟浩然四人之詩作，意在強調詩人創作艷
情詩之詩，應注重描寫對象神情刻劃的細膩程度。在描寫時，應做到
描寫字面不見一絲濃郁之情，卻使人如見其人，如覺其情。賀裳認為
崔顥等人之詩，均有婉約，不直接到來的含蓄之美，「真有生香真色
之妙」。

此外，賀裳提出，艷情詩之創作應當「情深入癡」，詩中所表達的
男女之情應是真情的流露：

> 王諲〈閨怨〉曰：「昨來頻夢見，夫壻莫應知」，情癡語也。
> 情不癡不深。然其〈後庭怨〉曰：「獨立每看斜日盡，孤眠直
> 至殘燈死。」迷離到此，毋論作詩當以此為轉步，人事亦或
> 宜有此感通。張潮〈江風行〉曰：「商賈歸欲盡，君今向巴東。
> 巴東有巫山，窈窕神女顏。常恐游此方，果然不知還。」亦
> 以癡而入妙。〔註59〕

賀裳舉王諲〈閨怨〉、〈後庭怨〉以及張潮〈江風行〉三首詩為例，強調
艷情詩應是情癡之語，情以癡而妙，男女之情不癡便不夠深刻，不夠深
刻又如何能夠將自身想要表達之情感傳遞於讀者。

〔註58〕 出自清・賀裳《載酒園詩話》卷一，「艷詩」條，頁224。
〔註59〕 出自清・賀裳《載酒園詩話》卷一，「艷詩」條，頁224、225。

（三）艷情詩語言應「寧傷婉弱，不宜壯健」

在創作技巧上，賀裳對艷情詩的語言表達上也有獨到的見解：

> 人各有能有不能，不宜強作以備體。李獻吉一代大手，輕艷
> 殊非所長，效義山作無題曰：「班女愁來賦與豪」，「豪」字戇
> 甚。閨閣語言，寧傷婉弱，不宜壯健耳。〔註60〕

賀裳認為，每位詩人都有其擅長之處及不擅長之處，不同的詩人擅長
不同的語言表達方式，也有其個人的風格。此外，不同題材之詩歌，對
語言的要求也不同，詩人創作時不應過於強求。引文賀裳舉李夢陽效
仿李商隱〈無題〉詩，但所用語言過於壯健，使得詩作給人以「戇」之
感。由此，賀裳提出，艷情閨閣之詩，語言應婉弱，不宜壯健。

第三節　創作之技巧

一、論章法

章法，主要指詩文佈局的謀篇法則，不論是作詩還是寫文章，章
法之「起承轉合」幾乎公認是文本結構的基本理論。學者蔡義江認為最
初「詩人都只是憑經驗或效法他人成功之作來寫，並未上升為自覺法
則或理論，大概要到宋、元間，說詩者才總結出一套『起、承、轉、合』
所謂律詩的章法理論」〔註61〕，但其實劉勰早在《文心雕龍・章句》
中，便已經有對「起、承、轉、合」類似的描寫，劉勰云：

> 尋詩人擬喻，雖斷章取義，然章句在篇，如繭之抽緒，原始
> 要終，體必鱗次。啟行之辭，逆萌中篇之意；絕筆之言，追
> 媵前句之旨；故能外文綺交，內義脈注，跗萼相銜，首尾一
> 體。〔註62〕

〔註60〕 出自清・賀裳《載酒園詩話》卷一，「艷詩」條，頁225。
〔註61〕 蔡義江：〈律詩的章法——律詩的體裁特點之二〉，《文史知識》，2001
　　　　年第2期，頁18。
〔註62〕 劉勰，《文心雕龍注》，頁570

引文是劉勰針對春秋時期文人「賦《詩》斷章，余取所求」〔註63〕的情況而發表的感歎，但其中已然包含章法之「起、承、轉、合」的觀念。劉勰強調詩歌章句應如蠶繭抽絲、魚鱗排比一般，意脈上連綿不斷，結構上謹嚴有序：詩之開頭需要「逆萌中篇之意」，既為後段預留伏筆，使得詩歌中間的承轉部分能承接開頭之意；結尾則需「追媵前句之旨」，回應前段旨意。劉勰認為詩歌在如同織物花紋般絢麗交錯的外在辭藻之下，實有著如血脈貫通的內在意義流注於其中，能夠做到首尾呼應。可以看出如何首尾照應，分層定序，使詩歌意脈連貫相通，是詩家對於詩歌章法的基本追求。

元‧楊載《詩法家數》最早提出詩學「起承轉合」之說，楊載於「律詩要法」一段首列「起、承、轉、合」四字，並以「破題」、「頷聯」、「頸聯」、「結句」與之相對應〔註64〕，楊載以起承轉合之法要求詩歌結構的規律性，同時揭示詩歌章法容有彈性變化的空間。當然，詩歌之謀篇布局並無一定標準，詩歌創作亦非先有一套起承轉合的章法定式，再依循此結構套式進行創作，然而，古人為詩似乎不約而同以起承轉合的邏輯思維模式來謀篇布筆，而詩論家所言之起承轉合即是有鑒於古今詩人的總體創作經驗，對詩歌之章法結構所做出的一套規律性的總結。

賀裳於《載酒園詩話》中「前後失貫」一條中便對作詩之章法起結有一定討論：

> 作詩宜首尾貫徹，老杜〈簡蘇徯〉曰：「君不見道邊廢棄池，

〔註63〕見《左傳》襄公二十八年，參見趙生群著：《春秋左傳新注》（上）（西安：陝西人民出版社，2008年3月），頁668。

〔註64〕元‧楊載著：《詩法家教》：「破題—或對景興起，或比起，或引事起，或就題起。要突兀高遠，如狂風卷浪，勢欲滔天。頷聯—或寫意，或寫景，或書事，用事引證。此聯要接破題，要如驪龍之珠，抱而不脫。頸聯—或寫意、寫景、書事、用事引證，與前聯之意相應相避。要變化，如疾雷破山，觀者驚愕。結句—或就體結，或開一步，或繳前聯之意，或用事，必放一句作散場，如剡溪之棹，自去自回，言有盡而意無窮。」，收於何文煥編訂：《歷代詩話》，頁729。

君不見前者摧折桐。百年死樹中琴瑟，一斛舊水藏蛟龍。丈
夫蓋棺事始定，君今幸未成老翁，何恨憔悴在山中。」頗有
高致，但結句曰「深山窮谷不可處，霹靂魍魎兼狂風」，忽如
此轉，不惟與上意相反，味亦索然，縱竿頭進步，不宜爾。
駱義烏〈玩初月〉詩「忌滿光恆缺」，雖著議論，故自佳。但
後二句「既能明似鏡，何用曲如鉤」，何為又別立論頭，不顧
前旨也。〔註65〕

賀裳以杜甫〈君不見，簡蘇徯〉、駱賓王〈玩初月〉二詩為例，強調作
詩應「首尾貫徹」。〈君不見，簡蘇徯〉一詩中杜甫開篇以景喻事，借池
塘邊衰敗廢棄之景表達對蘇徯的勉勵，鼓勵他不要自暴自棄，消極悲
觀的對待人生。賀裳認為該詩結尾二句突然從勉勵友人轉至「深山窮
谷不可處」與前文表達之意相去甚遠，語意並未連貫，使人讀之索然無
味。而駱賓王〈玩初月〉是一首賞月詩。玩，賞也。詩首句是頌初月之
缺，擔心圓滿而先使光缺損。次句承上句，趁著黑夜月影開始流轉。但
結尾二句其意卻是，既能似鏡一般明亮，何必如鉤一樣彎曲呢？分析
至此，不難看出，此詩前兩句是贊許月「缺」，後兩句是責問月「曲」。
主旨前後不一，不可謂不矛盾。作詩最忌其意中途夭折，另起爐灶。劉
勰在《文心雕龍·附會》中有云：「通制者蓋寡，接附者甚眾」〔註66〕
意謂作詩作文，通盤考慮者少，勉強拼湊者多，駱賓王〈玩初月〉便是
一例。〈玩初月〉未能通盤考慮，使之氣脈中斷。

　　賀裳於「詩歸」一條中反駁鍾譚評張九齡〈庭梅〉詩時，也對該
詩起句結句相互貫通，有所呼應表達讚賞：

張九齡〈庭梅〉詩曰：「芳意何能早，孤榮亦自危。更憐花蒂
弱，不受歲寒移。朝雪那相妒，陰風已屢吹。馨香雖尚爾，
飄蕩復誰知！」《詩歸》曰：「梅詩如此，無聲無臭矣。『雪滿
山中高士臥，月明林下美人來』，膚不可言。」余觀此詩，字

〔註65〕出自清·賀裳《載酒園詩話》卷一，「前後失貫」條，頁231、232。
〔註66〕出自王運熙、周鋒撰：《文心雕龍譯注》，頁284。

字危悚，起結皆自占地步，正是寄託之詞，亦猶〈詠燕〉，特
稍深耳。若只作梅花詩看，更謂梅花詩必當如此作，豈惟作
者之意河漢，詩道亦隔萬重。〔註67〕

從賀裳對張九齡〈庭梅詠〉一詩的評價可以看出，賀裳對此詩是十分讚
揚的。張九齡此詩首二句以花開比喻自己在朝堂上的孤榮與自危，末
二句則以花落比喻自己的外謫，花開花落遙相呼應。全詩以花自喻，緣
情體物，寄託遙深。描寫孤危的庭梅，在歲寒風雪之中依然美好馨香如
故，藉以寄喻作者立身處世的大節。也因此賀裳對於鍾譚《詩歸》中評
價其「無聲無臭」、「膚不可言」的看法是不認同的，甚至認為詠梅之詩
便應當如此寫作。

　　起承轉合是歷代詩人不自覺的廣泛實踐，可以說是基於詩人的共
同邏輯思維在詩歌創作中所謀布出來而形成的章法規律。至於詩論家
對於詩歌結構所總結出的一套起承轉合的章法模式，無非是讓初學者
有法可循，而既然已經有成法，便容易淪為死法，為此歷代詩家也提出
「活法」之說。江西詩派呂本中〈夏均父集序〉云：「學詩當識活法。
所謂活法者，規矩備具而能出於規矩之外；變化不測而亦不背於規矩
也」〔註68〕明人李東陽云：「律詩起承轉合，不為無法，但不可泥，泥
於法而為之，則撑拄對待，四方八角，無圓活生動之意。然必待法度既
定，從容閑習之餘，或溢而為波，或變而為奇，乃有自然之妙，是不可
以強致也。若並而廢之，亦奚以律為哉？」〔註69〕清人沈德潛亦云：
「不以意運法，轉以意從法，則死法矣」〔註70〕。

　　真正的創作並非死守作詩之章法定式，而是馭法自如，靈活布局。
可見，詩歌章法的結構並無固定不變的章法套式，若是詩人思路暢達，

〔註67〕 出自清・賀裳《載酒園詩話》卷一，「詩歸」條，頁274。
〔註68〕 見劉克莊〈江西詩派小序〉引文，《續歷代詩話（中）》（台北：藝文印
　　　　書館，1971年10月），頁43。
〔註69〕 明・李東陽著，李慶立校釋：《懷麓堂詩話校釋》，頁102。
〔註70〕 蘇文擢：《說詩晬語詮評》卷上〈詩法與死法〉（台北：文史哲出版社，
　　　　1985年10月），頁25。

技巧純熟，自然能夠不拘泥於規矩。

二、論用字

　　《文心雕龍‧章句》中說到：「夫人之立言，因字而生句，積句而成章，積章而成篇。篇之彪炳，章無疵也；章之明靡，句無玷也；句之清英，字不妄也；振本而末從，知一而萬畢矣。」〔註71〕劉勰從語言單位構成的角度揭示文學作品中字、句、章、篇之間的辨證關係，闡明作者之遣詞造句對於文學創作的基礎作用。文人創作詩歌作品時，往往需要根據詩歌本身篇幅的規定而更加講究字句上的錘煉。

　　詩歌是詩人情志的展現，而文字又是其最小單位，因此劉勰以「善為文者，富於萬篇，貧於一字」〔註72〕表達鍊字之難，也說明鍊字的重要。賀裳《載酒園詩話》中也強調詩歌中「字」的重要性，在「字法」條中一開始便提到：

> 作詩雖不必拘拘字句，然往往以字不工而害其句，句不工而害其篇。如林處士「鳥戀藥欄長獨立，樹欺詩壁半旁生」，膾炙今古。愚意「欺」字未善，當作愛惜遜避之意，始與「旁生」字相應。又東坡長君邁有「葉隨流水歸何處，牛帶寒鴉過別村」，寫景亦佳，然「何處」固不及「別村」之工。〔註73〕

從引文中可以看出，賀裳在討論詩之創作時，雖不至於字字句句都有所拘束，但是也不能完全不拘於字句。賀裳指出，作詩之時往往因為「以字不工而害其句，句不工而害其篇」，而後又以林逋〈留題李休山居〉一詩為例，認為其中「欺」字用在此處並不合適，同後文之「旁生」相去甚遠。此外，賀裳還舉蘇軾長子蘇邁詩中「何處」不如「別村」。雖說詩之用字如何本是詩家個人看法，由於其本身詩學造詣之深淺看待同一首

〔註71〕出自王運熙、周鋒撰：《文心雕龍譯注》，頁228。
〔註72〕出自王運熙、周鋒撰：《文心雕龍譯注》，頁262。
〔註73〕出自清‧賀裳《載酒園詩話》卷一，「字法」條，頁232、233。

詩的看法都會有所不同，但鍊字之重要性卻是毋庸置疑的。賀裳云：

> 古有佳事入之詩反俗者，如王介甫應學士召，王介以詩諷之
> 曰：「蕙帳一空生曉寒」，極有清氣，上句「草廬三顧動春蟄」，
> 一何鄙俚，皆由不鍊字之故。若以雅字易去「動春蟄」，則善
> 矣。〔註74〕

賀裳此處舉王介之詩為例，評價其下句「蕙帳一空生曉寒」極有清氣，
但上句「草廬三顧動春蟄」卻十分鄙俚，而造成的這樣的原因便是作詩
之時未鍊字。胡師幼峰論沈德潛創作論之「用字」時也指出，詩中用字
需須經捶鍊，「捶則聲響，鍊則字新」，可見鍊字之法，是不可廢存的。
〔註75〕吳喬也曾在《圍爐詩話》中提出相似的論調，他認為創作若力
求好句，勢必鍊字。〔註76〕雖然賀裳強調詩歌創作時鍊字的重要性，
但他同時也主張，鍊字不應過猶不及：

> 作詩雖貴句烹字鍊，至入險僻，則亦可憎。如武允蹈「露萱
> 鉗宿蝶，風木撼鳴鳩」，極其苦搜，十字中止得一「鉗」字，
> 餘更不新。然新而入俗，何貴於新？又「屋頭風過雁，燈背
> 月移窗」，亦由苦吟而出，究竟不雅。〔註77〕

賀裳以武允蹈之詩為例，舉出「露萱鉗宿蝶，風木撼鳴鳩」二句，煞費
苦心，苦苦搜尋，十字之中卻只得一「鉗」字較有新意，其餘九字不足
為道，何況為了求新而入俗，那麼一味求新又有何用？

同時賀裳也指出，作詩下字之時忌「氣質」：

> 下字尤忌氣質，如王鎬〈送潘文叔〉「催租例擾潘邠老，付麥
> 誰憐石曼卿」，語意俱佳，「例」字卻張致可厭。〔註78〕

〔註74〕 出自清‧賀裳《載酒園詩話》卷一，「字法」條，頁233。

〔註75〕 詳見胡師幼峰：《沈德潛詩論探研》第四章第二節〈文學創作的技巧〉
（台北：學海出版社，1986年），頁112。

〔註76〕 詳見胡師幼峰〈《圍爐詩話》之詩病說析評〉，《輔仁國文學報》，第23
期，2007年2月，頁47～71。

〔註77〕 出自清‧賀裳《載酒園詩話》卷一，「字法」條，頁233。

〔註78〕 出自清‧賀裳《載酒園詩話》卷一，「字法」條，頁233。

此處之「氣質」並非指的是詩人個人性格上的特徵，而是指作詩之時用字不當而導致詩歌過於生硬。賀裳以王鎬〈送潘文叔〉一詩為例，認為其「催租例擾潘邠老」一句中「例」字使用不當，黃生也評之：「易以『頗』字，稍虛活」。

除忌「險僻」、「氣質」之外，賀裳還提出用字需「自然無跡」：

> 余兒時嘗聞先君語曰：「方干暑夜正浴，時有微雨，忽聞蟬聲，因而得句。急叩友人門，其家已寢，驚起問故。曰：『吾三年前未成之句，今已獲之，喜而相告耳。』乃『蟬曳餘聲過別枝』也。」後余見其全詩，上句為「鶴盤遠勢投孤嶼」，殊厭其太露咬文嚼字之態，不及下語為工。凡作詩鍊字，又必自然無跡，斯為雅道。〔註79〕

引文中賀裳以方干〈旅次洋州寓居郝氏林亭〉詩中「鶴盤遠勢投孤嶼，蟬曳餘聲過別枝」二句為例，認為其下句用字自然，而上句則用力過猛，使人讀之有咬文嚼字之感。黃生在其評語中為方干此舉進行解釋：「必是先有下句，然後尋上句作對，故一自然，一勉強。」詩歌是一門語言藝術，鍊就妙字佳句往往能在詩歌中產生畫龍點睛的效果，這也是古今詩人在遣詞造句上多所琢磨的原因。然而，詩歌鍛鍊之佳境並非極盡所能炫耀才能，追求華詞麗藻並以之為詩歌審美宗尚，而是要能入於自然渾成、不見刻劃痕跡之境地。

三、論對仗

賀裳在《載酒園詩話》「一聯工力不均」一條中，討論到律詩之中存在名為佳聯但聯中上下句工力不均的現象：

> 詩有名為佳聯而上下句工力不能均敵者，如夏子喬「山勢蜂腰斷，溪流燕尾分」，陳傳道「一鳩鳴午寂，雙燕話春愁」，唐子西「片雲明外暗，斜日雨邊晴」，皆下句勝上句，李濤「掃地樹留影，拂床琴有聲」，則上句勝下句，以此知工力悉配之

難。宋延清初唐名家，然如「秋虹映晚日」，固不及下句「江鶴弄晴煙」之妙。又〈江南曲〉：「採花驚曙鳥，摘葉喂春蠶」，摘葉餵蠶僅一事，因採花而鳥驚，一句中有兩折，亦上句勝也。〔註80〕

賀裳將詩中上下句不均的現象分為兩類，一類是上句之工力優於下句，如：李濤「掃地樹留影，拂床琴有聲」、宋之問「採花驚曙鳥，摘葉喂春蠶」；另一類是下句之工力好於上一句，如：夏竦「山勢蜂腰斷，溪流燕尾分」，陳傳道「一鳩鳴午寂，雙燕話春愁」，唐庚「片雲明外暗，斜日雨邊晴」、宋之問「秋虹映晚日，江鶴弄晴煙」。以宋之問〈江南曲〉一詩為例，賀裳認為上一句「採花驚曙鳥」中詩人共寫出兩件事，一個是採花，一個是鳥受驚而飛，此二事中還包括因果關係，因採花而導致鳥驚。但下一句「摘葉喂春蠶」中僅僅描述摘葉餵蠶一事，故下句之工力不如上一句。而這種上下句工力不均的現象，在歷代詩歌之中，屢見不鮮。針對這種現象，黃生在《載酒園詩話評》中進行解釋〔註81〕。

賀裳在「屬對」一條中同樣表達作詩對仗之難，他指出：

佳句每難佳對，義山之才，猶抱此恨。如〈秋日晚思〉「枕寒莊蝶去」，雖用莊周夢蝶事，實是寒不成寐耳；對曰「窗冷胤螢消」，此卻是真螢，未免借對，不如上句遠矣。〈雪〉詩「馬似困鹽車」，佳句也；上云「人疑游麴市」，卻醜。〈深樹見櫻桃一顆〉曰：「痛已被鶯含」，事容有之，實為俊句；上句「惜堪充鳳食」，又涉牽湊。〈僧壁〉曰：「琥珀初成憶舊松」，實

〔註80〕出自清・賀裳《載酒園詩話》卷一，「一聯工力不均」條，頁231。

〔註81〕黃生《載酒園詩話評》：「凡兩句不能並工者，必是先得一好句，徐琢一句對之。上句妙於下句者，必下句為韻所縛也。下句妙於上句者，下句先成，以上句湊之也。」指出詩句對仗而兩句不能並工者，是由於詩家「先得一好句」，才又琢磨思考另一可對之句。同時他舉出，若是詩中上句之工力優於下句，是由於下句受到了詩韻的限制，導致詩家僅能通過有限的字詞來表達己意。輔仁大學廖俐婷碩士論文《黃生之詩學研究》第四章第四節〈論對仗〉中，有關於此條之詳細討論，可資參考。

勝賈島「種子作喬松」，總言禪臘之久耳；上句「蚌胎未滿思
新桂」，語雖工，思之殊不甚關切。〔註82〕

賀裳一開始便提出「佳句每難佳對」，並以李商隱之詩為例。〈秋日晚
思〉一詩，所用之對是虛實對，以夢蝶之虛對真螢之實，賀裳以為此詩
下句之韻味不如上句；〈雪〉（又名〈喜雪〉）詩中同樣是描寫雪景，賀
裳認為「馬似困鹽車」一句要好於上句「人疑游麵市」；〈深樹見櫻桃一
顆〉一詩中「痛已被鶯含」以鶯含形容櫻桃因其卻有其事〔註83〕，故
形容貼切，可算得上是佳句，但上句「惜堪充鳳食」以鳳食形容櫻桃卻
過於牽強；〈僧壁〉一詩同樣是表達對佛法之妙悟，「琥珀初成憶舊松」
句以琥珀言禪臘之久，上句「蚌胎未滿思新桂」對仗雖工，但蚌胎卻與
詩之主題不夠貼切。上述引文中，賀裳舉四首詩之實例意在表達詩歌
創作在對仗時應遵循的兩個原則：一、上下句所用之事虛實要相稱〔註
84〕；二、對仗時要注意符合事理人情，切忌離題過遠。

隨後賀裳提出第三個原則，對仗需「工」：

陶瑾〈山居〉「江燕定巢來自數，巖花落子結還稀」，相傳
為佳句。然江燕以定巢而其來自數，意從「巢」字斷，巖
花已落，子結還稀，意乃斷於「落」字，由此言之，對殊不
工。〔註85〕

賀裳以陶瑾〈山居〉詩為例，認為「江燕定巢來自數，巖花落子結還
稀」兩句中，上一句意斷在「巢」字，故句式為四三；而下一句根據詩
人之意，應是斷在「落」字一處，故句式為三四。賀裳認為如此對仗十
分不工整，進而可以看出賀裳追求的對仗之「工」，上句與下句的句法

〔註82〕 出自清‧賀裳《載酒園詩話》卷一，「屬對」條，頁 234。
〔註83〕 櫻桃又稱含桃，常為鶯鳥所含食。
〔註84〕 除此之外，「屬對」一條中賀裳還提到「中晚人好以虛對實」並以元微
之、李商隱詩為例，指出此二詩皆是「援他事對目前之景」也可以算
得上是「巧心濬發」。詳見清‧賀裳《載酒園詩話》卷一，「屬對」條，
頁 235、236。
〔註85〕 出自清‧賀裳《載酒園詩話》卷一，「屬對」條，頁 234。

應該是一致的，至少兩句的字數分配結構要統一。

　　賀裳還指出在對仗之時還需要考慮對仗之句同全詩的關係：

> 對仗精工，誠為佳事，但作詩必先觀大意，往往以爭奇字句
> 之間，意不得遠，則亦不貴。飛卿〈山中與道友夜坐聞邊防
> 不寧因示同志〉曰：「龍沙鐵馬犯煙塵……」漢有戊己校尉。
> 又人身有三屍蟲，每遇庚申日，乘人之寐，訴人過於上帝，
> 道家於此日，輒不寐以守之。溫以邊警，又與道友夜坐，故
> 用此二事，組織干支，真為工巧。但上下不貫，乍觀觸目，
> 締思則言外殊無感發人意。若其詠〈蘇武廟〉曰「回日樓臺
> 非甲帳，去時冠劍是丁年」，運思雖亦小巧，卻一意貫串，泯
> 然無跡，妙矣。〔註86〕

引文中，賀裳提出詩歌創作中對仗精美的確是一佳事，但是前提是對
仗之句必須符合全詩大意，若是僅僅為爭奇字句，那麼所表達的意思
必定不會深遠。賀裳以溫庭筠〈山中與道友夜坐聞邊防不寧因示同志〉
一詩為例，指出其中「風卷蓬根屯戊己，月移松影守庚申」二句用漢代
戊己校尉以及人身有三屍蟲二事，此二句對仗十分工巧，但與全詩之
大意不符以至於上下文讀之不夠連貫，約束讀者思維，以至於語言之
外無法感發人意。但〈蘇武廟〉一詩「回日樓臺非甲帳，去時冠劍是丁
年」二句對仗雖然不夠華麗，但卻與全詩之大意相互貫串，故毫無特意
對仗之痕跡，賀裳十分欣賞這樣的對仗方式。在對仗之時，除要注重詩
之大意，還需注重對仗時所用之詩材，賀裳以許渾〈贈王山人〉一詩為
例，指出詩歌創作時存在對仗工整但反而落於俗套的情況，而這種情
況往往是因為詩家並未用心選擇詩材，故而提出「鍊句必先揀料」〔註
87〕一說。

　　此外，在「屬對」一條中賀裳還列及幾種宋人的對仗方式：

> 宋人巧獵名色，正對外，有就對，有蹉對，有扇對，惟所言

〔註86〕 出自清‧賀裳《載酒園詩話》卷一，「屬對」條，頁235。
〔註87〕 出自清‧賀裳《載酒園詩話》卷一，「屬對」條，頁236。

假對，最穿鑿可厭。如「廚人具雞黍，稚子摘楊梅」，謂以「楊」
借「羊」。「因尋樵子徑，偶到葛洪家」，謂以「子」借「紫」，
以「洪」借「紅」。「五峯高不下，萬木幾經秋」，謂以「下」
借「夏」。「閒聽一夜雨，更對柏巖僧」，是以「柏」借「百」。
「住山今十載，明日又遷居」，是以「遷」借「千」。真支離
鄙細，但可與寫別字人解嘲。〔註88〕

從上文可以看出，宋人喜歡為對仗之方式起名。賀裳指出除「正對」，
也就是最為典型的對仗外，宋人還有「就對」、「蹉對」、「扇對」、「假
對」幾種對仗方式。其中「蹉對」指的是詩歌對仗中對應詞位置不同，
參差為對。沈括《夢溪筆談》中也提到：「如〈九歌〉：『蕙肴蒸兮蘭
藉，奠桂酒兮椒漿。』當曰蒸蕙肴，對奠桂酒，今倒用之，謂之蹉對」
〔註89〕。「扇對」又叫「隔句對」，《詩人玉屑》中有相關解釋：「律詩
有扇對格，第一與第三句對，第二與第四句對。如杜少陵〈哭臺州司
戶蘇少監詩〉云：『得罪臺州去，時危棄碩儒。移官蓬閣後，穀貴歿潛
夫。』」〔註90〕。

　　引文中所提及的對仗方式中，賀裳最為不喜的便是「假對」。「假
對」也叫「借對」，一般通過借義或借音等手段來達到對仗工整的目的。
引文中賀裳所舉以「楊」借「羊」、以「子」借「紫」、以「洪」借「紅」、
以「下」借「夏」、以「柏」借「百」、以「遷」借「千」皆是通過諧音
的方式來達到對仗工整之目的，也就是前文提及的借音之法，即利用
字詞之間的同音關係，以甲詞（字）來表乙詞（字）。在賀裳看來，「假
對」之法過於牽強附會，因此十分可厭。

四、論用事

　　文章的創作方法，有「用事」一法，用事又稱稽古、事類、用典，

〔註88〕出自清・賀裳《載酒園詩話》卷一，「屬對」條，頁235。
〔註89〕宋・沈括《夢溪筆談》藝文二。
〔註90〕《詩人玉屑》卷七。

即在詩文創作中引用神話傳說、歷史故事以及經史子集、民謠俗諺、前
人詩文中的語句，委婉曲折表達自身思想見解，證明自己觀點的一種
藝術表現手法與語言修辭手段。

「用事」一語最早出自鍾嶸〈詩品序〉：「若乃經國文符，應資博
古，撰德承奏，宜窮往烈，至乎吟詠情性，亦何貴於用事？」〔註 91〕
鍾嶸最早將「用事」作為一個專有名詞在中國古代詩論史中提出來，他
認為「經國文符」、「撰德承奏」都可以盡量援引典實，但是詩卻不能大
量用典，因為會傷害詩的真美。劉勰在《文心雕龍・事類》篇中也專用
一章對「用事」進行論述：「事類者，蓋文章之外，據事以類義，援古
以證今者也。」〔註 92〕劉勰將用事稱為事類，認為用事是引用古事、
古語委婉表達自己思想感情、證明自己觀點的一種修辭手法與論證方
法。

詩歌用事能豐富詩篇，形成一種特有的藝術美感，〔註 93〕也能讓
詩句透過「婉曲譬喻」，顯得更為「深刻動人」。〔註 94〕用事這一創作
手法的表現力與感染力特別強，可以說，用事在詩文創作中受到青睞
同它本身的特點是分不開的。

至宋代，詩歌創作進入用事的高峰期，隨之而來的是宋詩中開始
出現大量使事用典的現象，也因此，宋代被稱作「以才學為詩」的時
代。「以才學為詩」一語出自嚴羽《滄浪詩話・詩辨》篇：「近代諸公作

〔註 91〕 趙則誠、張連弟、畢萬忱主編：《中國古代文學理論辭典》（長春：吉
林文史出版社，1985 年 7 月），頁 464。

〔註 92〕 出自王運熙、周鋒撰：《文心雕龍譯注》，頁 252。

〔註 93〕 學者許清雲將典故的功用分作五種：一、避免平凡單調。二、豐富詩
篇內容。三、產生藝術美感。四、表達作者心聲。五、增加讀者聯想。
參見許清雲：《近體詩創作理論》（台北：洪葉文化事業有限公司，1997
年），頁 213～218。

〔註 94〕 胡師幼峰言：「詩本為吟詠性情之作，毋須用事取譬；但若賦詩以言
『至』，則直言易顯，比不上婉曲譬喻來得深刻動人。何況使事用典，
不費煩辭，因此詩人好取古事以託喻。」參見胡師幼峰：《沈德潛詩論
探研》第四章第二節〈文學創作的技巧〉（台北：學海出版社，1986 年），
頁 122。

奇特解會，遂以文字為詩，以議論為詩，以才學為詩。」〔註95〕其中，
「以才學為詩」便是嚴羽對於宋人創作詩歌時專門用典故掩蓋生活深
度不足的批評。

　　隨著用事這一創作手法的不斷發展，對用事的探討也逐漸成為宋
以來詩論家所感興趣的重要話題。好用事的詩人在唐以李商隱、杜甫
為最，在宋以西崑體、蘇軾、黃庭堅為代表。宋代以來的詩話對這些詩
人用事的情況進行較為中肯的評價與定位，賀裳在《載酒園詩話》中也
提出關於「用事」之見解。

（一）用事無跡

　　賀裳對用事的要求，受前人影響頗深，可謂是對前人經驗的總結。
在「用事」一條中賀裳首先提出詩歌創作時應用事無跡：

> 《西清詩話》稱少陵用事無跡，如繫風捕影，因言「五更
> 鼓角聲悲壯」，乃用禰衡撾〈漁陽操〉，其聲悲壯事；「三峽
> 星河影動搖」，乃用漢武時星辰動搖，東方朔謂民勞之應事。
> 余意解則妙矣，然少陵當日正是古今貫串於胸中，觸手逢
> 源，譬如秫和麴蘗而成醴，嘗者更辨其孰為黍味，孰為麥
> 味耳。〔註96〕

　　賀裳借用秫和麴蘗釀造成醴的例子比喻用事的境界要求，意思是說
詩歌創作中的用事如同釀酒一般，酒成之後很難讓人分辨出原材料是什
麼，但是以粗糧出佳釀，實在是化腐朽為神奇。此處說法同杜甫「水中
著鹽」有著異曲同工之妙，「水中著鹽」一詞出自南宋胡仔《苕溪漁隱叢
話》中引杜甫之語「作詩用事，要如禪家語水中著鹽，飲水乃知鹽味」
〔註97〕。「水中著鹽」意味著詩歌創作實際上用事但是表面上卻看不出
來用事，但是如果用飲水般的方式細加品味，又能嘗出水中的鹹味來。

〔註95〕宋・嚴羽著，郭紹虞校釋：《滄浪詩話校釋》，頁24。
〔註96〕出自清・賀裳《載酒園詩話》卷一，「用事」條，頁210。
〔註97〕宋・胡仔撰，廖明德校點：《苕溪漁隱叢話》（北京：北京人民文學出
　　　　版社，1983年），頁66。

早在宋代，便有詩論家提出詩歌用事應貼切天然，不著痕跡：

1. 葉夢得《石林詩話》：詩之用事，不可牽強，必至於不得不用而後用之，則事詞為一，莫見其安排鬥湊之跡。〔註98〕

2. 李頎《古今詩話》：蘇子美坐進奏賽神事謫官，死於梟橋之居。江鄰幾有詩弔之曰「郡邸獄冤誰與辯，梟橋客死世同悲。」用事精審而當。又有云「五十踐衰境，加我在明年。」論者謂人莫不用事，使事如己出，天然渾成，乃可言詩。〔註99〕

從上述引文可以看出，不管是「事詞為一」還是「事如己出，天然渾成」都是要求在將典故運用於詩歌之中時，都要與詩歌中其他文字形成一個渾然天成的整體，令人看不出有人工雕琢的痕跡。「事詞為一」是指是表述典故的詩歌語言要同詩歌的整體情境相協調，不要給人產生生硬、刻板的感覺，這是著重從語言的角度對用事無跡提出要求。「事如己出」指的是雖然運用的是歷史典故，但是要用自己的語言把它表達出來，並融入自己的思想、情感，使之起來如同自己全新創造出來一般。

（二）使事著題

除用事無跡之外，賀裳對於詩歌用事還提出一點要求，便是使事著題：

落花詩，宋人推宋莒公兄弟「漢梟珮冷臨江失，金谷樓危到地香」，「將飛更作迴風舞，已落猶成半面妝」，余襄公「金谷已空新步障，馬嵬徒見舊香囊」。余意三詩俱善形容，語亦工麗，若使事著題，又無痕跡，當以子京為第一，公序次之，襄公又次之。「將飛」、「已落」，不問而知為落花。余公詩如

〔註98〕丁福保輯《歷代詩話續編》（北京：中華書局，1983年），頁413。

〔註99〕阮閱編，周本淳校點：《詩話總龜》（北京：人民文學出版社，1998年），頁61。

不讀至「清賞又成經歲別」，再不看題，幾疑為悼亡矣。此皆
祖於義山詠蜂：「宓妃腰細難勝露，趙後身輕欲倚風」，思路
至此，真為幽渺。至山谷詠竹而曰：「程嬰杵臼立孤難，伯夷
叔齊食薇瘦」，終嫌晦澀。此不過言「苦節」二字耳。〔註100〕

賀裳通過對宋祁、宋庠和余靖三人落花詩的比較，認為宋祁〈落花〉中
「將飛更作回風舞，已落猶成半面妝」一句，其中「迴風舞」是指漢武
帝宮人麗娟在芝生殿唱〈迴風曲〉，庭中花皆翻落一事。讀者看到「將
飛」、「已落」字眼，不用問也能看出詩人是在寫落花。余靖的「金谷已
空新步障，馬嵬徒見舊香囊」一句，如果不結合全詩來看，會使人產生
悼亡詩的錯覺，至於宋庠的「漢皋珮冷臨江失，金谷樓危到地香」，既
點題不夠明顯，也不易使人產生誤解，則稍次於宋祁。從引文中可以看
出，賀裳是以詩歌創作是否「使事著題」作為評價優劣的標準，他認為
一首詩只有做到「使事著題，又無痕跡」才能稱得上是佳作。

　　對於用事時如何做到「使事著題，又無痕跡」，賀裳也提出自己的
看法。首先，賀裳認為詩人要重視後天的學習，此處賀裳以杜甫為例，
他認為杜甫正是能夠將「古今貫串於胸中」〔註101〕，在作詩用事之時
才能夠做到「觸手逢源」，也就是說用事之前詩人應有足夠的知識儲備
並充分了解，這樣在創作之時才能夠融會貫通。賀裳指出，詩歌創作時
有一種常見的弊病，便是「語有乍看似佳，細思則瘡疣百出者」，而造
成這種效果的原因便是詩人「大費雕鏤」、「止務瑰奇，不求妥貼，以眩
俗目可耳，與風雅正自徑庭」，詩人僅僅是為追求炫目的藝術效果而盲
目的生搬硬套，由此賀裳提出詩中用事應合情理。

　　隨後，賀裳指出，「詩中使事如使材，在能者運用耳」〔註102〕，
他認為在詩中用事關鍵之處還是在於詩人如何運用，若是能者善用其
事，便能夠將俗事變雅：

〔註100〕出自清・賀裳《載酒園詩話》卷一，「用事」條，頁211。
〔註101〕出自清・賀裳《載酒園詩話》卷一，「用事」條，頁210。
〔註102〕出自清・賀裳《載酒園詩話》卷一，「用事」條，頁212。

> 顧況〈哀囝〉詩頗鄙樸，務觀用為〈戲遣老懷〉曰：「阿囝略
> 如郎罷意」，便成一則典故，且語雖戲謔而有情致，此能化俗事
> 為雅者也。又羅景綸〈貓捕鼠〉詩曰：「陋室偏遭點鼠欺，狸
> 奴雖小策勳奇。拖喉莫訝無遺力，應記當年骨醉時。」此用
> 唐蕭妃臨死曰「願武為鼠吾為貓」事也。貓捕鼠本俗事，不
> 足入詠，得此映帶遂雅。〔註103〕

閩省之習俗是將子稱之為囝，將父稱之為郎。賀裳認為，顧況〈哀囝〉
是一首描寫父子離別傷感之詩，陸游將其寫入詩中，語言雖戲謔但卻
有情致，陸游此舉將俗事變為雅事。羅大經〈貓捕鼠〉詩使用唐高宗廢
后王氏及良娣蕭氏為武則天所構陷之事，蕭氏初囚時，曾大罵到：「願
阿武為老鼠，吾作貓兒，生生呃其喉！」後武則天令人杖庶人及蕭氏各
一百，截去手足，投於酒甕中，曰：「令此二嫗骨醉」〔註104〕，賀裳認
為貓捕鼠本是一俗事，羅大經將史事寫入詩中，亦將俗事變雅。同時賀
裳也強調，在用事之時應注意雅俗之別。賀裳以梅堯臣〈詠蠅〉一詩為
例，提出「俗題不得雅事襯貼」這一觀點，認為詩人在創作以俗事為題
的詩作時，不應將與之毫無關聯之「雅事」作為典故，詩歌創作時應避
免「句句排砌如類書」。

（三）使事不必拘泥太過

除「用事無跡」、「使事著題」兩點外，賀裳還十分注重對詩人引
用之典故進行考證。《載酒園詩話》中專列「考證」一條進行討論。賀
裳於「考證」一條中以杜牧〈華清宮〉、白居易〈長恨歌〉、劉禹錫〈哭
呂衡州〉等詩為例，強調「使事雖不必拘，確切則尤妙，但不必過於吹
毛」〔註105〕：

> 1. 《邃齋閒覽》曰：「杜牧〈華清宮〉詩：『長安回望繡成堆，
>   山頂千門次第開。一騎紅塵妃子笑，無人知是荔枝來。』

〔註103〕出自清・賀裳《載酒園詩話》卷一，「用事」條，頁212。
〔註104〕詳見《舊唐書》卷五十一，「高宗廢后王氏、良娣蕭氏」。鼎文書局。
〔註105〕出自清・賀裳《載酒園詩話》卷一，「考證」條，頁215。

尤膾炙人口。據《唐紀》，明皇以十月幸驪山，至春即還
宮，是未嘗六月在驪山也。然荔枝盛暑方熟，詞意雖美，
而失事實。」此辨甚正。……白詩曰：「七月七日長生殿，
夜半無人私語時」，正詠其事。長生殿在驪山頂，則暑月
未嘗不至華清，牧語未為無據也。然細推詩意，亦止形容
楊氏之專寵，固不沾沾求核。

2. 劉禹錫〈哭呂衡州〉曰：「遺草一函歸太史，孤墳三尺近
要離。」若必拘拘切合，則要離塚在吳，《舊唐書》稱溫
自衡州還，鬱鬱不得志而沒，秦、吳相去數千里，不亦太
失事實乎！然總以形容旅櫬薨葬之悲，所謂鏡花水月，不
必果有其事。〔註106〕

引文 1 中賀裳引陳正敏《遯齋閒覽》之語，考證杜牧〈華清宮〉詩中
唐明皇與楊貴妃之事〔註107〕，據《唐紀》記載，唐明皇十月至驪山，
次年春便返回，因此在盛暑六月方能成熟之荔枝斷不可能出現在此
時，因此此詩有失史實；白居易〈長恨歌〉中「七月七日長生殿，夜
半無人私語時」也提及此事，長生殿位於驪山山頂，那麼夏天未嘗不
可再游驪山，杜牧之語未嘗不可。但賀裳指出，若是仔細推敲兩位詩
人之意圖，便可看出詩人使用此典故均是為形容唐明皇對楊貴妃之
專寵，而所用之典故並未違背創作的主旨，因此也不必過於求得歷史
真相。

　　引文 2 中賀裳又舉劉禹錫〈哭呂衡州時予方謫居〉一詩為例，根
據《舊唐書》記載呂溫沒於衡州，但詩中卻說呂溫之墳塚在要離墳塚之
旁，實際上要離塚在吳，秦、吳兩地相去數千里，因此詩中描寫也是違
背史實的。但劉禹錫此詩本是為形容客死他鄉之人的靈柩只能草草埋
葬之悲傷無奈，因此在創作時意味到便可，不需確有其事。

〔註106〕出自清・賀裳《載酒園詩話》卷一，「考證」條，頁 213、214。
〔註107〕據《唐紀》記載，唐明皇十月至驪山，次年春便返回。

結合以上兩個例子，可以看出，賀裳認為，使事用典固然需要符合歷史，以史實為依託，但不用拘泥於此。用事確切固然為妙，後人考證之時卻不必吹毛求疵。在某些特定的情況下，為滿足藝術表達的需要，詩人所用之事同歷史真實相違背也是可以包容的。

五、論蹈襲

賀裳《載酒園詩話》中也有論及蹈襲模擬之語，賀裳認為歷代詩家雖然厭惡蹈襲之詩，但還是看其最終詩歌呈現的效果。〔註108〕賀裳在「三偷」一條中對此問題進行詳細討論，「三偷」本為唐代僧人皎然〔註109〕《詩式》一書中提出的詩學理論，出自於「評三不同語意勢」〔註110〕一條中。概括說來：（一）偷語指的是改換他人詩句，更有甚者僅僅改動幾個字便收為己用，其病全在仿製，以至於他一眼便能認出。模仿古人卻不脫其窠臼，因此偷語被皎然譏諷是最為鈍賊之法；（二）偷意指不改變詩人原作之意，但在此基礎上詩人自行創作。；（三）皎

〔註108〕 「詩家雖厭蹈襲，然如劉泛『不用茱萸仔細看，管取明年各強健』，豈不尤鈍。即樂天翻子美『斫卻月中桂，清光應更多』為『月中幸有閒田地，何不中央種兩株』，亦猶劉狗之再夢也。」詳見清・賀裳《載酒園詩話》卷一，「三偷」條，頁219。

〔註109〕 皎然，字清晝，俗姓謝，湖州長城卞山（今浙江長興）人，自稱南朝詩人謝靈運十世孫。世居吳興。好飲茶，自稱「三飲得道」。關於皎然的生卒年，根據其《詩式》、于頔〈吳興畫上人集序〉中存有的資料推斷，大約生於天寶年間，而主要活動在大曆、貞元時期。皎然幼年出家，從靈隱寺戒壇守直律師受戒。及中年，又專意於禪。曾與靈徹、陸羽同居吳興杼山妙喜寺，為莫逆之交。皎然出家後，仍不忘情吟詩，可謂詩僧中之佼佼者。但皎然最出色的成就還不在於他的詩作，而在於他的詩論專著《詩式》與《詩議》。

〔註110〕 「三同之中，偷語最為鈍賤。如漢定律令，厥罪必書，不應為酇侯，務在匡佐，不暇采詩，致使弱手蕪才，公行劫剝。若許貧道片言，可折此輩，無處逃刑。其次偷意。事雖可罔，情不可原。若欲一例平反，詩教何設？其次偷勢。才巧意精，若無朕跡，蓋詩人閫域之中，偷狐白裘之手，吾亦賞俊，從其漏網。偷語詩例如…偷意詩例如…偷勢詩例如…」出自許清雲：《皎然詩式輯校新編》（台北：文史哲出版社，1984年），頁28。

然認為三偷之中，偷勢之法最為高明，是因為偷勢是將他人詩句全部打亂重新組合，使他人即便是將兩首詩相對比，也無法肯定確認是否模擬。〔註111〕

賀裳《載酒園詩話》「三偷」一條主要討論偷法、盜法，也就是皎然「三偷」中的偷勢：「盜法一事，詆之則曰偷勢，美之則曰擬古」〔註112〕，在賀裳看來，「偷法一事，名家不免」並舉例道：

> 劉夢得「山圍故國周遭在，潮打空城寂寞回。淮水東邊舊時月，夜深還過女牆來。」杜牧之「煙籠寒水月籠沙，夜泊秦淮近酒家。商女不知亡國恨，隔江猶唱〈後庭花〉。」韋端己「江雨霏霏江草齊，六朝如夢鳥空啼。無情最是臺城柳，依舊煙籠十里堤。」三詩雖各詠一事，意調實則相同。愚意偷法一事，誠不能不犯，但當為韓信之背水，不則為虞詡之增竈，慎毋為邵青之火牛可耳。若霍去病不知學古兵法，究亦非是。〔註113〕

賀裳以劉禹錫〈石頭城〉、杜牧〈泊秦淮〉、韋莊〈臺城〉三首詩為例，指出上述三首詩雖然各自描寫之事物不同，但詩人所表達的意念均是面對國破家亡之感慨，然而讀之卻不認為三首詩有重複或抄襲之處。賀裳還就盜法之使用方式進行討論：

> 凡盜法者，妙於以相似之句，用之相反之處。如陳堯佐「千里好山雲乍斂，一樓明月雨初晴」，寫酣適之景如見。至楊萬畢〈梧桐夜雨〉詩「千里暮雲山已黑，一燈孤館酒初醒」，又覺淒颯滿目。如此相同，不惟無害，且喜其三隅之反矣。又喬知之〈長信宮樹〉曰「餘花鳥弄盡，新葉蟲書遍」，沈佺期〈芳樹〉曰「啼鳥弄花疏，遊蜂飲香遍」，二語頗相似。然喬

〔註111〕許清雲〈再論皎然三偷說對黃庭堅詩法的啟示〉一文中有對皎然「三偷」之法的詳細論述，可資參考。《中國韻文學刊》第 27 卷第 1 期（2013 年 01 期），頁 2。
〔註112〕出自清‧賀裳《載酒園詩話》卷一，「三偷」條，頁 219。
〔註113〕出自清‧賀裳《載酒園詩話》卷一，「三偷」條，頁 216、217。

乃高秋，沈則春暮也。沈詠芳樹，故用「遊蜂飲香」。長信，
班婕妤所居，班以〈團扇詩〉傳，故只寫秋意。語雖同，下
筆各有斟酌。〔註114〕

賀裳認為盜法最妙的使用方式，便是將相似之語句用於意義相反之處。
如同樣是使用千山與雲的意象，陳堯佐之詩描寫出酒後所見醺適之景，
楊萬畢之詩則描寫酒醒後淒颯之景；同樣使用花、鳥、蟲之意象，喬知
之〈長信宮樹〉描寫的是稿秋之景，而沈佺期〈芳樹〉則描寫暮春之
景。如此使用，意象雖然相似，但詩人各自作不同之描寫，抒發不同之
情感，描繪出不同之景象，讓讀者不但不覺得是蹈襲，反而有舉一反三
之感，這才是盜法之最高境界。

此外，賀裳還引北宋・魏泰《臨漢隱居詩話》之語闡發蹈襲與出
處之別：

《隱居語錄》曰：「詩惡蹈襲古人之意，亦有襲而愈工，若出
於己者，蓋思之愈精，則造語愈深也。李華〈吊古戰場〉曰：
『其存其沒，家莫聞知。人或有言，將信將疑。悁悁心目，
寢寐見之。』陳陶則曰『可憐無定河邊骨，猶是春閨夢裏人』，
蓋工於前也。」余以以文為詩，此謂之出處，何得為蹈襲。
若如此苛責，則作詩者必字字杜撰耶。又如宋錢希曰「雙蜂
上簾額，獨鵲臬庭柯」，陳後齋以為本於韋蘇州〈聽鶯曲〉：
「有時斷續聽不了，飛去花枝猶臬臬。」余以韋是飛去之後，
花枝自臬，力在「飛」字；錢乃初集之時，鵲與枝同臬，景
尤可愛也。意不相同，何妨並美。〔註115〕

魏泰認為雖然作詩不應蹈襲古人之意，但也有「襲而愈工」的例子存
在，只要詩人肯在遣詞造句上下功夫，那麼便可以使用同樣之意象寫
出含義更加深刻之詩。賀裳也十分讚同此觀點，並將此稱之為「出處」
而非「蹈襲」。在賀裳看來，前人詩中所用之景或意象，後人皆可以使

〔註114〕出自清・賀裳《載酒園詩話》卷一，「三偷」條，頁218、219。
〔註115〕出自清・賀裳《載酒園詩話》卷一，「三偷」條，頁217。

用，否則後世詩人作詩豈不是要字字杜撰。同時賀裳也指出，雖然可以使用前人詩之意象，但作詩之時仍要善用，以詩人自身之文采鍛煉，將其化為己用。萬萬不可字句雷同，否則將淪為蹈襲。

小結

　　本章針對賀裳《載酒園詩話》中有關詩歌創作之理論展開論述，賀裳的創作理論清晰，且善於結合具體詩例闡明其觀點。賀裳論詩的創作論可分為「創作之原則」、「創作之題材」以及「創作之技巧」三部分，綜合上文論述，將本文分析所得之結論，總結如下：

第一、創作之原則

　　賀裳論及詩歌創作時提出作詩應「貴於用意，又必有味」，其「貴於用意」是從「詩以意為主」這一重要詩學命題發展而來。「用意」針對詩歌創作時的構思環節，賀裳以為詩歌應能夠表現詩人創作之意旨；「有味」針對詩歌創作時的實際操作，主要表現在詩歌的語言、藝術結構等方面，賀裳強調創作時不宜過於紆折或使用過於僻奧之典故。

第二、創作之題材

　　賀裳《載酒園詩話》中對詠史、詠物以及艷情詩三種詩歌題材進行討論，其論述時喜好針對具體詩作進行分析並提出創作之要點。

　　就詠史詩而言，以白居易、王安石、蘇軾之詩為例，提出詠史詩應是詩人「意氣棲託之地」以及詠史詩應「比擬得當」、「切情合事」兩個觀點。

　　就詠物詩而言，賀裳共舉出 11 首詩作為具體詩例，提出詠物需精切，不可入俗，並以杜甫詠馬、詠鷹之作作為詠物詩的最高標準。同時還提出詠物詩應「神情俱似」、「意態俱佳」。

　　就艷情詩而言，賀裳所討論之艷情詩實際上是閨情之詩，提出艷情詩應「樂而不淫」且「止乎禮義」，而艷情詩之創作應「如或見之」、「情深入癡」，艷情詩語言應婉弱而不宜壯健。

第三、創作之技巧

賀裳多次強調詩歌以渾然天成，自然無跡為佳，但同時也認識到對於初學者而言還是應該遵循規範，因此賀裳就詩歌之章法、用字、對仗、用事以及蹈襲皆有詳細論述，茲羅列如下：

1. 論章法

賀裳以杜甫〈君不見，簡蘇徯〉、駱賓王〈玩初月〉二詩為例，強調作詩應「首尾貫徹」。同時反駁鍾惺評張九齡〈庭梅〉詩：「無聲無臭」、「膚不可言」，認為該詩起句結句相互貫通，首尾有所呼應對其多加讚賞。

2. 論用字

詩歌是詩人情志的展現，而文字又是其最小單位，故賀裳多次強調詩歌中「字」的重要性。在討論詩之創作時，賀裳認為雖不至於字字句句都有所拘束，但是也不能完全不拘於字句。他以林逋〈留題李休山居〉一詩為例，提出作詩之時往往因為「以字不工而害其句，句不工而害其篇」。雖然提出鍊字的重要性但賀裳仍不強調過於注重鍊字，否則會過猶不及。此外，賀裳還提出作詩下字之時應忌「險僻」、「氣質」，詩中用字應當「自然無跡」。

3. 論對仗

在律詩發展成熟後，受到嚴格的格律限，要求頷聯和頸聯必須對仗，賀裳也就詩之對仗進行專項討論。首先，賀裳提出律詩之中存在名為佳聯但聯中上下句工力不均的現象存在，又以李商隱之詩為例提出「佳句每難佳對」。經歸納，賀裳對於詩歌對仗提出以下4點要求：（1）上下句所用之事虛實要相稱；（2）對仗時要注意符合事理人情，切忌離題過遠；（3）上句與下句的句法應該是一致的，至少兩句的字數分配結構要統一；（4）在對仗之時還需要考慮對仗之句同全詩的關係，對仗之句必須符合全詩大意。此外，在「屬對」一條中賀裳還列及幾種宋人的對仗方式，賀裳指出除「正對」，也就是最為典型的對仗外，宋人還有

「就對」、「蹉對」、「扇對」、「假對」幾種對仗方式，而其中賀裳最不喜「假對」，認為「假對」之法過於牽強附會。

4. 論用事

「用事」一語最早以論詩之專有名詞出現是在鍾嶸〈詩品序〉中，並為歷代詩論家所重視，賀裳也不例外，他於《載酒園詩話》中專列一條用以討論詩歌創作中的「用事」。賀裳首先提出詩歌創作時應用事無跡，此處說法同杜甫「水中著鹽」有著異曲同工之妙。賀裳以詩歌創作是否「使事著題」作為評價優劣的標準，他認為一首詩只有做到「使事著題，又無痕跡」才能稱得上是佳作，並提出創作之要點。經整理可分為以下 5 點：（1）賀裳以杜甫用事「觸手逢源」為例，提出詩人要重視後天的學習，他認為杜甫正是能夠將「古今貫串於胸中」，在作詩用事之時才能夠做到融會貫通；（2）賀裳提出詩中用事應合情理，不應為追求炫目的藝術效果而盲目的生搬硬套；（3）用事之時應注意雅俗之別；（4）創作時應避免「句句排砌如類書」；（5）使事用典固然需要以史實為依託，但不用拘泥於此，後人考證之時卻不必吹毛求疵。賀裳提出，在特定的情況下，為滿足詩歌藝術表達的需要，為滿足藝術表達的需要，詩人所用之事同歷史真實相違背也是可以包容的。

5. 論蹈襲

賀裳在詩話「三偷」一條中重點討論詩家模擬蹈襲的情況。「三偷」一詞本源自皎然《詩式》，可分為「偷語」、「偷意」、「偷勢」，賀裳本條之中則主要針對皎然「偷勢」展開討論，並易名為「偷法」、「盜法」。賀裳認為盜法一事，詩家難免，但若是有巧妙的使用方式，即相似之語句用於意義相反之處，也可以創作出優美的詩作。

第五章　詩歌批評論

　　賀裳《載酒園詩話》中以詩歌批評為主體,《載酒園詩話》共五卷,
其中二到四卷皆是對唐宋兩代詩人詩作的鑑賞、個人詩風的評價以及
唐宋詩歌時代風格的總結。蔡鎮楚《詩話學》指出:詩歌鑑賞就是關於
怎樣鑑別和欣賞詩歌藝術美的論述。〔註1〕吳中杰《文藝學導論》一書
也指出文藝鑑賞的意義在於通過鑑賞而實現創作的價值、並從接受與
影響的角度完成審美意識的發展。〔註2〕而「風格」二字連用最早出現
於晉宋之際〔註3〕。關於「風格」的定義,諸家學者界說紛紜〔註4〕,

〔註1〕「詩歌鑑賞可通過鑑賞而了解作者與讀者,讀者與詩歌、讀者與讀者
　　　　之間的關係,此乃鑑賞的一般原則。鑑賞的類別,若依對象分類,則
　　　　有佳句欣賞、名篇欣賞、詩體欣賞、格律欣賞、意境欣賞五種。」蔡
　　　　鎮楚《詩話學》〈詩歌鑑賞論〉(長沙:湖南教育出版社,1992年7月
　　　　二刷),頁230~258。

〔註2〕吳中杰《文藝學導論》第四編〈鑑賞論〉,(上海:復旦大學出版社,
　　　　2002年10月),頁211~214。

〔註3〕《世說新語·德行》:「李元禮風格秀整,高自標持,欲以天下名教是
　　　　非為己任」引自楊勇:《世說新語校箋·德行》(上冊)(台北:正文書
　　　　局,2000年5月),頁5。此處「風格」用以品鑑人物精神存在的風度
　　　　儀態,隨後「風格」逐漸從人物品藻移用於文藝批評領域。

〔註4〕黃美鈴《唐代詩評中風格論之研究》從作者主觀才性的角度著眼,認
　　　　為「風格者,繫於作者之才情個性耳。蓋人之各有情性,形諸於文,
　　　　必有流露於字裡行間,不能自掩者,作品遂有其獨特之點也」(台北:
　　　　文史哲出版社,1982年2月),頁4。蔡英俊〈「風格」的界義及其中
　　　　與中國文學批評理念的關係〉一文中曾提及:「風格」一詞所指的語義
　　　　內涵確實是強調作家生命力具體表現在作品中的一種整體的藝術形

但可以確定的是，現如今「風格」已成為批評的專門術語。〔註5〕若將《載酒園詩話》分為「詩歌風格論」、「詩歌鑑賞論」與「作家論」分別進行討論，文章結構則過於凌亂，故本文將其合併為「詩歌批評論」一起討論。所謂的文學批評，在強調運用一定的「標準」對「文學作品和文學現象」進行研究和評價。〔註6〕

　　《文心雕龍‧時序》云：「時運交移，質文代變」〔註7〕又云：「文變染乎世情，興廢繫乎時序」〔註8〕說明文學的發展，一直隨著時代的變遷而不斷隨之變化更新。其影響因素，不外乎政治現象、社會安危，以及當代文學思潮。作家身處時代潮流之中，對於時代文風的影響，也扮演著重要的角色。

　　賀裳《載酒園詩話》所採用之批評，乃是斷代批評之方式，其詩歌批評的範圍，主要為唐、宋兩代，也因此民國藏書家諸宗元先生稱此部分為《唐宋詩話》。〔註9〕至於為何選取唐宋兩代之詩進行評論，賀

貌。同時認為「風格」是一種整體性的呈現，包含著「作品語文結構所形成的藝術形相」與「作者主觀才性所展示的精神風貌」兩個層面。收錄於中國古典文學研究會主編：《文心雕龍綜論》（台北：學生書局，1988年），頁348～355。楊成鑒《中國詩詞風格研究》作品客觀形式的角度立說，認為「藝術風格是文學作品的風貌和格調；就是作品的風度中所體現的精神風貌。也就是文學作品藝術形象的不同特色，以及構成形象之不同手法的統一」，（台北：洪葉文化事業有限公司，1995年12月），頁18。

〔註5〕 林淑貞《詩話論風格》指出：「『風格』一詞在中國的意義，乃由銓品人物轉化為對文學作品，甚至成為評鑒藝術品的專門術語」，同時還提出「從創作者而言，應是作者才情所展現的生命之姿與作品文辭所表現的藝術之姿。從鑒賞者而言，指欣賞者主觀體悟到的詩歌風格特色」，（台北：文津出版社，1999年），頁44。

〔註6〕 「所謂的文學批評，即是即按照一定的標準，對作家作品和文學現象（包括文學運動、文學思潮和文學流派等）所作的研究、分析，認識和評價。」《中國大百科全書‧中國文學》（中國大百科全書出版社，1988年9月二版），頁953。

〔註7〕 劉勰：《文心雕龍注》，頁671。

〔註8〕 劉勰：《文心雕龍注》，頁675。

〔註9〕 語出〈黃白山先生載酒園詩話評‧序〉，原語為：「賀氏原書，其《通論》則曰《賢己集》，其《又編》則曰《唐宋詩話》」（宋）‧朱弁等撰，

嘗在《載酒園詩話》卷五前有一自序名為〈唐宋詩話緣起〉，其中說到：

> 古今說詩者多矣，莫不上逆〈風〉、〈騷〉，遠稽古漢，下逮建
> 安、黃初，迄開元、大曆而止。其剔幽抉隱，闡揚微渺，非
> 無尚可容人尋繹者……余小子，椎魯寡學，述前人之教，尚
> 苦不足，安所容吾辯乎？〔註10〕

可以看出賀裳有感古今說詩者雖多，但其說詩之範圍多是上自春秋，
下至唐代，但自己「椎魯寡學」，僅遵循前人之教誨都苦其不足，遑論
對其批判，因此賀裳《載酒園詩話》將目光集中於唐詩與宋詩，對其進
行斷代批評。

　　本章以時代為目，分為「論唐代」、「論宋代」、「論明代」三節加
以闡析，內容大體上分為論時代以及論詩家兩類。論時代選取原則是：
（一）專論一代者。（二）合論兩代、數代者。（三）雖是議論個人，但
其風格係代表某一時代，或議論中見出某時代特色者。（四）雖是議論
個人，然其在時代風氣之演變中，扮演重要角色者。論詩家的部分，選
取原則是批評資料較豐富，具有原創性，值得加以討論者。

　　同時，為便於閱覽，同時更加直觀地展現賀裳的詩學批評觀，筆
者將賀裳於《載酒園詩話》卷二至卷五中所批評的唐代、宋代詩人詩作
加以歸納整理，以表格的方式進行展現。下面對於所列表格之體例以
及標目中所出現的名詞進行說明：

　　（一）本表欄目以序號為首，次為所評詩人、作品、主要評語及
批評方式。

　　1. 序號：為賀裳《載酒園詩話》中所標條目計數，如該條目下涉
　　　及眾多詩人，則在分別列出。

　　2. 所評詩人：各詩人單人單行，並在詩人名字之後標註其生卒年。
　　　其順序乃是按照賀裳《載酒園詩話》相應條目中所提及的順序，
　　　全部詩人排序大體上是以其生卒年為序。

賈文昭主編：《皖人詩話八種》，（合肥：黃山書社，2014 年），頁 107。
〔註10〕清‧賀裳著：〈唐宋詩話緣起〉，收入《清詩話續編》，頁 399。

3. 作品：賀裳於該詩人條目下所評全部詩作。

4. 主要評語：賀裳於該詩人條目下的評論擇要而錄。

5. 批評方式：賀裳在批評該詩人時所用的方法。

（二）名詞解釋（以表格中出現為序）

1. 摘句批評：顧名思義，就是擇其詩作中一句或幾句進行評價。

2. 對比批評：對比批評就是將不同的詩人、詩歌放在一起進行對比，從不同角度、不同方面對風格相同或相異的詩人進行比較，以彰顯各自的特點，通過對比，能更直觀地看出所評詩人風格之獨特性。

3. 直接批評：對批評物件進行直接評價，批評家抓住關鍵，開門見山，用明晰的論述性語言，直透其核心，鮮有贅述繁瑣的語言，往往一擊中的、一針見血，將所評物件之特點直接表述出來。

4. 典故：在評價詩人詩作時，使用古代故事或有來歷的詞語對其評價。

5. 比喻：在評價詩人詩作時，用跟詩歌風格或詩人性格有相似之點的其他事物來描寫或說明。

6. 引用：使用前人之評語，引發討論。或作為引子引出自己的新觀點，或作為反語進行駁斥。

第一節　論唐代

《載酒園詩話》中卷二、三、四為賀裳對唐詩之批評，其順序是按照初、盛、中、晚的時代順序展開。嚴羽《滄浪詩話‧詩體》第二條嘗言：「以時而論，則有…唐初體、盛唐體、大曆體、元和體、晚唐體。」〔註11〕嚴羽此說影響了所謂「初、盛、中、晚」的四唐之分。〔註12〕

〔註11〕見宋‧嚴羽著，郭紹虞校釋：《滄浪詩話》，頁48。

〔註12〕參見胡師幼峰：〈吳喬《圍爐詩話》之唐詩分期述論〉，《輔仁國文學報》，第24期（2007年6月），頁263。

嚴羽將唐代劃分為五個時期：初唐（唐初至景雲）、盛唐（開元、天寶）、大曆、元和以及晚唐（元和以後）。隨後楊士宏編選《唐音》，將唐詩分為「始音」、「正音」、「餘響」，分別對應初盛唐（武德至天寶）、中唐（天寶至元和）以及晚唐（元和以後）。

　　至高棅《唐詩品彙》一出，「四唐」之說始定：「略而言之，則有初唐、盛唐、中唐、晚唐之不同。詳而分之：貞觀、永徽之時……此初唐之漸盛也。開元、天寶間……此盛唐之盛者也。大曆、貞元中……此中唐之再盛也。下暨元和之際……此晚唐之變也。降而開成以後……此晚唐變態之極。」〔註 13〕以高棅之劃分法：初唐為武德至開元初，盛唐為開元初至大曆，中唐為大曆至元和末，晚唐則為開成之後。賀裳四唐劃分之法源於何處目前尚無資料加以佐證，本節對唐代之劃分以賀裳《載酒園詩話》中劃分為據。

　　賀裳評價唐代詩歌四個發展階段共 137 位詩人，以史為序、以人為綱。通過系統而詳盡地批評，實現對唐詩的整體全面評價，展現唐代詩歌發展的基本風貌，本節主要採用列表的方式，將賀裳所評詩人、批評對象、主要評語以及批評方法臚列出來，以便直觀展現賀裳的唐詩批評觀。

一、初唐

　　賀裳於《載酒園詩話》卷二中所評初唐詩人共 20 條目，涉及詩人共 26 人。〔註 14〕其評價始於太宗皇帝，止於孫逖，大致以史為序，以人為綱目。賀裳對初唐詩歌的批評製表如下：

〔註 13〕　出自明・高棅《唐詩品彙》（上海：上海古籍出版社，1982 年），頁 8、9。

〔註 14〕　賀裳論及初唐詩人，「貞觀諸家」一條涉及到的詩人有魏徵、虞世南、馬周、楊師道 4 人，「四傑」一條涉及到的詩人有駱賓王、王勃、楊炯、盧照鄰 4 人，為更好的統計賀裳所評詩人之數目，故以具體涉及詩人數目為準。

序號	所評詩人		作　品	主要評語	批評方式
1	太宗皇帝（598～649）		〈大風歌〉、〈秋日斅庾信體〉、〈秋日翠微宮〉宮體詩	鋪張功烈，粉飾治平；骨之靡弱。	摘句批評
2	徐賢妃（627～650）		〈長門怨〉整體詩風	參透人情；詩有氣骨。	摘句批評、對比批評
3	章懷太子（655～684）		〈黃臺瓜辭〉	音節似古樂府；憂在宗杜。	對比批評
4	貞觀諸家	魏徵（580～643）	〈述懷〉	詩作大多整繕有餘，警醒不足；歌合律、舞應節；為王勃、杜審言之先鞭。	直接批評
		虞世南（558～638）	〈織錦曲〉		
		馬周（601～648）	〈浮江旅思〉		
		楊師道（？～647）	〈還山宅〉、〈夏日應詔〉		
5	王績（590～644）		〈過酒家五首〉其五、〈田家三首〉、〈贈學仙者〉、〈石竹詠〉	為人素心之士；詩作瀟灑落穆，曠懷高致。	摘句批評、對比批評、典故
6	四傑	駱賓王（622～684）	〈在獄詠蟬〉、〈帝京篇〉、〈代女道士王靈妃贈道士李榮〉	駱賓王好徵事，多滯響；王勃工寫景，饒秀色；楊炯詩不能高，氣殊蒼厚；盧照鄰詩有溫柔敦厚，蘊藉之語，然亦有塵言滾滾。	摘句批評、對比批評、比喻、典故
		王勃（650～676）	〈送杜少府之任蜀州〉、〈採蓮曲〉		
		楊炯（650～693？）	〈從軍行〉		
		盧照鄰（634～686）	〈長安古意〉〈行路難〉		
7	陳子昂（659～700）		〈感遇詩三十八首〉	詩與樂通，聲宜直廉，不宜粗厲；善於諷喻，有扶輪起靡之功。	對比批評、摘句批評、引用

8	杜審言 （645？～708）	整體詩風	散朗軒豁； 作磊砢語。	直接批評
9	沈佺期 （656～715）	〈芳樹〉、〈和趙麟台元志春情〉、〈歎獄中無燕〉、〈和元萬頃臨池玩月〉 七言律詩：〈古意·盧家少婦〉 五言排律：〈從驪州廨宅移住山間水亭贈蘇使君〉 應制酬贈詩	沈詩厚中帶動，樸而特警； 以長律為工； 排律令人轉思科頭箕踞。	直接批評、比喻、對比批評、摘句批評
10	宋之問 （656～713）	古詩、律詩匛從、應制諸篇 〈龍門應制〉、〈明河篇〉 〈晦日昆明應制〉、〈早發大庾嶺〉、〈入崖口五渡寄李適〉、〈奉使嵩山途經緱嶺〉、〈陸渾山莊〉、〈牛女〉、〈謁禹廟〉、〈早入清遠峽〉	古詩多佳； 辭理兼至； 聲容意態，婉婉可思，情味殊神； 造語工妙； 可與謝朓、王維並稱。	典故、對比批評、摘句批評
11	劉希夷 （651？～680？）	〈採桑〉、〈春女行〉、〈代悲白頭翁〉、〈孤松篇〉	藻思快筆，但多傾懷而語； 其詩實不及宋之問。	直接批評、比喻、對比批評、摘句批評
12	喬知之 （？～697／690）	〈哭故人〉、〈綠珠篇〉、〈下山逢故夫〉、〈棄妾篇〉、〈定情篇〉	雖負柔情，實饒氣性； 常有寧為玉碎不為瓦全之意； 能體貼婦人嬌妒至此，必自情深。	直接批評、對比批評、引用、典故、摘句批評
13	崔融 （653～706）	〈和梁王眾傳張光祿是王子晉後身〉	似為秀出； 氣力亦似差遜； 事醜而詞工。	對比批評、摘句批評

14	李嶠 （645～714）	〈芙蓉園應制〉、〈春日芙蓉園侍宴應制〉	淹雅之士； 未甚精出。	直接批評、對比批評、摘句批評
15	崔湜 （671～713）	〈襄陽早秋寄岑侍郎〉	力自振拔	對比批評、典故
16	郭元振 （656～713）	〈寶劍篇〉、樂府詩	英氣逼人，磊落丈夫本色。	直接批評
17	張說 （667～730）	〈岳州夜坐〉、〈過甯王宅應制〉、〈王濬墓應制〉〈和尹懋秋夜遊灉湖〉、〈蜀道後期〉	詩多哀傷憔悴； 躁進人也，亦有見道之言； 鉅麗之詞，切核始妙； 大雅之才，特其氣渾。	直接批評、對比批評、摘句批評
18	蘇頲 （670～727）	〈餞陽將軍兼源州都督御史中丞〉	與張說並稱，其詩質厚； 任負重之能； 真綸綍之才。	對比批評、摘句批評
19	張九齡 （678～740）	〈感遇〉、〈答綦毋學士〉、〈與弟游家園〉、〈賦得自君之出矣〉	雅人深致，實可興觀； 辭精言深。	對比批評、摘句批評
20	孫逖 （696～761）	〈送李補闕充河西節度判官〉	其詩緩私情，急公義，深合古意。	對比批評、摘句批評

（一）初唐詩風

賀裳對初唐詩風的評價，散見於對詩人的評價中，以下援引相關論述進行討論：

1. 然樸厚自是初唐風氣，不足矜，當取其厚中帶動，樸而特警者。〔註15〕

2. 初唐應制，千口一聲，惟崔澄瀾力自振拔，與崔、李較，文翎錦翰中，一摶霄翮也。〔註16〕

〔註15〕清・賀裳《載酒園詩話》卷二，評初唐詩人「沈佺期」條，頁300。
〔註16〕清・賀裳《載酒園詩話》卷二，評初唐詩人「崔湜」條，頁304。

　　3. 初唐人專務鋪敘，讀之常令人悶悶，惟閨闈、戎馬、山川、

　　　花鳥之辭，時有善者。〔註17〕

從上述引文可以看出，賀裳對於初唐詩風的總體評價不高，美‧宇文
所安嘗言：「初唐詩歌並沒有成呈現出統一的風格：它只是結束了漫
長的宮廷詩時代，緩慢地過渡到新的盛唐風格。」〔註18〕施蟄存《唐
詩百話》中也說到：「初唐最初的三四十年中，文人都還是陳隋遺老，
文藝風格還沒有突出時代的新氣象。」〔註19〕唐代開國很長一段時間，
承隋文風，宮體詩、應制詩仍佔據主導地位，在帝王優寵專作宮體的
創作主領下，有段時間仍是延續齊梁時期的綺豔詩風。賀裳以太宗皇
帝〈大風歌〉、〈秋日斅庾信体〉二詩為例，批判其詩「太宗沾沾鋪張
功烈，粉飾治平，即此便輸漢祖一籌，不徒骨之靡弱」〔註20〕，賀裳
對於貞觀時期宮廷化之詩風大為批判。而自引文 2 可以看出，賀裳認
為在這千口一聲的應制詩之中，崔湜之詩「力自振拔」，對其大加讚
賞。引文 3 賀裳指出，初唐詩歌之創作以鋪敘為主，讀之經常給人沉
悶之感。但隨著詩人們越出宮廷詩所嚴格控制的題材和場合，詩歌的
主題範圍開始擴大。〔註21〕題材為閨闈、戎馬、山川、花鳥這幾類之
詩，時而有善者。

　　值得注意的是，賀裳所評這 26 位詩人幾乎涵蓋初唐的全部重要詩
人，王績、四傑、陳子昂、杜審言、沈佺期、宋之問、張九齡等都是人
們熟知的初唐代表詩人。然而，對於文學史中的常客，開創綺錯婉媚
「上官體」的上官儀〔註22〕，賀裳卻並未進行任何正面或負面評價，

〔註17〕清‧賀裳《載酒園詩話》卷二，評初唐詩人「張九齡」條，頁305。

〔註18〕美‧宇文所安著；賈晉華等譯：《初唐詩》（北京：生活‧讀書‧新知
　　　　三聯書店，2004 年 12 月），頁 1。

〔註19〕施蟄存：《唐詩百話》（上海：華東師範大學出版社，2017 年），頁 61。

〔註20〕清‧賀裳《載酒園詩話》卷二，評初唐詩人「太宗皇帝」條，頁 295。

〔註21〕美‧宇文所安著；賈晉華等譯：《初唐詩》，頁 1。

〔註22〕上官儀，《舊唐書》有傳：「工於五言詩，好以綺錯婉媚為本。儀既顯
　　　　貴，故當時多有學其體者，時人謂為上官體。」上官體，題材以奉
　　　　和、應制、詠物為主，內容空泛，重視詩的形式技巧、追求詩的修辭

也可以看出賀裳的態度。總的說來，賀裳對於初唐詩風的總體評價不高，認為並不值得期待，但卻可以從中挑選出值得稱頌之詩人。

（二）論初唐詩家：初唐四傑、沈佺期、宋之問、王績、陳子昂

賀裳所論 26 位初唐詩人中，著墨較多的是四傑、沈佺期和宋之問。賀裳評價頗高之詩人，乃是王績與陳子昂，對此二人對著墨不多，但用詞頗高。以下分別論述：

1. 初唐四傑

（1）駱賓王、王勃

初唐詩風受到六朝詩歌影響，「綺錯婉媚」的宮廷詩廣為流行，四傑力反纖弱淫靡詩風，以比興寄託充實辭藻清綺的齊梁體。〔註23〕賀裳《載酒園詩話》中評價四傑之詩，首論駱賓王，鑒於引文過長，故分為三段，分別進行討論：

1. 〈在獄詠蟬序〉曰：「有目斯開，不以道昏而昧其視；有翼自薄，不以俗厚而易其真。」……隱然寫出狂狷一段，嘐嘐踽踽，不肯閹然媚世意。中聯云「露重飛難進，風多響易沉」，尤肖才人失路之悲，讀之涕淚欲下。

2. 〈帝京篇〉，銓官時吏部侍郎裴行儉索文，作以獻者也，故淋漓磊落，竭其才思。今人或病其過於橫溢。余以讀詩者如漢文節儉，自不作露臺可耳，必不得謂未央壯麗，追罪蕭何。

3. 〈代女道士王靈妃贈道士李榮〉曰：「寄語河邊值查客，

之美。其「應制詩均以宮廷生活為題材，善寫豔情，姿態嬌媚，辭采富豔，注重對偶。」引自葛曉音著：〈初唐四傑與齊梁文風〉，收錄於《詩國高潮與盛唐文化》（北京：北京大學出版社，1998 年 5 月），頁 2。

〔註23〕參見葛曉音著：〈初唐四傑與齊梁文風〉，收錄於《詩國高潮與盛唐文化》，頁 9。

乍可匆匆共百年，誰使遙遙期七夕。」大是情至語。後
又云：「假令白里似長安，須使青牛學劍端。蘋風入馭來
應易，竹杖成龍去不難。」用事尤切。余於眾選外特搜
此篇。〔註24〕

引文1〈在獄詠禪〉〔註25〕是駱賓王在唐高宗儀鳳三年（678），因為上
書議論政事，觸忤了皇后武曌，因此被誣以貪贓的罪名而下獄，在獄中
所作的一首詩。〔註26〕詩歌托物起興，以蟬寓己，寓情於物，借詠秋
蟬以抒發自己品行高潔卻「遭時徽纆」的哀怨悲傷之情以及辨明無辜、
昭雪沉冤的願望，可謂寄寓遙深。中聯「露重飛難進，風多響易沉」，
更是以蟬自況，駱賓王選取「露」與「風」這兩個意象，以「露重」、
「風多」指代當時政治環境險惡，又以「飛難進」言詩人在人生仕途方
面難以進取，「響易沉」言自己的言論難以發出，〔註27〕賀裳評之「尤
肖才人失路之悲，讀之涕洟欲下」。引文2〈帝京篇〉乃是駱賓王應當
時吏部侍郎裴行儉索文而作，該詩以古喻今，以諸多壯詞描繪帝京之
繁華，顯示出大唐帝國的強盛。此詩形式上較為活潑，七言中間以五言
或三言，長短句交錯，或振盪其勢，或迴旋其姿。鋪敘、抒情、議論也
各盡其妙。詞藻富麗，鏗鏘有力。〔註28〕賀裳對此詩的評價並非直接
評價，而是化用漢高祖之典故〔註29〕來表達自身觀點。賀裳認為因是

〔註24〕　清・賀裳《載酒園詩話》卷二，評初唐詩人「四傑」條，頁297。
〔註25〕　〈在獄詠禪〉：「西陸蟬聲唱，南冠客思深。不堪玄鬢影，來對白頭吟。
　　　　露重飛難進，風多響易沉。無人信高潔，誰為表予心？」引自高步瀛：
　　　　《唐宋詩舉要・卷四五言律詩・駱賓王・在獄詠蟬》（台北：學海出版
　　　　社，1992年3月），頁411。
〔註26〕　參見葉嘉瑩：《葉嘉瑩說初盛唐詩》（北京：中華書局，2018年6月），
　　　　頁47。
〔註27〕　此處說法參考葉嘉瑩：《葉嘉瑩說初盛唐詩》，頁47～52。酈波：《唐
　　　　詩簡史》（上海：學林出版社，2018年2月），頁23～30。
〔註28〕　參見任國緒：《初唐四傑詩選》（西安：陝西人民出版社，1992年），
　　　　頁186～200。
〔註29〕　此處化用《史記・高祖本紀》中的典故：「蕭丞相作未央宮，立東闕、
　　　　北闕、前殿、武庫、太倉。高祖見城闕壯甚，怒。蕭何曰：『天子以四

獻文，故駱賓王作詩時竭盡才思，而現如今論詩者卻批判其過於才思橫溢，實屬不該。引文 3 賀裳又引眾詩選均未收錄的〈代女道士王靈妃贈道士李榮〉一詩，對其評價頗高，認為其用情之至且用事尤切。然而對於此詩，黃生卻有不同之見解，黃生說到：「〈帝京篇〉凡六百餘字，此篇尚多彼字百餘。彼以長安中事鋪敘，其冗長猶可耐。此不過道男女情事，堆砌餖飣，殊覺可厭。篇中歷敘其初相悅後相睽之意，而望其復合，而題特為女道士贈男道士，真不可解。賀特取此，若自矜具眼，何也？」〔註30〕在黃生看來，駱賓王此詩不過是形容男女情事，卻堆砌餖飣，比描寫時事、借古喻今的〈帝京篇〉字數還多，實為可厭。只一首詩便有兩種截然不同的批評，遑論其他詩人詩作？這也可以看出，詩話之中作者選詩評詩還是帶有一定的主觀色彩，無法做到完全客觀。

隨後，賀裳將王勃與駱賓王相對比，得出「駱好徵事，故多滯響。王工寫景，遂饒秀色」〔註31〕的結論，這是從作詩方法的角度分析王勃、駱賓王詩歌風格不同之處。隨後，賀裳又對王勃〈送杜少府之任蜀州〉、〈採蓮曲〉二詩加以品評：

> 「海內存知己，天涯若比鄰」，真是理至不磨，人以習聞不覺耳。張曲江「相知無遠近，萬里尚為鄰」，亦即此意。〈採蓮曲〉末敘暮歸曰：「正逢浩蕩江上風……征客關山路幾重？」不特迷離婉約，態度撩人，結處尤得性情之正。〔註32〕

賀裳以「理至不磨」四字評價王勃〈送杜少府之任蜀州〉〔註33〕一詩，

海為家，非壯麗無以重威，且無令後世有以加也。』高祖乃悅。」

〔註30〕 此處黃生之評語，出自清・賀裳《載酒園詩話》卷二，評初唐詩人「四傑」條，頁 297。

〔註31〕 清・賀裳《載酒園詩話》卷二，評初唐詩人「四傑」條，頁 298。

〔註32〕 清・賀裳《載酒園詩話》卷二，評初唐詩人「四傑」條，頁 298。

〔註33〕 〈送杜少府之任蜀州〉：「城闕輔三秦，風煙望五津。與君離別意，同是宦遊人。海內存知己，天涯若比鄰。無為在歧路，兒女共沾巾。」引自高步瀛：《唐宋詩舉要・卷四五言律詩・王子安・送杜少府之任蜀州》（台北：學海出版社，1992 年 3 月），頁 407、408。

此詩精闢概括送別之情、交誼之理，以慷慨豪邁之氣一洗往昔送別詩中悲苦纏綿〔註 34〕之態，以至於至今仍膾炙人口；隨後賀裳又引〈採蓮曲〉一詩，認為其結尾六句「迷離婉約，態度撩人」，此六句寓情於景，沒有從正面描寫情語，反而描寫採蓮女夜晚又到江上採蓮時的蕭瑟之景。又通過吳姬越女的互相問候，引出廣大勞動婦女在愛情婚姻上的不幸，將征夫思婦的普通題材，提高升華為一個富有廣泛社會意義的主題〔註 35〕，是以賀裳評之「性情之正」。

（2）楊炯、盧照鄰

與駱賓王、王勃相比，賀裳論楊炯、盧照鄰著墨實屬不多：

> 楊盈川詩不能高，氣殊蒼厚。「寧為百夫長，勝作一書生」，是憤語，激而成壯。盧之音節頗類于楊，〈長安古意〉一篇，則楊所無。寫豪獰之態，如「意氣由來排灌夫」，尚不足奇；「專權判不容蕭相」，雖蕭無此事，儼然如見霍氏凌蔑車千秋，趙廣漢突入丞相府召其夫人跪庭下。至摹寫遊冶，「北堂夜夜人如月，南陌朝朝騎似雲」，亦為酷肖。自寄託曰：「寂寂寥寥楊子居，年年歲歲一床書。獨有南山桂花發，飛來飛去襲人裾。」不惟視〈帝京篇〉結語蘊藉，即高達夫「有才不肯學干謁」，亦遜其溫柔郭厚也。但〈行路難〉塵言滾滾，何以至是！〔註 36〕

四傑之中，楊炯詩歌數量最少，成就也交其他三人低，賀裳評其「詩不能高，氣殊蒼厚」。隨後又以〈從軍行〉〔註 37〕一詩為例，此詩乃是楊

〔註 34〕 江淹〈別賦〉：「黯然銷魂者，惟別而已矣」、柳永〈雨霖鈴〉：「多情自古傷離別」，可見孤寂悲涼、繾綣難捨、黯然魂銷是古代送別詩的共同意緒。

〔註 35〕 引自周嘯天等編：《唐詩鑑賞辭典補編》，頁 30～33。

〔註 36〕 清·賀裳《載酒園詩話》卷二，評初唐詩人「四傑」條，頁 298。

〔註 37〕 〈從軍行〉：「烽火照西京，心中自不平。牙璋辭鳳闕，鐵騎繞龍城。雪暗凋旗畫，風多雜鼓聲。寧為百夫長，勝作一書生。」引自陳貽焮主編：《增訂注釋全唐詩·楊炯·從軍行》（北京：文化藝術出版社，2001 年 3 月），頁 336。

炯在渴慕功業的心態下而作。〔註38〕全詩在有限的篇幅裡寫出書生投筆從戎，出塞參戰的全過程，以工整的對偶及鏗鏘的音韻中有力突現出書生強烈的愛國激情和唐軍將士氣壯山河的精神面貌。〔註39〕「寧為百夫長，勝作一書生」二句直接抒發從戎書生保邊衛國的壯志豪情，表達楊炯寧願馳騁沙場也不願作書生，賀裳認為「是憤語，激而成壯」。

賀裳對於盧照鄰的〈長安古意〉一詩評價甚高，認為其詩有溫柔敦厚，蘊藉之語。〈長安古意〉這篇歌行通過對漢代長安的描寫，不僅反映出齊梁所沒有的盛世氣象，而且吸取阮籍和左思善用對比的手法，以揚雄窮愁著書的生涯與長安豪貴驕奢的生活作對照，寄託作者對興亡盛衰的思索和警覺，以及追求聲名不朽的人生觀。將陳隋以抒寫豔情為長的歌行變成諷諭寄託深遠的詠懷體詩。〔註40〕而盧照鄰〈行路難〉以渭橋邊橫臥的枯木起興，由其昔盛今衰的變化引出榮華難久的慨歎〔註41〕，賀裳卻認為其「塵言滾滾」，此評價稍嫌苛刻。

在賀裳之前，而明・陸時雍便在《詩鏡總論》中細分四子風格之別，他說：「王勃高華，楊炯雄厚，照鄰清藻，賓王坦易。子安其最傑

〔註38〕 施蟄存《唐詩百話》中對此詩之主題思想進行討論：「關於此詩的主題思想，有兩種看法：唐汝詢在《唐詩解》中以為是作者看到朝廷重武輕文，只有武官得寵，心中有所不平，故作詩以發洩牢騷。吳昌祺在《刪訂唐詩解》中以為作者看到敵人逼近西京，奮其不平之氣，拜命赴邊，觸雪犯風，以消滅敵人，建功立業，不像書生那樣無用。前者以為這是一首諷刺詩，後者以為這是一首愛國主義的述志詩……認為吳昌祺的理解比較可取。」詳見施蟄存：《唐詩百話》，頁13。

〔註39〕 此處說法參見葛曉音著：《唐詩宋詞十五講》第一講〈走向高潮的初唐詩〉（北京：北京大學出版社，2003年1月），頁14。

〔註40〕 此處說法參酌自葛曉音著：〈初唐四傑與齊梁文風〉，收錄於《詩國高潮與盛唐文化》，頁9。以及葛曉音著：《唐詩宋詞十五講》第一講〈走向高潮的初唐詩〉，頁11。

〔註41〕 引自葛曉音著：〈初唐四傑與齊梁文風〉，收錄於《詩國高潮與盛唐文化》，頁9。

乎？調入初唐，時帶六朝錦色」〔註42〕。可見四傑詩風不盡相同，且作品仍帶有齊梁文風。近人葛曉音於〈初唐四傑與齊梁文風〉一文中，將四傑批浮靡而又不脫齊梁的原因歸結有二：一是文學革新觀念受到侷限；二是受漢魏六朝以來詩歌題材和藝術表現的承繼性所致。同時，他也指出四傑最大的貢獻是在「氣骨」和「興象」方面超越齊梁，以為他們從「氣骨」方面改變了詩歌的基本質素，在藝術上的突出變化是以比興寄託充實了詞藻清綺的齊梁體。〔註43〕

2. 沈佺期、宋之問

論及沈佺期、宋之問二人之詩時，賀裳雖分為兩個條目，但實為二家合論，故此處將其放在一處進行分析。上文討論到，賀裳認為「樸厚」是初唐詩風的顯著特徵，而其代表便是沈佺期之詩：

> 古稱沈為靡麗，今觀之，乃見樸厚耳。其云「約句准篇，如錦繡成文」，正就其回忌聲病言也。然樸厚自是初唐風氣，不足矜，當取其厚中帶動，樸而特警者。如〈芳樹〉、〈和趙麟台元志春情〉、〈歎獄中無燕〉、〈和元萬頃臨池玩月〉，最其振拔。昔人不解，鍾氏始為表章，可謂有功於沈。〔註44〕

賀裳舉〈芳樹〉、〈和趙麟台元志春情〉、〈歎獄中無燕〉、〈和元萬頃臨池玩月〉四首詩，認為此乃「厚中帶動，樸而特警」之詩，最為超群出眾。此處〈歎獄中無燕〉〔註45〕一詩為例，首先描寫燕入春卻不來，後表明不來之原因乃是獄中多「叢棘」、「死灰」，該詩生動形象的描繪獄中之苦，以至於春燕都不肯來，表達作者為朝廷同僚身在牢獄中受苦而

〔註42〕明・陸時雍《詩鏡總論》，收錄於吳文治主編：《明詩話全編》（南京：江蘇古籍出版社，1997年），頁10655。

〔註43〕葛曉音著：〈初唐四傑與齊梁文風〉，收錄於《詩國高潮與盛唐文化》，頁1～14。

〔註44〕清・賀裳《載酒園詩話》卷二，評初唐詩人「沈佺期」條，頁300。

〔註45〕〈歎獄中無燕〉：「何許乘春燕，多知辨夏白。三時欲併盡，雙影未嘗來。食蕊嫌叢棘，銜泥怯死灰。不如黃雀語，能雪冶長猜」，出自《全唐詩》卷九十六（中華書局版），頁1040。

倍感傷心之情。

　　至於律詩之成，歷代詩家多以沈佺期、宋之問為代表，如唐・元稹〈唐檢校工部員外郎杜君墓誌銘並序〉有云：「又沈宋之流，研練精切，穩順聲勢，謂之為律詩」〔註46〕。宋・張表臣《珊瑚鈎詩話》亦云：「沈、宋而下，法律精切，謂之律」〔註47〕。明・吳訥〈晦庵詩鈔序〉也云：「唐興，沈、宋變為近體」〔註48〕。清・黃生在《唐詩摘鈔》中也嘗稱「沈、宋為律家高曾」〔註49〕，將律詩之成，歸功於沈、宋二人。可知歷代詩家普遍肯定沈、宋詩歌創作於律詩格律的貢獻，施蟄存《唐詩百話》中亦肯定沈、宋二人對唐代律詩的貢獻。〔註50〕賀裳將沈佺期、宋之問二人進行對比：

> 長律至沈而工，較杜、宋實為嚴整……沈以排律名，但讀其應制酬贈諸篇，未免如暑月中衣冠宴會，芻豢盈盤，歌吹滿耳。沈非宋敵，不獨〈晦日昆明〉一結也。獨〈從驪州廨移住山間水亭贈蘇使君〉末云「古來堯禪舜，何必罪驩兜」，宋不能道。雖是憤語，卻超卓不凡。〔註51〕
> 宋古詩多佳，真苦收之不盡。律詩扈從、應制諸篇，實亦不能高出於沈。〔註52〕

在賀裳看來沈、宋二人詩作各有長短：論長律，沈佺期之長律較杜審言、宋之問工巧，宋之問的應制酬贈之作亦不能高出於沈；論古詩，宋

〔註46〕　元稹〈唐檢校工部員外郎杜君墓誌銘並序〉，參見〔唐〕元稹著，冀勤點校：《元稹集》（全二冊）（北京：中華書局，2000 年），下冊，頁 601。

〔註47〕　張表臣：《珊瑚鈎詩話》，參見清・何文煥、丁福保編：《歷代詩話統編》（一），頁 292。

〔註48〕　吳訥〈晦庵詩鈔序〉，參見朱熹撰，吳訥選：《晦庵先生五言詩抄》，明成化 18 年（1482）太平郡學刊本，微捲資料，藏於台灣國家圖書館。

〔註49〕　諸偉奇主編：《黃生全集》（全四冊）（合肥：安徽大學出版社，2009 年），《黃生全集》（三），《唐詩摘鈔》，宋之問〈立春日侍宮內殿出剪彩花應制〉，頁 16。

〔註50〕　參見施蟄存：《唐詩百話》，頁 62。

〔註51〕　清・賀裳《載酒園詩話》卷二，評初唐詩人「沈佺期」條，頁 300。

〔註52〕　清・賀裳《載酒園詩話》卷二，評初唐詩人「宋之問」條，頁 300。

之問的古詩則更為優秀。

3. 王績、陳子昂

初唐詩人中，賀裳稱許王績與陳子昂之詩。雖然賀裳對此二人評語著墨不多，但用詞頗高。如賀裳評王績：

> 詩之亂頭粗服而好者，千載一淵明耳。樂天效之，便傷俚淺，惟王無功差得其仿佛。陶、王之稱，余嘗欲以東皋代輞川。輞川誠佳，太秀，多以綺思掩其樸趣。東皋瀟洒落穆，不衫不履……真齊得喪、一死生之言。曠懷高致，其人自堪尚友，不徒音響似之……彭澤、東皋，皆素心之士，陶為饑寒所驅，時有涼音；王黍秫果藥粗足，故饒逸趣。〔註53〕

引文中所提及之「無功」、「東皋」皆為王績〔註54〕。賀裳並沒有直接評價王績，而是先肯定陶淵明的詩壇地位，認為不加多餘修飾卻也能才高意遠之詩，千百年來只出陶淵明一人而已。〔註55〕在賀裳看來，王績之詩頗有陶淵明風範，因其被排除在宮廷文人集團之外，故所寫詩歌皆為描寫田園生活的閒逸情趣以及隱者的林泉高致，可謂唐代山水田園詩之先導。〔註56〕初唐宮體詩盛行，王績在此形式下仍能跳出試探風氣，以平淡自然、曠懷高致的風格，開唐音先聲，也因此賀裳認為前人「陶、王之稱」中王績比起王維更能勝任此名，王績之詩更多逸趣，頗得淵明之遺緒。

〔註53〕清・賀裳《載酒園詩話》卷二，評初唐詩人「王績」條，頁296、297。

〔註54〕王績，字無功，號東皋子。

〔註55〕有關陶淵明之詩，歷代詩家皆有評論，此處援引幾例，蘇軾〈與蘇轍書〉：「淵明詩初看似散緩，熟看有奇句。……大率才高意遠，則所寓得其妙，造語精到之至，遂能如此。似大匠運斤，不見斧鑿之痕」。姜夔《白石道人詩說》：「陶淵明天資既高，趣詣又遠，故其詩散而莊、澹而腴，斷不容作邯鄲步也」載何文煥《歷代詩話》（北京：中華書局，1981年），頁681。周紫芝《竹坡詩話》：「士大夫學淵明作詩，往往故為平淡之語，而不知淵明製作之妙，已在其中矣」。載何文煥《歷代詩話》，頁340。

〔註56〕參見葛曉音著：《唐詩宋詞十五講》第一講〈走向高潮的初唐詩〉，頁9。

賀裳論陳子昂之語著實不多：

> 蓋扶輪起靡之功，獨歸之陳射洪耳。朱子稱「〈感遇〉詩詞旨幽邃，音節豪宕，恨其不精於理，自綱仙佛之間以自高。」此真眼中金屑之見。〔註57〕

賀裳謂陳子昂「蓋扶輪起靡之功」，「扶輪起靡」是一個很高的評價，他承認陳子昂詩歌對初唐詩風的拔振。陳子昂〈與東方左史虬修竹篇序〉〔註58〕一文是對東方虬〈詠孤桐篇〉的評論，也是他創作體會的總結、詩歌創作理論的綱領。〔註59〕陳子昂意識到齊梁詩風的庸俗靡弱，高唱漢魏風骨，期望以風骨的力量矯正無病呻吟的陳隋風尚，其言：「文章道弊五百年矣。漢魏風骨，晉宋莫傳，然而文獻有可徵者。僕嘗暇觀齊梁間詩，彩麗競繁，而興寄都絕，每以永歎。思古人常恐逶迤頹靡，風雅不作，以耿耿也。」〔註60〕同時陳子昂也在創作中努力實踐，其〈感遇詩（三十八首）〉便為代表。自從齊梁以來，詩體日趨浮誇、靡麗，只有文字之美，不見作者的思想懷抱。有漢魏風骨的五言古詩，幾乎已沒有人作。陳子昂作這三十八首詩，直接繼承了漢魏古風，從它們的淵源來講，可以說是復古。但是，他的詩掃除了齊梁舊格，為唐代五言古詩建立了典範，成為先驅者。從他的影響來講，也可以說是創新。〔註61〕

賀裳並未對陳子昂〈感遇詩〉做詳細評價，反而引用南宋・朱熹（1130〜1200）〈齋居感興二十首序〉中說陳子昂〈感遇〉詩「詞旨幽

〔註57〕 清・賀裳《載酒園詩話》卷二，評初唐詩人「陳子昂」條，頁299。

〔註58〕 陳子昂〈與東方左史虬修竹篇序〉：「文章道弊五百矣，漢魏風骨，晉宋莫傳。然而文獻有可徵者。僕嘗暇時觀齊、梁詩，采麗競繁，而興寄都絕，每以詠歎」收入於郭紹虞編：《中國歷代文論選》（上海：上海古籍出版社，2002年），頁119。

〔註59〕 張澎：〈陳子昂與初唐詩風的變格〉，《語文學刊》2012年第3期，頁21、22。

〔註60〕 王嵐譯注：《陳子昂詩文選譯・與東方左史虬修竹篇並序》（成都：巴蜀書社，1994年7月），頁65、66。

〔註61〕 參見施蟄存：《唐詩百話》，頁39。

邃，音節豪宕，非當世詞人所及」〔註62〕，賀裳認為陳子昂之詩復歸
風雅，振起一代詩風。歷來詩論家對陳子昂〈感遇〉詩多有褒舉，如
明・鍾惺（1574～1624）《唐詩歸》謂子昂〈感遇〉是「滄古窅眇之音」
〔註63〕清・沈德潛（1673～1769）《唐詩別裁》：「〈感遇〉詩，正字古
奧，曲江蘊藉，本原同出嗣宗，而精神面目各別，所以千古」〔註64〕，
都在在凸顯陳詩在轉變初唐詩風上，確實具代表性的意義。

二、盛唐

賀裳於《載酒園詩話》卷二中所評盛唐詩人共 24 條目，涉及詩人
共 30 人。其評價始於張若虛，止於張謂。賀裳對盛唐詩歌的批評製表
如下：

序號	所評詩人	作　品	主要評語	批評方式
1	張若虛（670？～730？）	〈春江花月夜〉	若雲開山出，境界一新；有初唐之風。	對比批評、比喻
2	盧鴻一（？～740？）	〈嵩山十志〉	小序更佳於詩；用詞殊不大雅。	直接批評
3	蕭穎士（717～768）	〈江有楓〉、〈菊榮〉、〈涼雨〉、〈有竹〉	名不副實；填塞奇字以擬《騷》，反成淺陋。	直接批評、對比批評
4	李華（715～766）	〈雜詩〉、〈詠史十一首〉其六、其十	雜詩，正聲雅奏；詠史詩有所寄託，恨用事多遝拖。	直接批評、對比批評、摘句批評

〔註62〕轉引自陳海伯主編：《唐詩彙評（增訂本）》（一）（上海：上海古籍出
　　　　版社，2015 年 11 月第 1 版），頁 271。
〔註63〕明・鍾惺、譚元春《唐詩歸》，陳子昂〈感遇詩〉總評，卷二，明萬曆
　　　　間（1573～1620）原刊本，頁 1。
〔註64〕轉引自陳海伯主編：《唐詩彙評（增訂本）》（一），頁 272。

5	崔顥 （704～ 754）	〈王家少婦〉、〈贈梁州張都督〉、〈雁門胡人歌〉	寫嬌憨之態，字字入微； 好持正論，作殺風景事； 寫勇悍之致，有竭力形容而妙。	比喻、對比批評、摘句批評
6	崔國輔 （生卒年不詳）	〈中流曲〉、〈相和歌辭·採蓮曲〉、〈古意二首〉、〈雜曲歌辭·麗人曲〉	與顥並稱豔色； 善寫女子情詩，戎旅詩亦佳； 七言古稍弱，不如崔顥。	直接批評、對比批評、摘句批評
7	王維 （700～ 761）	〈泛前陂〉、〈鄭霍二山人詠〉、〈送綦毋潛落地還鄉〉、〈送丘為落第歸江東〉、〈送孟六歸襄陽〉	唐無李、杜，摩詰便應首推； 措辭工麗，用意更是苦深。	對比批評、典故、摘句批評
8	儲光羲 （707～ 760？）	〈田家雜興〉、〈同王十三維偶然作〉、〈樵父〉、〈漁父〉、〈牧童〉、〈采菱〉、〈射雉〉、〈華清宮〉	多素心之言； 寄託之詞，止寫恬適； 兼有正骨之風。	對比批評、典故、摘句批評
9	丘為 （生卒年不詳）	整體詩風	令人心曠神怡； 終卷和平淡蕩。	比喻、直接批評、對比批評
10	祖詠 （699～ 746）	〈答王維留宿〉、〈終南望餘雪〉	令人心曠神怡； 終卷和平淡蕩； 稍有悲涼之感，然亦不激不傷； 骨秀。	比喻、對比批評、摘句批評
11	盧象 （741前後在世）	整體詩風	稍有悲涼之感，然亦不激不傷； 情深。	直接批評、對比批評
12	綦毋潛 （692？ ～755？）	〈登天竺寺〉	風氣稍別，句法似王昌齡。	對比批評、摘句批評

13	裴迪 （生卒年不詳）	整體詩風	骨格稍重	直接批評、對比批評
14	王縉 （702～781）	〈與盧員外象過崔處士興宗林亭〉、〈古離別〉	高曠不群，有籠罩一世之概。	摘句批評
15	孟浩然 （689～740）	〈鸚鵡洲送王九之江左〉、〈除夜詠懷〉、〈送杜十四之江南〉、〈春中喜王九相尋〉	詩忌鬧忌板，孟詩能靜能圓； 寫景、敘事、述情，無一不妙； 瑰奇磊落，實所不足； 佳處在於「真」，詩有極平熟之句當戒之。	直接批評、對比批評、摘句批評
16	張子容 （約728前後在世）	〈巫山〉、〈自樂城赴永嘉枉路泛白湖寄松陽李少府〉、〈泛永嘉江日暮回舟〉	意豔而詞雅，似孟浩然之風。	摘句批評、對比批評
17	劉眘虛 （約714～約767）	〈江南曲〉、〈寄江滔求孟六遺文〉	妙在止寫態度，不甚鋪張； 勝處在不避輕脫，率任孤清； 作律至此，幾於以筆為舌。	對比批評、引用、摘句批評
18	王昌齡 （698～757）	〈失題〉、〈初日〉、〈古意〉、〈同從弟南齋玩月憶山陰崔少府〉、〈東京府縣諸公與綦毋潛李頎相送至白馬寺宿〉、〈放歌行〉、〈長信秋詞五首〉、〈浣紗女〉、〈重別李評事〉、〈答武陵田太守〉、〈閨怨〉	其美收之不盡； 多為荒涼刻直之音，不屑綺靡婉約之作； 其古詩最佳，宮詞次之； 其詩高渾。	直接批評、對比批評、摘句批評
19	李白 （701～762）	〈蜀道難〉 〈古風・鄭客西入關〉	胸懷高曠； 其言如風卷雲舒，無可蹤跡； 用尋常語自奇。	直接批評、對比批評、引用、摘句批評

20	杜甫 （712～ 770）	五言律詩：〈晚出左掖〉、〈春宿左省〉、〈遣憂〉、〈有感五首〉、〈江漢〉、〈送翰林張司馬南海勒碑·相國制文〉、〈晚登瀼上堂〉 五言古詩：〈玉華宮〉、〈羌村〉、〈北征〉、〈畫鶻行〉、〈新安吏〉、〈石壕吏〉、〈新婚別〉、〈垂老別〉、〈無家別〉、〈佳人〉、〈夢李白〉、〈前後出塞〉 七言律詩：詠史詩〈詠懷古跡五首〉其二、其五、〈諸將五首〉；寫景詩〈白帝〉、〈返照〉；詠物詩〈見王監兵馬使說近山有黑白二鷹〉；感慨詩〈秋興八首〉其七；遊戲之作〈愁〉、〈堂成〉、〈題柏大兄弟山居屋壁〉、〈春歸〉、〈重過何氏五首〉、〈落日〉、〈徐步〉、〈行次古城店泛江作，不揆鄙拙，奉呈江陵幕府諸公〉、〈陪諸公上白帝城宴越公堂之作〉、〈東屯北崦〉、〈山館〉	杜詩思深力大，善於隨事體察； 七言古終始多奇，不勝枚舉； 五言律善寫幽細之景亦前後相稱； 無一事輕忽；無一字苟且； 七律詠史、戰爭、寫景、用物、感慨、遊戲之作俱極佳，真一代冠冕； 杜詩特留心於目前之景，善加描摹，他人不能至； 妙於脫胎變化。	直接批評、比喻、對比批評、摘句批評
21	高適 （704～ 765）	〈送田少府貶蒼梧〉、〈贈別晉三處士〉、〈九日酬顏少府〉、〈崔司錄宅燕大理李卿〉	豁達磊落，寒澀瑣媚之態，去之略盡； 五言古勁渾樸厚耳； 七言古最有氣力，居李、杜之下。	直接批評，引用、摘句批評
22	岑參 （717～ 770）	整體詩風	五言古稍點染，遂饒穠色； 岑詩稍遜高適，短律相當，長律稍遜。	直接批評、引用、對比批評
23	李頎 （690？～ 754？）	〈放歌行答從弟墨卿〉、〈送劉十〉、〈雜興〉	五言猶以清機寒色，未見出群； 七言有恣態橫生之致，實不在高適之下。	對比批評、典故、摘句批評

24	常建 （708～ 765）	〈贈三侍御〉、〈古意〉、 〈古興〉、〈塞下曲四首〉 其一、〈聽琴秋夜〉、〈江上 琴興〉、〈張天師草堂〉	詩風似孟郊、李賀； 唐三百年，〈塞下曲〉 佳者多矣，昌明博大， 無如此篇，出自幽紆 之筆，故為尤奇。 究竟不穩，不穩則 不雅。	比喻、對比 批評、摘句 批評
25	嚴武 （726～ 765）	〈題巴州光福寺楠木〉、 〈軍城早秋〉、〈寄題杜拾 遺錦江野亭〉	雖武夫，亦能詩； 興趣不俗，骨氣亦 盡高。	直接批評、 摘句批評
26	元結 （719～ 772）	整體詩風	疏率自任，元次山 之本趣也，然亦有 太輕太樸者。	直接批評
27	王季友 （714～ 794）	〈酬李十六岐〉、〈寄韋子 春〉、〈滑中贈崔高士瓘〉	磊塊有筋骨，但亦 附寒苦以見長。 僻澀之過，必涉鄙 俚。	直接批評、 對比批評、 摘句批評
28	沈千運 （713～ 756）	〈感懷弟妹〉	詩有一意透快，略 不含蓄，不礙其為 佳者。	直接批評、 對比批評、 摘句批評
29	孟雲卿 （725～ 781）	〈傷情〉、〈寒食〉、〈行路 難〉	讀其全詩，皆羽聲 角調，無甚宮商之 音。	
30	張謂 （？～ 778？）	〈湖上對酒行〉	倜儻率真，不甚蘊 藉，然胸中殊有浩 落之趣	摘句批評、 對比批評

（一）盛唐詩風

　　賀裳對盛唐詩風的總體評價，散見於對詩人的評價中，茲臚列相關論述於下，以便討論：

　　1. 不讀全唐詩，不見盛唐之妙；不遍讀盛唐諸家，不見李、杜之妙。太白胸懷高曠，有置身雲漢、糠粃六合意，不屑屑為體物之言，其言如風卷雲舒，無可蹤跡。子美思深力大，善於隨事體察，其言如水歸墟，靡坎不盈。兩公之才，非惟不能兼，實亦不可兼也。〔註65〕

―――――――――――――
〔註65〕清・賀裳《載酒園詩話》卷二，評盛唐詩人「李白」條，頁315、316。

2. 吾讀盛唐諸家，雖淺深濃淡，奇正疏密，各自不同，咸有
昌明之象。〔註66〕

3. 盛唐人無不高凝整渾。〔註67〕

從上述3則引文可以看出，賀裳對於盛唐詩歌的態度與初唐大不相同。對於初唐詩歌，賀裳是稍有嫌隙但仍能讚賞其佳作；而對於盛唐詩歌，賀裳的讚頌是顯而易見的。引文1中可以看出賀裳極尊盛唐，這一點毋庸置疑，而盛唐詩人中，又以李、杜為首。李白與杜甫常常並稱，而李白的豪放飄逸與杜甫的沉鬱頓挫詩風並不相近，但在將唐詩推向巔峰的功勞典範上，二人又有著當仁不讓的相似地位。縱觀賀裳評唐宋詩之語，他極少使用一個簡單的詞來概括一個時期的整體詩風，但引文2中的「咸有」和引文3中的「無不」兩個詞，又能看出賀裳對於盛唐詩歌的信心，對這個時代詩風的整體把握性很強，另一方面也體現出他對「昌明」、「高渾」之風格的把握。唐·殷璠《河嶽英靈集》曾說盛唐詩風是：「神來、氣來、情來」，達到了「聲律風骨兼備」的完美境界〔註68〕；宋·嚴羽《滄浪詩話》中也評價盛唐詩歌「既筆力雄壯，又氣象渾厚」〔註69〕，指出整體盛唐詩風用筆剛健有氣勢，詩歌氣象渾厚。

（二）論盛唐詩家：王維、李白、杜甫、張若虛、常建

賀裳所論的30位盛唐詩人中，著墨較多的是王維、李白、杜甫，同時賀裳還注意到盛唐詩壇的旁音異響，其中最為明顯的便是張若虛和常建，下面分別論述之：

1. 王維

在賀裳之前，便有眾多詩家推崇王維，如明代李東陽（1447～1516）

〔註66〕 清·賀裳《載酒園詩話》卷二，評盛唐詩人「常建」條，頁324。
〔註67〕 清·賀裳《載酒園詩話》卷三，評中唐詩人「劉長卿」條，頁331。
〔註68〕 參見唐·殷璠：《河嶽英靈集·序》，收入傅璇琮編撰：《唐人選唐詩新編》（台北：文史哲出版社，1999年），頁107。
〔註69〕 宋·嚴羽著，郭紹虞校釋：《滄浪詩話校釋》（台北：正生書局，1973年3月），頁236。

《懷麓堂詩話》中提到：「唐詩李、杜之外，王摩詰、孟浩然足稱大家」〔註70〕謝肇淛（1567～1624）亦讚賞王維：「王右丞詩律、選、歌行、絕句，種種臻妙，離騷、表、啟，罔不擅場。至於音律圖繪，皆獨步一時，尤精禪理。晚居輞川，窮極山水、園林之樂。唐三百年詩人，僅見此耳。」〔註71〕陸時雍（生卒年不詳，1633年在世）也嘗云：「王摩詰之清微，李太白之高妙，杜子美之雄渾，三者並稱然」〔註72〕。賀裳《載酒園詩話》也同樣認可王維在盛唐詩人中的地位：

> 唐無李、杜，摩詰便應首推，昔人謂「如秋水芙蕖，倚風自
> 笑」，殊未盡厥美，庶幾「咳唾落九天，隨風生珠玉」耳。三
> 人相較，正猶留侯無收城轉餉之功，襟袖帶煙霞之氣，自非
> 平陽、曲逆可伍。〔註73〕

賀裳以漢代的留侯張良比擬王維，認為他雖然沒有「收城轉餉之功」，但是「襟袖帶煙霞之氣」，如此說法，王維詩歌的特色不難想象。王維是盛唐山水田園詩的代表詩人，於《舊唐書》有傳〔註74〕，王維以詩、書、畫、音樂俱佳，詩歌方面以五言詩尤勝，晚年潛心學佛，半官半隱，與友人吟詠賦詩，多以田園風光作為詩歌題材，宋・張戒（生卒年不詳）《歲寒堂詩話》評價其「摩詰心淡泊，本學佛而善畫，出則陪岐、薛諸

〔註70〕明・李東陽著，李慶立校釋：《懷麓堂詩話校釋》，頁38。

〔註71〕明・謝肇淛《小草齋詩話》，卷二，外篇上，收錄於吳文治主編：《明詩話全編》，冊6，頁6676。

〔註72〕明・陸時雍：《唐詩鏡》，卷二十一，杜甫總評。此書收錄於乾隆敕輯：《景印文淵閣四庫全書》（台北：台灣商務印書館，1983～1986年），冊1411，頁497。

〔註73〕清・賀裳《載酒園詩話》卷二，評盛唐詩人「王維」條，頁309。

〔註74〕《舊唐書・王維傳》：「維以詩名盛於開元、天寶間，……維尤長五言詩。書畫特臻其妙，筆蹤措思，參於造化，……有得奏樂圖，不知其名，維視之曰：「霓裳第三迭第一拍也。」好事者集樂工按之，一無差，咸服其精思。維弟兄俱奉佛，居常蔬食，不茹葷血，晚年長齋，不衣文彩。得宋之問藍田別墅，在輞口，輞水周於舍下，別漲竹洲花塢，與道友裴迪浮舟往來，彈琴賦詩，嘯詠終日。嘗聚其田園所為詩，號輞川集。」後晉・劉昫撰，楊家駱主編：《舊唐書》（台北：鼎文書局，1981年），頁5052。

王及貴主遊，歸則賡詶輞川山水，故其詩于富貴山林，兩得其趣。」明·
王鏊（1450～1524）《震澤長語》：「摩詰以淳古澹泊之音，寫山林閒適之
趣，如輞川諸詩，真一片水墨不著色畫。」〔註75〕可以看出，王維最為
世人所知的是他的山水田園詩，可謂是山水田園詩的代表人物。〔註76〕

　　賀裳論王維之詩並未選取田園風光之作，反而將視線集中於王維
之送別詩〔註77〕，可謂別具慧眼，《載酒園詩話》云：

> 〈鄭霍二山人詠〉曰：「吾賤不及議，斯人竟誰論？」〈送綦
> 毋潛〉曰：「吾謀適不用，勿謂知音稀。」〈送丘為〉曰：「知
> 禰不能薦，羞稱獻納臣。」皆不勝扼腕躑躅之態。獨〈送孟
> 浩然〉曰：「杜門不復出，久與世情疏。以此為長策，勸君歸
> 舊廬。醉歌田舍酒，笑讀古人書。好是一生事，無勞獻〈子
> 虛〉。」一意勸尋遂初，蓋在禁中忤旨之後也。此詩固微答其
> 意，見非無知音，亦非當路之罪，卻含藏不露，惟加勸慰。
> 嘗思襄陽當日誦詩誠戇，玄宗亦太褊急。君友兩處周旋，不
> 欲見上有棄士之失，下無巷遇之美。立言最難，人徒賞其措
> 詞之工，不知用意之苦也。〔註78〕

賀裳共引4首王維送別友人之詩。〈鄭霍二山人詠〉一詩是王維針對不學
無術的權貴子孫僅依靠世襲的地位便可以享受高官厚祿這一現象而發出
的感慨，王維將權貴子弟們同既有才學而又品節高逸的鄭、霍兩位隱士
相對比，揭露世事的不平。而賀裳引「吾賤不及議」一句，流露出王維
對自己被貶的不平之氣。〈送綦毋潛落地還鄉〉一詩乃是王維友人綦毋潛
科考落第準備還鄉，王維安慰其所作之詩。詩中描繪一個政治開明、社
會穩定的太平盛世，言語中充滿著對這個時代的讚美與由衷信賴。賀裳

〔註75〕以上兩則轉引自陳海伯主編：《唐詩彙評（增訂本）》（一），頁 422。
〔註76〕參見葛曉音著：《唐詩宋詞十五講》第二講〈盛唐氣象〉，頁 43。
〔註77〕有關於王維之送別詩，大陸地區有何美林碩士論文《王維送別詩研究》
　　　　已對其進行論述，可資參考。何美林：《王維送別詩研究》（西安外國
　　　　語大學碩士學位論文，2018 年 6 月）
〔註78〕清·賀裳《載酒園詩話》卷二，評盛唐詩人「王維」條，頁 309、310。

引最後二句「吾謀適不用，勿謂知音稀」是王維規勸友人之語，他勸慰友人這次落第只是自己的才華恰好未被主考官賞識，切不要因此怨天尤人，切莫以為朝中賞識英才的人稀少。〔註79〕〈送丘為落第歸江東〉一詩乃是王維在京城做官，聽聞好友丘為落第，送其返鄉時所作之詩。賀裳引結尾一聯「知禰不能薦，羞稱獻納臣」中王維禰衡〔註80〕借指丘為，以「獻納臣」〔註81〕自稱，表達自己明知丘為有才華而不能將他推薦給朝廷，自愧不如孔融，同時對於賢才遭棄的黑暗政治表示憤慨。〔註82〕

　　賀裳引用的四首王維送別友人詩中，最為讚賞的是〈送孟六歸襄陽〉一詩。孟浩然在長安應試落第準備返回襄陽，在返回襄陽之前，他作〈留別王維〉〔註83〕一詩以訴說自己落第後心中的失意，認為自己應舉是一個錯誤的選擇，想到沒有知音的賞識，心中哀怨，只能回鄉隱居。王維在〈送孟六歸襄陽〉中認同孟浩然的觀點，賀裳推測此詩應是在王維禁中忤旨後所作，此詩王維亦在仕途不如意之時，深感在長安為官不易，因此含蓄低勸慰孟浩然不必勞苦赴京獻賦求官。賀裳藉王維此詩指出作詩立言最為可貴，又指出後人欣賞此詩只知其措辭之「工」，不知其用意之「苦」。

　　此外賀裳還將王維、王昌齡、崔顥之詩進行對比：

　　　　唐人最喜寫勇悍之致，有竭力形容而妙者，王龍標之「邯鄲飲來酒未消，城北原平掣皂雕。射殺空營兩騰虎，回身卻月佩弓弰」是也。有專敘蕭條淪落而沉毅之　令人回翔不盡者，崔司

〔註79〕此處說法參考於海娣等編：《唐詩鑑賞大全集》（北京：中國華僑出版社，2010年），頁82、83。

〔註80〕《後漢書・文苑傳》說禰衡恃才傲物，唯善魯國孔融及弘農楊修，融亦深愛其才，「上疏薦之」。

〔註81〕唐代武后垂拱二年，設理匭使，以御史中丞與侍御史一人充任，玄宗時改稱獻納使。王維曾任右拾遺、殿中侍御史等官職，因此自稱「獻納臣」。

〔註82〕參見周嘯天等編：《唐詩鑑賞辭典補編》（成都：四川文藝出版社，1990年），頁119～120。

〔註83〕孟浩然〈留別王維〉：「寂寂竟何待，朝朝空自歸。欲尋芳草去，惜與古人違。當路誰相假，知音世所稀。只應守寂寞，還掩故園扉。」

勳之「聞道遼西無鬥戰，時時醉向酒家眠」是也。覺摩詰「試
拂鐵衣如雪色，聊持寶劍動星文」，未免著色欠蒼。〔註84〕

賀裳認為在描寫赤膽忠勇的內容時，勇悍比雅致要來得更加快意恩仇、
氣力高杆。清新淡遠、自然脫俗的王維詩與王昌齡和崔顥的詩比起來，
略有遜色。

2. 李白

賀裳《載酒園詩話》中對李、杜極為推崇，前文論及盛唐詩風時
已經提到，賀裳以盛唐為唐詩之最，以李、杜詩為盛唐詩之首。賀裳
對李白杜甫的批評，不僅抓住個性特點，還形象描繪出二人詩歌特
點：

> 太白胸懷高曠，有置身雲漢、糠秕六合意，不屑屑為體物
> 之言，其言如風卷雲舒，無可蹤跡。子美思深力大，善於
> 隨事體察，其言如水歸墟，靡坎不盈。兩公之才，非惟不
> 能兼，實亦不可兼也。杜自稱「沉鬱頓挫」，謂李「飛揚跋
> 扈」，二語最善形容。〔註85〕

賀裳指出李白之性格特徵是胸懷高曠、飛揚跋扈，並以曹參征戰來形
容李白之詩，形象的描繪李白詩歌「如風卷雲舒，無可蹤跡」；杜甫之
性格特徵是沉鬱頓挫、思深力大，為此賀裳以陳平運送糧草形容杜甫
之詩歌「如水歸墟，靡坎不盈」，最後強調二人的才華以及詩歌風格是
同他們的人物性格緊密相關，因此不能強求兩種截然不同的詩風出現
在同一個人身上。

李白被賀知章譽為「詩仙」〔註86〕，李白「謫仙」之名，在於

〔註84〕清·賀裳《載酒園詩話》卷二，評盛唐詩人「崔顥」條，頁308。

〔註85〕出自清·賀裳《載酒園詩話》卷二，評盛唐詩人「李白」條，頁315、
316。

〔註86〕唐人孟棨《本事詩》曾載：「李太白初自屬至京師，舍於逆旅。賀監知
章聞其名，首訪之。既奇其姿，復請所為文。出〈蜀道難〉以示之。
讀未竟，稱歎者數四，號為「謫仙」，解金龜換酒，與傾盡醉。」，收
入於丁福保輯：《歷代詩話續編》，頁14。

詩歌具有天仙之語，用字遣詞與才思和凡人不同，後人難以追尋效法，李東陽《懷麓堂詩話》中也提到：「太白天才絕出……此等詩，皆信手縱筆而就，他可知已」〔註 87〕。李東陽認為李白的詩雖然十分精妙，但那是因為李白有著超出常人的天賦，一般人無法效仿，賀裳《載酒園詩話》中也表明相似論點，賀裳以李白〈古風·鄭客西入關〉為例：

> 「鄭客西入關，行行未能已。白馬華山君，相逢平原里。璧遺鎬池君，明年祖龍死。秦人相謂曰，吾屬可去矣。一往桃花源，千春隔流水。」「秦人相謂曰」，乃史中敘事法，誰敢入之於詩？吾不難其奇而難其妥，嘗歎李長吉費盡心力，不能不借險句見奇，孰若太白用尋常語自奇！〔註88〕

〈古風〉一詩約寫於安史之亂前不久，李白看到政治腐敗，社會黑暗，各種矛盾嚴重激化，敏銳預感到社會將要發生大的動亂，於是寫下此詩。此詩乃是借古喻今，表達李白想要遁世避亂的歸隱之思，其最為獨到突出的特點，是從頭至尾全用古事。〔註 89〕賀裳指出此詩乃史中敘事，詩以平常之語見奇，奇而又妥，難能可貴。此處賀裳將李白與李賀之詩相對比，指出李賀之詩以險句見奇，費盡心力，自比不上太白。

李白的作品，以樂府和歌行最為著名〔註 90〕，他的豪邁狂放的風格，在這些作品中表現得特別淋漓痛快。〈蜀道難〉便是李白著名的樂府詩之一，賀裳對此詩極為推崇：

> 〈蜀道難〉一篇，真與河嶽並垂不朽。即起句「噫吁戲，危

〔註87〕　明·李東陽著，李慶立校釋：《懷麓堂詩話校釋》，頁 263。

〔註88〕　出自清·賀裳《載酒園詩話》卷三，評盛唐詩人「李白」條，頁 316、317。

〔註89〕　此處說法參見宋緒連、初旭：《三李詩鑒賞辭典》（長春：吉林文史出版社，1992 年），頁 24～26。以及蕭滌非等編：《唐詩鑒賞辭典》（上海：上海辭書出版社，1983 年），頁 208、209。

〔註90〕　此處說法參見施蟄存：《唐詩百話》，頁 151。

乎高哉」七字，如累碁架卵，誰敢併於一處？至其造句之妙：
「連峯去天不盈尺，孤松倒掛倚絕壁。飛湍瀑流爭喧豗，砯
崖轉石萬壑雷。」每讀之，劍閣、陰平，如在目前。又如「一
夫當關，萬夫莫開。所守或匪親，化為狼與豺。」不惟劉璋、
李勢恨事如見，即孟知祥一輩亦逆揭其肺肝，此真詩之有關
係者，豈特文詞之雄！紛紛為明皇，為房、杜，譏嚴武，譏
章仇兼瓊，俱無煩聚訟。〔註91〕

李白以〈蜀道難〉為題，詩中全用賦體，誇張的形容蜀道之艱難以及行
旅之辛苦。〔註92〕賀裳就〈蜀道難〉一篇之章法結構、造句用字、用
事對李白大加讚賞。賀裳以為〈蜀道難〉一篇應與《河嶽英靈集》〔註
93〕並垂不朽。

3. 杜甫

賀裳在《載酒園詩話》評唐宋詩人時中對杜甫著墨最多，字數達
到三千六百餘字，其字數是論李白的五倍、論王維的七倍之多，雖說單
就字數多少並不能看出賀裳對其評價的褒貶，但至少能夠看出賀裳論
及杜甫詩歌之時，討論之細緻是其他詩人多比不上的。賀裳於「杜甫」
一條開篇便就杜甫各體之詩作出評價：

1. 杜詩惟七言古終始多奇，不勝枚舉；五言律亦前後相稱。

2. 五古之妙，雖至老不衰，然求其尤精出者……俱在未入蜀
   以前，後雖有〈寫懷〉、〈早發〉數章，奇亦不減，終不可
   多得。

3. 惟七言律，則失官流徙之後，日益精工，反不似拾遺時曲
   江諸作，有老人衰颯之氣。在蜀時猶僅風流瀟瀟，夔州後
   更沉雄溫麗。

〔註91〕 清‧賀裳《載酒園詩話》卷三，評盛唐詩人「李白」條，頁316。
〔註92〕 參見施蟄存：《唐詩百話》，頁153。
〔註93〕 《河嶽英靈集》是唐代殷璠編選的專收盛唐詩的唐詩選本，該書選篇
　　　　精到，評論中肯，是現存的唐人選唐詩中最重要的一種。

　　4. 老杜五言律，善寫幽細之景，尤愛其正大者。〔註94〕
引文中賀裳分別將杜甫五言古詩、七言古詩、五言律詩、七言律詩四個
體裁之詩分別進行評價：賀裳認為，杜甫七言古詩「終始多奇，不勝枚
舉」；五言律詩則善寫幽細之景，且前後相稱；五言古詩雖年老時文筆
沒有衰退，但精妙之作仍在未入蜀之前；七言律詩則是被貶謫之後日
益精工，並且賀裳舉大量實例（詠史、戰爭、寫景、詠物、感慨、遊戲
之作俱佳）來證明杜甫七律之妙。可以看出，賀裳對李、杜兩位詩人之
敬仰，與前輩詩評家並無不同。賀裳形容杜甫「真一代冠冕」，李東陽
《懷麓堂詩話》中也給予杜甫集詩家之大成者的評價〔註95〕。賀裳《載
酒園詩話》還對杜甫作詩技巧加以評價：

> 少時讀杜，最厭「冠冕通南極，文章落上臺」二語，嫌其板
> 而肥膩。今乃知正陰用尉陀　結見陸生事，深切南海。次句
> 則因相國自製文。因歎古人下筆，無一字苟且，深愧向來淺
> 率。〔註96〕

賀裳以自己年時讀杜甫〈送翰林張司馬南海勒碑〉一詩為例，寫杜甫使
事之妙，同時也反襯出學識之重要性。賀裳感歎以杜甫為代表之古人
作詩，無一字苟且。此外，賀裳還感歎杜甫寫景之語：

> 文人觸目驚心，無一事輕忽。如〈題柏大兄弟山居屋壁〉曰：
> 「書簽映夕曛」，決非由思索得者，若粗莽人偶不經意，即失
> 之矣。然上句乃「筆架霑窗雨」，必無晴雨並見之理，當是適
> 逢新霽，斜暉射書上，筆架猶帶殘雨也。又如……皆目前之

〔註94〕清・賀裳《載酒園詩話》卷三，評盛唐詩人「杜甫」條，頁317、318。
〔註95〕《懷麓堂詩話》：「杜詩清絕如……富貴如……高古如……華麗如……
　　　　斬絕如……奇怪如……瀏亮如……委曲如……後逸如……溫潤
　　　　如……感慨如……激烈如……蕭散如……沉著如……精鍊如……慘
　　　　戚如……忠厚如……神妙如……雄壯如……老辣如……執此以論，杜
　　　　真可謂集詩家之大成者矣。」出自明・李東陽著，李慶立校釋：《懷麓
　　　　堂詩話校釋》，頁299、300。
〔註96〕清・賀裳《載酒園詩話》卷三，評盛唐詩人「杜甫」條，頁318。

景，特人無此細心，亦無此秀筆耳。〔註97〕

賀裳指出，文人不光使事多加斟酌，寫景之語也不容輕忽。賀裳以杜甫〈題柏大兄弟山居屋壁〉中兩句詩為例，說明詩中所寫之景須為目前所見之景，並且平日之中要多細心留意。杜甫特留心與目前之景，且善加描摹，其成就他人所不能至。

《載酒園詩話》「杜甫」一條中，佔比最大的便是賀裳評杜甫〈前出塞九首〉、〈後出塞五首〉之語：

> 〈毛詩〉無處不佳，予尤愛〈采薇〉、〈出車〉、〈杕杜〉三篇，一氣貫串，篇斷意聯，妙有次第。千載後得其遺意者，惟老杜〈出塞〉數詩……此詩節節相生，真與〈毛詩〉表裡，必不可刪。世顧避惜羣之名，常不全載，真瑣人之見也。〈後出塞五章〉，亦有次第，不可刪……較〈前出塞〉首篇更覺意氣激昂。味其語氣，前篇似徵調之兵，故其言悲；此似應募之兵，故其言雄……此詩後二章多與唐史合，似實有所指，非漫作者。真西山刪去末首，殊不可解。五章始終一氣，不說到還家，則意不完，氣亦不住，竟一無結果人矣。〔註98〕

〈出塞〉是杜甫的組詩作品，其中先寫的九首稱為〈前出塞〉，後寫的五首稱為〈後出塞〉。杜甫的前後〈出塞〉詩，是借古題寫時事，意在諷刺當時進行的不義戰爭。〈前出塞〉（九首）通過一個征夫的訴說反映其從軍西北邊疆的艱難歷程和複雜感情，諷刺統治者窮兵黷武的不義戰爭，真實反映戰爭帶來的苦難。〈後出塞〉（五首）則是以一位軍士的口吻，訴說他從應募赴軍到隻身脫逃的經歷，通過一個人的遭遇深刻反映安史之亂的歷史真實。

賀裳對〈前出塞〉（九首）及〈後出塞〉（五首）兩首詩歌進行批評時，不光是對其單獨分析，還關注到各組詩之中詩與詩之間的關聯。

〔註97〕 清‧賀裳《載酒園詩話》卷三，評盛唐詩人「杜甫」條，頁318。
〔註98〕 清‧賀裳《載酒園詩話》卷三，評盛唐詩人「杜甫」條，頁319～322。

首先，他比較〈前出塞〉首篇與〈後出塞〉首篇時，認為後者較之於前者更加「意氣激昂」。賀裳認為〈前出塞〉首篇是在寫徵調之兵，故其言語悲壯，而〈後出塞〉首篇則是寫應募之兵，所以鬥志昂揚。其二者一被動入伍，一主動入伍，所思所為定然不同，杜甫準確抓住二者的特點。其次，不論是〈前出塞〉（九首）或〈後出塞〉（五首），其特點都是，相互承接只如一首，各首之間聯繫緊密，如線貫珠，不致分散，此處以〈後出塞〉（五首）為例：第一首言「應募」，詩中主人公自敘應募動機及辭家盛況；第二首言「入幕」，赴軍途中情事，寫初次宿營時的所見所感；第三首言「立功」，詩中夾敘夾議第四首揭露朝廷對安祿山的驕縱以致養虎貽患；第五首寫軍士逃離軍旅的經過以及脫離叛軍的考慮，對參軍之人做一個人生總結。組詩「一氣貫串，篇斷意聯，妙有次第」，賀裳認為此五首詩，有首尾、有照應、有變換，並讚其有毛詩遺意。

4. 異響旁音：張若虛、常建

賀裳在評價盛唐詩人時，還注意到一些與盛唐詩風截然不同的詩人，稱得上是盛唐詩壇的異響旁音，其中代表便是張若虛和常建。

（1）張若虛

賀裳論及張若虛〈春江花月夜〉之詩，雖著墨不多，但其論點頗為新穎：

> 〈春江花月夜〉，其為名篇不待言，細觀風度格調，則劉希夷〈擣衣〉諸篇類也。此誠盛唐中之初唐。且若虛與賀季真同時齊名，遽分初盛，編者殊草草。吾讀詩至賀秘書，真若雲開山出，境界一新，毋寧置張于初，列賀于盛耳。〔註99〕

賀裳指出，張若虛傳世名篇〈春江花月夜〉沿用陳隋樂府舊題，以月為主體、江為場景，抒寫遊子思婦真摯動人的離情別緒；而〈擣衣篇〉〔註100〕

〔註99〕　清‧賀裳《載酒園詩話》卷三，評盛唐詩人「張若虛」條，頁306。
〔註100〕　〈擣衣篇〉：「攢眉緝縷思紛紛，對影穿針魂悄悄。聞道還家未有期，誰憐登隴不勝悲。夢見形容亦舊日，為許裁縫改昔時。織書遠寄交河曲，須及明年春草綠。莫言衣上有斑斑，只為思君淚相續。」

則抒寫處於分離與獨守之中的少婦情思。〈春江花月夜〉之風格同劉希夷〈擣衣〉詩之風格類似，若是以風格來劃分，那麼〈春江花月夜〉不似盛唐氣象反而有初唐之風。在賀裳看來，反而是被歸入到初唐的賀知章更具有盛唐之氣。

（2）常建

除張若虛外，賀裳論及常建之詩時，也認為常建詩風不似盛唐氣象：

> 「高山臨大澤，正月蘆花乾。陽色薰兩厓，不改青松寒」。此東野意趣也。「井底玉冰洞地明，琥珀轆轤青絲索。仙人騎鳳披彩霞，挽上銀瓶照天閣。黃金作身雙飛龍，口銜明月噴芙蓉。一時渡海望不見，曉上青樓十二重。」置之長吉集，奚辨乎！二子之生，尚在數十年後，此實唐風之始變也。〔註101〕

常建〈贈三侍御〉一詩有孟郊詩之意境，〈古意〉一詩更是像極李賀詩歌，以至於放在李賀詩集中都不會為人所懷疑。賀裳認為盛唐諸家「咸有昌明之象」，但常建有所不同，其「盱眙如去大梁、吳、楚而入黔、蜀，觸目舉足，皆危崖深菁，其間幽泉怪石，良非中州所有，然亦陰森之氣逼人。」賀裳以「危崖深菁」、「其間幽泉怪石」、「陰森之氣逼人」形容常建之詩，認為常建之詩雜有孟郊、李賀之怪異趣味，但孟郊、李賀出生皆晚於常建幾十年，因此常建可以算的上是中唐詩歌變格的先聲。

三、中唐

賀裳於《載酒園詩話》卷三中所評中唐詩人共 34 條目，涉及詩人共 36 人。其評價始於劉長卿，止於姚合。賀裳對中唐詩歌的批評製表如下：

〔註101〕清・賀裳《載酒園詩話》卷三，評盛唐詩人「常建」條，頁 324。

序號	所評詩人	作　品	主要評語	批評方式
1	劉長卿（718～790）	〈嚴維宅送包佶〉、〈小鳥篇〉、〈月下呈章秀才〉〈入至德界偶逢洛陽鄰家李光宰〉、〈初至洞庭，懷灞陵別業〉、〈對雨贈濟陰馬少府考城蔣少府兼獻成武五兄南華二兄〉、〈睢陽贈李司倉〉、〈長門怨〉、〈送孫沅歸〉	絕句，真不減盛唐；長律至劉隨州，而妙有勝於盛唐人者；有古調，有新聲；短律收斂氣力，歸於自然；有作態之意，不似盛唐高凝整渾。	直接批評、對比批評、摘句批評
2	錢起（722？～780）	〈贈闕下裴舍人〉、〈罷章陵令山居過中峰道者二首〉、〈早渡伊川見舊鄰作〉、〈登覆釜山遇道人〉其二、〈南溪春耕〉、〈憶山中寄書友〉、〈觀村民牧山田〉、〈送楊著作歸東海〉	讀其全篇，饜腹有餘，爽口不足，去王維、李頎尚遠。賀裳喜其未經選者；甚得閑澹之致。	引用、對比批評、直接批評
3	郎士元（生卒年不詳，一說727～780？）	〈送孫願〉、〈送李騎曹之靈武寧侍〉、〈鏊屋縣鄭礒宅送錢大〉、〈冬夕寄青龍寺源公〉、〈贈強山人〉	不能高岸，而有談言微中之妙；澹語中饒有腴味；善寫隱淪之趣。	直接批評、引用、對比批評
4	李嘉佑（生卒年不詳）	〈句容縣東青陽館作〉、〈自常州還江陰途中作〉、〈送李中丞、楊判官〉、〈晚登江樓有感〉	殊有雅致；綺麗不及君平之半。	引用、典故
5	韓翃（生卒年不詳）	〈送高別駕歸汴州〉、〈又題張逸人園林〉、〈送客還江東〉、〈贈李翼〉、〈贈張千牛〉、〈送李少府入蜀〉、〈送王少府歸杭州〉、〈送丹陽劉太真〉、〈題張逸人園林〉、〈寒食〉、〈調馬〉	其詩始修辭逞態，有風流自賞之意；豪華逸樂之概；君平為柔豔之祖，工歡愉之辭；其詩已有晚唐風調。	直接批評、引用、典故

6	韋應物 （737～ 791）	〈同德寺雨後，寄元侍御、李博士〉、〈藍嶺精舍〉、〈寄全椒山中道士〉、〈寄大梁諸友〉、〈贈李儋〉、〈寄李儋元錫〉、〈歲日寄京師諸季端武等〉、〈至西峰蘭若受田婦饋〉、〈送馮著受李廣州署為錄事〉、〈高陵書情〉、〈寄三原盧少府〉	警目不足，而沁心有餘，以澹漠為宗；詩以平心靜氣出之，故多近於有道之言；無造作之煩，有曠達之懷。	直接批評、對比批評、引用、比喻
7	盧綸 （739～ 799）	〈送李端〉、〈臥病書懷〉、〈送渭南崔少府歸徐郎中幕〉、〈至德中途中書事卻寄李僴〉、〈無題〉、〈題念濟寺〉、〈晚次鄂州〉、〈夜投豐德寺謁海上人〉、〈與從弟瑾同下第後出關言別〉、〈春日過李侍御〉、〈春日山中憶崔峒吉中孚〉、〈送何召下第後歸蜀〉、〈秋中野望寄舍弟綬兼令呈上西川尚書舅〉、〈和張僕射塞下曲〉	劉長卿外，盧綸為佳。詩以真而入妙，使人情為之移；工於寫景；〈和張僕射塞下曲〉盛唐之音。	對比批評、直接批評
8	秦系（724～810）	〈山中贈張正則評事〉、〈題茅山李尊師山居〉	惟工寫景，故能近人；工麗中不失矯健。	直接批評
9	皇甫冉 （716～ 769）	〈題裴二十一新園〉、〈途中送權三兄弟〉、〈送元晟歸潛山所居〉	雖取境不遠，而神幽韻潔，有涼月疏風，殘蟬新雁之致。	對比批評、比喻
10	皇甫曾 （生卒 年不詳）	〈題贈吳門邕上人〉、〈尋劉處士〉、〈烏程水樓留別〉	皇甫曾才稍亞於兄。	
11	李端 （743～ 782）	〈閨情〉、〈九日贈司空曙〉、〈雪夜尋太白道士〉、〈瘦馬行〉、〈雜歌〉	苦於平熟，遇其時一作態，即新警可喜；暫見則妍，效顰即醜；佳者堪比王維、杜甫、李白之遺風。	直接批評、比喻、對比批評
12	嚴維 （約756 前後在 世）	〈酬劉員外見寄〉、〈留別鄒紹先劉長卿〉、〈同王徵君湘中有懷〉、〈酬諸公宿鏡水宅〉、〈九日登高〉	平淡中時露一入情切景之語；〈留別鄒紹先劉長卿〉有長厚之風；〈同王征君湘中有懷〉深切情事。	直接批評

13	耿湋 （約763 前後在 世）	〈題莊上人房〉、〈酬暢 當〉、〈賦得沙上雁〉、〈古 意〉、〈秋日〉	善傳荒寂之景，寫細 碎之事，讀之令人淒 然。	直接批評
14	司空曙 （720～ 790）	〈雲陽館與韓紳宿別〉、 〈經廢寶慶寺〉、〈別盧秦 卿〉	每作得一聯好詩，輒 為人壓占； 詩有以謔而妙者。	對比批評、 典故
15	顧況 （約806 前後在 世）	〈李供奉彈箜篌歌〉、〈烏 啼曲〉、〈李湖州孺人彈箏 歌〉、〈棄婦詞〉、〈公子行〉	顧況詩極有氣骨，但 七言長篇，粗硬中時 雜鄙句。	直接批評、 引用
16	李益 （746～ 829）	〈竹窗聞風〉、〈野田行〉、 〈遊子吟〉、〈雜曲〉、〈效古 促促曲為河上思婦作〉、 〈夜發軍中〉、〈再赴渭北 使府留別〉、〈餘花落〉、〈賦 應門照綠苔〉	風氣不墜； 有入情之句，體貼人 情； 以邊辭名。	直接批評、 對比批評
17	于鵠 （？～ 814？）	〈途中寄楊陟〉、〈出塞〉、 〈南谿書齋〉、〈送李明府 歸別業〉、〈題柏臺山〉、〈題 合溪乾洞〉、〈題美人〉、〈江 南曲〉	讀于鵠詩，惟恨其少。 刻劃處無不形神俱 似； 〈題美人〉語意含蓄， 好色不淫。	直接批評、 比喻、對比 批評
18	戎昱 （740？ ～800？）	〈相和歌辭・苦哉行五 首〉、〈贈岑郎中〉、〈霽雪〉、 〈過商山作〉、〈古意〉、〈採 蓮曲〉、〈江柳〉	寫暴兵之虐甚工； 好詩尚多，惟《贈岑郎 中》，真鄙陋耳。	直接批評、 引用
19	戴叔倫 （732～ 789）	〈女耕田行〉（七言歌行）、 〈客夜與故人偶集〉、〈別 友人（一作汝南逢董校書， 又作別董校書））〉、〈與友人 過山寺〉	〈女耕田行〉語直而氣 婉，真有女士之風； 近體詩亦多可觀，語 皆清警； 其詩兼張籍、王建、白 居易三子之長先鳴。	直接批評、 對比批評
20	羊士諤 （762？ ～819）	〈郡中即事三首（一作〈玩 荷花〉）〉	詩雖不甚佳，卻求一 字之惡不可得； 含蓄不露，頗有風人 之遺。	直接批評

21	李涉 （生卒 年不詳）	〈過襄陽上於司空頔〉	詩主於諷，無取於激， 〈過襄陽上於司空頔〉 得詩之正旨，主文譎諫； 絕句多佳，此篇可法。	直接批評、 引用、對比 批評
22	呂溫 （771～ 811）	〈望思臺〉、〈合江亭前客 命剪竹看遠岸花感懷〉、 〈孟冬蒲津關河亭作〉	詩不及劉禹錫、柳宗 元，氣亦勁重蒼厚； 〈孟冬蒲津關河亭作〉 躁露不含蓄。	比喻、直接 批評
23	柳宗元 （773～ 819）	〈雨後曉行獨至愚溪北 池〉、〈中夜起望西園值月 上〉、〈晨詣超師院讀禪 經〉、〈贈吳武陵〉、〈種術〉 、〈遊南亭夜還敘志〉、〈湘 口館〉、〈溪居〉、〈夏初雨後 尋愚溪〉、〈秋曉行南谷經 荒村〉、〈贈江華長老〉、〈讀 書〉、〈南澗〉、〈覺衰〉 七言律詩：〈別舍弟宗一〉、 〈柳州峒氓〉、〈嶺南江 行〉、〈柳州寄丈人周韶 州〉、〈登柳州城樓寄漳汀 封連四州〉、〈得盧衡州書 因以詩寄〉、〈再授連州至 衡陽酬柳柳州贈別〉、〈韋 道安〉、〈奉平淮夷雅表二 章〉、〈鐃歌鼓吹曲二章〉	篇琢句錘，起頹靡而 蕩穢濁； 無一字輕率； 構思精嚴； 立言妙，句字高潔； 〈覺衰〉詩極有轉摺 變化之妙； 五言詩強自排遣，七 言則滿紙涕淚； 以韻語出之； 有良史之才，語甚典 雅； 〈奉平淮夷雅表〉二 篇誠唐音之冠，但有 巧人織繡之恨，不及 〈皇矣〉、〈江漢〉。	直接批評、 對比批評、 引用、比喻
24	劉禹錫 （772～ 842）	五言古詩：〈觀舞柘枝〉、〈團 扇歌〉、〈客有為余話登天壇 遇雨之狀，因以賦之〉、〈有 僧言羅浮事，因為詩以寫 之〉、〈插田歌〉、〈葡萄歌〉 七言古詩：〈武昌老人說笛 歌〉、〈泰娘歌〉、〈龍陽縣 歌〉、〈西山蘭若試茶歌〉、 〈觀棋歌〉、〈郡內書情獻 裴侍中留守〉 七言律詩：〈送李侍郎自河 南尹再除本官〉、〈贈令狐 相公鎮太原〉、〈酬楊司業 巨源見寄〉、〈寄朗州溫右	五言古詩：多學南北 朝，自是劉詩勝場，然 其可喜處，多在新聲 變調，尖警不含蓄； 七言古詩：大致多可 觀，最長於刻劃； 遭貶時詩佳，遷太子 賓客時衰颯； 長律雖有美言，亦多 語工而調熟。	直接批評、 典故、對比 批評、引用

		史〉、〈送蘄州李郎中赴任〉、〈過逢舉法師寺院便送歸江陵〉、〈送曹璩歸越中舊隱〉、〈酬浙東元相公〉、〈自江陵沿流道中〉、〈守和州秋日即事寄張郎中籍〉、〈洛中初冬拜表有懷上京故人〉		
25	韓愈（768～824）	〈秋懷〉、〈題炭谷湫祠堂〉、〈紀夢〉、〈拘幽操〉、〈履霜操〉、〈殘形操〉、〈聽穎師彈琴〉、〈聽賢師琴〉、〈醉贈張秘書〉、〈送鄭尚書赴南海〉、〈酬天平馬僕射〉、〈石鼓歌〉、〈嗟哉董生行〉	七言古最見筆力，韓愈之七言古詩筆力可比肩杜甫，居中唐之高；〈十操〉為韓詩之最，然尤妙於〈拘幽〉；韓詩亦善使事。	典故、引用、對比批評
26	盧仝（795？～835）	〈月蝕〉、〈有所思〉	格調不高，可笑者不勝指；其佳處，不得不以勝流目之。	引用、直接批評
27	孟郊（751～814）	〈遊子吟〉、〈送韓愈從軍篇〉、〈嬋娟篇〉	貞元、元和間，孟東野最為高深；〈遊子吟〉真是〈六經〉鼓吹，當與退之〈拘幽操〉同為全唐第一。	直接批評、對比批評
28	李賀（790～816）	〈申鬍子觱篥歌〉、〈贈陳商〉、〈黃家洞〉、〈老夫采玉歌〉、〈神弦曲〉、〈神弦別曲〉、〈崇義裡滯雨〉、〈傷心行〉、〈始為奉禮憶昌穀山居〉、〈秋涼寄兄〉、〈江南弄〉艷情詩：〈江樓曲〉、〈有所思〉、〈追和何謝銅雀妓〉、〈追賦畫江潭苑〉（其四）	骨勁而神秀，在中唐最高渾有氣格，奇不入誕，麗不入纖。自在近體，七言古勉強效之；賀詩誠不能悉合於理；集中亦自有清新俊逸者；豔詩尤情深語秀。	直接批評、引用、對比批評
29	張籍（766？～830？）	〈江南曲〉、〈楚妃怨〉、〈猛虎行〉、〈古釵歎〉、〈羈旅行〉、〈將軍行〉、〈關山月〉、〈永嘉行〉、〈廢宅行〉、〈寄劉和州〉、〈憶陷蕃故人〉	善為哀婉之音；妙在思路周折；律詩以淺談而妙；傳寫入微。	直接批評、引用、對比批評、比喻

30	王建 （768～ 835）	〈當窗織〉、〈簇蠶詞〉、〈去 婦〉、〈老婦歎鏡〉、〈促刺 詞〉、〈射虎行〉、〈開池得古 釵〉、〈田家留客〉、〈遠將 歸〉、〈涼州行〉、〈溫泉宮 行〉	妙於不含蓄； 透快而妙； 作驚喜之意，亦佳； 律不能佳，排律尤劣。	
31	白居易 （772～ 846）	〈寄元九書〉、〈秦中吟〉、 〈喜雨詩〉、〈哭孔戡〉、〈宿 紫閣村〉、〈七德舞〉、〈雜 興〉、〈司天臺〉、〈縛戎人〉、 〈杜陵叟〉、〈賣炭翁〉、〈陵 園妾〉、〈王夫子〉	元、白詩不能高，論詩 卻高。 白實一清綺之才，歌 行曲行，樂府雜律詩， 極多可觀者。其病有 二：一在務多，一在強 學少陵，率爾下筆； 骨弱體卑，語直意淺； 歎其有美意而無佳詞。	對比批評、 直接批評、 引用
32	元稹 （779～ 831）	〈連昌宮辭〉、〈長恨歌〉、 〈津陽門詩〉、〈連昌宮〉、 〈冬白紵〉、〈苦樂相倚 曲〉、〈築城詞〉、〈陽城驛〉、 〈說劍〉、〈憶遠曲〉、〈小胡 笳引〉、〈將進酒〉、〈野田狐 兔行〉	選語之工，白不如元； 波瀾之闊，元不如白。 排律動數十韻，正是 誇多鬥靡，雖有秀句， 補綴牽湊者亦多，亦 為大雅所薄。 集中惟樂府詩多佳。	對比批評、 直接批評、 引用
33	李紳 （772～ 846）	〈別石泉〉、〈過梅里七首 家於無錫四十載，今敝廬 數堵猶存〉、〈過吳門二十 四韻〉、〈新樓詩二十首·水 寺〉、〈宿瓜洲〉	以歌行自負，樂天亦 稱之。歌行不可復見， 惟有〈追昔遊集〉耳， 頗有體格。 寫景處亦有靜觀之 妙。	直接批評、 引用
34	沈亞之 （781～ 832）	〈村居〉	〈村居〉詩語清絕，亦 有語病。	直接批評
35	賈島 （779～ 831）	〈古意〉、〈遊仙〉、〈旅遊〉、 〈送皇甫侍御〉、〈泥陽 館〉、〈酬姚少府〉、〈送唐環 歸敷水莊〉、〈酬胡遇〉、〈送 韓湘〉、〈送朱休歸劍南〉、 〈宿孤館〉	五字詩實為清絕； 有精思而無快筆，往 往意工於詞； 好用倒句。	直接批評、 對比批評

| 36 | 姚合
（779？
～855？） | 〈曉望華清宮〉、〈楊柳枝〉、〈過楊處士幽居〉、〈閒居〉、〈閒居遣懷十首〉、〈遊春十二首〉 | 凡作熟題，須得新意乃佳；
與閬仙善，兼效其體；
古詩不惟氣格近之，尚無其酸言。 | 對比批評、
直接批評 |

（一）中唐詩風

賀裳在〈唐宋詩話緣起〉中自述其《載酒園詩話》評唐詩「略於初盛，而詳於中晚」，而其原因也進行說明：

> 嘉、隆以前，談詩者視中晚，幾如漢高帝之視夜郎、滇、楚，度外置之；萬曆末年，一時推服，又幾于尉佗睨結箕踞以見陸生，問與高帝孰賢？又如幽州張直方母謂其下曰：「天下有貴於我子者乎？」一則忽之過卑，一則尊之過盛，總非造凌雲臺秤，能令輕重不淆也。〔註102〕

賀裳認為嘉靖、隆慶〔註103〕前談詩者倡導「文必秦漢，詩必盛唐」，認為「詩自天寶而下，俱無足觀」〔註104〕，以至於詩壇對於中晚唐詩皆「忽之過卑」；而到明末清初時期，錢謙益論詩重比興，作詩取法杜甫、李商隱，對李商隱詩歌評價甚高。〔註105〕馮氏兄弟受其影響，提倡作詩以溫、李晚唐為法式〔註106〕，改而崇尚晚唐溫李綺艷含蓄的詩風，故而詩壇對中晚唐詩又「尊之過盛」〔註107〕，因此賀裳試圖給中晚唐詩予以公允之評價。

《載酒園詩話》卷三、四中分別對 36 位中唐詩人、45 位晚唐詩人

〔註102〕清・賀裳著：〈唐宋詩話緣起〉，收入《清詩話續編》，頁399。
〔註103〕吳宏一主編《清代詩話考述（上）》「《載酒園詩話》考述」一條中認為賀裳寫作動機是嘉慶、乾隆以前論詩者多忽視中晚唐。此處應為編者之失，賀裳自序中的「嘉、隆」應為明朝嘉靖、隆慶時期，而非距賀裳主要活動年代一百年之後的清朝嘉慶、乾隆兩個年號。
〔註104〕見《明史・李攀龍傳》。清・張廷玉等撰；楊家駱主編：《明史》卷二百二十七，列傳第一百七十五，文苑三，頁7381。
〔註105〕詳見胡師幼峰著：《清初虞山派詩論》，頁80～83。
〔註106〕詳見胡師幼峰著：《清初虞山派詩論》，310。
〔註107〕清・賀裳著：〈唐宋詩話緣起〉，收入《清詩話續編》，頁399。

加以評騭，不僅數量上較初、盛唐詩人更多，賀裳對於中、晚唐詩人評價著墨也遠高於初、盛唐詩人〔註108〕，其偏重別於明代復古派而與虞山派同調。〔註109〕賀裳對於中唐詩風的總體評價，散見於對詩人的評價中：

1. 排律惟初盛為工，元和以還，牽湊冗複，深可厭也。〔註110〕

2. 貞元以前人詩多樸重。〔註111〕

3. 中唐數十年間，亦自風氣不同。其初，類于平淡中時露一入情切景之語，故讀元和以前詩，大抵如空山獨行，忽聞蘭氣，餘則寒柯荒阜而已。〔註112〕

4. 中唐人故多佳詩，不及盛唐者，氣力減耳。雅澹則不能高渾，雄奇則不能沉靜，清新則不能深厚。至貞元以後，苦寒、放誕、纖縟之音作矣。〔註113〕

5. 貞元後，集中有佳詩易，無惡詩難。〔註114〕

6. 大曆以還，詩多崇尚自然。〔註115〕

〔註108〕賀裳評價唐代初、盛、中、晚四個時期詩家字數統計如下：

	100 字以內	100～300 字	300～500 字	500～1000 字	1000 字以上
初唐	12	7	5	2	0
盛唐	10	12	3	3	2
中唐	4	12	9	6	5
晚唐	8	24	8	3	2

上表將賀裳評價唐代初、盛、中、晚四個時期之詩人字數進行統計，可看出賀裳評價中晚唐詩人百字以內人數明顯少於初盛唐，而百字以上每一階段賀裳評中晚唐詩人之人數都不少於初盛唐。

〔註109〕此處說法詳見胡師幼峰著：《清初虞山派詩論》（台北：國立編譯館，1994 年 10 月），頁 418。

〔註110〕清·賀裳《載酒園詩話》卷三，評中唐詩人「劉長卿」條，頁 330。

〔註111〕清·賀裳《載酒園詩話》卷三，評中唐詩人「韓翃」條，頁 334。

〔註112〕清·賀裳《載酒園詩話》卷三，評中唐詩人「嚴維」條，頁 336。

〔註113〕清·賀裳《載酒園詩話》卷三，評中唐詩人「李益」條，頁 340。

〔註114〕清·賀裳《載酒園詩話》卷三，評中唐詩人「羊士諤」條，頁 343。

〔註115〕清·賀裳《載酒園詩話》卷三，評中唐詩人「柳宗元」條，頁 345。

    7. 貞元、元和間，詩道始雜，類各立門戶。〔註116〕

以上資料，可從兩方面分別觀之：

    第一，賀裳對於中唐詩歌採取辯證的態度。從引文4、5可以看出賀裳認為中唐詩人之詩集中有佳詩亦有惡詩，並提出「有佳詩易，無惡詩難」，可見賀裳對於中唐詩歌並非一概否定。賀裳對中唐詩人的評價不惜筆墨且多是讚語，如評韋應物詩「天質特秀」、「有曠達之懷」〔註117〕，評韓愈詩「七言古最見筆力」〔註118〕，評張籍「善為哀婉之音」、「妙在思路周折」〔註119〕，評白居易「實一清綺之才」〔註120〕等等。賀裳認為中唐之詩不及盛唐，從上一小節分析賀裳論盛唐整體詩風可以看出，賀裳更為欣賞有「昌明之象」的盛唐詩歌。蔣寅《大曆詩風》一書指出大曆詩歌創作主題：「由偏重於表現理想轉向偏重於表現感受，由社會生活轉向倫常情感、身邊瑣事，感遇詠懷之作減少而酬贈送別之作激增。作品中主要吟詠迷惘的心態、衰老的感受、孤獨的心境、鄉愁旅恨以及山水之趣，其中貫穿著對友情的渴望，對隱逸生活的嚮往。」〔註121〕故詩歌發展到中唐後便逐漸「氣力減耳」，《欽定四庫全書總目・錢仲文集》中也論及中唐詩風：「大曆以來，詩歌初變。開寶渾厚之氣，漸遠漸漓。」〔註122〕

    第二，賀裳認為中唐各個時期詩歌風格有所不同。引文3賀裳指出中唐數十年間各個時期也各有不同，引文7也提到中唐貞元、元和年間「詩道始雜」，眾詩家開始「各立門戶」，下面進行簡要歸納：其一，賀裳指出中唐初期，詩歌大體平淡，引文6也可看出，賀裳云「大

〔註116〕清・賀裳《載酒園詩話》卷三，評中唐詩人「孟郊」條，頁352。

〔註117〕清・賀裳《載酒園詩話》卷三，評中唐詩人「韋應物」條，頁335、336。

〔註118〕清・賀裳《載酒園詩話》卷三，評中唐詩人「韓愈」條，頁350。

〔註119〕清・賀裳《載酒園詩話》卷三，評中唐詩人「張籍、王建」條，頁355。

〔註120〕清・賀裳《載酒園詩話》卷三，評中唐詩人「白居易」條，頁358。

〔註121〕蔣寅著：《大曆詩風》（南京：鳳凰出版社，2009年），頁236。

〔註122〕清・紀昀等著：《欽定四庫全書總目・錢仲文集十卷》（北京：中華書局，1997年），頁2004。

曆以還,詩多崇尚自然」,這個時期之詩時有入情切景之語。其二,賀裳以重要時期為時間節點,關注其前後詩風的改變。引文2、4,賀裳以貞元為時間節點,指出貞元以前詩風大多樸重,貞元以後詩歌則多「苦寒、放誕、纖縟之音」;而引文1、3中則以元和為時間節點,指出元和以前之詩,大都如空山幽蘭,而元和以後之詩,則如寒柯荒阜,牽湊冗複,賀裳尤為厭之。

(二)論中唐詩家:柳宗元、李賀、劉長卿、盧綸

賀裳所論的36位中唐詩人中,著墨較多的是柳宗元、元稹、白居易,同時也對韓愈、李賀等對中唐詩壇影響較大的詩人大加讚賞,此外賀裳還注意到中唐詩壇的旁音異響,如劉長卿、盧綸。下面選取賀裳評柳宗元、李賀、劉長卿、盧綸之語分別進行論述。

1. 柳宗元

賀裳論中唐詩家,著墨最多者便是柳宗元。賀裳對柳宗元的評價堪稱細緻又全面,其評說共有十段,涉及柳宗元詩歌創作的多方面內容,如柳宗元的藝術特徵、階段性變化及其詩史意義,寫作五、七言詩的不同特點,他人對柳宗元評價的合理性等等〔註123〕,賀裳對於柳宗元詩歌的批評方式,主要有直接批評、對比批評,同時還引用前人評價之語,以下分別進行論述。

賀裳於「柳宗元」一條開篇便肯定柳宗元的詩史地位:

> 大曆以還,詩多崇尚自然。柳子厚始一振厲,篇琢句鍾,起頹靡而蕩穢濁,出入〈騷〉、〈雅〉,無一字輕率。其初多務翻刻,故神峻而味冽,既亦漸近溫醇。如「高樹臨清池,風驚夜來雨」,「寒月上東嶺,泠泠疏竹根。石泉遠逾響,山鳥時一喧」,「道人庭宇靜,苔色連深竹」,不意王、孟之外,復有此奇。〔註124〕

〔註123〕蔣寅先生〈論賀裳的《載酒園詩話》〉一文中分析賀裳《載酒園詩話》評柳宗元之語頗為詳盡,可詳參頁60。(《徐州師範大學學報(哲學社會科學版)》第37卷第4期,2011年7月)

〔註124〕清·賀裳《載酒園詩話》卷三,評中唐詩人「柳宗元」條,頁345。

引文中可以看出，賀裳對柳宗元之詩評價極高，主要可分為以下兩點：

其一，賀裳肯定柳宗元詩歌的詩史意義，他認為，中唐詩自大曆時期以來，大多崇尚自然，柳宗元之詩有《離騷》、《詩經》之精髓，言語精煉，字斟句酌，「無一字輕率」。賀裳此說與多數論詩者相同，如「出入騷雅」之說，早在宋・陳善（生卒年不詳）《捫虱新話》〈李杜韓柳有優劣〉一條中便有提及：「若其祖述墳典，憲章《騷》《雅》，上傳三古，下籠百氏，橫行闊視於綴述之場者，子厚一人而已」〔註125〕，嚴羽《滄浪詩話》中也提到「唐人惟柳子厚深得騷學」〔註126〕。而賀裳評柳宗元「篇琢句錘」、「無一字輕率」之語也同張戒《歲寒堂詩話》「柳柳州詩，字字如珠玉」〔註127〕無異。

其二，賀裳聚焦於柳宗元詩歌風格的變化。他指出，柳宗元之詩由開始之尖刻、清幽孤峭逐漸轉變為自然醇厚，這種詩風的轉變與其南遷之經歷有關〔註128〕。賀裳此處舉柳宗元被貶永州時所作的三首詩為例，其中「高樹臨清池，風驚夜來雨」出自〈雨後曉行獨至愚溪北池〉一詩，此詩作於元和五年，賀裳被貶為永州司馬的第六年，「高樹」二句為此詩歷來被傳頌的名句，詩人由面到點，聚焦於風吹雨落這一現象，以一個「驚」字形象生動描繪出夜雨乍晴後，停留在樹上的雨點被風吹落的情形。〔註129〕而「寒月上東嶺，冷冷疏竹根。石泉遠逾響，山鳥時一喧」

〔註125〕轉引自陳海伯主編：《唐詩彙評（增訂本）》（四），頁2671。

〔註126〕轉引自陳海伯主編：《唐詩彙評（增訂本）》（四），頁2672。

〔註127〕李益〈喜見外弟又言別〉全文為：「十年離亂後，長大一相逢。問姓驚初見，稱名憶舊容。別來滄海事，語罷暮天鐘。明日巴陵道，秋山又幾重。」出自陳貽焮主編：《增訂注釋全唐詩・李益・喜見外弟又言別》（北京：文化藝術出版社，2001年5月），頁892。

〔註128〕關於柳宗元被貶南遷對其詩歌風格的影響，學界已有多篇論文進行專項討論，如：李振中〈論柳宗元山水詩幽峭風格的江山之助〉（《名作欣賞》，2007年第4期），成娟陽〈荒寒：柳宗元永州山水文學主體風格解讀〉（《常德師範學院學報（社會科學版）》，2002年第6期）等可供參考。

〔註129〕此處參考蕭滌非等編：《唐詩鑑賞辭典》，頁930。

四句出自〈中夜起望西園值月上〉一詩，該詩同樣作於元和五年，描寫
詩人夜半醒來「開戶臨西園」所見之景，清涼月色，照射疏竹，泠泠水
聲，愈遠愈響，山鳥偶一鳴叫，更顯環境之清幽靜謐。此四句從聽覺角
度進行描寫，以有聲寫無聲，隨景寓情。「道人庭宇靜，苔色連深竹」二
句則出自〈晨詣超師院讀禪經〉，此詩約寫於元和元年，乃是詩人到超師
院讀佛經有感而作，「道人」二句側重於描寫超師寺院的環境，詩人以一
個「靜」字概括它的幽靜，此處之靜，不僅僅是景物之靜，也是詩人內
心之靜。以上賀裳所舉之例，皆是柳宗元工於寫景之語，而在詩中所表
達的，是柳宗元身遭貶謫後「淡泊以明志，寧靜以致遠」的自得之趣，
清‧王堯衢（生卒年不詳）《古唐詩合解》中也說到「即事成詠，隨景寫
情，頗有自得之趣。然畢竟有『遷謫』二字橫於意中，欲如陶、韋之脫，
難矣」〔註130〕，是故賀裳評其「不意王、孟之外，復有此奇」。

　　此外賀裳還針對柳宗元五、七言詩進行對比：

> 柳五言詩猶能強自排遣，七言則滿紙涕淚。如「桂嶺瘴來
> 雲似墨，洞庭春盡水如天」，「鵝毛禦臘縫山罽，雞骨占年
> 拜水神」，「山腹雨晴添象跡，潭心日暖長蛟涎」，「梅嶺寒
> 煙藏翡翠，桂江秋水露鰡鰍」，「驚風亂颭芙蓉水，密雨斜
> 侵薜荔牆」，「蒹葭淅瀝含秋霧，橘柚玲瓏透夕陽」……只
> 就此寫景，已不可堪，不待讀其「一身去國六千里，萬死
> 投荒十二年」矣。〔註131〕

上述引文乃是賀裳對柳宗元不同體裁詩的抒情力度差異進行的評價，
賀裳認為柳宗元五言詩尚能「強自排遣」，而七言詩則使人讀之「滿紙
涕淚」。隨後賀裳舉柳宗元六首七言律詩中寫景之語以證明其說，下面
對其逐一分析：

　　「桂嶺瘴來雲似墨，洞庭春盡水如天」二句出自柳宗元〈別舍弟
宗一〉一詩，此二句上句寫柳州地區天氣惡劣，地形險惡，下句遙想柳

〔註130〕轉引自陳海伯主編：《唐詩彙評（增訂本）》（四），頁 2717。
〔註131〕清‧賀裳《載酒園詩話》卷三，評中唐詩人「柳宗元」條，頁 347。

宗一即將前往之地水闊天長，一抑一揚，將離愁別緒巧妙融於景色描寫之中。「鵝毛禦臘縫山罽，雞骨占年拜水神」出自〈柳州峒氓〉一詩，「鵝毛」二句為柳宗元描寫柳州少數民族的生活、習俗之語，上句寫峒氓在寒冷天氣中以鵝毛製成的被子禦寒，下句寫峒氓們在以雞骨去占卜，向水神祈禱一年的好收成。此二句以樸素的語言如實的描寫出詩人同柳州少數民族生活接近的情況。〔註132〕「山腹雨晴添象跡，潭心日暖長蛟涎」出自〈嶺南江行〉，此二句以象跡、蛟涎寫出出柳宗元乘船溯湘江入嶺南時所見之景，側面反映出當地自然環境的荒涼與落後。「梅嶺寒煙藏翡翠，桂江秋水露鰅鰫」為〈柳州寄丈人周韶州〉的頸聯，此二句描寫柳宗元初到柳州所見之景：遠處梅嶺如煙藏翡翠，近處桂江偶爾有怪魚浮上來，描寫寂寞蕭寂之景，以抒發其心中憂懼之情。清・錢謙益、何焯《唐詩鼓吹評注》中也對此二句有所評價：「煙藏翡翠，水露鱋鰫，梅嶺桂江之蕭寂可見」。〔註133〕「驚風亂颭芙蓉水，密雨斜侵薜荔牆」出自〈登柳州城樓寄漳汀封連四州刺史〉，此二句則描寫柳宗元登樓所望近處之景：疾風掀動荷花，驟雨拍打薜荔，詩句以「驚風」、「密雨」喻惡勢力，以芙蓉與薜荔象徵人格的美好與芳潔，表達詩人被貶至柳州後的哀怨憂愁之情。〔註134〕「蒹葭淅瀝含秋霧，橘柚玲瓏透夕陽」為〈得盧衡州書因以詩寄〉一詩之頸聯，此詩乃是柳宗元一當過衡州刺史的盧姓友人寫信給他，抱怨自己所在的衡陽氣候炎熱難耐，故柳宗元回以勸慰友人而作。賀裳所引二句乃是柳宗元描寫的衡陽一代美好景色，同自身所在柳州的惡劣氣候相比，衡陽的氣候並非難以忍受，希望友人不要悲觀。以上賀裳所引之詩句皆是柳宗元寫景之語，雖是描寫景物，但其情躍然紙上，以至於不用讀到抒情之語（〈別舍弟宗一〉：「一身去國六千里，萬死投荒十二年」）便已淚流滿

〔註132〕此詩分析參見周嘯天等編：《唐詩鑒賞辭典補編》，頁524～526。

〔註133〕轉引自陳海伯主編：《唐詩彙評（增目本）》（四），頁2691。

〔註134〕此處參酌霍松林等主編：《唐詩鑒賞辭典》（上海：上海辭書出版社，1983年），頁920～922。

面。元‧方回（1227～1305）《瀛奎律髓》也選錄柳宗元〈柳州峒氓〉、
〈嶺南江行〉、〈登柳州城樓寄漳汀封連四州刺史〉、〈得盧衡州書因以
詩寄〉以及〈柳州寄丈人周韶州〉五首律詩，云：「此五律詩，比老杜
則尤工矣。杜詩哀而壯烈，柳州哀而酸楚，亦同而異也。……年四十七
卒於柳州，殆哀傷之過歟！」〔註135〕方回注意到柳宗元自身哀傷之情
是其詩歌呈現「哀而酸楚」的重要原因。

賀裳除對柳宗元詩風的總體關照，還針對柳宗元具體作品展開實
際分析。如賀裳分析柳宗元〈讀書〉一詩：

> 〈讀書〉曰：「上下觀古今，起伏千萬途。遇欣或自笑，感戚
> 亦以籲。」殆為千古書淫墨癖人寫照。又曰「臨文乍了了，
> 徹卷兀若無」，則如先為余輩一種困學人解嘲矣。〔註136〕

此詩作於元和四年，乃是柳宗元被貶永州之後，詩中記錄柳宗元讀書
所感。賀裳所引「上下」四句，屬於此詩第一層，此四句柳宗元主要
寫讀書之收穫：博覽群書，隨著古今興替與社會變化，可與書中人物
命運同悲歡。賀裳認為此處乃是千古文人讀書的寫照。而「臨文乍了
了」二句，則是柳宗元形容自己生病後，身體不如從前，導致記憶力
有所衰退，從而讀書的困擾：翻開書本時似乎都清楚明了，離開書本
後又像是一無所知，賀裳認為這也是當今困學人解嘲。此說法與宋代
黃徹相似，其《䂬溪詩話》云：「柳《讀書》篇云：『瘴痾擾靈府，日
與往昔殊。臨文乍了了，徹卷兀若無』蓋嘗《答許京兆書》云：『往
時讀書不至底滯，今每讀一傳，再二伸卷，復觀姓氏，在宗元則為瘴
痾所擾，他人乃公患也。』」〔註137〕

賀裳還對柳宗元〈覺衰〉詩進行詳細分析：

> 〈覺衰〉詩極有轉招（應為「折」）變化之妙，起曰：「久知

〔註135〕轉引自吳文治編：《柳宗元資料彙編》（上冊）（北京：中華書局，1964
年），頁189。

〔註136〕清‧賀裳《載酒園詩話》卷三，評中唐詩人「柳宗元」條，頁346。

〔註137〕轉引自陳海伯主編：《唐詩彙評（增訂本）》（四），頁2734。

老會至，不謂便見侵。今年宜未衰，稍已來相尋。」一句一轉，每轉中下字俱有層折。「齒疏發就種，奔走力不任」二語，正見「見侵」，若一直說去，便是俗筆。遽曰：「咄此可奈何，未必傷我心。彭聃安在哉？周孔亦已沉。古稱壽聖人，曾不留至今。但願得美酒，朋友常共斟。是時春向暮，桃李生繁陰。日照天正碧，杳杳歸鴻今。出門呼所親，扶杖登西林。高歌足自快，〈商頌〉有遺音。」中間轉筆處，如良御回轅，長年捩舵。至文情之美，則如疾風卷雪，忽吐華月，危峰才度，便入錦城也。〔註138〕

〈覺衰〉詩乃是柳宗元被貶至永州後少有的表達超脫曠達而非酸楚哀怨精神風貌之詩。賀裳認為其詩「極有轉折變化之妙」，首六句寫衰老到來的早期感受，前四句一句一轉：早知衰老難辭，卻不曾想到來之如此迅速；如今的年齡理應未衰，然而不知不覺中衰老已至。「齒疏」二句則形容衰老之狀，牙齒鬆動、頭髮脫落，走路也力有不逮，正是衰老「見侵」之狀，賀裳以為若是以此基調順勢而為，則此詩便落於俗筆。而柳宗元並未如此，隨後筆力一轉，以穿越古今之眼光，找到面對衰老的最好辦法——超脫，柳宗元以彭祖、老聃等長壽之人，周公、孔子等聖賢之人都無法存留至今來自我安慰，認為老之已至「未必傷我心」，賀裳十分欣賞詩中之轉折。此外賀裳還讚賞〈覺衰〉詩之行文甚美。

賀裳評柳宗元之詩，除直接批評外，還將柳宗元詩與韋應物、陶淵明之詩進行對比。北宋時期的蘇軾被公認為柳宗元詩歌接受史上真正意義上的「第一讀者」〔註139〕，他開創韋柳並論、陶柳同流之說，

〔註138〕清·賀裳《載酒園詩話》卷三，評中唐詩人「柳宗元」條，頁346、347。

〔註139〕此說法最早見於陳文忠先生的〈柳宗元〈江雪〉接受史研究〉（《文史知識》，1995年第3期）。隨後，尚永亮、洪迎華的〈柳宗元詩歌接受主流及其嬗變——從另一角度看蘇軾「第一讀者」的地位和作用〉（《人文雜誌》，2004年第6期）、楊再喜的〈蘇軾對柳宗元詩歌的大規模

第一次將柳宗元詩歌與韋應物、陶淵明詩歌相提並論，此舉極大影響後世，賀裳也受其影響，論柳宗元詩的同時將其與韋應物詩、陶淵明詩一起討論，現將賀裳論韋柳、陶柳詩之語羅列如下：

1. 宋人詩法，以韋、柳為一體，方回謂其同而異，其言甚當。余以韋、柳相同者神骨之清，相異者不獨峭淡之分，先自憂樂之別。如〈贈吳武陵〉曰：「希聲閟大樸，聲俗何由聰？」〈種術〉曰：「單豹且理內，高門復如何？」韋安有此憤激？〈游南亭夜還敘志〉曰：「知螢懷褚中，范叔戀綈袍。」〈湘口館〉曰：「升高欲自敘，彌使遠念來。」韋又安有此愁思？東坡又謂柳在韋上，此言亦甚可思。柳構思精嚴，韋出手稍易，學韋者易以藏拙，學柳者不能覆短也。〔註140〕

2. 宋人又多以韋、柳並稱，余細觀其詩，亦甚相懸。韋無造作之煩，柳極鍛鍊之力。韋真有曠達之懷，柳終帶排遣之意。詩為心聲，自不可強。〔註141〕

3. 然坡語曰：「所貴於枯淡者，謂外枯而中膏，似淡而實美，淵明、子厚之流是也。若中邊皆枯，淡亦何足道。」自是至言。〔註142〕

引文1中以方回評韋柳之詩「同而異」為引，進一步提出自己的觀點：韋、柳詩風有淡、峭之分，其二人的情感世界，亦有樂、憂之別。賀裳隨後以實際詩歌為例，以〈初秋夜坐贈吳武陵〉、〈種術〉二詩末二句之憤慨，以及〈游南亭夜還敘志七十韻〉、〈湘口館瀟湘二水所會〉二詩末三、四句之愁思同韋詩做對比，認為韋詩之憤慨、愁思皆不如柳詩。隨後讚同東坡「柳在韋上」之語，引出柳詩構思精嚴，學之不若學韋詩之

接受及其後世影響——再論蘇軾的「第一讀者」地位和作用〉（《社會科學輯刊》，2009 年第 6 期），也同樣對此說法表示認同。

〔註140〕清·賀裳《載酒園詩話》卷三，評中唐詩人「柳宗元」條，頁 345、346。

〔註141〕清·賀裳《載酒園詩話》卷三，評中唐詩人「韋應物」條，頁 336。

〔註142〕清·賀裳《載酒園詩話》卷三，評中唐詩人「柳宗元」條，頁 346。

易的論點。引文2賀裳不僅認識到韋詩自然無造作與柳詩字斟句酌、精於鍛煉之差別，同樣發現韋之曠達、柳之鬱結的內在個人氣質對其詩風也有影響。引文3賀裳引用東坡評詩之語〔註143〕，並對其表示讚同，賀裳認為柳詩在陶詩之下，韋詩之上。陶柳之詩，皆外清淡質樸，內雋永豐腴，即賀裳所謂「外枯中膏，似淡實美」。

　　由上述分析可以看出，賀裳的評價都是建立在具體作品的基礎上，再從多角度、各個方面對柳宗元之詩進行分析，並時常引用前人之語加以佐證。除柳宗元外，賀裳於中唐一卷評劉禹錫亦是採用多角度批評之方式，鑒於其論劉禹錫之語已有學位論文進行專門討論〔註144〕，本文便不再贅述。

2. 李賀

　　中唐之詩，賀裳極推李賀，將其視之為中唐表率，稱其詩「骨勁而神秀，在中唐最高渾有氣格」〔註145〕，賀裳評詩能夠跳脫世人固有眼光，李賀以奇詭之詩聞名〔註146〕，但賀裳對於李賀詩集中清新俊逸之詩也有所關注：

〔註143〕此句出自蘇軾〈評韓柳詩〉：「柳子厚詩在陶淵明下，韋蘇州上；退之豪放奇險則過之，而溫麗靖深不及也。所貴乎枯淡者，謂其外枯而中膏，似淡而實美，淵明、子厚之流是也。若中邊皆枯，淡亦何足道。」宋・蘇軾撰，孔凡禮點校：《蘇軾文集》卷六十七（北京：中華書局，1986年），頁2109、2110。

〔註144〕江蘇師範大學碩士論文戴夢軍《賀裳〈載酒園詩話〉研究三題》第二章第二節「多角度批評」部分有關於賀裳論劉禹錫詩之詳細分析，可資參考。

〔註145〕清・賀裳《載酒園詩話》卷三，評中唐詩人「柳宗元」條，頁353。

〔註146〕歷代論詩家多以「奇詭」、「鬼」、「怪」評價李賀之詩，如：宋・張戒《歲寒堂詩話》：「賀詩乃太白樂府中出，瑰奇詭怪則似之，秀逸天拔則不及也。」宋・吳曾《能改齋漫錄》引劉次莊之語：「李賀則摘裂險絕，務為難及，曾無一點塵嬰之。」宋・朱熹《朱子全書・論詩》：「李賀詩怪些子，不如太白自在。」宋・嚴羽《滄浪詩話》：「人言『太白仙才，長吉鬼才』，不然。太白天仙之詞，長吉鬼仙之詞耳。」明・胡應麟《詩藪》：「長吉險怪，雖兒語自得，然太白亦濫觴一二。」以上轉引自陳海伯主編：《唐詩彙評（增訂本）》（四），頁2934～2937。

世皆稱長吉為鬼仙之才，語殊不謬。然其集中、亦自有清新
俊逸者。如〈崇義里滯雨〉曰：「憂眠枕劍匣，客帳夢封侯。」
〈傷心行〉曰：「燈青蘭膏歇，落照飛蛾舞。古壁生凝塵，羈
魂夢中語。」〈始為奉禮憶昌谷山居〉曰：「不知船上月，誰
棹滿溪雲？」〈秋涼寄兄〉曰：「夢中相聚笑，覺見半床月。」
〈江南弄〉曰：「江中綠霧起涼波，天上疊巘紅嵯峨。水風浦
雲生老竹，渚暝蒲帆如一幅。鱸魚千頭酒百斛，酒中倒掛南
山綠。吳歈越吟未終曲，江上團團帖寒玉。」寫景真是如畫，
何嘗鬼語，亦何嘗不佳？按「團團帖寒玉」，注以為荷，余意
或是言月，觀上文「渚暝」可見，且與「吳歈越吟未終曲」
句，相應尤急。〔註147〕

以下就引文中賀裳提及之詩一一分析：〈崇義里滯雨〉二句，乃是寫
詩人客居他鄉，心中充滿憂愁，只能枕著劍匣入眠，在夢中了卻封侯
之願，寄託詩人投筆從戎、立功封侯的渴望；〈傷心行〉四句，以殘
燈、落照、飛蛾、凝塵四個意象點染陰暗、悲涼的氛圍，不露「傷心」
字樣卻形象描繪出詩人內心難以言喻的悲傷；〈始為奉禮憶昌谷山居〉
二句則以反詰句收結，想像月夜又有誰在舉槳搖蕩彩雲倒映的小溪，
強調故鄉的美好以及詩人的思念之情；〈江南弄〉則以夕陽黃昏的江、
天為觀察點，從詩開頭處的江中綠霧到結尾處的江上寒月，李賀以敏
銳的目光捕捉到大自然的變幻之美，賀裳對此寫景之詩亦是大加讚
賞。

此外，賀裳還聚焦於李賀之艷情詩：

長吉艷詩，尤情深語秀。如〈江樓曲〉曰：「曉釵催鬢語南風，
抽帆歸來一日功。」〈有所思〉曰：「白日蕭條夢不成，橋面更
問仙人卜。」〈銅雀妓〉曰：「石馬臥新煙，憂來何所似？長裾
壓高臺，淚眼看花機。」〈江潭苑〉曰：「十騎簇芙蓉，宮衣小

隊紅。練香熏宋鵲，尋箭踏盧龍。旗濕金鈴重，霜乾玉鐙空。

今朝畫眉早，不待景陽鐘。」雖崔汴州曷能過乎？〔註148〕

引文中賀裳以〈江樓曲〉、〈有所思〉、〈追和何謝銅雀妓〉、〈追賦畫江潭苑〉（其四）四首詩為例，讚李賀艷情詩「情深語秀」，試觀前兩首詩：〈江樓曲〉二句乃是思婦登樓後心之所想，前一句描寫的是思婦見曙色而早起又生怕耽誤迎夫婿急忙梳妝的情景，後一句則形容丈夫歸來之易，此二句字面溫和，內裡卻含著思婦的幽怨及責問；〈有所思〉二句則表達思婦白日裡寂寥淒涼難以成夢，無奈只能到仙人處問卜，以求得丈夫歸來之消息。可以看出，賀裳引李賀之艷情詩皆是情真意切之語，這也同賀裳論艷情詩應是「情癡之語，情不癡不深」論點相佐證。

3. 異響旁音：劉長卿、盧綸

賀裳論中唐詩之時同樣發現其中有不合中唐之音的存在，如劉長卿、李益、盧綸三人之詩有「盛唐之音」，而韓翃的部分詩作已入「晚唐風調」。

（1）劉長卿

賀裳認為劉長卿之絕句詩「不減盛唐」，排律詩「接武前賢」，而其長律則「妙於盛唐」〔註149〕。同時賀裳對於唐詩分為「初、盛、中、晚」的劃分方法提出自己的看法：

> 昔人編詩，以開元、大曆初為盛唐，劉長卿開元、至德間人，
> 列之中唐，殊不解其故。細閱其集，始知之。劉有古調，有
> 新聲。盛唐人無不高凝整渾，隨州短律，始收斂氣力，歸於
> 自然，首尾一氣，宛若面語……始有作態之意，實瀋溽中之

〔註148〕清‧賀裳《載酒園詩話》卷三，評中唐詩人「李賀」條，頁355。

〔註149〕賀裳論劉長卿絕句、排律、長律之語：「隨州絕句，真不減盛唐，次則莫妙於排律。排律惟初盛為工，元和以還，牽湊冗複，深可厭也，惟隨州真能接武前賢。……長律至劉隨州，而妙有勝於盛唐人者，卻是盛唐人所不願為。」出自《載酒園詩話》卷三，評中唐詩人「劉長卿」條，頁330、331。

一葉落也。〔註150〕

賀裳有感於前代論詩者對於劉長卿的劃分結果，因其單純以時間劃分，則劉長卿可以列入盛唐亦可以列入中唐。而後賀裳又自述其緣由：劉長卿之詩有古調亦有新聲，而這時便應仔細閱讀其詩集，賀裳發現，劉長卿詩歌整體風格已開始「收斂氣力」，不似盛唐詩歌「高凝整渾」，其詩逐漸轉為平淡自然，遣詞用句似與人面談，因此賀裳將劉長卿歸之為中唐之列。

（2）盧綸

除劉長卿外，賀裳還指出盧綸的〈和張僕射塞下曲〉（六首）「俱有盛唐之音」〔註151〕。下面試做分析，此六首乃是盧綸多次應舉不第，後經友人舉薦，前往邊塞任元帥府判官後所作之組詩。前五首分別描繪將軍發令出征、夜獵射虎、雪夜對敵、勝利後設宴勞軍、乘興逐獵的場面，表現邊塞真實生動的軍旅生活；第六首頌揚將士們只為保疆安民，不求功名利祿的高尚情懷。〔註152〕全組詩既是一個整體，而每一首又都能獨立成章，內容豐滿，寓意雋永，氣勢雄闊。清・宋顧樂《唐人萬首絕句選評》也對此組詩大加讚賞：「允言〈塞下曲〉，意警氣足，格高語健，讀之情景歷歷在目，中唐五言之高調，此題之名作也。」〔註153〕

四、晚唐

賀裳於《載酒園詩話》卷四中所評晚唐詩人共 39 條目，涉及詩人

〔註150〕賀裳論劉長卿絕句、排律、長律之語：「隨州絕句，真不減盛唐，次則莫妙於排律。排律惟初盛為工，元和以還，牽湊冗復，深可厭也，惟隨州真能接武前賢。……長律至劉隨州，而妙有勝於盛唐人者，卻是盛唐人所不願為。」出自《載酒園詩話》卷三，評中唐詩人「劉長卿」條，頁330、331。

〔註151〕清・賀裳《載酒園詩話》卷三，評中唐詩人「盧綸」條，頁336。

〔註152〕此處賞析參考酈波：《唐詩簡史》，頁235～242。以及李靜等編：《唐詩宋詞鑒賞大全集》（北京：華文出版社，2009年），頁140～142。

〔註153〕轉引自陳海伯主編：《唐詩彙評（增訂本）》（四），頁2225。

共45人。其評價始於朱慶餘，止於胡曾。賀裳對晚唐詩歌的批評製表如下：

序號	所評詩人	作品	主要評語	批評方式
1	朱慶餘（生卒年不詳）	〈閨意〉、〈宮詞〉、〈公子行〉	不能為古詩；近體亦惟工於絕句。	直接批評
2	周賀（約821前後在世）	〈晚題江館（一作晚秋江館書事寄姚郎中）〉、〈寄新頭陀〉	詩頗多清刻之句，然終嫌未脫僧氣。	直接批評、引用
3	章孝標（791〜873）	〈夢鄉〉、〈歸海上舊居〉	父子詩格俱單，碣尤力弱，孝標詩有境清者。	直接批評
4	章碣（836〜905）	〈焚書坑〉		
5	張祜（785？〜849？）	〈宮詞·故國三千里〉、〈金山寺〉、	宮體諸詩，實皆淺淡。	直接批評、對比批評、引用
6	杜牧（803〜852）	〈秋夕〉、〈杜秋娘詩〉、〈讀韓杜集〉、〈早雁〉、〈題宣州開元寺水閣閣下宛溪夾溪居人〉、〈初春雨中舟次和州橫江裴使君見迎李趙二秀才…許渾先輩〉、〈湖南正初招李郢秀才〉、〈長安雜題長句六首〉、〈西江懷古〉、〈山寺〉	絕句最多風調，味永趣長，餘詩則不能爾；其詩文俱帶豪健；長律亦極有佳句，俱灑落可誦。	直接批評、比喻、對比批評
7	李群玉（808〜862）	〈梅花〉、五言古詩、整體詩風	雖生晚唐，不染輕靡僻澀之習；五言古頗有素風，但警拔處亦少。	直接批評、對比批評

8	溫庭筠（812～870）	七言古詩：〈奉天西佛寺〉、〈懊惱曲〉、〈塞寒行〉、〈照影曲〉、〈蓮浦謠〉、〈織錦詞〉 短律：〈題盧處士居〉、〈贈越僧岳雲〉、〈題采藥翁草堂〉、〈題造微禪師院〉、〈盧氏池上遇雨贈同遊者〉、〈巫山神女廟〉 七言近體：〈重遊圭峰宗密禪師精廬〉、〈韋壽博書齋〉、〈西江上送漁父〉、〈經李徵君故居〉、〈敬答李先生〉、〈詠檜〉、〈春江花月夜詞〉、〈七夕〉、〈池塘七夕〉	能瑰麗而不能澹遠，能尖新而不能雅正，能矜飾而不能自然，然警慧處，亦非流俗淺學所易及；七言古詩，句雕字琢，有腴而實枯，紆而實近，中乾外強之病；短律尤多警句；寫景令人謖謖在耳，忽忽在目；溫不如李，亦時有彼此互勝者。	直接批評、引用、典故、對比批評
9	李商隱（813～858）	〈井泥〉、〈驕兒〉、〈行次西郊〉、〈戲題樞言草閣〉、〈李肱所遺畫松〉、〈效長吉作〉、〈無題·八歲偷照鏡〉、〈韓碑〉、〈全溪作〉、〈晚晴〉、〈細雨〉、〈蕭皇帝挽辭〉、〈過故崔充海宅與崔明秀才話舊因寄趙杜李三掾〉、〈裴明府居止〉、〈題鄭大有隱居〉、〈可歎〉、〈贈契苾使君〉、〈辛未七夕〉、〈富平少侯〉、〈少年〉、〈聖女祠〉、〈重過聖女祠〉、〈二月二日〉、〈代魏宮私贈〉、〈槿花〉	義山綺才豔骨，作古詩乃學少陵，頗能質樸；義山之詩，妙於纖細，然亦有極正大者；義山好作豔詞，多入褻昵之態；善作神鬼詩，令人可望而不可親，有是耶非耶之致；魏、晉以降，多工賦體，義山猶存比興。	比喻、對比批評、直接批評、典故
10	劉滄（約867 前後在世）	〈咸陽懷古〉	極有高調，且終卷無敗蘽者，但精出處亦少。	直接批評、對比批評、典故
11	許渾（791？～858？）	〈鄭秀才東歸憑達家書〉、〈長慶寺遇常州阮秀才〉、寄殷堯藩〉、〈寄盧郎中〉、〈金陵懷古〉	許郢州詩，前後多互見，故人譏才短。	對比批評、直接批評、引用、典故

12	邵謁 （約860 前後在世）	〈苦別離〉、〈長安寒食〉、〈漢宮井〉	邵謁詩真為粗硬； 謁詩枯褊，與飛卿豔詭之才，氣味迥殊。	直接批評、 引用、對比批評
13	馬戴 （799～ 869）	〈江行留別〉、〈客行〉、〈春日尋濹川王處士〉、〈送人遊蜀〉、〈楚江懷古三首〉其一、〈宿無可上人房〉、〈征婦歎〉	晚唐詩，今昔咸推馬戴，其詩惟寫景為工； 大率體澀而思苦，致極清幽，亦近於賈島也。	直接批評、 對比批評
14	項斯 （約836 前後在世）	〈贈石橋僧〉、〈宿胡氏溪亭〉、〈憶朝陽峯前居〉、〈小古鏡〉、〈長安退將〉	俊句亦甚可喜，刻劃真為工妙； 但讀全集，則幾如晉元帝之造江東，一巒為美而已。	直接批評、 比喻
15	劉駕 （約867 前後在世）	〈早行〉、〈寄遠〉、〈桑婦〉	詩亦多直，集中不乏佳篇； 妙於摹擬，更得性情之正。	直接批評、 引用
16	喻鳧 （約804 前後在世）	〈晚泊富春寄友人〉、〈寄華陰姚少府〉、〈句〉、〈懷鄉〉、〈得子侄書〉	效賈島為詩； 景真語潔； 鏤劃雖深，斧鑿痕亦太重。	對比批評
17	于濆 （約876 前後在世）	〈擬古意〉、〈塞下曲〉、〈長城曲〉、〈戍客南歸〉、〈古宴曲〉	晚唐人，余最喜于濆、曹鄴。 濆詩當備蒙瞍之誦。	直接批評
18	許棠 （生卒年 不詳）	〈句〉、〈過洞庭湖〉	其詩用字俗； 數篇之外，皆枯寂無味。	對比批評
19	李洞 （生卒年 不詳）	〈喜鸞公自蜀歸〉、〈古柏〉、〈秋日曲江書事〉、〈同僧宿道者院〉、〈送行腳僧〉、〈寄淮海惠澤上人〉、〈廢寺閒居寄懷知己〉、〈送郝先輩歸覲華陰〉、〈終南山二十韻〉	才江造語之精，殆有過於賈島者； 〈終南山二十韻〉多警句。	直接批評、 比喻

20	無可 （生卒年 不詳）	〈秋夜寄青龍寺空貞二上人〉、〈贈圭峰禪師〉、〈秋日寄厲玄先輩〉、〈秋寄從兄賈島〉	詩如秋澗流泉，雖波濤不興，亦自清冷可悅； 多與郎士元相雜，殊不能辨。	比喻
21	羅鄴 （825～ ？）	〈長安春雨〉、〈江帆〉	鄴才精而致； 長律亦卑淺不足觀，惟絕句工妙。	引用、直接批評
22	羅隱 （833～ 910）	〈文宣王廟〉、〈曲江春感〉、〈題新榜〉、〈春日投錢塘元帥尚父二首〉	詩獨帶粗豪氣，絕句尤無韻度，酷類宋人； 隱亦時有警句，但不能首尾溫麗； 善作侘傺之言； 善於使事。	對比批評、直接批評、典故
23	皮日休 （838？～ 883？）	〈五貺詩〉、〈奉和魯望四明山九題‧雲北〉、〈臨頓〉其二、〈重玄寺元達年逾八十好種名藥凡所…余奇而訪之因題二章〉、〈懷華陽潤卿博士三首〉、〈奉和魯望病中秋懷次韻〉、〈新秋即事三首〉、〈初冬偶作寄南陽潤卿〉、〈送日本僧歸國〉、〈以紗巾寄魯望〉	詩不為佳，筆墨之外，自覺高韻可欽，其神明襟度勝耳； 皮、陸倡和詩，惟樵詩陸為勝，餘詩則皮詩殊多俊句； 集中詩亦多近宋詞，吳體尤為可憎。	引用、對比批評
24	陸龜蒙 （？～ 881）	〈五貺詩〉、〈樵子〉、〈樵徑〉、〈樵斧〉、〈樵家〉、〈樵擔〉、〈樵歌〉、〈樵火〉		
25	薛能 （817～ 880）	〈贈隱者〉、〈冬日送僧歸吳中舊居〉、〈春日使府寓懷二首〉、〈獻僕射相公〉、〈寄符郎中〉、〈籌筆驛〉	詩雖不惡，原無當于高流； 僅小有風致； 過自矜誇，詩輕太白，功薄孔明。	直接批評
26	李中 （生卒年 不詳）	〈書小齋壁〉、〈思九江舊居三首〉、〈贈夏秀才〉、〈留題胡參卿秀才幽居〉、〈獻張義方常侍〉	其詩讀之殊多平平，雖輕淺，尚有閒澹之致。	直接批評

27	林寬 （約873 前後在世）	〈少年行〉	大抵賈氏派	直接批評
28	鄭鏦 （生卒年 不詳）	〈邯鄲俠少年〉		
29	曹松 （生卒年 不詳）	〈鍾陵野步〉、〈山中言事〉、〈送方乾〉、〈題甘露寺〉、〈山中〉、〈己亥歲〉	學賈氏詩，頗能為苦寒之句；刻劃尤精。	直接批評
30	方干 （836～888）	〈寒食〉	其詩寓意之遠不及韓翃；自寫山林景色。	對比批評
31	崔塗 （約887 前後在世）	〈除夜有感〉、〈途中感懷寄青城李明府〉、〈途中秋晚送友人歸江南〉、〈春夕〉	皆有入情之句；崔長短律皆以一氣斡旋； 喬亦有一氣貫串之妙，尤能作景語； 蠙詩亦多佳，但其最警處，輒不能出前人範圍。	直接批評、對比批評
32	張喬 （生卒年 不詳）	〈游邊感懷〉、〈華山〉、〈贈敬亭僧〉、〈沿漢東歸〉、〈題鄭侍御藍田別業〉、〈送許棠〉、〈思宜春寄友人〉、〈長安書事〉		
33	張蠙 （生卒年 不詳）	〈寄友人〉、〈叢葦〉		
34	李昌符 （約867 前後在世）	〈書邊事〉、〈遠歸別墅〉、〈曉行〉、〈題友人屋〉、〈秋夜〉	寫景最為刻劃，而無塞澀之態；律詩中頸聯無力，尾聯入俗，此乃晚唐通病。	直接批評
35	鄭谷 （851？～910？）	〈寄孫處士〉、〈題少華甘露寺〉、〈贈敷溪高士〉、〈舟行〉、〈羅村路見海棠〉、〈中年〉、〈寄楊處士〉	鄭谷詩以淺切而妙；終傷婉弱，漸近宋、元格調；獨絕句是一名家。	直接批評、對比批評
36	秦韜玉 （生卒年 不詳）	〈貧女〉、〈春雪〉	詩無足言，獨〈貧女〉篇遂為古今口舌。	直接批評

37	劉兼 （約960 前後在世）	〈初至郡界〉、〈夢歸故園〉、〈春怨〉	詩雖不高，頗有逸致，語俱可觀。	直接批評、對比批評
38	韋莊 （836？～910）	〈貴公子〉、〈憶昔〉、〈陪金陵府相中堂夜宴〉、〈聞再幸梁洋〉、〈贈邊將〉、〈長年〉	韋莊詩飄逸，有輕燕受風之致，尤善寫豪華之景； 但美盡言內，又集中淺淡者亦多未免。	直接批評、比喻
39	吳融 （850～903）	〈和座主尚書春日郊居〉、〈和人題武城寺〉、〈送于員外歸隱藍田〉	近體詩，雖品格不高，思路頗細，兼有情致； 長歌，大多可笑。	直接批評
40	李咸用 （生卒年不詳）	〈雪〉、〈和人詠雪〉	用樂府雖尚能膚立，亦有羊質虎皮之恨。	
41	杜荀鶴 （846？～906？）	〈讀張僕射詩〉、〈旅泊遇郡中叛亂示同志〉、〈秋宿臨江驛〉、〈贈張員外兒〉、〈雋陽道中〉、〈廢宅〉、〈送人宰吳縣〉、〈春宮怨〉、〈訪蔡融因題〉、〈閒居書事〉、〈獻鄭給事〉、〈和友人寄長林孟明府〉、〈戲贈漁家〉	杜詩於晚唐為至陋； 讀鍾氏所錄，不惟高樸蒼雅，且幾疑為有道者之言。 集中亦間有佳句，但佳者止得一聯，不能前茅後勁，又鄙俚者太不堪耳。	直接批評、引用
42	貫休 （832～912）	〈懷素草書歌〉、〈山居〉第八篇、〈秋寄李頻使君二首〉、〈題蘭江言上人院二首〉其二	村野粗鄙陋劣，俗處殊不可耐； 但仍有數語殊涵清氣。	直接批評
43	李建勳 （872～952）	〈殘牡丹〉、〈閒出書懷〉、〈春雪〉、〈梅花寄所親〉、〈春水〉、〈迎神〉	詩格最弱，然情致迷離，故亦能動人。 〈迎神〉一篇，不愧名家。	直接批評、對比批評

44	王周 （生卒年 不詳）	〈嘉陵江〉、〈宿疏陂驛〉、〈道院〉、〈峽船具詩〉	王周詩最難選，〈峽船具詩〉小序古質有高致，詩則如銘如贊，終是以文為詩。	引用、直接批評
45	胡曾 （839？～ ？）	〈塞下曲〉、〈贈漁者〉、〈獨不見〉	《胡曾集》皆詠史詩，淺直可厭；《才調集》有可觀者，頗有佳句。	直接批評

（一）晚唐詩風

賀裳對於晚唐時期整體詩風的評價，散見於對詩人的評價中，茲援引相關論述於下，以便討論：

1. 駸駸已入輕靡，為晚唐風調矣。〔註154〕

2. 文山雖生晚唐，不染輕靡僻澀之習。〔註155〕

3. 〈除夜有感〉此所謂真詩，正不得以晚唐概薄之。〔註156〕

4. 惜頸聯強弩，結更入俗耳。此則晚唐通病。〔註157〕

5. 詩至晚唐而敗壞極矣，不待宋人。大都綺麗則無骨，至鄭谷、李建勳，益復靡靡；樸澹則寡味，李頻、許棠，尤無取焉。甚則粗鄙陋劣，如杜荀鶴、僧貫休者。〔註158〕

6. 宋初全學晚唐，故氣格不高。〔註159〕

7. 惜帶晚唐風氣，未免調卑句弱，時有狐裘羔袖之恨。〔註160〕

8. 至於晚唐，氣益靡弱，間於長律中出一二俊語，便囂然得名。

〔註154〕清・賀裳《載酒園詩話》卷三，評中唐詩人「韓翃」條，頁334。
〔註155〕清・賀裳《載酒園詩話》卷四，評晚唐詩人「李羣玉」條，頁371。
〔註156〕清・賀裳《載酒園詩話》卷四，評晚唐詩人「崔塗」條，頁388。
〔註157〕清・賀裳《載酒園詩話》卷四，評晚唐詩人「李昌符」條，頁389。
〔註158〕清・賀裳《載酒園詩話》卷五，評宋代詩人「貫休」條，頁393。
〔註159〕清・賀裳《載酒園詩話》卷五，評宋代詩人「李建中」條，頁402。
〔註160〕清・賀裳《載酒園詩話》卷五，評宋代詩人「林逋」條，頁404。

　　然八句中率著牽湊，不能全佳，間有形容入俗者。〔註161〕
以上資料，可以從三方面觀之：

　　第一，賀裳對於晚唐的評價顯然不如初盛中唐。綜合上述引文，
可以看出賀裳總體評價晚唐詩所用之語皆是「駸駸已入輕靡」、「輕靡
僻澀」、「敗壞」、「調卑句弱」、「氣益靡弱」，對於作出真詩的崔塗則說
不應以「晚唐概薄之」，可見賀裳對晚唐詩風評價極低。

　　第二，即便賀裳並未對晚唐給予很高的評價，但賀裳並不願忽略
晚唐，不似明代復古派論詩者，認為盛唐以後無詩也，對於晚唐避而不
談稱「詩自天寶而下，俱無足觀」〔註162〕。賀裳評價晚唐詩人數量十
分可觀，共評價45位晚唐詩人，其數量與字數〔註163〕超過論初、盛、
中其他三唐。

　　第三，賀裳指出，晚唐之風氣「靡弱」、「綺麗」。這是由於晚唐
詩歌走向唯美文學，開始注重藝術雕琢。任海天《晚唐詩風》將綺豔
幽密的情懷作為晚唐詩風的特徵之一，並從「浮豔世情的誘惑」、「齊
梁詩風的復歸」、「心靈幽韻」三方面概括其內涵。〔註164〕清人田同
之云：「唐人句如：『一千里色中秋月，十萬軍聲半夜潮』、『蝴蝶夢中
家萬里，杜鵑枝上月三更』、『深秋簾幕千家雨，落日樓臺一笛風』，
人爭傳之。然一覽便盡，初看整秀，熟視無神氣，以其字露也。若杜
陵句，雖間有拙累處，而更千百世亦無有能勝之者，要無露句耳。」
〔註165〕施蟄存《唐詩百話》中提到：「晚唐詩人才學都不高，情趣也
不夠豐贍，幾乎是為作詩而作詩。風雅比興，就其總體來說，都不及
中唐詩人。他們平常總在一聯一句中求工穩貼切，得到一聯佳句便可

〔註161〕清‧賀裳《載酒園詩話》卷一，「詠物」條，頁225。
〔註162〕見《明史‧李攀龍傳》。清‧張廷玉等撰；楊家駱主編：《明史》卷二
　　　　百二十七，列傳第一百七十五，文苑三，頁7381。
〔註163〕有關字數之統計，已於評中唐整體詩風時作出整理，可見註108之表
　　　　格。
〔註164〕轉引自劉豔萍：〈中晚唐豔詩研究述評〉，《湖北師範學院學報（哲學
　　　　社會科學版）》，2009年第2期，頁9。
〔註165〕清‧田同之：《西圃詩說》，收入郭紹虞編：《清詩話續編》，頁755。

拼湊成詩，故大多數詩人僅有佳句而無名篇。後世人論晚唐詩，也往往都只能賞其佳句。」〔註166〕莫礪鋒〈晚唐詩風的微觀考察〉一文也指出：「所謂『一覽便盡』，是指徒求字面之工麗，且雕琢之痕顯露無遺；或是徒求寫景之細巧，而缺乏深情遠韻。顯然，這正是晚唐詩往往有句無篇的重要原因。」〔註167〕

（二）論晚唐詩家：杜牧、溫庭筠、李商隱

賀裳於《載酒園詩話》卷四中選評晚唐詩人四十五名，其所評詩人數量雖多，但而其論說所重，亦僅在少數詩家，其中著墨較多的有杜牧、溫庭筠、李商隱三人，下面分別論述之：

1. 杜牧

賀裳以〈秋夕〉一詩開始，展開對杜牧詩歌的評價：

> 「銀燭秋光冷畫屏，輕羅小扇撲流螢。天階夜色涼如水，臥看牽牛織女星。」亦即「參昴衾裯」之義。但古人興意在前，此倒用於後。昔人感歎中猶帶慶倖，故情辭悉露；此詩全寫淒涼，反多含蓄。〔註168〕

賀裳認為〈秋夕〉一詩有「參昴衾裯」〔註169〕之義，此詩乃是描寫失意宮女生活之孤寂，一三句寫景，描繪出深宮秋夜淒涼之景；二四句起興，以宮女撲螢含蓄反映出封建時代婦女之悲慘命運〔註170〕。賀裳以

〔註166〕參見施蟄存：《唐詩百話》，頁523。

〔註167〕莫礪鋒：〈晚唐詩風的微觀考察〉，《北京大學學報》（2017年第1期），頁52。

〔註168〕清・賀裳《載酒園詩話》卷四，評晚唐詩人「杜牧」條，頁370。

〔註169〕此處賀裳所謂「參昴衾裯」，應指《詩經》中〈國風・召南・小星〉中「嘒彼小星，維參與昴。肅肅宵征，抱衾與裯」。此四句前二句寫景，後兩句言情，情景交融，以比興之手法寫出下層小吏日夜當差，疲於奔命，而自傷勞苦，自歎命薄，體現當時社會環境下的小吏之悲。參見王秀梅譯注：《詩經（上）》（北京：中華書局，2015年），頁39、40。

〔註170〕「輕羅小扇撲流螢」一句有三層含義：其一，古人常說腐草化螢，宮女居住之庭院有流螢飛動，可見宮女生活之淒涼；其二，宮女撲螢之動作也可看出她的寂寞與無所事事；其三，古詩裡常以秋扇比喻棄婦。

杜牧起興之手法與古人相對比：古人起興在詩之前，因此詩歌感歎之
中帶有慶幸，文字情意直白淺顯；而杜牧起興在詩之後，因此詩歌給人
以淒涼之感，反而含蓄。賀裳還關注到杜牧〈早雁〉〔註171〕詩：

> 〈早雁〉詩曰「仙掌月明孤影過，長門燈暗數聲來」，光景真
> 是可思。但全篇惟「金河秋半」四字稍切「早」字，餘皆言
> 矰繳之慘，勸無歸還，似是寄託之作。〔註172〕

賀裳所引二句乃是〈早雁〉詩領聯，此二句乃是形容被驚飛的大雁飛過
都城長安上空之情形：月色清涼，映著宮中孤聳的仙掌，長門宮燈火暗
淡，此時傳來孤雁之哀鳴。簡單二句，描繪出一幅清冷孤寂的孤雁南飛
圖。賀裳認為，此詩僅有「金河秋半」四字能夠切詩題之「早」，其餘
之言皆是形容「矰繳之慘」〔註173〕。〈早雁〉詩通篇採用比興之手法，
表面上似乎句句寫雁，實際上，它句句寫時事，句句寫人。詩人暗用
《詩經》中〈小雅·鴻雁〉篇以鴻雁比流民的典故〔註174〕，以早雁的
遭遇概括晚唐邊民流亡無著的重大問題〔註175〕，並對他們有家而不能
歸的悲慘處境寄予深切的同情，是故賀裳評其應是「寄託」之作。從對
〈秋夕〉、〈早雁〉二詩的評價可以看出，賀裳十分關照杜牧詩集中的意
有寄託、描摹曲折之詩。

　　此外，賀裳對於杜牧絕句、長律皆十分讚賞：

這首詩中的「輕羅小扇」，即象徵著持扇宮女被遺棄的命運。

〔註171〕引自唐·杜牧著；清·馮集梧注；陳成校點：《杜牧詩集》（上海：上
　　　　海古籍出版社，2015 年 11 月），頁 238、239。

〔註172〕清·賀裳《載酒園詩話》卷四，評晚唐詩人「杜牧」條，頁 370。

〔註173〕「矰繳」語出漢高祖劉邦〈鴻鵠歌〉：「雖有矰繳，尚安所施」，詩中
　　　　以鴻鵠比喻羽翼豐滿的太子劉盈，高祖自知大限將至，想要更換儲君，
　　　　然劉盈羽翼已滿，高祖無法遂願。此二句表達出高祖愛莫能助，無可
　　　　奈何的心情。

〔註174〕〈小雅·鴻雁〉篇，乃是寫周王派遣使者到各處救濟流民之詩。（見
　　　　王秀梅譯注：《詩經（下）》，頁 389）朱熹《詩集傳》評之：「流民以
　　　　鴻雁哀鳴自比而作此歌也。」出自宋·朱熹《詩集經傳》（上海：上
　　　　海古籍出版社，1987 年），頁 81。

〔註175〕參見葛曉音著：《唐詩宋詞十五講》第八講〈晚唐詩壇的餘暉〉，頁 172。

1. 杜紫微詩，惟絕句最多風調，味永趣長，有明月孤映，高
   霞獨舉之象，餘詩則不能爾。〔註176〕

2. 杜長律亦極有佳句，如「深秋簾幕千家雨，落日樓臺一笛
   風」，「蒲根水暖雁初浴，梅徑香寒蜂未知」，「千里暮山重
   疊翠，一溪寒水淺深清」，又「江碧柳青人盡醉，一瓢顏
   巷日空高」，俱灑落可誦。至〈西江懷古〉「千秋釣艇歌明
   月，萬里沙鷗弄夕陽」，尤有江天浩蕩之景。〔註177〕

從引文 1、2 可以看出，賀裳評杜牧詩，不僅關照其比興寄託之語，對
於杜牧不同體裁之詩也有自己獨到見解。引文 1 中賀裳評杜牧之絕句
有〈國風〉之致，「味永趣長」，能營造出明月孤映、落霞獨舉的意境，
而杜牧其他體裁之詩卻無法做到。但這並非代表賀裳不欣賞杜牧其他
題材之詩，引文 2 中賀裳亦關注到杜牧長律中常有佳句，下面簡要分
析之：

（1）「深秋簾幕千家雨，落日樓臺一笛風」出自〈題宣州開元寺
水閣閣下宛溪夾溪居人〉，以深秋時節的密雨與落日時分的樓臺，這一陰
一晴，一朦朧一明快的兩種截然不同的景象融合成杜牧對於宣州的綜合
印象，表達人世無常而自然永恆的感慨。〔註178〕（2）「蒲根水暖雁初浴，
梅徑香寒蜂未知」出自〈初春雨中舟次和州橫江裴使君見迎李趙二秀才〉
〔註179〕，賀裳所引二句乃是此詩頷聯，以雁初浴、只有蒲根可感，寫出
溪水剛暖，以梅徑尚香、蜂蝶未知表明餘寒未去。（3）「千里暮山重疊翠，
一溪寒水淺深清」二句見〈湖南正初招李郢秀才〉〔註180〕，此二句描寫

〔註176〕清・賀裳《載酒園詩話》卷四，評晚唐詩人「杜牧」條，頁370。
〔註177〕清・賀裳《載酒園詩話》卷四，評晚唐詩人「杜牧」條，頁371。
〔註178〕〈題宣州開元寺水閣閣下宛溪夾溪居人〉詩引自唐・杜牧著；清・馮
集梧注；陳成校點：《杜牧詩集》，頁197。賞析參見吉林大學中文系
編：《唐詩鑒賞大典（十一）》（長春：吉林大學出版社，2009 年），頁
38、39。
〔註179〕引自唐・杜牧著；清・馮集梧注；陳成校點：《杜牧詩集》，頁284、285。
〔註180〕引自唐・杜牧著；清・馮集梧注；陳成校點：《杜牧詩集》，頁251、252。

秋天傍晚暮雲千里，雲峰重疊，溪水清澈見底的景象，字字透出秋天氣高水清的特徵來。（4）「江碧柳青人盡醉，一瓢顏巷日空高」出自〈長安雜題長句六首〉（其三）〔註181〕，此二句用人盡醉與「我」獨醒作對比，同時運用顏回簞食瓢飲〔註182〕之典故來表達詩人對京城驕奢淫逸風氣的諷刺。（5）〈西江懷古〉〔註183〕「千秋釣艇歌明月，萬里沙鷗弄夕陽」二句，以浩瀚宏大、亙古不變的長江及江上古今詠唱的漁歌、江面飛去飛回的沙鷗、永遠東升西落的日月反襯人類英雄智者的渺小。

　　綜合以上分析，可以看出賀裳十分欣賞杜牧俊邁雄健〔註184〕之作，葛曉音《唐詩宋詞十五講》中討論杜牧詩歌形成此種風格的原因，與他對時事的獨特看法有關：晚唐時很多人都對國家的命運和前途失去信心，但杜牧卻始終幻想著否極泰來、衰而復興的政治局面，也因此杜牧創作一系列以比興之手法反映時事之詩。希望通過天子發憤圖強、堵塞政治漏洞來挽回國運。〔註185〕

2. 溫庭筠

　　賀裳以顧璘論溫庭筠之語為引，帶出自己對溫詩之看法：

> 顧華玉璘曰：「溫生作詩，全無興象，又乏清溫，句法刻俗，無一可法，不知後人何故尊信？大抵清高難及，粗濁易流，蓋便於流俗淺學爾。余恐鄭聲亂雅，故特排擊之。」愚意顧論誠然，然亦少過。大抵溫氏之才，能瑰麗而不能澹遠，能尖新而不能雅正，能矜飾而不能自然，然警慧處，亦非流俗

〔註181〕引自唐・杜牧著；清・馮集梧注；陳成校點：《杜牧詩集》，頁103。

〔註182〕此處「一瓢顏巷」乃是杜牧引用顏回簞食瓢飲之典故：《論語・雍也》：「一簞食，一瓢飲，在陋巷，人不堪其憂，回也不改其樂。」

〔註183〕引自唐・杜牧著；清・馮集梧注；陳成校點：《杜牧詩集》，頁194、195。

〔註184〕《新唐書》評杜牧：「牧於詩，情致豪邁，人號為『小杜』，以別杜甫云。」南宋・陳振孫《直齋書錄解題》也說到：「牧才高，俊邁不羈，其詩豪而豔，有氣概，非晚唐人所能及也。」轉引自陳海伯主編：《唐詩彙評（增訂本）》（五），頁3518。

〔註185〕參見葛曉音著：《唐詩宋詞十五講》第八講〈晚唐詩壇的餘暉〉，頁171。

淺學所易及。〔註186〕

引文中顧璘論溫庭筠之語出自於《批點唐音》〔註187〕，顧璘認為溫庭筠之詩「全無興象，又乏清溫，句法刻俗，無一可法」，並將溫庭筠詩比作「鄭聲」〔註188〕加以排擊。賀裳讚同其說並加以補充，賀裳以瑰麗、尖新、矜飾形容溫庭筠詩，但同時也注意到溫庭筠詩中亦有警慧之處。

隨後，賀裳就溫庭筠各體裁之詩加以批評，茲援引相關論述於下，以便討論：

1. 七言古詩，句雕字琢，當其沾沾自喜之作，雖竭其伎倆，止於音響卓越，鋪敘藻豔，態度生新，未免其美悉浮於外，有腴而實枯，紆而實近，中乾外強之病。

2. 短律尤多警句。

3. 七言近體之佳者，如「暫對杉松如結社，偶同麋鹿自成羣」，「醉後獨知殷甲子，病來猶作〈晉春秋〉」，「不見水雲應有夢，偶隨鷗鷺便成家」，不問而知為高僧、隱士、漁父矣。又寫景如「一院落花無客醉，五更殘月有鶯啼」，

〔註186〕清‧賀裳《載酒園詩話》卷四，評晚唐詩人「溫庭筠」條，頁372。

〔註187〕今人所見署名為顧璘的《批點唐音》，孫琴安最早提出其中的尾評不都是顧璘本人注的，至少有何景明和李夢陽二人所批的。此說法來自孫琴安著：《唐詩選本六百種提要》（西安：陝西人民教育出版社，1987年），頁104。陳國球先生也認為李夢陽應該曾經批點過《唐音》。此說法出自陳國球著：《明代復古派唐詩論研究》（北京：北京大學出版社，2007年），頁172、173。張天羽在其碩士本文第二章第三節通過比較其版本及批語，得出結論：《批點唐音》的批點者可能是多人，它的主要批點人仍是顧璘，還包括李夢陽、何景明及其他人。詳情參見張天羽：《唐音及其接受研究》（雲南民族大學碩士論文，2016年3月），頁43～46。

〔註188〕「鄭聲」原指春秋戰國時鄭國的音樂，因與孔子等提倡的雅樂不同，故受儒家排斥。此後，凡與雅樂相背的音樂，甚至一般的民間音樂，均為崇「雅」黜「俗」者斥為「鄭聲」。此處顧璘將溫庭筠詩比作「鄭聲」亦是因為其詩流於淺俗。根據顧璘批點《唐音》時所流露出的詩學主張與審美趨勢便可看出其尊崇復古思想。有關顧璘復古思想可參閱董文祥：《顧璘復古詩學研究》（湘潭大學碩士論文，2016年4月）。

「綠昏晴氣春風岸，紅漾輕輪野水天」，〈詠檜〉：「長廊
夜靜聲疑雨，古殿秋深影類雲」，真令人謖謖在耳，忽忽
在目。〔註189〕

以上3則資料，可從兩方面觀之：

第一，賀裳不喜溫庭筠穠麗在外，貧瘠在裡之詩。引文1中賀裳
指出溫庭筠之七言古詩過於追求辭藻雕琢，其詩歌外在看似典麗，但
細觀之，則外腴內枯、外強中乾。賀裳以〈懊惱曲〉〔註190〕為例，所
引之句以歌頌焦仲卿與劉氏伉儷情深，堅貞不渝的愛情，賀裳認為其
詩語誠警麗，但細思並無深意。隨後又以〈塞寒行〉〔註191〕、〈照影
曲〉〔註192〕、〈蓮浦謠〉〔註193〕、〈織錦詞〉〔註194〕四首詩之結尾二
句為例，評價溫庭筠之詩皆「意淺體輕，然實秀色可餐」，同時提出「應
對之才，不必督之幹理；蛾眉之質，無俟繩之井臼也」〔註195〕。

第二，賀裳能夠注意到溫庭筠詩集中仍有可取之處。如引文2，賀
裳指出溫庭筠短律多警句〔註196〕。引文3則舉例說明溫庭筠七言近體

〔註189〕以上3則引文皆出自清‧賀裳《載酒園詩話》卷四，評晚唐詩人「溫
庭筠」條，頁372、373。

〔註190〕引自唐‧溫庭筠著；清‧曾益等箋注；王國安標點：《溫飛卿詩集箋
注》（上海：上海古籍出版社，2008年4月），頁51。

〔註191〕引自唐‧溫庭筠著；清‧曾益等箋注；王國安標點：《溫飛卿詩集箋
注》，頁22、23。

〔註192〕引自唐‧溫庭筠著；清‧曾益等箋注；王國安標點：《溫飛卿詩集箋
注》，頁16、17。

〔註193〕引自唐‧溫庭筠著；清‧曾益等箋注；王國安標點：《溫飛卿詩集箋
注》，頁5。

〔註194〕引自唐‧溫庭筠著；清‧曾益等箋注；王國安標點：《溫飛卿詩集箋
注》，頁3。

〔註195〕蓋賀裳此句之意應是勸慰論詩者不必強求：擅長唱酬應對之人，不能要
求其有幹練理事之才；如女子有蛾眉之質，便不要期待她能操持家務。

〔註196〕賀裳評溫庭筠短律：「〈題盧處士居〉：『千峰隨雨暗，一徑入雲斜。』
〈贈越僧岳雲〉：『一室故山月，滿瓶秋澗泉。』〈題采藥翁草堂〉：『衣
濕木棉雨，語成松嶺煙。』〈題造微禪師院〉164：『照竹燈和雪，看
松月到衣。』〈盧氏池上遇雨贈同遊者〉：『萍皺風來後，荷喧雨到時。』
清不減賈，潤更過之。世徒稱其「雞聲茅店月，人跡板橋霜」，殊未

亦有佳句，賀裳列舉〈重遊圭峰宗密禪師精廬〉〔註197〕、〈韋壽博書齋〉、〈西江上送漁父〉三首詩，並評溫庭筠形容之貼切，令人不問也可知所描繪人之職業。賀裳讚賞溫庭筠〈經李徵君故居〉、〈敬答李先生〉、〈詠檜〉三首詩寫景之語，認為其「令人謖謖在耳，忽忽在目」。

3. 李商隱

晚唐國勢日下，朝政危亂；藩鎮割據、宦官專權、朋黨相爭。處於這種態勢的文人，艱難更倍於承平盛世。〔註198〕葛曉音《唐詩宋詞十五講》中論李商隱時，便提到：「他的詩歌中最有特色的是政治諷刺詩與愛情詩兩大類。」〔註199〕賀裳對李商隱詩之評價，便也從此兩類詩之對比開始：

> 義山綺才豔骨，作古詩乃學少陵，如〈井泥〉、〈驕兒〉、〈行次西郊〉、〈戲題樞言草閣〉、〈李肱所遺畫松〉，頗能質樸。然已有「鏡好鸞空舞，簾疏燕誤飛」，「十五泣春風，背面秋千下」諸篇，正如木蘭雖兜牟衣兩襠，馳逐金戈鐵馬問，神魂固猶在鉛黛也，一離沙場，即視尚書郎不顧，重復理鬢貼花矣。〔註200〕

引文中賀裳將李商隱之政治諷刺詩與愛情詩比作木蘭戰沙場與貼花黃，認為木蘭就算拼殺於戰場之中，但仍舊是位女子，一離開沙場便又「對鏡貼花黃」，下面分別討論賀裳論李商隱兩類詩之語：

賀裳論李商隱之政治諷刺詩，以〈井泥四十韻〉、〈驕兒詩〉、〈行次西郊作一百韻〉、〈戲題樞言草閣三十二韻〉、〈李肱所遺畫松詩書兩

　　　嘗全鼎之味。又〈巫山神女廟〉曰：「曉峰眉上色，春水臉前波。」尤纖刻可喜。」清・賀裳《載酒園詩話》卷四，評晚唐詩人「溫庭筠」條，頁373。

〔註197〕引自唐・溫庭筠著；清・曾益等箋注；王國安標點：《溫飛卿詩集箋注》，頁78。

〔註198〕詳見胡師幼峰：〈吳喬對李商隱詩歌的評價〉，《輔仁學誌・文學院之部》，第25期（1996年7月），頁1～16。

〔註199〕語出自葛曉音著：《唐詩宋詞十五講》第八講〈晚唐詩壇的餘暉〉，頁177。

〔註200〕清・賀裳《載酒園詩話》卷四，評晚唐詩人「李商隱」條，頁374。

紙得四十韻〉五首為例，下面試分析前三首：〈井泥四十韻〉〔註201〕此詩以井泥起興，深刺世之沉淪下才而幸居高位者。李商隱以井泥之變興身世之悲，並感歎舜禹以下，古今升沉變態，難以理斷。〈驕兒詩〉〔註202〕則是李商隱寫給兒子李袞師之詩，詩中大量篇幅描寫兒童日常生活細節，筆端充滿自豪之情。但同時通過對幼子未來的擔憂，希望他不要像自己一樣死啃經書，一事無成，暗中隱喻自己懷才不遇的悲憤。〈行次西郊作一百韻〉〔註203〕則可以看作是李商隱作詩學杜的明顯標誌，此詩自構思、表現手法上與杜甫〈北征〉〔註204〕、〈自京赴奉先縣詠懷五百字〉〔註205〕十分相似：均是以詩人途中所見所聞為題材，以長篇敘事的方式描寫出當時民生凋敝、社會混亂之現象，進而抒發自己的政治觀點。

　　賀裳論李商隱愛情詩，以〈效長吉〉〔註206〕與〈無題二首〉（其一）〔註207〕為例，試觀二詩：〈效長吉〉一詩，從詩題可看出李商隱效仿李賀詩風的一篇作品，此詩首二句描寫宮娥打扮之精心細緻，也顯

〔註201〕出自唐・李商隱著；清・朱鶴齡箋注；田松青點校：《李商隱詩集》（上海：上海古籍出版社，2015 年 6 月），頁 334～337。

〔註202〕出自唐・李商隱著；清・朱鶴齡箋注；田松青點校：《李商隱詩集》（上海：上海古籍出版社，2015 年 6 月），頁 325～328。

〔註203〕出自唐・李商隱著；清・朱鶴齡箋注；田松青點校：《李商隱詩集》（上海：上海古籍出版社，2015 年 6 月），328～334。

〔註204〕杜甫〈北征〉一詩，作於安史之亂爆發第二年，詩人以歸途中和回家後的親身見聞作題材，敘述安史之亂中民生凋敝、國家混亂的情景，陳述自己對時事的見解。而表現手法上，以賦為主，兼有比興。

〔註205〕〈自京赴奉先縣詠懷五百字〉一詩，則是杜甫被授右衛率府冑曹參軍不久，由長安往奉先縣探望妻兒時所作。以自己途中見聞與感受，形象揭示出貧富懸殊的社會現實。詩歌反映人民的苦難，揭露執政集團的荒淫腐敗。

〔註206〕〈效長吉〉：「長長漢殿眉，窄窄楚宮衣。鏡好鸞空舞，簾疏燕誤飛。君王不可問，昨夜約黃歸。」出自唐・李商隱著；清・朱鶴齡箋注；田松青點校：《李商隱詩集》，頁 249。

〔註207〕〈效長吉〉：「長長漢殿眉，窄窄楚宮衣。鏡好鸞空舞，簾疏燕誤飛。君王不可問，昨夜約黃歸。」出自唐・李商隱著；清・朱鶴齡箋注；田松青點校：《李商隱詩集》，頁 75。

示出期望博得君王寵幸的迫切心情。後又以「鸞」、「燕」做比喻，藉以形容女子的美麗，同時也寫出宮娥室中無人的孤寂幽怨。末二句寫宮娥之無奈，只能作為王權的附庸，由君王之喜怒哀樂決定自己的命運。〈無題二首〉（其一）則細緻描寫一位少女自八歲「偷照鏡」到待字閨中的生活經歷，以少女懷春之幽怨苦悶，喻少年才士渴求仕進遇合之心情。

　　綜合上述分析，可以看出賀裳雖對李商隱政治諷刺一類詩有所讚賞，認為其「頗能質樸」，但其詩歌風格終是「綺才艷骨」，有如木蘭在戰場上殺敵再猛，最後也仍舊拒絕尚書郎之位，回家「理鬢貼花」。李商隱詩之風格，自晚唐便起多以「綺麗」評之。宋初楊億《楊文公談苑》中評價李商隱詩「富於才調，兼極雅麗，包蘊密致，演繹平暢」〔註208〕，南宋范溫則指出義山詩除「巧麗」外，兼具深遠意境「高情遠意」〔註209〕。至清代，錢謙益也認為李商隱之詩「其心肝腑臟竅穴筋脈，一一皆綺組絇繡排纂而成，泣而成珠，吐而成碧，此義山之艷也」〔註210〕，總結李商隱詩歌字字華麗，有「好艷」之特色。

　　此外，賀裳還關注到李商隱詩歌之特色，摘其重點如下：

1. 魏、晉以降，多工賦體，義山猶存比興。如〈槿花〉詩曰：「風露淒涼秋景繁，可憐榮落在朝昏。未央宮裡三千女，但保紅顏莫何恩。」因槿花之易落，而感女色之易衰，此興而兼比者也。

2. 義山之詩，妙於纖細，如〈全溪作〉：「戰蒲知雁唼，皺月覺魚來」，〈晚晴〉：「並添高閣迥，微注小窗明」，〈細雨〉：「氣涼先動竹，點細未開萍。」然亦有極正大者，如〈蕭

〔註208〕語出宋・江少虞：《宋朝事實類苑》卷三十四（上海：上海古籍出版社，1981年），頁2450。

〔註209〕宋・范溫：《潛溪詩眼》，收錄於劉學鍇、余恕誠、黃世中編：《李商隱資料彙編》（北京：中華書局，2004年），上冊，頁24。

〔註210〕清・錢謙益著；清・錢曾箋注；錢仲聯標校：《牧齋有學集・題馮子永日草》（上海：上海古籍出版社，1996年），頁1576。

皇帝挽辭〉：「小臣觀吉從，猶誤欲東封」，〈過故崔充海宅
與崔明秀才話舊因寄趙杜李三椽〉：「莫憑無鬼論，終負托
孤心」，惻然有攀髯號泣及良士不負死友之志，非溫所及。

3. 義山好作豔詞，多入褻昵之態。如〈可歎〉一詩：「幸會
東城宴未回，年華憂共水相催。梁家宅裡秦宮入，趙後樓
中赤鳳來。冰簟且眠金鏤枕，瓊筵不醉玉交杯。宓妃愁坐
芝田館，用盡陳王八斗才。」通篇皆鶉奔鵲疆之旨，此則
刺淫，非導欲也。〔註211〕

引文 1 賀裳認為魏、晉以後詩人多工賦體，言下之意是說漢、魏、晉
詩歌以比興為主，李商隱繼承其傳統，並以〈槿花〉〔註212〕詩為例。
賀裳認為此詩「興而兼比」，蓋因李商隱以木槿朝開夕凋之意，以喻宮
女紅顏易逝，用自然事物的變化隱喻人的不幸命運。引文 2 中賀裳則
以〈子初全溪作〉、〈晚晴〉、〈細雨〉〔註213〕三首詩為例，指出李商隱
之詩妙於纖細柔美，但賀裳同時發現李商隱亦有正大之詩，如〈昭肅皇
帝挽歌辭三首〉〔註214〕（其二）有「攀髯號泣」〔註215〕之志，〈過故
崔充海宅與崔明秀才話舊因寄趙杜李三椽〉〔註216〕則有賢士交情甚

〔註211〕清·賀裳《載酒園詩話》卷四，評晚唐詩人「李商隱」條，頁374。
〔註212〕李商隱〈槿花〉詩前二句寫木槿在涼秋中綻放，只可惜朝開暮落、不
能長久，末二句言宮女為爭得皇上恩寵親幸，千方百計讓容顏青春長
駐，卻空保紅顏而仍不能得歡於皇上。「未央宮裡三千女」一句用《漢
武故事》：「上起光明宮，發燕趙美女三千人充之，建章、未央、長樂，
三宮皆輦道相屬。」之事。出自唐·李商隱著；清·朱鶴齡箋注；田
松青點校：《李商隱詩集》，頁192。
〔註213〕以上三首詩，分別出自唐·李商隱著；清·朱鶴齡箋注；田松青點校：
《李商隱詩集》，頁52、151、216。
〔註214〕出自唐·李商隱著；清·朱鶴齡箋注；田松青點校：《李商隱詩集》，
頁188。
〔註215〕「攀髯號泣」：傳說黃帝鑄鼎於荊山下，鼎成，有龍下迎，黃帝乘之升
天，群臣後宮從上者七十餘人。餘小臣不得上龍身，乃持龍髯，而龍髯
拔落，並墮黃帝之弓。百姓遂抱其弓與龍髯而號哭。後用「攀髯」等為
追隨皇帝或哀悼皇帝去世的典故。出自《史記》卷二十八〈封禪書〉。
〔註216〕出自唐·李商隱著；清·朱鶴齡箋注；田松青點校：《李商隱詩集》，

篤，至死不負之意。引文 3 中賀裳評價之詩好作艷詞，多有輕佻之態，他以〈可歎〉一詩為例。〈可歎〉詩頷聯先後用漢代梁冀之妻孫壽私通一事以及漢成帝皇后趙飛燕與燕赤鳳私通之事〔註217〕，頸聯之語描寫極其香艷，尾聯又以曹植、甄宓一事作結。賀裳評此詩「通篇皆鶉奔鵲疆之旨」，其中「鶉奔鵲疆」一語應指《詩經‧鄘風‧鶉之奔奔》中「鶉之奔奔，鵲之彊彊」〔註218〕，賀裳認為李商隱〈可歎〉一詩，乃是「刺淫」〔註219〕之詩，並非導欲之詩。

　　賀裳常將溫庭筠、李商隱二人合而論之，如他曾在評「溫庭筠」一條中，他曾將溫、李二人之文學成就、生平作對比：

> 余嘗戲較溫、李一生，截長補短，差足相當，詩歌箋啟，兩皆四敵。究生平所缺者，溫不見古文，李則無小詞；溫終困一科名，李未聞有賢子。〔註220〕

賀裳認為溫、李二人一生「差足相當」。賀裳首先對比溫、李二人文學成就：溫庭筠精通音律、詩詞兼工，而李商隱不僅擅長詩歌寫作，其駢文價值頗高，是以賀裳評之「溫不見古文，李則無小詞」。隨後，賀裳對比溫、李二人生平：溫庭筠恃才不羈，好譏刺權貴，多犯忌諱，又不受羈束，因此得罪權貴，屢試不第，一生坎坷。而李商隱多年在外遊歷，夫妻聚少離多，妻子王氏又早逝，給李商隱極大打擊。此外賀裳還

頁 245。

〔註217〕《梁冀傳》：「冀愛監奴秦官，官至太倉令，得出入妻孫壽所。壽見官，輒屏御者，託以言事，因與私焉。」《飛燕外傳》：「後所通官奴燕赤鳳，雄健能超觀閣，兼通昭儀。赤鳳始出少嬪館，後適來幸。是日，連臂踏地，歌《赤鳳來》曲。」出自唐‧李商隱著；清‧朱鶴齡箋注；田松青點校：《李商隱詩集》，頁 112。

〔註218〕語出自《詩經‧鄘風‧鶉之奔奔》，見王秀梅譯注：《詩經（上）》，頁 97。

〔註219〕〈鶉之奔奔〉一詩經常被人們看作是諷刺衛國國君之詩，如毛《序》：「《鶉之奔奔》，刺衛宣姜也。衛人以為宣姜鶉鵲之不若也」鄭《箋》載：「刺宣姜者，刺其與公子頑為淫亂行，不如禽鳥。」認為《鄘風‧鶉之奔奔》諷刺衛宣姜與公子頑的亂倫行為。

〔註220〕出自清‧賀裳《載酒園詩話》卷四，評晚唐詩人「溫庭筠」條，頁 373。

將溫李二人之詩作比較：

1. 溫不如李，亦時有彼此互勝者。如義山〈隋宮〉詩「玉璽
   不緣歸日角，錦帆應是到天涯」，飛卿〈春江花月夜〉曰
   「十幅錦帆風力滿，連天展盡金芙蓉」，雖竭力描寫豪奢，
   不及李語更能狀其無涯之欲。至結句「地下若逢陳後主，
   豈宜重問〈後庭花〉」，較溫「後主荒宮有曉鶯，飛來只隔
   西江水」，則溫語含蓄多矣。〔註221〕

2. 溫、李俱有〈七夕〉詩，李曰「清漏漸移相望久，微雲未
   接過來遲」，溫曰「蘇小橫塘通桂楫，未應清淺隔牽牛」，
   皆妙於以荒唐事說得十分真實。〔註222〕

引文1中賀裳指出，溫不如李，但二人之詩卻有彼此「互勝」的現象
存在。賀裳將李商隱〈隋宮〉詩與溫庭筠〈春江花月夜〉詩作對比，
指出溫庭筠「十幅」〔註223〕二句雖極力描寫隋煬帝之奢侈，卻不如
李商隱「玉璽」〔註224〕二句更能狀其無涯之欲。而結句則溫庭筠「後
主」二句較李商隱更為含蓄：「後主荒宮有曉鶯，飛來只隔西江水」
二句以陳後主荒宮之曉鶯僅需飛過一條西江水就能到隋煬帝的江都
皇宮，喻示隋煬帝荒淫無道，距離亡國也不甚遠。而李商隱「地下若
逢陳後主，豈宜重問〈後庭花〉」二句，則雖也用〈後庭花〉〔註225〕

〔註221〕出自清・賀裳《載酒園詩話》卷四，評晚唐詩人「溫庭筠」條，頁373。
〔註222〕出自清・賀裳《載酒園詩話》卷四，評晚唐詩人「李商隱」條，頁374。
〔註223〕溫庭筠「十幅錦帆風力滿，連天展盡金芙蓉」：此二句描寫隋煬帝遊
江都不乘車馬而乘船，船隻之多使其船帆上所繡的芙蓉花連天展盡，
藉此諷諭隋煬帝驕奢淫逸。
〔註224〕李商隱「玉璽不緣歸日角，錦帆應是到天涯」中「日角」應指太宗皇
帝，《東觀漢記》：「光武隆准日角」鄭玄《尚書中侯》注：「日角，謂
庭中骨起，狀如日。」《舊唐書》：「太宗年四歲，有書生相之曰：『龍
鳳之姿，天日之表。』」隨後又《開河記》之事：「煬帝御龍舟，幸江
都，軸轤相繼，自大堤至淮口，聯綿不絕。錦帆過處，香聞十里」此
二句言神器若是不歸太宗，則帝之佚遊應不只江都而已。出自唐・李
商隱著；清・朱鶴齡箋注；田松青點校：《李商隱詩集》，頁61。
〔註225〕〈後庭花〉即南朝亡國之君後主陳叔寶所作宮體詩〈玉樹後庭花〉，

一事，但語意淺顯，缺乏含蓄之美。引文 2 賀裳對比溫、李二人同寫「七夕」主題之詩，溫庭筠〈七夕〉〔註226〕與李商隱〈辛未七夕〉二詩皆妙，妙在將荒唐之事描寫的十分真實。以李商隱〈辛未七夕〉〔註227〕一詩為例：「清漏」二句寫牛郎織女二人急切盼望著相會時刻的到來，但時間過得太慢，於是二人久久相望，但那些連接兩岸的雲氣尚未接通，所以他們遲遲也未能過河相會。李商隱即事即景抒情，將有關節日的傳說、習俗同自身處境、思想感情巧妙揉合在一起，借彼言此，渾然一體。

第二節　論宋代

賀裳進行宋詩批評前，已於〈唐宋詩話緣起〉一文中闡明其評價宋詩之原因：

> 余讀前輩遺言，尤薄宋人，然宋人之詩，實亦數變，非可一概視之。至如近人之稱許宋詩，不過喜其尖新僄淺，乃南宋中陸務觀一家，亦未能深窺宋人本末也。〔註228〕

引文可以看出，賀裳不滿於前朝詩家對於宋詩的一味鄙薄。明代自李夢陽、何景明等前後七子提出「文必秦漢、詩必盛唐」〔註229〕後，詩

《隋遺錄》：「隋煬帝在江都，昏湎滋深。嘗游吳公宅雞台，恍忽與陳後主相遇，尚喚帝為殿下。後主舞女數十中一人迥美，帝屢目之，後主云：『即麗華也。』因請麗華舞〈玉樹後庭花〉，麗華徐起，終一曲。」出自唐·李商隱著；清·朱鶴齡箋注；田松青點校：《李商隱詩集》，頁 62。

〔註226〕引自唐·溫庭筠著；清·曾益等箋注；王國安標點：《溫飛卿詩集箋注》，頁 100。

〔註227〕李商隱〈辛未七夕〉全詩為：「恐是仙家好別離，故教迢遞作佳期。由來碧落銀河畔，可要金風玉露時。清漏漸移相望久，微雲未接過來遲。豈能無意酬烏鵲，惟與蜘蛛乞巧絲。」出自唐·李商隱著；清·朱鶴齡箋注；田松青點校：《李商隱詩集》，頁 90、91。有關李商隱此詩之賞析，參攷宋緒連編選：《三李詩鑒賞辭典》（長春：吉林文史出版社，1992 年），頁 1030～1032。

〔註228〕清·賀裳著：〈唐宋詩話緣起〉，收入《清詩話續編》，頁 399。

〔註229〕語出自《明史》卷 286《李夢陽傳》。

壇極力排斥宋詩。《四庫全書總目》中論及明代詩歌流派時，也提到：
「是正德、嘉靖、隆慶之間，李夢陽、何景明等城起於前，李攀龍、王
世貞等奮發於後，以復古之說，遞相喝和，導天下無讀唐以後書，天下
響應」〔註230〕。而此種現象，清代詩論家也有提及，如宋犖（1634～
1714）「明自嘉、隆以後，稱詩家皆諱言宋，至舉以相訾謷，故宋人詩
集，庋閣不行。」〔註231〕清‧吳之振（1640～1717）：「自嘉、隆以還，
言詩家尊唐而黜宋，宋人集，覆瓿糊壁，棄之若不克盡。」〔註232〕可
以看出，在七子力倡「詩必盛唐」的詩學氛圍下，宋詩之價值及地位被
一概抹殺，沒有得到客觀公正的評價。對於這種形勢，賀裳則提出「宋
人之詩，實亦數變，非可一概視之」之觀點。

　　同時，賀裳還提到清初詩家「稱許宋詩」僅推陸游之詩，賀裳在
論「陸游」一條中也同樣提出此觀點：

　　　　天啟、崇禎中，忽崇尚宋詩，迄今未已。究未知宋人三百年

　　　　間本末也，僅見陸務觀一人耳。實則務觀勝處，亦未能知，

　　　　止愛其讀之易解，學之易成耳。〔註233〕

他認為自天啟年間到康熙末年這麼長時間，陸游詩風都長盛不衰。不
過是「未知宋人三百年間本末」，而論詩者追捧陸游，也並非是因其詩
之妙，不過是「喜其尖新儇淺」且又「讀之易解，學之易成」。

　　為「窺宋詩本末」，賀裳於《載酒園詩話》中列一卷專評宋代詩
人，其所評詩人凡 92 家，共 98 人，其範圍寬宏廣泛〔註234〕，涵蓋

〔註230〕 《四庫全書總目》卷 190。
〔註231〕 語出自清‧宋犖《漫堂說詩》收錄於清‧王夫之等撰：《清詩話（上
　　　　 冊）》（上海：上海古籍出版社，1978 年 9 月），頁 416。
〔註232〕 清‧吳之振著：《宋詩鈔》（北京：中華書局，1986 年），頁 3。
〔註233〕 出自清‧賀裳《載酒園詩話》卷五，評宋代詩人「陸游」條，頁 453。
〔註234〕 賀裳《載酒園詩話》卷五所評宋代詩人身份多樣，既有兼詩人、官員
　　　　 或政治家的寇准、晏殊、韓崎、蔡襄、歐陽修、王安石、司馬光、范
　　　　 成大、文天祥、梅堯臣、曾鞏等，也有詩僧：僧惠崇、僧宇昭、釋惠
　　　　 洪，隱士：魏野、林逋、林景熙、謝翱，理學家：邵雍、劉子翬、朱
　　　　 熹、葉適等。

宋代不同階層之詩人，且涉及到宋代主要詩歌流派〔註235〕。賀裳評價宋代詩人之體例與其評唐代相同，亦是以史為序，以人為綱。為直觀展現賀裳的宋詩批評觀，下文同樣以列表的方式，將賀裳所評詩人、批評對象、主要評語以及批評方法臚列出來，賀裳對宋代詩人之評價製表如下：

序號	所評詩人	作　　品	主要評語	批評方式
1	王禹偁 （954～1001）	〈秋居幽興〉、〈春日官舍偶題〉、〈題張處士溪居〉、〈贈潘閬〉、〈寄金鄉張贊善〉、〈贈湖州張錄事〉	秀韻天成，常有臨清流、披惠風之趣；雖學樂天，然得其清，不墮其俗，此善於取材者也。	直接批評、比喻
2	寇準 （961～1023）	〈江南春‧波渺渺〉、〈巴東驛秋日晚望〉	善寫迷離之況	直接批評
3	李建中 （945～1013）	〈懷湘南舊遊〉	全學晚唐，故氣格不高，中聯特多秀色； 李建中、楊徽之、趙湘之詩語尤清麗； 王操詩固有清韻。	直接批評、對比批評
4	楊徽之 （921～1000）	〈漢陽晚泊〉、〈僧舍〉		
5	趙湘 （959～993）	〈春夕〉		
6	王操 （生卒年不詳）	〈上李昉相公〉		

〔註235〕宋代主要詩歌流派都在賀裳所評之列，如宋初西昆派之領袖人物：楊億、劉筠、錢惟演；有江西詩派之重要使人：黃庭堅、陳師道、陳與義、呂本中；有南宋中興四大詩人：陸游、尤袤、楊萬里、范成大；有四靈詩派：趙師秀、翁靈舒、徐靈璣、徐靈暉；有宋末江湖派，如劉克莊、謝翱等。

7	潘閬 （971～ 1009）	〈夏日宿西禪院〉、〈渭上秋夕閒望〉、〈落葉〉	詩不多見，大都本於唐僧無可，間有詼氣。	直接批評、引用、典故
8	魏野 （960～ 1020）	〈述懷〉、〈春日述懷〉、〈書逸人俞太中屋壁〉	魏野有俊句而體輕，輕則易率，率則易俗。； 曹良弼、魯交亦多清氣。	直接批評
9	曹良弼 （生卒年不詳）	〈過友人隱居〉		
10	魯交 （生卒年不詳）	〈江干〉		
11	林逋 （967～ 1028）	〈孤山寺〉、〈峽石寺〉、〈深居雜興六首〉其一、〈孤山後寫望〉、〈送文光師遊天台〉、〈虢略秀才以七言四韻詩為寄輒敢酬和幸惟采覽〉、〈聞靈皎師自信州歸越以詩招之〉、〈寄題歷陽馬仲文水軒〉、〈榮家鶴〉	泉石自娛，筆墨得湖山之助，故清綺絕倫；惜帶晚唐風氣，未免調卑句弱。	直接批評、對比批評
12	僧惠崇 （965～ 1017）	〈池上鷺分賦得明字〉、〈訪楊雲卿淮上別墅〉、〈上谷相公池上〉、〈宿東林寺〉、〈隱靜寺〉、〈早行〉、〈秋夕〉、〈贈李道士〉、〈楊秘監池上〉、〈寄白閣能上人〉、〈瓜洲亭子〉、〈國清寺秋居〉	不惟語工，兼多畫意，但以不見全詩為恨。	引用、直接批評
13	僧宇昭 （約975前後在世）	〈寄題武當郡守吏隱亭〉、〈幽居即事〉	宋初九僧詩，惠崇其七也，僧宇昭居第八；語尤工蒨。	直接批評
14	楊億 （974～ 1020）	〈梨〉、〈偶書〉	三人詩皆甚雋永，不應居官，經營位置。	直接批評

15	錢惟演 （977～ 1034）	〈苦熱〉、〈句〉		
16	劉筠 （971～ 1031）	〈題林處士肥上新屋壁〉		
17	晏殊 （991～ 1055）	〈浣溪沙〉、〈假中示判官 張寺丞王校勘〉、〈安昌 侯〉、〈送人知洪州〉	晏自作詩，實昆體也； 其詩差者入俗，佳者真 警練精切。	直接批評
18	李宗諤 （964～ 1012）	〈南朝〉	組練不及錢筠、劉惟 演，惟末句發所未發， 頗有新意。	直接批評、 對比批評
19	宋庠 （996～ 1066）	〈落花〉、〈春夕〉	大宋思路曲而細，用 字甚妙；	直接批評
20	宋祁 （998～ 1061）	〈春宴北園三首〉其一、 〈十日宴江瀆亭〉、〈寒食 假中〉、〈把酒〉、〈出守還 拜承旨〉	小宋鏤刻似遜於兄， 韻度殊勝。	
21	韓琦 （1008～ 1075）	〈春陰馬上〉	韓琦詩大是風致	直接批評、 對比批評
22	趙抃 （1008～ 1084）	〈除夜宿臨江縣言懷〉、 〈和虔守任滿入香林寺 餞別〉	趙詩尤尚平澹，有清 味可啜。	
23	蔡襄 （1012～ 1067）	〈至和雜書五首·八月一 日〉、〈宿延平津〉、〈夏晚 南墅〉、〈嵩陽道中〉、〈新 雁詩〉、〈龍門香山寺〉、 〈憶從尹師魯宿香山石 樓〉、〈春日〉、〈鄱陽行〉、 〈入天竺山留客〉	蔡君謨本學西昆，後 溺於歐、梅，始變其 體，然五言古外，即洗 滌不盡； 其幽思藻句，亦自不可 一概抹殺； 寫景甚工； 惟《鄱陽行》可備采風。	對比批評、 直接批評、 引用
24	余靖 （1000～ 1064）	〈子規〉、〈晚至松門僧舍 懷寄李太祝〉、	〈子規〉詩真入唐人 三昧，惜全篇平平； 學賈島、姚合，此尚仍 其習。	直接批評、 對比批評

25	歐陽修 （1007～ 1072）	〈廬山高贈同年劉中允歸南康〉、〈明妃曲和王介甫作〉、〈再和明妃曲〉、〈飛蓋橋望月〉 近體詩：〈懷嵩樓新開南軒與郡僚小飲〉、〈三百赴宴口占〉、〈蘇主簿洵挽歌〉、〈游石子澗〉、〈曉詠〉、〈送目〉、〈詠柳〉、〈大行皇帝發引詞〉、〈寄秦州田元均〉	古詩苦無興比，惟工賦體耳； 敘事處亦其得也； 所惜意隨言盡，無復餘音繞梁之意； 本一秀冶之筆，忽爾嗜痂，竟成逐臭，開後人無數惡習； 作近體詩，雖慕平淡，逸韻自饒。	直接批評、對比批評、比喻、引用
26	蘇舜欽 （1008～ 1049）	〈中秋吳江新橋對月〉、〈淮中晚泊犢頭〉	其詩粗豪殊甚； 佳處稍有清氣。	對比批評
27	梅堯臣 （1002～ 1060）	〈朝二首〉其二、〈二月十日吳正仲遺活蟹〉、〈讀邵不疑學士詩卷杜挺之忽來因出示之且伏高〉、〈答裴送序意〉、〈送鄞宰王殿丞〉、〈贈陳無逸秀才〉、〈送甯鄉令張沇〉、〈放鶼〉、〈西湖晚步〉、〈李密學寄御棗〉、〈同韓玉汝謁裴如晦〉、〈夢後寄歐陽永叔〉、〈劉秀才歸河內〉、〈悼亡三首〉其一、〈春風〉、〈發勻陵〉、〈送胥裴二子回馬上作〉、〈夏日對雨〉、〈擬張九齡詠燕〉、〈送滕寺孫歸蘇州〉、〈依韻和希深遊大字院〉、〈東溪〉	雖尚平淡，其始猶有秀氣，中歲後始極不堪耳； 引朱熹言：「聖俞詩不是平淡，乃是枯槁」； 然汰其鄙俚，精搜雅潔，固自有佳者，真覺情事如見； 梅詩有極佳者，〈送滕寺孫歸蘇州〉真溫柔敦厚，唐三百年間，無此一篇也。	直接批評、比喻
28	陶弼 （1015～ 1078）	〈兵器〉、〈出嶺題石灰鋪後〉	素有盛名，其〈兵器〉詩，敘述和戎釀患，倉卒用兵之害，最為酸惻； 寫景可謂清絕。	直接批評

29	李覯 （1009～ 1059）	〈哀老婦〉	其傷心慘目不待言， 尤為婉摯； 敘述吏弊，則鄭俠〈流 民圖〉之所不及繪； 可備古今鑒戒，不當 以宋詩忽之。	直接批評、 對比批評
30	王安石 （1021～ 1086）	整體詩風 〈送喬執中秀才歸高 郵〉、〈送孫正之〉、〈日出 堂上飲〉、〈我欲往滄海〉、 〈詳定試卷二首〉其一、 〈偶成二首〉其一、〈愁 台〉、〈次韻和甫詠雪〉、 〈孟子〉、〈雨過偶書〉、 〈廣陵會三同舍〉、〈定林 寺〉、〈定林〉 七言律詩：〈開元僧舍〉、 〈大風次耿天騭韻〉、〈梅 花〉、〈寄陳正叔〉、〈金陵 懷古〉、〈送彥珍〉、〈寄張 先〉、〈寄友人〉、〈示妹〉、 〈葛溪驛〉、〈除夜寄舍 弟〉、〈江上〉、〈初晴〉	臨川詩，常令人尋繹 於語言之外，當其絕 詣，實自可興可觀，不 惟於古人無愧而已； 推為宋詩中第一，其 最妙者在樂府五言 古，七言律次之，七言 古又次之，五言律稍 厭安排，七言絕尤嫌 氣盛，然佳篇亦時在 也； 未執政前不勝感慨， 既執政，則深憤異議， 強項堅執，牢不可破； 作閒適詩，真無所不 妙； 律詩佳句殆不勝指， 與唐人無異。	直接批評、 對比批評
31	王珪 （1019～ 1085）	〈奉詔餞潞公出鎮西京〉	詞誠鉅麗，然尚不及 唐人早朝應制； 宮詞多佳，亦工於鋪 敘； 勸百而諷一，亦未易 言。	直接批評
32	舒亶 （1041～ 1103）	〈村居〉、〈曉舟即事〉	歎其清絕，而全篇不 見。	直接批評
33	方子通 （生卒年 不詳）	〈紅梅〉	誠善於刻劃，其詩好 於毛滂。	對比批評

34	司馬光 （1019～ 1086）	〈哭張子厚〉 五言律詩：〈哀李牧〉、〈馬 伏波〉、〈讀漢武本紀〉、 〈漢宮詞〉 〈酬邵堯夫見示安樂窩 中打乖吟〉、〈伏蒙留守相 公賜示陪太師潞公東田 宴集詩輒敢屬和〉、〈送朱 校理知濰州〉	余喜其清醇，亦一時 雅音；其詩最妙者，在 五言律。	直接批評、 對比批評
35	范純仁 （1027～ 1101）	〈寄香嚴海仙上人〉、〈贈 眉陽致政程浚少卿〉、〈和 吳仲庶游碑樓大慈二寺〉	其詩未能擺卻塵言； 然自多佳句。	對比批評、 直接批評
36	劉敞 （1019～ 1068）	〈荒田行〉	描寫廟堂貪功生事， 長吏趨承釀成隱患， 歷歷如見，固不特宋 事為然也。	直接批評、 對比批評
37	邵雍 （1012～ 1077）	〈月夜〉	〈月夜〉固自清嘉。	典故、比 喻、直接批 評
38	曾鞏 （1019～ 1083）	〈次道子中書問歸期〉、 〈人情〉、〈齊州閱武堂〉、 〈知己〉、〈過介甫歸偶成〉	傳曾子固不能詩，真 妄語耳； 其詩之佳不必言。	直接批評、 對比批評
39	鮮于侁 （1018～ 1087）	〈雜興三首〉其一、〈山 村〉、〈詠檜〉	詩直而婉，頗佳	直接批評、 對比批評
40	劉攽 （1023～ 1089）	〈茂陵徐生歌〉	詩多可觀，〈茂陵徐生 歌〉一詩，參透人情險 幻，不在元稹〈苦樂相 倚曲〉下。 然未脫宋氣。	直接批評、 對比批評、 故
41	鄭獬 （1022～ 1072）	〈采鳧茨〉	與沈遘〈漕舟〉同備采 風； 妙得風謠之遺。	對比批評
42	文同 （1018～ 1079）	〈起夜來〉、〈織婦怨〉、〈步 月〉、〈登山亭〉、〈屬疾梧 軒〉、〈運判南園瞻民閣〉、 〈漢州王氏林亭〉、〈梅花〉 〈極寒〉〈夜思寄蘇子平〉 〈和何靖山人海棠〉	詩至慶曆後，惟畏俚 俗； 文同善於修飾，不為 亂頭粗服之容； 致語之妙，尤清越也。	直接批評、 對比批評、 引用

| 43 | 蘇軾
（1037～
1101） | 〈聞子由不赴商州〉、〈倅杭時過陳州和柳子玉〉、〈陳述古邀往城北尋春〉、〈六月二十日夜渡海〉、〈書丹元子所示李太白真〉、〈鶴歎〉、〈惠州殘臘獨出〉、〈乘舟過賈收水閣〉、〈寒食雨二首〉、〈雨中看牡丹三首〉其一、〈楊公濟梅花詩〉、〈再和楊公濟梅花十絕〉、〈送楊傑〉、〈胡完夫母挽辭〉、〈次朱光庭初夏〉、〈哭王齐父平甫〉、〈題寶雞縣斯飛閣〉、〈重遊終南子由以詩見寄次韻〉、〈次韻柳子玉見寄〉、〈和邵同年戲贈賈收秀才三首〉其一、〈立秋日禱雨宿靈隱寺同周徐二令〉、〈次韻沈長官三首〉、〈余去金山五年而復至，次舊詩韻贈寶覺長老〉、〈次韻劉貢父李公擇見寄二首〉 | 坡公之美不勝言，其病亦不勝摘，大率俊邁而少淵水亭，瑰奇而失詳慎，故多粗豪處、滑稽處、草率處，又多以文為詩，皆詩之病。
然其才自是古今獨絕。
第一服其氣概；
詩本一往無餘，徐州後愈益縱恣；
坡詩常有全篇不佳，一二語奇絕者。 | 直接批評、比喻、對比批評 |
| 44 | 蘇轍
（1039～
1112） | 〈癸丑二月重到汝陰寄子瞻二首〉其一、〈春深三首〉其一、〈初到績溪視事三日出城南謁二祠遊石照偶成四小詩呈諸同官梓桐廟〉、〈次韻子瞻壽州城東龍潭〉、〈再和三首〉其一、〈久不作詩呈王適〉、〈次韻王鞏代書〉、〈送王恪知襄州〉、〈寄題趙㞦兀戲彩堂〉、〈喜侄邁還家〉、〈雜詩〉、〈次韻子瞻好頭赤〉、〈襄陽古樂府二首·野鷹來〉、〈上元〉、〈九日〉、〈葺居〉、〈題任氏大檜〉 | 蘇轍身分氣概，總不如兄，然瀟瀟俊逸，於雄姿英發中，兼有醇醲飲人之致；
雖亦遠於唐音，實宋詩之可喜者也；
長律尤多可喜；
和〈子瞻好頭赤〉一篇，真勝子瞻；
北歸潁上後，詩間雜詼諧，多涉筆成趣。 | 對比批評、直接批評、典故 |

45	秦觀 （1049～ 1100）	〈田居四首〉其一、〈次韻 裴仲謨和何先輩二首〉其 一、〈次韻參寥三首〉其三	秦觀〈田居〉詩，描寫 情景，亦有佳處，但篇 中多雜雅言，不甚肖 農夫口角，頗有驢非 驢、馬非馬之恨。	直接批評、 對比批評、 引用
46	晁補之 （1053～ 1110）	〈虛齋〉、〈視田贈弟〉	較秦觀有骨氣；大有 古音。	對比批評、 直接批評
47	黃庭堅 （1045～ 1105）	〈曲肱亭〉、〈殘句：春將 國豔薰花骨〉、〈弈棋二首 呈任漸〉、〈送舅氏野夫之 宣城二首〉其一、〈題落星 寺四首〉其一、〈和答錢穆 父詠猩猩毛筆〉、〈和師厚 接花〉、〈謝送碾壑源揀 芽〉	黃豫章詩頗能開闊， 清空平易； 清芬逼人； 使事處猶覺天趣洋 溢； 其詩病在好奇，又喜 使事，究其所得，實不 如楊、劉。	直接批評、 對比批評、 引用、比喻
48	陳師道 （1053～ 1102）	〈除官〉、〈雪〉、〈九日寄 秦覯〉、〈和黃預病起〉	用事切當；天然巧合， 不落色相； 言之太過，然意致頗 佳。	直接批評、 引用、典故
49	張耒 （1054～ 1114）	〈海州道中〉、〈廣化遇 雨〉、〈春日遣興二首〉其 一、〈十二月十七日移病 家居成五長句〉、〈和周廉 彥〉、〈和晁應之大暑書 事〉、〈登城樓〉、〈次張公 遠韻〉、〈春日雜書〉	蘇門六子，最喜文潛； 大是清越； 長律尤多秀句。	直接批評、 對比批評
50	賀鑄 （1052～ 1125）	〈題放鶴亭〉、〈茱萸灣晚 泊〉、〈漢上屬目〉	賀鑄工詞，其詩亦自 勝絕。	直接批評
51	晁沖之 （生卒年 不詳）	〈田中行〉、〈次二十一兄 韻〉、〈都下追感往昔因成 二首〉其一	饒有古趣；俊氣可掬。	直接批評
52	孔文仲 （1038～ 1088）	〈早行〉	歷敘旅途之慘，慰安 中帶有悲憫，悲憫處 仍懷安分止足，固是 端人之言。	直接批評

53	徐積 （1028～ 1103）	〈送王潛聖〉、〈和路朝奉 新居〉	徐積，高士也。其詩頗 有唐音，磊落中有風 度。	直接批評
54	唐庚 （1070～ 1120）	〈醉眠〉、〈雪意〉、〈憫 雨〉、〈初到惠州〉、〈湖上〉	論詩尤多可觀，讀其 詩，則又不能盡善； 篇中使事不無太多。	直接批評、 對比批評、 比喻
55	韓駒 （1080～ 1135）	〈和李上舍冬日書事〉、 〈夜泊寧陵〉	詞氣似隨句而降，漸 就衰颯，然恬讓之致 可掬； 閒於情致，而減於氣 格，詩雖不高，尚無惡 氣。	直接批評、 比喻、對比 批評、典故
56	劉跂 （1079 年 進士）	〈題半隱堂〉	才情原自不乏，亦甚 風致。	直接批評、 對比批評
57	韋冠之 （生卒年 不詳）	〈寄荊南故人〉		
58	釋惠洪 （生卒年 不詳）	〈石台夜坐〉、〈上元宿百 丈〉、〈酬伉上人〉、〈贈智 倫弟〉	僧詩之妙，無如洪覺 範者，此故一名家，不 當以僧論也。 五言古詩，不徒清風 逼人，用筆高老處，真 是如記如畫。 近體詩，俱秀骨嶷然。 惟帶禪和氣者不佳。	直接批評、 比喻
59	李綱 （1083～ 1140）	〈得家信報淮南飛蝗渡 江入浙歲事殊可憂感而 賦詩〉、〈記舊夢〉、〈汎舟 循惠間山水清絕〉、〈次韻 李似宗小圃〉	惓惓憂國，此真賢宰 相之言。	直接批評、 對比批評
60	汪藻 （1079～ 1154）	〈書寧川驛壁〉、〈醉別李 侍郎〉	意氣高曠，一往俊逸， 亦有大蘇仿佛；洒落 可喜。	直接批評、 對比批評

61	劉子翬 （1101～ 1147）	〈約致明入開善不至二首〉其一、〈和李巽伯春懷〉、〈巡寨偶書〉、〈防江行〉	敘述亂離及潰兵之害，真古今一轍；詞章徒健。	直接批評、對比批評
62	朱松 （1097～ 1143）	〈謁吳公路許借論衡復留一日戲作〉、〈送金確然歸弋陽〉、〈芍藥二首〉其二	長厚之氣藹然可掬；豐神婉媚	
63	張九成 （1092～ 1159）	〈課書〉	滿肚不合時宜，與子由〈東方書生行〉同意； 不名裂眥而談，全用嬉笑也。	直接批評、對比批評
64	沈與求 （1086～ 1137）	〈過吳江豁然閣〉、〈於潛道中〉	其詩尚多清氣，二詩殆可入畫。	直接批評
65	呂本中 （1084～ 1145）	〈柳州開元寺夏雨〉、〈西歸舟中懷通泰諸君〉	詩亦清政，惜多輕率；不無秀句，卒付頹然。	直接批評、對比批評
66	曾幾 （1084～ 1166）	〈癸未八月十四日至十六夜月色皆佳〉、〈雪作〉	天性粗劣，又復崇尚豫章，粗鄙矯揉；盈卷皆啴噪之音。	直接批評、對比批評、比喻
67	陳與義 （1090～ 1139）	〈雨晴〉、〈以事走郊外示友〉、〈觀江漲〉、〈送熊博士赴里安令〉	詩以趣勝，俊氣不可掩； 雖格調不足言，頗為入情也。	直接批評、對比批評
68	陳淵 （1067～ 1145）	〈曉登嚴陵釣台〉	詩勝陳與義； 意氣不凡，下語亦甚新警。	
69	范浚 （1102～ 1150）	〈偶作〉	詩不多見，觀此胸襟，殊非碌碌者。	直接批評
70	周必大 （1126～ 1204）	〈上巳日周丞相少保來訪敝廬，留詩為贈〉	氣骨不高，而微有淹雅之度；詩有警句，然大都寒陋。	直接批評、對比批評

71	朱熹 （1130～ 1200）	〈次秀野雪後書事〉、〈次雪韻〉、	選晦翁詩，惟取多興趣者； 詩俱風致；自有佳句，非必字字牽入道理。	直接批評
72	陳傅良 （1137～ 1203）	〈寄陳同甫〉、〈冬夜感懷〉、〈送謝希孟歸黃巖〉	〈寄陳同甫〉讀之真欲淚下； 令聞者自思，不惟立意高。	直接批評、對比批評
73	葉適 （1150～ 1223）	〈白紵辭〉	善樂府，深得古意； 徊翔宛轉，無限風流。	直接批評
74	劉宰 （1167～ 1240）	〈猛虎行〉	曲折抑揚，備極剴暢； 古無此體，為創調，遂為李東陽樂府之祖。	直接批評
75	吳龍翰 （1229～ 1293）	〈樂府四首〉其一、〈俠客行〉	俱有樂府之遺。	直接批評、對比批評
76	洪適 （117～ 1184）	〈擬古十三首〉其二、其十	洪適深情秀致，在晚宋中固是烏群一鷺。	
77	裘萬頃 （？～ 1219）	〈雨後〉、〈出門〉、〈見雪〉	生於黃庭堅，不染其惡氣，大可敬也； 〈見雪〉一篇，尤見義烈之概。	直接批評
78	尤袤 （1127～ 1194）	〈海棠〉、〈苦雨〉	精工不在魯直之下，洵為典雅，實為大家	直接批評
79	楊萬里 （1127～ 1206）	〈送丘宗卿帥蜀〉、〈夜坐〉	論詩最多，讀其集，涉粗豪一路； 不惟精切，兼有風致。	直接批評

80	范成大 （1126～ 1193）	〈代聖集贈別〉、〈南徐道中〉、〈入秭歸界〉、〈鄂州南樓〉、〈再渡胥口〉、〈親戚小集〉、〈丙午新正書懷十首〉其一、〈乙未元日用前韻書懷，今年五十矣〉、〈病中夜坐呈致遠〉、〈兗州道中〉、〈冬日田園雜興〉、〈會同館·萬里孤臣致命秋〉、〈請息齋書事〉		杭宋則深喜范成大；其詩有似元、白者，有似許渾、韓偓者；出使金後之詩有羈留之議；絕句之工者，尤澹秀可愛。	直接批評、典故、比喻、對比批評
81	陸游 （1125～ 1210）	整體詩風 〈題少陵畫像〉、〈江樓醉中作〉、〈到嚴十五晦朔郡釀不佳求於都下既不時至欲借書讀之而寓公多秘不肯出無以度日殊惘惘也〉、〈後寓歎〉、〈書齋壁〉、〈遣興二首〉其一、〈感舊〉、〈對酒〉、〈小築〉、〈冬晴日得閒遊偶作〉、〈西窗〉		大抵才具無多，意境不遠，惟善寫眼前景物，而音節琅然可聽；一詩中必有一聯致語，間出新脆之句，亦時為激昂磊落之言，要惟七言近體有之，余不能爾。起結尤極草草，方言俗諺，信腕直書。	直接批評、比喻
82	李昴英 （1200～ 1257）	〈景泰寺〉		終不脫詞家本色。	直接批評
83	四靈	趙師秀 （1170～ 1219）	〈秋夜偶書〉、〈呈蔣薛二友〉、〈寄徐縣丞〉、〈延禧觀〉	趙師秀最為佼佼，詩句妙甚。	直接批評、對比批評
84		翁卷 （生卒年不詳）	〈次徐靈淵韻贈趙靈秀〉、〈寄題趙靈秀〉	翁卷長律有佳句。	
85		徐璣 （1162～ 1214）	〈孤坐〉、〈夏夜懷趙靈秀〉、〈夏日懷友〉	徐照瀑布詩，素號振拔，無愧作者。	
86		徐照 （？～ 1211）	〈石門瀑布〉	徐璣佳句，皆其項上之臠。	

87	嚴羽 （生卒年 不詳）	〈送客〉、〈廬陵客館雨霽 登樓言懷寄友〉		喜其言行相顧，不為 鸚鵡之效人語也。 古詩亦甚用功於太 白，惜氣力不逮耳。 短律有沈雲卿、岑嘉 州之遺，長律於高適、 李頎尤深。 獨樂府不能入古，彼 自得力於盛唐也。 精於紀律，有功詩學 不少，吾終不推為第 一，獨屬之介甫。	直接批評、 比喻、對比 批評
88	蕭彥毓 （生卒年 不詳）	〈西湖雜詠〉		雖有「西昌有客學南 昌」之號，似猶超出； 雖淺猶淨。	直接批評
89	趙蕃 （1143～ 1229）	〈秋雨感懷〉、〈哭蔡西 山〉、〈詠菊〉、〈呈葉德璋 司法〉		亦自佳，惜全篇入俗； 終俗而佻，深是可惜。	直接批評
90	劉克莊 （1187～ 1269）	〈暝色〉、〈早行〉、〈答翁 定被酒〉		詩形似西崑； 粗鹵者甚多，然〈暝 色〉、〈早行〉二詩瑜勝 於瑕，〈答翁定被酒〉 二篇，尤是全璧。	引用、直接 批評
91	江湖詩	韓南澗 （生卒年 不詳）	〈詠紅梅〉	一二語善者，但全篇 酸鄙； 戴式之人既無行，詞 亦鄙俚，詩固不乏佳 句，俱妙。	直接批評
92		韓澗泉（生 卒年不詳）	〈寒食〉		
93		戴復古 （1167～ 1248？）	〈寄尋梅〉、 〈秋夜旅 中〉、〈江濱曉 步〉、〈覺慈 寺〉、〈南安王 使君領客湛 泉流觴曲 水〉、〈寄上趙 南仲樞密〉其 一、〈清明感 傷〉		

94	王鎡 （生卒年 不詳）	〈谿村〉、〈寄友〉、〈宿香 巖院〉	法賈、姚，頗得遺意； 短律固佳。	直接批評
95	文天祥 （1236～ 1283）	〈雲端〉、〈和蕭安撫平林 送行韻〉、〈山中再次胡德 昭韻〉	大節如信公，不待詩 為重，信公能詩，則尤 可重耳。 詩有氣魄。	直接批評
96	林景熙 （1242～ 1310）	〈趙奧別業〉、〈溪行〉、 〈春暮〉、〈答鄭即翁〉、 〈贈天目吳君實〉、〈雲門 即事〉、〈詠秦本紀〉、〈夢 回〉	讀林景熙詩，真令心 眼一開； 真視唐人無愧，詩尤 清妙。	直接批評
97	唐涇 （生卒年 不詳）	〈江南西遷國之亡天也 歌以紀之（杭亡）〉、〈江 南〉、〈徙廣〉、〈徙海〉、〈崖 山〉	讀唐義士詩，真令人 泣下； 字字酸辛。	直接批評
98	謝翱 （1249～ 1295）	〈效孟郊體〉	公文亦似詩，得寒瘦 之妙。	對比批評 批評

一、宋代詩風

賀裳對於宋詩的評價，散見於《載酒園詩話》卷一及卷五中，整體性的批評有以下數端：

1. 作詩宜有氣格，不宜有氣質。宋人誤以氣質為氣格，遂以生硬為高，鄙俚為樸。……宋人力貶綺靡，意欲澹雅，不覺竟入酸陋。……宋詩之惡，生硬鄙俚兩途盡之。……宋人好用成語入四六，後並用之於詩，故多硬鬈。……宋人亦往往有佳思，苦以拙句敗之。〔註236〕

2. 宋人作詩極多蠢拙，至論詩則過於苛細，然正供識者一噱耳。〔註237〕

〔註236〕清・賀裳《載酒園詩話》卷一，「音調」條，頁236、237。
〔註237〕清・賀裳《載酒園詩話》卷一，「宋人議論拘執」條，頁252。

3. 宋詩雖不及唐，才情原自不乏。〔註238〕

4. 吾觀晚宋詩有極佳者，其名反不甚影。〔註239〕

以上引文可從兩方面觀之：

其一，自引文1、2可以看出，賀裳對於宋詩的評價不高，觀賀裳評宋詩之語：生硬、鄙俚、酸陋、硬戇、蠢拙、苛細，便可知賀裳對於宋詩之厭惡。

其二，賀裳雖厭惡宋詩，但對於宋詩佳處，亦是直言不諱。引文3中賀裳肯定宋詩之才情，認為宋詩雖然不如唐詩，但其才情不乏。嚴羽《滄浪詩話》中也提到「近代諸公以文字為詩，以才學為詩，以議論為詩。」〔註240〕引文4賀裳亦承認宋詩中有佳者。如賀裳評李覯之〈哀老婦〉詩，便認為其「俱可備古今鑒戒，不當以宋詩忽之。」〔註241〕結合以上兩點可以看出，賀裳評價宋詩持優劣兩端，雖不提倡宋詩，又多次對宋詩提出嚴厲的評價，但貶抑宋詩整體的同時亦能對其中值得推崇之部分詩人及其作品給予公正的評價。

此外，賀裳對於宋代詩風的演變也有自己獨到見解。前文已討論到賀裳在〈唐宋詩話緣起〉中提出「宋人之詩，實亦數變，非可一概視之」的觀點，賀裳在論及曾幾詩時對於宋詩之變化做具體分析：

> 事莫病於偽為，如歐、梅之矯楊、錢，未盡為詩害也，今歐任其秀治，梅率其清溫，原自名家，所恨筆力不高，飾為勁悍，不覺流於粗鄙，而惡聲出矣。

> 魯直好奇，兼喜使事，實陰效楊、錢，而外變其音節，故多矯揉倔佶，而少自然之趣。然氣清味列，胸中亦自有權衡，故佳篇尚多。子蒼逸韻天生，疏率自喜，轉覺天趣有餘，結

〔註238〕清·賀裳《載酒園詩話》卷五，評宋代詩人「劉跂、韋冠之」條，頁438。
〔註239〕清·賀裳《載酒園詩話》卷五，評宋代詩人「吳龍翰、洪適」條，頁447。
〔註240〕宋·嚴羽著，郭紹虞校釋：《滄浪詩話校釋》，頁24。
〔註241〕清·賀裳《載酒園詩話》卷五，評宋代詩人「李覯」條，頁417。

> 構不足，雖淵源豫章，實與魯直相背。茶山天性粗劣，又復崇尚豫章，粗鄙矯揉，備得諸公之惡境而揣摹之，以為道在是矣，故盈卷皆啅噪之音。……
>
> 一瞽登壇，羣盲振鐸，自後論詩者日多，害詩者日甚，至江湖詩出，而〈卿雲〉、〈擊壤〉以來數千年之正業，至此遂淪長夜。大率宋詩三變，一變為傖父，再變為魑魅，三變為羣丐乞食之聲。〔註 242〕

上述引文是賀裳論「曾幾」詩之語，其中提出「宋詩三變」的說法，即「一變為傖父，再變為魑魅，三變為羣丐乞食之聲」，以下分而述之：

其一，「一變為傖父〔註 243〕」。賀裳認為宋詩之一變乃是指歐陽修、梅堯臣之變。賀裳曾說過「宋詩壞始景祐、寶元」〔註 244〕，正是歐、梅為首的文學集團積極來倡和，也正是西崑時文稍戢之時。〔註 245〕宋初上承五代，詩壇上彌漫著氣卑格弱、文辭浮靡而內容空洞的風氣。面對時弊，歐陽修舉起復古主義的大旗，力圖重建社會政治秩序和儒家傳統倫理道德體系，致力於詩文革新。他以韓愈為典範，以「道勝文至」的文道觀為根本，重道的同時亦不廢文，而受此觀念影響，歐陽修提出以文為詩的創作手法，使其詩歌具有現實主義精神以及較強的政治教化意義，從而引領了新的詩壇風氣。但賀裳對於這種以文為詩的創作手法較不認同，正如本文第三章第三節之論述，賀裳所推崇的詩歌是在表情達意方面能夠做到含蓄蘊藉的詩，詩歌本身不可過於淺顯，能做到「言有盡而意無窮」。故此，賀裳評論歐陽修之詩時說到：「詩道至廬陵，真是一厄」〔註 246〕。

〔註 242〕清．賀裳《載酒園詩話》卷五，評宋代詩人「曾幾」條，頁 443。

〔註 243〕傖父，泛指粗俗之人，猶言村夫。

〔註 244〕清．賀裳《載酒園詩話》卷五，評宋代詩人「楊億、錢惟演、劉筠」條，頁 406。

〔註 245〕此處說法參見胡師幼峰著：《清初虞山派詩論》（台北：國立編譯館，1994 年 10 月），頁 416。

〔註 246〕清．賀裳《載酒園詩話》卷五，評宋代詩人「歐陽修」條，頁 412。

　　賀裳在論梅堯臣詩時亦提到:「宋之詩文,至廬陵始一大變,顧有
功於文,有罪於詩。其自為詩害詩猶淺,論人詩害詩實深。宛陵雖尚平
淡,其始猶有秀氣,中歲後始極不堪耳。」〔註247〕可以看出,賀裳認
為宋代詩文到歐陽修、梅堯臣這裡始一大變。而歐陽修雖然於文學變
革有功,但於詩則罪過尤深,賀裳指出此時詩病在於「粗鄙」,其原因
便在於作詩「苦無比興,惟工賦體」〔註248〕,「比」與「興」是詩歌創
作的重要技巧,賀裳評詩喜「比興」之句,此在上一小節論李商隱詩時
便已提到。馮班(1602～1671)《鈍吟雜錄》亦強調「比興乃詩中第一
要事」〔註249〕。

　　其二,「再變為魑魅」,此所指應是黃庭堅、蘇軾之變。此時西昆
體盛行,在這裡極言詩道每況愈下,由最初單一的粗鄙之病發展到各
種惡劣的詩病並存。賀裳評黃庭堅詩認為其「詩病在好奇,又喜使事」
〔註250〕,黃庭堅於實際創作中講究「奪胎換骨」、「點鐵成金」,此與主
張「用事無跡」之賀裳相悖。賀裳論蘇軾之語頗有特色,故置於下一小
節詳細論述。

　　其三,「變為羣丐乞食之聲」,其三變,應是江湖詩派之變。自引
文第三部分便可看出賀裳對於江湖詩派可謂貶損至極,而對其所屬詩
人之批評亦是全盤否定,如評「江湖詩」一條中說到:「江湖詩非無一
二語善者,但全篇酸鄙。⋯⋯戴式之人既無行,詞亦鄙俚。」〔註251〕,

〔註247〕清・賀裳《載酒園詩話》卷五,評宋代詩人「梅堯臣」條,頁414。
〔註248〕「歐公古詩苦無興比,惟工賦體耳。至若敘事處,滔滔汩汩,累百千
　　　　言,不衍不支,宛如面談,亦其得也。所惜意隨言盡,無復餘音繞梁
　　　　之意。又篇中曲折變化處亦少。公喜學韓,韓本詩之別派,其佳處又
　　　　非學可到,故公詩常有淺直之恨。」阮閱編,周本淳校點:《詩話總
　　　　龜》(北京:人民文學出版社,1998年),頁411。
〔註249〕見清・馮班著《鈍吟雜錄》,卷四〈讀古淺說〉,收於《影印文淵閣四
　　　　庫全書・子部・雜家類》第八八六冊(台北:台灣商務印書館,1986
　　　　年3月),頁551。
〔註250〕清・賀裳《載酒園詩話》卷五,評宋代詩人「黃庭堅」條,頁432。
〔註251〕清・賀裳《載酒園詩話》卷五,評宋代詩人「江湖詩」條,頁457。

賀裳評價江湖詩派領袖人物劉克莊「粗鹵者甚多……真堪笑倒……似能刻劃,亦終不雅」〔註252〕認為這一詩派的出現結束詩歌傳承中的正統。但其實江湖詩派的出現主要是對江西詩風炫耀學問、堆砌典故有所不滿,力圖以崇尚自然、平直的手法矯正之,然而難免氣度狹小,境界不高,不同於賀裳所推崇的盛唐高渾之詩風。

二、論宋代詩家:歐陽修、王安石、蘇軾、蘇轍、范成大、陸游、林景熙

(一)歐陽修

賀裳在論及宋代詩人時,對於歐陽修著墨較多。前文論及宋代詩風時,可以看出在賀裳看來,宋代詩風自歐陽修之後開始發生改變〔註253〕,歐陽修強調其以文為詩的創作手法,在詩歌中大量記敘時事、抒發議論或闡釋義理,使得逐漸詩歌呈現出賀裳所不喜的散文化、議論化的傾向。但賀裳對於歐陽修之詩歌並未全盤否定,亦有溢美之詞。

首先,賀裳指出歐陽修之詩學於韓愈。他有言:

> 公喜學韓,韓本詩之別派,其佳處又非學可到,故公詩常有淺直之恨。〔註254〕

當前研究普遍認為韓愈為歐陽修作詩時的主要學習目標,吳河清

〔註252〕清・賀裳《載酒園詩話》卷五,評宋代詩人「劉克莊」條,頁456。
〔註253〕谷曙光在〈論歐陽修對韓愈詩歌的接受與宋詩的奠基〉一文中,認為歐詩承韓有學韓、似韓、變韓三個時期,其關鍵在於對「以文為詩」的標舉與承傳創變,對宋詩風格的形成起到了奠基性的作用。詳見谷曙光:〈論歐陽修對韓愈詩歌的接受與宋詩的奠基〉,《北京師範大學學報(社會科學版)》,2005年03期,頁85〜90。崔際銀〈始於篤學終乎變新——略論歐陽修對韓愈的繼承與發展〉一文同樣有此觀點,詳見崔際銀:〈始於篤學終乎變新——略論歐陽修對韓愈的繼承與發展〉,《河北師範大學學報(社會科學版)》,1996年04期,頁80〜83。
〔註254〕清・賀裳《載酒園詩話》卷五,評宋代詩人「歐陽修」條,頁411。

〈古典詩歌高峰之後的宋詩質變〉文中提到，歐陽修的詩歌與韓詩的
繼承關係主要表現在深得韓詩文從字順和以文為詩的精髓〔註255〕，全
華淩在〈簡論韓學盛行於歐陽修時代的原因〉文中對於歐陽修時代韓
愈之學盛行的原因進行了分析，提出了主流政治文化呼喚作家以文載
道、宋學的建構需要孔孟之道、韓學隨北宋古文的興盛而日益興盛三
個原因〔註256〕。韓愈站在繼孟子之後道統繼承者的立場，提倡儒家復
古主義，但對孔孟的學說並沒有進行深入的闡發。〔註257〕。

　　歐陽修受韓愈影響，產生了自己的文道觀。他將「道」分為「聖
人之道」與「誕者之道」，將把道統說中形而上的「道」拉到形而下的
現實生活中。在其文道觀中，又提出「道勝文至」的觀點，認為文是闡
述和發揚道的手段，並要求文章需關注現實生活，有真切實在的內容。
文道觀雖然是針對文章而言，但實際上詩歌和文章是具有同一性的。
歐公將其「道勝文至」的文道觀也同時應用在自己的詩歌創作之中，在
詩歌內容上體現為關注現實、議論時事；美善刺惡、明理教化的特徵，
具有明顯的現實性和政治性。

　　其次，賀裳對歐陽修之具體詩歌進行評價。歐陽修在詩歌方面的
成就略遜於散文，流傳下來的各體詩（除詞作外）有八百餘首，其中大
多是親朋贈答、官場應酬以及抒發閒適恬淡之情的作品，但也有一定
數量富有現實性和人民性的優秀篇章。從詩的內容看，較有價值的是
以下三類：（1）直接反映民生疾苦和民族矛盾的作品，這是歐詩中民主

〔註255〕吳河清：〈古典詩歌高峰之後的宋詩質變〉，《河南大學學報（社會科
　　　　學版）》，1995 年 01 期，頁 53～59。
〔註256〕詳見全華淩：〈簡論韓學盛行於歐陽修時代的原因〉，《理論月刊》，2009
　　　　年 12 期，頁 42～44。
〔註257〕周興陸〈文道關係論之古今演變〉一文中這樣說到：「韓愈不是一位
　　　　元道學家，他認識到孟子心性學說的意義，有意識地張揚孟子思想以
　　　　與佛學對抗，但對孟子學說他並沒有多少深入的掘發；他是站在古文
　　　　家的立場，強調用秦漢的散體古文來彰顯這種儒道。所以在宋代的理
　　　　學家看來，韓愈不知『道』。詳見周興陸：〈文道關係論之古今演變〉，
　　　　《南京社會科學》，2017 年 02 期，頁 127～135。

性精華比較突出的部分；（2）抒發政治抱負和政治主張的作品，這些作品是和他的政論性散文彼此配合，相得益彰的；（3）其他方面如詠物、聽樂、評詩、論畫、記遊、贈答等類作品。〔註258〕

賀裳對歐陽修〈廬山高贈同年劉中允歸南康〉〔註259〕（以下簡稱為〈廬山高〉）、〈明妃曲和王介甫作〉（以下簡稱〈明妃曲〉）、〈再和明妃曲〉這三首作品進行了詳細的論述。鑒於引文過長，故將其劃分為五小段：

1. 公嘗謂人曰：「吾〈廬山高〉惟韓愈可及。〈琵琶前引〉韓愈不可及，杜甫可及；〈後引〉李白可及，杜甫不可及。」《石林詩話》則曰：「吾詩〈廬山高〉，今人莫能為，惟李太白能之。〈明妃曲〉後篇，太白不能為，惟杜子美能之；至於前篇，則子美亦不能為，惟吾能之也。」二說聚訟，總可不論，大抵自矜，則斷然者矣。

2. 今觀〈廬山高〉僅僅鋪敍，言外別無意味。至若「君懷磊落有至寶，世俗不辨珉與玒」，「丈夫壯節似君少，嗟我欲說安得巨筆如長杠」，雖曰「橫空盤硬語」，實儉父聲音耳。

〔註258〕 王鍈著：《歐陽修詩文選注》（貴陽：貴州人民出版社，1979 年 11 月），頁 8、9。

〔註259〕 歐陽修〈廬山高贈同年劉中允歸南康〉全文為：「廬山高哉幾千仞兮，根盤幾百里，巀然屹立乎長江。長江西來走其下，是為揚瀾左裡兮，洪濤巨浪日夕相舂撞。雲消風止水鏡淨，泊舟登岸而遠望兮。上摩青蒼以晻靄，下壓后土之鴻厖。試往造乎其間兮，攀緣石磴窺空谾。千岩萬壑響松檜，懸崖巨石飛流淙。水聲聒聒亂人耳，六月飛雪灑石矼。仙翁釋子亦往往而逢兮，吾嘗惡其學幻而言哤。但見丹霞翠壁遠近映樓閣，晨鐘暮鼓杳靄羅幡幢。幽花野草不知其名兮，風吹露濕香澗谷，時有白鶴飛來雙。幽尋遠去不可極，便欲絕世遺紛痝。羨君買田築室老其下，插秧盈疇兮釀酒盈缸。欲令浮嵐暖翠千萬狀，坐臥常對乎軒窗。君懷磊砢有至寶，世俗不辨珉與玒。策名為吏二十載，青衫白首困一邦。寵榮聲利不可以苟屈兮，自非青雲白石有深趣，其氣兀硉何由降。丈夫壯節似君少，嗟我欲說安得巨筆如長杠。」出自宋·歐陽修著；李逸安點校：《歐陽修全集》（北京：中華書局，2001 年），頁 35。

3. 至〈琵琶引〉前篇，散敘處已是以文為詩，至「推手為琵卻於琶」，大是訓詁，詩法所不尚。惟後數語「玉顏流落死天涯，琵琶卻傳來漢家。漢宮爭按新聲譜，遺恨已深聲更苦。纖纖女手生洞房，學得琵琶不下堂。不識寒雲出塞苦，豈知此聲能斷腸！」稍嗚咽可誦。

4. 其後篇「絕色天下無，一失再難得。雖能殺畫工，於事竟何益。」亦落議論。惟結處「明妃去時淚，灑向枝上花。狂風日暮起，飄泊落誰家？紅顏勝人多薄命，莫怨東風當自嗟。」點染稍為有情。

5. 此以追蹤樂天〈婦人苦〉、〈李夫人〉諸篇，尚猶河漢，以較李、杜，豈非夸父追日乎！〔註260〕

此則引文中，賀裳以歐陽修自評之語〔註261〕作引，繼而引出自己對於〈廬山高〉、〈明妃曲〉（二首）這三首詩的評價。下面逐一進行分析：

引文1中，賀裳引用兩處歐陽修自評之語：前者說〈廬山高〉惟韓愈可及，後者說〈廬山高〉惟李白能為之；前者說〈明妃曲〉杜甫可及，〈再和明妃曲〉李白可及；後者說〈明妃曲〉杜甫也不可及，惟自己能為之，〈再和明妃曲〉杜甫可及。二說有其自相矛盾之處，是非難定。〔註262〕但不可否認的是，此三篇應為歐公陽修自負之作無疑。賀裳也認為這大抵為歐陽修自矜之語，可以不做討論。

引文2為賀裳評論歐陽修〈廬山高〉詩之語，此詩之中散文句法的運用十分豐富，以七言詩句為主，五言、六言、八言、九言、十言、十一言的句子夾雜其間，錯落有致。詩中如「仙翁釋子亦往往而逢兮，

〔註260〕清・賀裳《載酒園詩話》卷五，評宋代詩人「歐陽修」條，頁411、412。

〔註261〕此處賀裳所引葉夢得《石林詩話》之語，胡仔、魏慶之、蔡正孫等人的詩話中也有記載。

〔註262〕實際上，有學者考證此語可能並非歐陽修所言，而是其子誇揚之語，如葉矯然《龍性堂詩話》中便認為此語是歐陽修之子歐陽棐「揚厥考之詞，非六一語也」。至於其是否為歐陽修所言，本文不做討論。

吾嘗惡其學幻而言哆」、「羨君買田築室老其下，插秧盈疇兮釀酒盈缸」
等句直接使用散文的句法，詩中也幾乎沒有偶句。此外，在〈廬山高〉
一詩中，歐陽修多用虛詞，如「廬山高哉幾千仞兮」一句中「哉」是散
文中常見的語氣助詞。虛詞的運用也使得歐陽修詩歌呈現出明顯的散
文化特徵，歐陽修使用灑脫、恣意的散文筆調抒發議論、記敘時事或對
事物進行鋪敘使得歐陽修之詩同他的散文一樣朗朗上口，突破了傳統
詩歌的筆調。但在賀裳看來，這種專務鋪敘、言外無意之詩同荒野村夫
之語並無區別。

　　引文3、4則是賀裳對歐陽修〈明妃曲〉、〈再和明妃曲〉〔註263〕
這兩首詩的評價。〈明妃曲〉一詩，前四句以類似散文的語句，寫胡人
遊獵生活，以示胡、漢之異。接著以「誰將漢女嫁胡兒」將視角引到明
妃身上，以「如玉」之顏面，冒「無情」之「風沙」，而且「身行」之
處，連指中原人也看不到，明示明妃「流落」之苦。賀裳認為此處的散
敘已是以文為詩。「推手為琵卻手琶，胡人共聽亦諮嗟」二句，則是以
樂器之聲為樂器之名〔註264〕，一推一放，劈劈啪啪，刻畫明妃滿腔哀
思，信手成曲。但琵琶哀音，卻十分感人，連胡人聽了「亦諮嗟」不
已。但在賀裳看來，「推手為琵卻手琶」一句已落訓詁，詩法不尚。而後八
句，則是以琵琶「傳入漢家」後的反應，以小見大。「學得琵琶不下堂」，
正是因為統治者喜好這種「新聲」的緣故；而喜好這種「新聲」，正是
因為他們生於深宮，不知邊塞之苦。〔註265〕在賀裳看來，結尾數語，
才有儒家作詩含蓄蘊藉之意，「嗚咽可誦」。〈再和明妃曲〉一詩中，「絕

〔註263〕自漢代以來，王昭君的故事一直是詩人們樂於吟誦的題材，但在主題
　　　　上大多不出「悲怨」二字。其中著名的如盧照鄰〈昭君怨〉、李白〈王
　　　　昭君〉、杜甫〈詠懷古跡五首〉等都以渲染和挖掘悲劇內涵取勝。嘉
　　　　祐四年（1059）王安石作〈明妃曲二首〉，議論新警，一時和者甚眾。
　　　　歐陽修也作兩首以和。
〔註264〕「琵琶」本是象聲詞，如同現代說的「劈啪」。
〔註265〕自石晉割棄燕雲十六州，北邊廣大地區在北宋一直沒有恢復，有許許
　　　　多多「流落死天涯」的百姓。仁宗時，遼國、西夏交替侵擾，而宋朝
　　　　君臣卻仍粉飾太平，宴安如故。

色」四句中，前二句乃是歐陽修以「君王」重色的口吻說話，後二句轉向責備漢元帝，就事論事，語挾風霜。賀裳認為此四句亦是落於議論。「明妃去時淚」四句，用淚灑花枝，風起花落，渲染悲劇氣氛，形象生動，但主要用以引起「紅顏」兩句。這兩句要明妃「自嗟」「薄命」，怨而不怒。此二首詩，前一首寫「漢宮」不知邊塞苦，後一首寫和親政策之「計拙」，借漢言宋，有強烈的現實意義。

引文 5 賀裳則對歐陽修〈盧山高〉、〈明妃曲〉、〈再和明妃曲〉這三首詩進行總體評價，認為以歐陽修之詩比作白居易〈婦人苦〉、〈李夫人〉諸篇，尚且可以看作是黃河同長江的區別，以其同李白、杜甫之詩相較，堪為夸父追日。

歐陽修詩歌中發表對政治對歷史對文藝的見解，往往直抒胸臆，一瀉無餘，上下古今，議論縱橫。這雖然多少有助於開拓詩歌的題材範圍，但由於多用賦法，缺少比興，不免削弱了詩的形象性，降低了它的感染力。〔註266〕這是賀裳所不喜的，但賀裳並未對其所有詩作全盤否定，對於歐陽修之近體詩〔註267〕，尚有誇讚之語。

（二）王安石

賀裳論王安石詩之前，首先討論宋初詩壇的現狀：

> 宋人先學樂天，學無可，繼乃學義山，故初失之輕淺，繼失之綺靡。都官倡為平淡，六一附之，然僅在膚膜色澤，未嘗究心於神理。其病遂流於粗直，間雜長句，硬下險字湊韻，不甚求安，狀如山兒野塵，令人不復可耐。後雖風氣屢變，然新聲代作，雅奏日湮，大率敷陳多於比興，蘊藉少於發舒，

〔註266〕參見王鍈著：《歐陽修詩文選注》（貴陽：貴州人民出版社，1979 年 11 月），頁 9。

〔註267〕賀裳《載酒園詩話》卷五，評宋代詩人「歐陽修」條中，對於歐陽修之近體詩：〈懷嵩樓新開南軒與郡僚小飲〉、〈三百赴宴口占〉、〈蘇主簿洵挽歌〉、〈游石子澗〉、〈曉詠〉、〈送目〉、〈詠柳〉、〈大行皇帝發引詞〉、〈寄秦州田元均〉有其簡要批評，礙於篇幅，此處不再討論。

求其意長筆短，十不一二也。〔註268〕

自引文中可以看出以下三點：

第一，賀裳首先指出宋初三體，即白體〔註269〕、晚唐體〔註270〕、西昆體〔註271〕詩人分別學習唐代詩人白居易、無可〔註272〕，繼而學習李商隱，從而導致其詩風逐漸清淺、綺靡；

第二，梅堯臣、歐陽修試圖通過追求平淡，來彌補前人不足，卻不曾深入詩歌神理層次，於是詩中開始「間雜長句，硬下險字湊韻」，故流於粗直、鄙俗；

第三，後詩壇上雖風氣屢變，新作湧現，但得風雅之致的詩歌日益減少，大多數詩人的創作中鋪陳手法的運用多於比興，造成蘊藉愈減、意隨言盡、筆長意短之作居多，失去詩歌應有的興味。

總的來說，賀裳認為，王安石之前，宋初詩人學唐人之詩，卻皆不得其法，反而造成詩壇上每況愈下的困境。而在此情形下，賀裳論宋

〔註268〕 清·賀裳《載酒園詩話》卷五，評宋代詩人「王安石」條，頁418。

〔註269〕 方回〈送羅壽可詩序〉云：「宋劃五代舊習，詩有白體、昆體、晚唐體。白體如李文正、徐常侍昆仲、王元之、王漢謀。昆體則有楊、劉《西昆集》傳世，二宋、張乖崖、錢僖公、丁崖州皆是。晚唐體則九僧最逼真，寇萊公、魯三交、林和靖、魏仲先父子，潘逍遙、趙清獻之父。凡數十家，深涵茂育，氣極勢盛。」見《桐江續集》卷三十二。「白體」：詩人就是「常慕白樂天體，故其語言多得於容易」（語見歐陽修《六一詩話》）不僅做詩語言平熟，而且在宋初詩壇首先形成以唱和為重要特徵的作家群。出自徐總著：《唐宋詩體概論》（南昌：江西人民出版社，2008年3月），頁237。

〔註270〕 「晚唐體」：以林逋為代表，其詩效法賈島、姚合，詠物寫景細緻工巧，詩歌風格幽靜清麗。貴白描而輕用事。出自徐總著：《唐宋詩體概論》，頁244。

〔註271〕 「西昆體」：此詩派之形成，以《西昆酬唱集》為標誌的，歐陽修《六一詩話》記云「蓋自楊、劉唱和，《西昆集》行，後進學者爭效之，風雅一變，謂之昆體」，主要代表楊億、劉筠、錢惟演三人。西昆體詩人刻意追摹的晚唐詩風，主要是音節鏗鏘、詞采精美的李商隱詩。整部《西昆酬唱集》，大體皆為堆砌故實、藻飾詞章、雕琢字句之作，形成典麗華豔之風。出自徐總著：《唐宋詩體概論》，頁248～250。

〔註272〕 無可，俗名賈區，生卒年不詳，唐代詩僧，著名苦吟詩人，賈島從弟。

詩，推舉王安石為第一：

> 讀臨川詩，常令人尋繹於語言之外，當其絕詣，實自可興可
> 觀，不惟於古人無愧而已。吾嘗謂此不當以文恕其人，亦不
> 當以人棄其文，特推為宋詩中第一。〔註273〕

可以看出，賀裳推崇王安石之詩，蓋因其委婉含蓄，每每讀之，常常能
尋得言外之意，符合孔子所倡「可興可觀」之道。賀裳還明確提出「不
當以文恕其人，亦不當以人棄其文」的主張，即在進行文學批評時，不
能因為一個人在文學上的成就便寬恕他的人品，但也不能因為詩人的
人品就完全否定他的文學成就，應客觀、公正地看待作家人品和藝術
成就。因此，縱然王安石之品性有所爭議〔註274〕，但賀裳仍沒有否定
他在詩歌上的成就，又因為王安石的詩歌符合賀裳含蓄比興的審美標
準，故而「特推為宋詩中第一」。

除此之外，賀裳又論及王安石各種體裁、題材以及各時期之詩，
現將其評語臚列其下：

1. （臨川詩）其最妙者在樂府五言古，七言律次之，七言古
   又次之，五言律稍厭安排，七言絕尤嫌氣盛，然佳篇亦時
   在也。

2. 〈送喬執中秀才歸高郵〉前敘其不可不歸，後又微諷其復來，
   曲折宛轉。介甫一生傲慢，如此詩一何溫藹也。至〈送孫正
   之〉蓋孫不以養歸，故下語剴切，用婉用直，各不妄設。

3. 〈日出堂上飲〉末數語即〈魏風・園桃〉篇「彼人是哉，
   子曰何其」意也。此真〈風〉、〈雅〉正傳，吾豈汙私所好！

〔註273〕清・賀裳《載酒園詩話》卷五，評宋代詩人「王安石」條，頁418。
〔註274〕宋・司馬光曾評價王安石：「人言安石奸邪，則毀之太過；但不曉事，
　　　　又執拗耳。」（黃以周等編：《續資治通鑑長編拾補・卷五》）朱熹也
　　　　說過王安石「而安石汲汲以財利兵革為先務，引用奸邪，排擯忠直，
　　　　躁迫強戾，使天下之人，囂然喪其樂生之心。卒之群奸嗣虐，流毒四
　　　　海，至於崇寧、宣和之際，而禍亂極矣。」（《宋史》）

4. 大抵介甫於未執政前不勝感慨，故〈詳定試卷〉則曰「當時賜帛倡優等，今日論才將相中」……既執政，則深憤異議，……強項堅執，牢不可破。……故嘗云：「何妨舉世嫌迂闊，自有斯人慰寂寥。」至〈雨過偶書〉……則生平輕富貴之念，亦隱隱自在，惜其學術之未醇也。

5. 作閒適詩，又復如此，真無所不妙。

6. （七言）律詩佳句殆不勝指。

7. 「病身最覺風露早，歸夢不知山水長」，「佳時流落真何得，勝事蹉跎只可憐」，夢回時不堪誦之。

8. 〈江上〉、〈初晴〉二詩，謂與唐人有異，吾不信也。〔註275〕

以上 8 則引文可分為四個方面，分別是賀裳王安石各體裁詩之評價、對王安石各題材詩之評價、對王安石各時期詩之評價，下面分別論述之：

第一，引文 1、6 賀裳論及王安石各個體裁之詩，認為其樂府五言古詩最佳，其次則是七言律詩，同時也指出王安石七律中佳句不勝枚舉，再往下便是七言古詩，王安石五言律詩略有雕琢之痕，七言絕句凌厲直白，不夠含蓄，但也並不缺佳篇。賀裳在引文 3 中舉例他所讚賞的王安石五言古詩〈日出堂上飲〉，認為此詩末二句有《詩經》《魏風‧園桃》篇「彼人是哉，子曰何其」之意。這也印證前文論述賀裳推崇王安石，因其詩「可興可觀」之語。隨後舉兩例七律之佳詩：〈葛溪驛〉、〈除夜寄舍弟〉，評其「夢回時不堪誦之」。試觀其〈葛溪驛〉〔註276〕一詩，賀裳所引二句通過描寫詩人羈旅的困頓以及鄉思之愁。引文 8 則舉兩首臨川之七絕：〈江上〉、〈初晴〉，認為其「與唐詩無異」。試分析

〔註275〕以上 8 則引文均出自清‧賀裳《載酒園詩話》卷五，評宋代詩人「王安石」條，頁 418～420。

〔註276〕〈葛溪驛〉全文為：「缺月昏昏漏未央，一燈明來照秋床。病身最覺風露早，歸夢不知山水長。坐感歲時歌慷慨，起看天地色淒涼。鳴蟬更亂行人耳，正抱疏桐葉半黃。」出自宋‧王安石著；王兆鵬、黃崇浩編選：《王安石集》，頁 14。

其〈江上〉〔註277〕一詩：此詩前二句寫天空景象，時在秋季，氣象半陰半晴。三、四句從雲轉到江邊的青山，寫出江行時曲折前進，終於眼界大開之畫面。全詩一暗一明、一靜一動，表達詩人蕭散恬淡的心緒。〈江上〉、〈初晴〉二詩便是王安石最為人所稱道的晚年所作絕句，也就是所謂「荊公體」。〔註278〕

　　第二，引文2、5則分別論述王安石之送別詩與閒適詩兩種不同題材之詩。賀裳評〈送喬執中秀才歸高郵〉一詩，用語曲折婉轉、語氣溫藹，與王安石一貫性格不符。而其〈雲山詩送正之〉一詩，則用語十分懇切規諫，故賀裳評其「用婉用直，各不妄設」。再者，賀裳對王安石之閒適詩極為推崇，稱其「無所不秒」。

　　第三，引文4中討論王安石不同時期之詩作風格，可大致分為三個時期：其一，王安石未執政前詩「不勝感慨」，並以〈詳定試卷〉〔註279〕一詩為例。此詩乃是嘉佑六年（1061）朝廷春試，王安石與天章閣待制楊畋同任詳定官，讀其詩，因答之。賀裳所引二句為此詩頷聯，其中「當時賜帛」一句先後用王襃、枚皋事〔註280〕，以其自喻自身早年不得不以詩賦入仕，以古今對照相對照，批判此種制度的荒唐。其二，執政後「強項堅執」，以〈孟子〉為例〔註281〕，此詩王安石以孟子為吟

〔註277〕出自宋・王安石著；王兆鵬、黃崇浩編選：《王安石集》，頁121。

〔註278〕黃庭堅評價其「荊公暮年作小詩，雅麗精絕，脫去流俗」引自宋・胡仔《苕溪漁隱叢話》前集卷三十五（北京：人民文學出版社，1962年），頁234。《漫叟詩話》中也提到：「荊公定林後詩精深華妙，非少作之比」轉引自宋・魏慶之《詩人玉屑》（上海：上海古籍出版社，1978年），頁374。

〔註279〕〈詳定試卷〉全文為：「童子常誇作賦工，暮年羞悔有楊雄。當時賜帛倡優等，今日論才將相中。細甚客卿因筆墨，卑於爾雅注魚蟲。漢家故事真當改，新詠知君勝弱翁。」出自宋・王安石著；王兆鵬、黃崇浩編選：《王安石集》（南京：鳳凰出版社，2006年11月），頁58、59。

〔註280〕《漢書・王襃傳》載，王襃因善作賦而蒙漢宣帝賜帛。《漢書・枚皋傳》載，枚皋善作賦而未得漢武帝重用，便說：「為賦乃排，見視如倡。」

〔註281〕〈孟子〉全文為：「沉魄浮魂不可招，遺編一讀想風標。何妨舉世嫌迂闊，故有斯人慰寂寥。」出自宋・王安石著；王兆鵬、黃崇浩編選：《王安石集》，頁75。

詠對象，表達自己作為改革者必然的孤獨與寂寞。其三，罷相之後，以〈雨過偶書〉〔註282〕為例，此詩約作於西寧七年（1074）王安石請罷相，出知江寧府後得雨而作。詩人以雨喻己，表達自己此次退歸金陵，雖有遺憾，又喜其部分新法之功業已經顯現。

賀裳雖然推舉王安石為宋詩第一人，但是對他詩歌創作中的不足之處也有著清醒的認識。如王安石〈張良〉、〈邵平〉二詩詠史不夠切情合事之處，賀裳便明確指出並加以批評，此觀點第四章第三小節討論詠史詩之創作時已有論述，此處便不再贅述。

賀裳論宋詩，除王安石之外，還提到「吾於汴宋，最愛子由，杭宋則深喜至能」〔註283〕，對於宋末林景熙之詩也大加讚賞，下面分別論之：

（三）蘇軾、蘇轍

賀裳論蘇轍之詩，多與蘇軾合而論之，故本文將其放在一處討論。首先，賀裳對比二人整體詩歌風格：

1. 坡公之美不勝言，其病亦不勝摘，大率俊邁而少淵渟，瑰奇而失詳慎，故多粗豪處、滑稽處、草率處，又多以文為詩，皆詩之病。然其才自是古今獨絕。坡詩吾第一服其氣概。〔註284〕

2. 欒城身分氣概，總不如兄，然瀟瀟俊逸，於雄姿英發中，兼有醇醪飲人之致，雖亦遠於唐音，實宋詩之可喜者也。吾昵之殆甚於老坡。〔註285〕

下面分別論述之：

〔註282〕〈雨過偶書〉全文為：「霈然甘澤洗塵寰，南畝東郊共慰顏。地望歲功還物外，天將生意與人間。霽分星斗風雷靜，涼入軒窗枕簟閑。誰似浮雲知進退，才成霖雨便歸山。」出自宋・王安石著；王兆鵬、黃崇浩編選：《王安石集》，頁91。

〔註283〕出自清・賀裳《載酒園詩話》卷五，評宋代詩人「范成大」條，頁450。

〔註284〕出自清・賀裳《載酒園詩話》卷五，評宋代詩人「蘇軾」條，頁427。

〔註285〕出自清・賀裳《載酒園詩話》卷五，評宋代詩人「蘇轍」條，頁429。

　　引文 1 為賀裳論蘇軾之語，文中對蘇軾詩有褒有抑，張健先生認為此一段「無異一篇蘇詩論」〔註286〕，經歸納可分為以下兩點：其一，賀裳承認蘇軾之才「古今獨絕」以及詩之胸襟氣魄「真天人也」。葉燮《原詩・內篇》亦云：「蘇軾之詩，其境界皆開闢古今之所未有，天地萬物，嬉笑怒罵，無不鼓舞於筆端，而適如其意之所欲出，此韓愈後之一大變也，而盛極矣。」〔註287〕其二，賀裳在讚美蘇軾的同時也指出，其詩雖美不勝言但「其病亦不勝摘」，賀裳認為蘇軾之詩少淵渟，失詳慎，又多粗豪、滑稽、草率，以文為詩。可見賀裳認為蘇軾之詩「本一往無餘，徐州後愈益縱恣」〔註288〕，蓋其才氣過高，於是其詩作語言似不經意衝口而出。明・李東陽《懷麓堂詩話》有相似看法，認為蘇軾詩「傷於快直」〔註289〕清・袁枚（1716～1798）《隨園詩話》評論蘇軾：「東坡近體詩，少蘊釀烹煉之功，故言盡而意亦止，絕無弦外之音、味外之味。阮亭以為非其所長，後人不可為法，此言是也。」〔註290〕清・施補華（1835～1890）《峴傭說詩》也論及「東坡才思甚大，而有好盡之病，少含蓄也。」〔註291〕可見賀裳評蘇軾詩「俊邁而少淵渟」之說與其他論詩家看法不甚相同。

　　引文 2 為賀裳論蘇轍之語，賀裳首先同其兄長蘇軾作對比，認為蘇轍雖然身份氣概不如蘇軾，但其詩「瀟瀟俊逸，於雄姿英發中，兼有醇醪飲人之致」，賀裳認為蘇轍之詩雖不似唐音，之於宋詩卻是值得稱

〔註286〕　此說法參攷張健著：《唐詩與宋詩──〈載酒園詩話〉研究》（新北：花木蘭文化出版社，2012 年），頁 104。

〔註287〕　清・葉燮著；霍松林校注：《原詩・一瓢詩話・說詩晬語》（北京：人民文學出版社，2006 年），頁 9。

〔註288〕　出自清・賀裳《載酒園詩話》卷五，評宋代詩人「蘇軾」條，頁 428。

〔註289〕　其上下文為「然論其才氣，實未有過之者也。獨其詩傷於快直，少委曲沉著之意，以此有不逮古人之誚。」語出自明・李東陽著：李慶立校釋：《懷麓堂詩話校釋》（北京：人民文學出版社，2009 年 10 月），頁 235。

〔註290〕　清・袁枚；王英志批注：《隨園詩話・卷三》（南京：鳳凰出版社，2009 年），頁 41。

〔註291〕　清・施補華著：《峴傭說詩》，收入丁福保編：《清詩話》（上海：上海古籍出版社，1999 年），頁 983。

頌。賀裳也明確表明自己喜歡蘇轍之詩更甚於蘇軾。結合上述引文可以看出，賀裳對蘇轍詩多是讚語，並認為蘇轍長律如閒適、風景、排遣、慰人、使事之語「尤多可喜」。〔註292〕

隨後，賀裳又對比蘇軾、蘇轍兄弟二人之具體詩作：

1. 和〈子瞻好頭赤〉一篇，真勝子瞻……不惟音節入古，且言外感慨悲涼，有吳子泣西河，廉公思趙將之意，大蘇集中未見有是。

2. 二蘇〈野鷹來〉，大蘇尤俊邁，如「嗟爾公子歸無勞，使鷹可呼亦凡曹」。然子由「可憐野雉亦有爪，兩手捽鷹猶可傷」，藉以誚劉琮兄弟，猶覺有意。〔註293〕

引文 1 中賀裳對蘇轍〈子瞻好頭赤〉一詩作出評價，認為此詩勝於蘇軾，且蘇軾集中未見此類詩歌。賀裳認為此詩音節入骨且言外感慨悲涼，有「吳子泣西河，廉公思趙將」〔註294〕之意。引文 2 中賀裳對比兄弟二人所作之〈襄陽古樂府·野鷹來〉〔註295〕。賀裳引蘇軾「嗟爾公子歸無勞，使鷹可呼亦凡曹」〔註296〕二句表達蘇軾對劉表父子表示

〔註292〕 出自清·賀裳《載酒園詩話》卷五，評宋代詩人「蘇轍」條，頁 429、430。

〔註293〕 以上兩則引文皆出自清·賀裳《載酒園詩話》卷五，評宋代詩人「蘇轍」條，頁 429。

〔註294〕 「吳子泣西河，廉公思趙將」應指南北朝·丘遲著〈與陳伯之書〉：「所以廉公之思趙將，吳子之泣西河，人之情也，將軍獨無情哉？想早勵良規，自求多福。」語出自汪耀明著：《漢魏六朝文選解》（上海：復旦大學出版社，2009 年 4 月），頁 231。

〔註295〕 〈襄陽古樂府·野鷹來〉乃是蘇軾兄弟二人陪同其父蘇洵順長江而下至荊州，在赴京途中，發洄陽，渡漢水，宋仁宗嘉祐五年（1060 年）元月至襄陽。觀瞻劉表曆台（又名景升台、呼鷹台）古跡，懷古寓今而作該詞。出自宋·蘇軾著；張志烈、馬德富、周裕鍇編：《蘇軾全集校注》（石家莊：河北古籍出版社，2010 年 6 月），頁 146。

〔註296〕 蘇軾〈襄陽古樂府·野鷹來〉全文為：「野鷹來，萬山下，荒山無食鷹苦饑，飛來為爾繫彩絲。北原有兔老且白，年年養子秋食菽。我欲擊之不可得，年深兔老鷹力弱。野鷹來，城東有台高崔巍。台中公子著皮袖，東望萬里心悠哉。心悠哉，鷹何在！嗟爾公子歸無

歎息與遺憾，表達蘇軾對現實社會和統治者的失望。而蘇轍「可憐野雉亦有爪，兩手捽鷹猶可傷」〔註297〕二句則蘊含對劉琮兄弟的譏誚之意，賀裳認為蘇轍之〈野鷹來〉較蘇軾更好。

（四）范成大

賀裳在論范成大詩之前，先論其選宋詩之原則：

> 選宋詩，不復可繩以古法，真須略玄黃，取神駿耳。但當汰
> 其已甚，違拜從純，不可無此度也。〔註298〕

賀裳提出，選取宋詩不可「繩以古法」，而需要「略玄黃，取神駿」，此處賀裳以九方皋相馬〔註299〕之故事，說明選宋詩之時應該抓住其本質，不能被其表面現象所迷惑。

隨後，賀裳提出自己「杭宋則深喜至能」，謂其詩「真有驊騮騄耳歷都過塊之能，雖時亦霜蹄蹶，要不礙千里之步」〔註300〕，以周穆王八駿〔註301〕為比，意指范成大之詩雖有略有瑕疵，但當得「千里馬」之美名：其中之瑕疵則如賀裳舉〈請息齋書事〉為例，認為其中「虱裡

勞，使鷹可呼亦凡曹，天陰月黑狐夜噪。」宋・沈括《夢溪筆談》藝文二。

〔註297〕 蘇轍〈襄陽古樂府・野鷹來〉全文為：「野鷹來，雄雉走。蒼茫荒榛下，毬毰大如斗。鷹來蕭蕭風雨寒，壯士台中一揮肘。台高百尺臨平川，山中放火秋草乾。雉肥兔飽走不去，野鷹飛下風蕭然。嵯峨呼鷹台，人去台已圮。高臺不可見，況復呼鷹子。長歌野鷹來，當年落誰耳。父生已不武，子立又不強。北兵果南下，擾擾如驅羊。鷹來野雉何暇走，束縛籠中安得翔。可憐野雉亦有爪，兩手捽鷹猶可傷。」出自宋・蘇轍著；陳宏天、高秀芳點校：《蘇轍集》（北京：中華書局，2004年5月1日），頁11。

〔註298〕 出自清・賀裳《載酒園詩話》卷五，評宋代詩人「范成大」條，頁450。

〔註299〕 晉・張湛注；唐・盧重玄解；唐・殷敬順、宋・陳景元釋文；陳明校點：《列子》（上海：上海古籍出版社，2014年6月），頁227。

〔註300〕 出自清・賀裳《載酒園詩話》卷五，評宋代詩人「范成大」條，頁450。

〔註301〕 賀裳此處所用之「驊騮」、「騄耳」乃是傳說中周穆王駕車所用的八匹駿馬其中兩匹。出自《穆天子傳》：「天子之駿：赤驥、盜驪、白義、逾輪、山子、渠黃、華騮、綠耳。」

趨時真是賊，虎中宣力任為倀。」〔註302〕句中「賊」字不文，但賀裳
認為此二句終是快語，可使人愁時破涕。賀裳所看重范詩所透露出的
新趣，言其詩「澹秀可愛」，而這種詩風恰巧同賀裳所不喜的宋代以「理」
至上的詩風格格不入。

（五）陸游

陸游是我國南宋時期的傑出詩人，也是中國詩壇上創作數量最大而
且現存數量最多的詩人，他自稱「六十年間萬首詩」〔註303〕。前文已討
論過，賀裳進行宋詩批評的原因，其一在於明代詩壇由於七子力倡「詩
必盛唐」，宋詩之價值及地位被一概抹殺，沒有得到客觀公正的評價；其
二便是清代以來論詩家對於陸游的追捧，其中便以錢謙益為首。

蔣寅在〈陸游詩歌在明末清初的流行〉一文中指出，錢謙益注《初
學》《有學》二集，推動了當時之人對宋詩的關注。而其當時所讀，多
集中於陸游那些描繪日常情狀之詩歌。〔註304〕但賀裳對於清初「稱許
宋詩」詩家的僅推陸游一人並不讚同，他認為論詩者推崇陸游之詩，不
過是喜其新穎別緻、輕巧淺薄，認為其詩「讀之易解，學之易成」罷
了。黃連平〈陸游詩歌藝術特色淺論〉一文中也提出陸游之詩在創作風
格上富有浪漫主義色彩，詩作中有著豐富而瑰麗的想像以及大膽而奇
特的誇張。但在語言風格上，陸游之詩最為突出的特色就是簡練生動、
明白平易、自然流暢。〔註305〕

賀裳於《載酒園詩話》「陸游」一條開篇便提出對陸游詩歌的總體
評價：

> 予初讀《瀛奎律髓》，每遇一類，唐詩後必繼宋詩，鄙俚粗拙，

〔註302〕 出自清‧賀裳《載酒園詩話》卷五，評宋代詩人「范成大」條，頁451。

〔註303〕 語出陸游：〈小飲梅花下作〉，出自宋‧陸游著；錢仲聯校註：《劍南
詩稿校註》卷四十九（上海：上海古籍出版社，2005年新版），頁2972。

〔註304〕 蔣寅：〈陸游詩歌在明末清初的流行〉，《中國韻文學刊》，2006年第
20卷第1期，頁17。

〔註305〕 黃連平：〈陸游詩歌藝術特色淺論〉，《深圳大學學報（人文社會科學
版）》，2005年5月，第22卷第3期，頁97～99。

如侗偶接語，得務觀一篇，輒有洋洋盈耳之喜，因極賞之。
及閱〈劍南全集〉，不覺前意頓減。大抵才具無多，意境不遠，
惟善寫眼前景物，而音節琅然可聽。一詩中必有一聯致語，
如雨中草色，蔥翠欲滴。間出新脆之句，猶十月海棠，枯條
特發數蕊，妖豔撩人。亦時為激昂磊落之言，頗有禰衡塌地
來前，嵇康揚金追不輟之態。要惟七言近體有之，餘不能爾。
其淋漓最動人者，漫摘數章於後。長篇惟〈題少陵畫像〉，敘
三百年前事，聲容如見，亦令人忽忽難堪。〔註306〕

此則引文可以看出，賀裳對陸游詩歌的批評態度經歷了一個變化發展
的過程。最初，賀裳認為與唐詩相比，宋詩中只有陸游的詩尚可一讀，
其餘的宋詩則粗鄙不堪。造成他這一認知的主要原因是被元代方回《瀛
奎律髓》〔註307〕的編輯體例所誤導。《瀛奎律髓》之編選體例較為特
殊，它將所選唐宋律詩分為四十九類，每類先列五言，次列七言，五七
言詩皆以人繫詩，以時繫人。〔註308〕是以每一類中方回皆先選唐詩而
後選宋詩，兩者相較，便會顯得宋詩更加不堪。也因此，賀裳初讀《瀛
奎律髓》時，只有在讀到陸游的詩時，才會有眼前一亮的驚喜之感，這
就給他造成一種錯覺，宋詩中只有陸游詩可取。

　　然而，賀裳對宋詩及陸游詩的印象並沒有停留在此。基於賀裳讀
詩需讀全本且要別本互看的態度〔註309〕，賀裳看了陸游的《劍南全
集》。讀了《劍南全集》後，便覺得陸游之詩並非是宋詩中最好之詩。

〔註306〕出自清・賀裳《載酒園詩話》卷五，評宋代詩人「陸游」條，頁451。
〔註307〕《瀛奎律髓》是宋末元初詩壇寇楚方回所編選評注的一部唐宋律詩選
　　　　集，全書入選詩人380人，入選詩歌2992首，幾乎囊括了唐宋兩朝
　　　　重要詩人的重要律詩作品。方回通過具體的詩歌點評，對唐宋律詩學
　　　　的重要問題，提出了獨特的見解，對宋末元初詩壇積弊更是進行了有
　　　　力地針砭；它集評點、摘句、詩格、詩話、論詩詩等諸種批評形式於
　　　　一身，典型體現了宋代選本批評形式的「包容性」。
〔註308〕詳見田金霞：《方回〈瀛奎律髓〉研究》第二章（浙江大學博士學位
　　　　論文，2013年3月），頁43～95。
〔註309〕此觀點之分析詳見本文第四章創作論導言部分。

賀裳在通讀陸游《劍南全集》後發現，其詩歌除了善於描寫眼前出現的
景物，且詩歌的節奏韻律也比較動聽之外，並沒有什麼其他的特色，他
的才華並不高，詩歌的意境也稱不上高遠。隨後，賀裳對於陸游之詩做
了詳細的評價，他指出陸游的每首詩中必有一聯警句，這一聯大多具
有如雨後青草般青翠欲滴的清新自然的風格，也時有如十月海棠般妖
艷撩人的秀麗之辭，可以看出，賀裳承認陸游詩中有佳句。

　　此外，賀裳也指出陸游詩作中不乏慷慨激昂之語，但都集中在其七
言律詩中。前文已經說到，陸游一生筆耕不輟，其詩作近萬首，體裁也
多種多樣，其中七言律詩最多最好。〔註310〕以賀裳所舉陸游〈江樓醉中
作〉〔註311〕一詩為例，此詩是陸游淳熙四年（1177 年）在成都時所作，
時年五十三歲。此前一年，陸游因被指斥「燕飲頹放」而免官，〈江樓醉
中作〉恰是以「燕飲頹放」的方式抒發內心憤鬱。首聯是對詩人豪飲之
狀態的描述，寫江樓宴飲，盡興百榼，秉燭揮毫，賦詩抒慨，意氣遒勁，
活現出放翁豪縱的本色。頷聯抒發深沉悲憤的政治感慨，可謂是全詩的
核心。首先點明詩人豪飲的原因：詩人之所以燕飲頹放，是由於憂憤填
胸，無地可埋，無處傾訴的緣故。頸聯借李廣、劉伶兩個典故，又化用
皮日休〈夏景沖澹偶然作〉其二之詩句〔註312〕，表達自己生作李廣為國

〔註310〕 孫望、常國武主編：《宋代文學史》中說到：「陸游古體、近體、五言、
　　　　 六言、七言等無體不備，並都有不少佳作，而於七古、七律尤為擅長。」
　　　　 語出自孫望、常國武主編：《宋代文學史》（北京：人民文學出版社，
　　　　 1996 年），頁 114。陸游現存詩歌約為 9400 首，參見胡傳志：〈天放奇
　　　　 範角兩雄——陸游與元好問詩歌比較論〉，《北京大學學報（社會科學
　　　　 版）》，2010 年 7 月，第 47 卷第 4 期，頁 68。而其七言律詩共存 3184
　　　　 首，參見徐丹麗：《陸游詩研究》（南京大學博士論文，2005 年），頁 73。
　　　　 可以看出陸游現存七言律詩數量幾乎占其整個詩集的三分之一。
〔註311〕 陸游〈江樓醉中作〉其全文為：「淋漓百榼宴江樓，秉燭揮毫氣尚遒。
　　　　 天上但聞星主酒，人間寧有地埋憂？生希李廣名飛將，死慕劉伶贈醉
　　　　 侯。戲語佳人頻一笑，錦城已是六年留。」出自宋・陸游著；錢仲聯
　　　　 校註：《劍南詩稿校註》，頁 707。
〔註312〕 皮日休〈夏景沖澹偶然作〉其二：「他年謁帝言何事？請贈劉伶作醉
　　　　 侯。」出自唐・皮日休著：《皮子文藪》（上海：上海古籍出版社，1981
　　　　 年），頁 195。

殺賊的願望難以實現，所以只好逃入醉鄉，慕劉伶之死以贈醉侯。尾聯兩句正是對此意的具體說明。全詩看似頹放，實則崢嶸倔強。

　　賀裳於「陸游」一條結尾又對陸游之詩歌特色作出總結：「天啟、崇禎中，忽崇尚宋詩，迄今未已。究未知宋人三百年間本末也，僅見陸務觀一人耳。實則務觀勝處，亦未能知，止愛其讀之易解，學之易成耳。遂無復體格，亦不復鍛煉深思，僅於中聯作一二姿態語，餘盡不顧，起結尤極草草，方言俗諺，信腕直書。」〔註313〕賀裳指出，天啟年間到康熙末年這麼長時間，陸游詩風都長盛不衰。不過是因為論詩者「未知宋人三百年間本末」，而論詩者追捧陸游，僅僅是由於陸游之詩語言平易曉暢，章法整飭謹嚴，以至於「讀之易解，學之易成」。陸游詩之特點在於往往先有中間對聯之句，其句對仗工整，在此之後再做起句結句，但往往草草為之。

　　綜上所述，可以看出，在賀裳看來，陸游詩雖然有佳作，能夠讓讀者眼前一亮，但是陸游的才具並不多，詩歌的意境也不夠深遠，因此根本沒有達到被奉為圭臬的地步，是故賀裳於宋代並未推崇陸游之詩。

（六）林景熙

　　賀裳同樣讚賞的還有宋末林景熙之詩，雖對其著墨不多，但其用詞頗高：

> 嘗嘆詩法壞而宋衰，宋垂亡詩道反振，真咄咄怪事！讀林景
> 熙詩，真令心眼一開。〔註314〕

賀裳認為宋代詩歌發展到末期因其詩法壞而逐漸衰弱，宋末詩壇以江湖詩派為主，江湖詩派成員眾多，流品蕪雜，而且持續時間長，波及範圍廣，對宋末詩壇產生極大影響。〔註315〕吳喬《逃禪詩話》中也有與

〔註313〕出自清·賀裳《載酒園詩話》卷五，評宋代詩人「陸游」條，頁453。
〔註314〕出自清·賀裳《載酒園詩話》卷五，評宋代詩人「林景熙」條，頁458。
〔註315〕語見侯林建：〈「江湖詩派」概念的梳理與南宋中後期詩壇圖景〉，《文學遺產》（2017年03期），頁81。此外更有甚者認為「廣義上的江湖

賀裳相似觀點「古體至於陳隋，近體至於宋之江西派、江湖派，體制盡亡，並才情而失。」〔註316〕賀裳發現到宋末時林景熙等詩人反而有振拔宋詩之功，這也是他困惑之處。賀裳認為林景熙詩，令人讀之「心眼一開」，從其所舉林景熙之詩句〔註317〕，可以看出賀裳所欣賞的是其詩之氣概與想象力，比起強而說理，意隨言盡的宋詩，林景熙之詩更有比興抒情之意味，賀裳讚其「真視唐人無愧」。

　　縱觀賀裳評宋詩之語，可以看出賀裳評價宋詩時，喜歡以唐詩為標準，如賀裳評宋初詩人「全學晚唐，故氣格不高」〔註318〕；評林逋詩「惜帶晚唐風氣」〔註319〕；評俞靖詩「詩真入唐人三昧」〔註320〕；評王安石律詩佳處與唐人無異〔註321〕；評王珪詩「尚不及唐人早朝應制」〔註322〕；評劉攽詩「不在元稹〈苦樂相倚曲〉下」〔註323〕；評蘇轍詩「雖亦遠於唐音，實宋詩之可喜者也」〔註324〕評徐積詩「頗有唐音，磊落中有風度」〔註325〕；評范成大詩「有似元、白者，有似許渾、韓偓者」〔註326〕；評嚴羽詩「古詩亦甚用功於太白，惜氣力

<hr />

詩人幾乎代表了南宋中後期詩壇的整個動向」，語出自章培恒、駱玉明主編：《中國文學史》(上海：復旦大學出版社，1996 年版)，頁 481。
〔註316〕清·吳喬著：《逃禪詩話》(台北：廣文書局，1973 年)，頁 573。
〔註317〕賀裳所引之語，如下：〈趙奧別業〉：「開池納天影，種竹引秋聲」、〈溪行〉：「日斜禽影亂，水落樹根懸」、〈春暮〉：「香飄苔徑花誰惜，影落沙泉鶴自看」、〈答鄭即翁〉：「老愛歸田追靖節，狂思入海訪安期」、〈贈天目吳君實〉：「萱草堂深衣屢寄，桃花觀冷酒重攜」〈雲門即事〉：「僧閒時與雲來往，鶴老應知城是非」出自清·賀裳《載酒園詩話》卷五，評宋代詩人「林景熙」條，頁 458、459。
〔註318〕出自清·賀裳《載酒園詩話》卷五，評宋代詩人「李建中、楊徽之、趙湘、王操」條，頁 402。
〔註319〕出自清·賀裳《載酒園詩話》卷五，評宋代詩人「林逋」條，頁 404。
〔註320〕出自清·賀裳《載酒園詩話》卷五，評宋代詩人「俞靖」條，頁 411。
〔註321〕出自清·賀裳《載酒園詩話》卷五，評宋代詩人「王安石」條，頁 420。
〔註322〕出自清·賀裳《載酒園詩話》卷五，評宋代詩人「王珪」條，頁 421。
〔註323〕出自清·賀裳《載酒園詩話》卷五，評宋代詩人「劉攽」條，頁 425。
〔註324〕出自清·賀裳《載酒園詩話》卷五，評宋代詩人「蘇轍」條，頁 429。
〔註325〕出自清·賀裳《載酒園詩話》卷五，評宋代詩人「徐積」條，頁 436。
〔註326〕出自清·賀裳《載酒園詩話》卷五，評宋代詩人「范成大」條，頁 450。

不逮耳。短律有沈雲卿、岑嘉州之遺，長律於高適、李頎尤深。獨樂府不能入古，彼自得力於盛唐也」〔註327〕；評王鎡詩「法賈、姚，頗得遺意」〔註328〕；讚揚林景熙之詩「真視唐人無愧」〔註329〕。

　　此外，賀裳評價宋詩之時出現頻率最高的字為「清」字，如評王禹偁詩「有臨清流、披惠風之趣」〔註330〕；評李建中、楊徽之、趙湘之詩「語尤清麗」〔註331〕；評王操詩「固有清韻」〔註332〕；評潘閬〈夏日宿西禪院〉一詩「惟頷聯清妙」〔註333〕；評曹良弼、魯交詩「亦多清氣」〔註334〕；評林逋詩「筆墨得湖山之助，故清綺絕倫」〔註335〕；評趙抃詩「有清味可啜」〔註336〕；評蘇舜欽詩「佳處稍有清氣」〔註337〕；評陶弼〈出嶺題石灰鋪後〉詩「可謂清絕」〔註338〕；評舒亶〈村居〉詩「歎其清絕」〔註339〕；喜司馬光詩清醇〔註340〕；評邵雍〈月夜〉詩「固自清嘉」〔註341〕；評文同詩「致語之妙，尤清越也」〔註342〕；評黃庭堅

〔註327〕　出自清・賀裳《載酒園詩話》卷五，評宋代詩人「嚴羽」條，頁454。
〔註328〕　出自清・賀裳《載酒園詩話》卷五，評宋代詩人「王鎡」條，頁457。
〔註329〕　出自清・賀裳《載酒園詩話》卷五，評宋代詩人「林景熙」條，頁458。
〔註330〕　出自清・賀裳《載酒園詩話》卷五，評宋代詩人「王禹偁、寇準」條，頁402。
〔註331〕　出自清・賀裳《載酒園詩話》卷五，評宋代詩人「李建中、楊徽之、趙湘、王操」條，頁403。
〔註332〕　出自清・賀裳《載酒園詩話》卷五，評宋代詩人「李建中、楊徽之、趙湘、王操」條，頁403。
〔註333〕　出自清・賀裳《載酒園詩話》卷五，評宋代詩人「潘閬」條，頁403。
〔註334〕　出自清・賀裳《載酒園詩話》卷五，評宋代詩人「魏野、曹良弼、魯交」條，頁404。
〔註335〕　出自清・賀裳《載酒園詩話》卷五，評宋代詩人「林逋」條，頁404。
〔註336〕　出自清・賀裳《載酒園詩話》卷五，評宋代詩人「韓琦、趙抃」條，頁409。
〔註337〕　出自清・賀裳《載酒園詩話》卷五，評宋代詩人「蘇舜欽」條，頁413。
〔註338〕　出自清・賀裳《載酒園詩話》卷五，評宋代詩人「陶弼」條，頁413。
〔註339〕　出自清・賀裳《載酒園詩話》卷五，評宋代詩人「舒亶」條，頁421。
〔註340〕　出自清・賀裳《載酒園詩話》卷五，評宋代詩人「司馬光」條，頁422。
〔註341〕　出自清・賀裳《載酒園詩話》卷五，評宋代詩人「邵雍」條，頁423。
〔註342〕　出自清・賀裳《載酒園詩話》卷五，評宋代詩人「文同」條，頁427。

詩「清空平易」〔註343〕、「清芬逼人」〔註344〕；評張耒詩「大是清越」〔註345〕；評釋惠洪五言古詩「不徒清風逼人」〔註346〕；評沈與求「其詩尚多清氣」〔註347〕；評呂本中「詩亦清政」〔註348〕；評林景熙「詩尤清妙」〔註349〕。賀裳用如此多以「清」為詞根組成的詞語評價宋詩，體現出其對詩歌尚「清」的審美要求。〔註350〕

小結

　　總結本章所論，賀裳對唐代、宋代各時期詩風之變化、詩人詩作之分析精闢、舉例得當，評明代各家詩學著作態度中肯，又頗有自己見解。綜合來看賀裳之批評褒揚中不掩其弊，貶抑中不損其彩，瑕瑜互見，不以偏概全。以下將本章重點，作一簡要歸納：

第一、論唐代

　　賀裳評價初唐詩壇的風氣以樸厚為主，創作手法多採用鋪敘，題材也限於閨閣、戎馬、山川、花鳥幾類。但亦能從中挑選出作詩有獨特風格的優秀詩人加以讚許，如四傑、沈佺期、宋之問等。對王績、陳子昂之詩頗為讚許：王績之詩頗有陶淵明風範，在初唐宮體詩盛行的形式下，以平淡自然、曠懷高致的風格，開唐音先聲；而陳子昂意識到齊梁詩風的庸俗靡弱，高唱漢魏風骨，對初唐詩風有扶輪起靡之功。

〔註343〕出自清‧賀裳《載酒園詩話》卷五，評宋代詩人「黃庭堅」條，頁432。
〔註344〕出自清‧賀裳《載酒園詩話》卷五，評宋代詩人「黃庭堅」條，頁433。
〔註345〕出自清‧賀裳《載酒園詩話》卷五，評宋代詩人「張耒」條，頁434。
〔註346〕出自清‧賀裳《載酒園詩話》卷五，評宋代詩人「釋惠洪」條，頁439。
〔註347〕出自清‧賀裳《載酒園詩話》卷五，評宋代詩人「沈與求」條，頁442。
〔註348〕出自清‧賀裳《載酒園詩話》卷五，評宋代詩人「呂本中」條，頁442。
〔註349〕出自清‧賀裳《載酒園詩話》卷五，評宋代詩人「林景熙」條，頁459。
〔註350〕江蘇師範大學戴夢軍碩士論文：《賀裳〈載酒園詩話〉研究三題》第三章第三節總結出賀裳評宋詩之審美取向有三，分別為：尚「清」觀、主「氣」觀以及重「趣」觀。詳見戴夢軍：《賀裳〈載酒園詩話〉研究三題》，頁74～77。

　　賀裳對盛唐詩歌的總體評價最高，喜愛盛唐高渾之風，論盛唐詩人以李、杜為宗，李杜之外首推王維，但關注王維之角度與大眾所不同，將目光聚焦在王維送別詩之上。同時又注意到盛唐詩歌之異響旁音：張若虛之〈春江花月夜〉不似盛唐氣象反而有初唐之風；常建之詩雜有孟郊、李賀之怪異趣味，可以算的上是中唐詩歌變格的先聲。

　　賀裳論唐代雖「詳於中晚」，實際上還是標舉盛唐，但承認中唐有佳詩存在。對於中唐詩人的評價，賀裳不惜筆墨，如評柳宗元、劉禹錫、李賀等人，不僅字數上數倍於初盛唐詩人，批評角度也更加多樣化。此外，賀裳對唐詩「初、盛、中、晚」分期說提出疑惑，表示不能單獨以時間劃分詩人，而應佐以詩歌風格一同判斷。賀裳同樣注意到中唐詩人如劉長卿、盧綸之詩有盛唐之音。

　　唐詩發展至晚唐時期，風氣靡弱，風格艷麗。但賀裳仍不願忽視晚唐，是以評價晚唐詩人凡 45 家，其中著墨較多者為杜牧、溫庭筠、李商隱。分析比較此三人之詩：賀裳對於杜牧、李商隱頗為欣賞之詩，皆運用比興之技巧，多有寄託。賀裳不喜溫庭筠雕琢過重、外腴內枯之詩。

第二、論宋代

　　賀裳不滿於前朝詩家對於宋詩的一味鄙薄，同時也不讚同清初詩家稱許宋詩僅推陸游一人，提出宋詩三變之說。賀裳指出，宋代詩歌自歐陽修受韓愈文道觀的影響，提出「道胜文至」的觀點，並將其運用在詩歌之中後，導致詩歌在內容上體現為關注現實、議論時事，有明顯的現實性和政治性。宋代詩歌風格開始產生變化，而這種變化是推崇「詩貴含蓄」的賀裳所不喜的。隨後賀裳又對歐陽修自負之作（〈廬山高贈同年劉中允歸南康〉、〈明妃曲和王介甫作〉、〈再和明妃曲〉）進行具體分析，並表示此三首詩，比作白居易之詩尚可，同李白、杜甫之詩相較，堪為夸父追日。

　　宋詩中賀裳首推王安石，認為其樂府五言古詩最佳，其次則是七言律詩。汴宋喜愛蘇轍之詩，而至杭宋則讚賞范成大之詩。而對於陸游

詩，在賀裳看來，陸游詩雖然有佳作，能夠讓讀者眼前一亮，但是陸游的才具並不多，詩歌的意境也不夠深遠，因此根本沒有達到被奉為圭臬的地步，但賀裳對於陸游七言律詩倒是較為欣賞。同時發現宋末詩道反振的現象，林景熙之詩有唐音。

筆者爬梳賀裳以唐詩為標準評價宋詩之語，共有 11 處；此外，賀裳評價宋詩時「清」字出現頻率最高，以「清」為詞根的詞語共有 20 個，可見賀裳將「清」作為評價宋詩的審美標準之一。賀裳總共對宋代 92 家共 98 位詩人進行評價，其評價範圍寬宏廣泛。賀裳論宋詩之時心中尚有唐宋之分，以唐詩為標準評價宋詩，但態度較其他論詩者更為辨正。

餘論

賀裳品評歷代詩歌以及詩人詩作的文字，主要集中在《載酒園詩話》中第二卷至第五卷。此外，《載酒園詩話》卷一中還有「升菴詩話」、「藝苑卮言」、「詩家直說」、「詩歸」四條，是對明代詩學專著的批評，其中主要是援引詩家評詩之語並對其作出評價，其中不乏精彩見解，棄之可惜，故置於本章結尾進行討論。

賀裳《載酒園詩話》中並無對明代詩歌之批評，其原因也在〈唐宋詩話緣起〉中進行說明：「至勝國則苦見聞不多，同時又以充棟難竟，假我數年，或有全書云。」〔註351〕他認為自己對於明代詩歌見聞不夠，不能給之以客觀公正的評價，故《載酒園詩話》中並沒有收錄、評價明人之詩歌。但其在卷一中對於明代重要詩論家以及詩學著作卻有所批評，如「升菴詩話」條談論楊慎論詩之語，「藝苑卮言」條談論王世貞論詩之語，「詩家直說」條討論謝榛論詩之語，而「詩歸」條、「譚評宋詩」條談論竟陵派論詩之語。下面分別進行論述：

〔註351〕清・賀裳著：〈唐宋詩話緣起〉，收入《清詩話續編》，頁 399。

一、論楊慎《升庵詩話》

　　楊慎（1488～1559〔註 352〕）的詩學主張，主要見其《升庵詩話》一書中，其詩歌創作、批評理論方面的成就，一直為人們所關注，如明・顧起綸將其評為明代的五大批評著作之一〔註 353〕，李調元也在〈升庵詩話・序〉中讚其「作詩不名一體，言詩不專一代，兼收並蓄」〔註354〕，其「不可云宋無詩」〔註 355〕之觀點甚至能夠與當時明代風靡的

〔註352〕 有關楊慎卒年之確切時間，學界討論不一。張增祺在〈有關楊慎生卒年代的訂正〉（《昆明師院學報》1980 年第 1 期）中根據《明史・王元正傳》、《明實錄》的有關記載以及 1965 年在昆明呈貢縣王家營龍山原上發掘出土的楊慎〈故明威將軍九華沐公墓誌銘〉等資料，推斷「楊慎至少在隆慶元年還活著」，認定楊慎的卒年在隆慶二年（1568 年）。穆藥在〈也談楊慎生卒年代的訂正〉（《昆明師院學報》1981 年第 1 期）一文中根據李元陽〈游石寶山記〉及〈興教寺海棠感舊〉，認為楊慎卒年應在嘉靖三十九年（1560 年）或四十年（1561 年）。隨後又發表〈楊慎卒年新證〉（《昆明師院學報》1983 年第 3 期）中根據李元陽《七十行戍稿序》和《游石寶山記》以及楊慎受李元陽之請所撰〈重修弘聖寺記〉等考訂楊慎卒年定於嘉靖四十年（1561 年）。陸復初在《被歷史遺忘的一位哲人——論楊升庵及其思想》（昆明：雲南人民出版社，1990 年）一書中根據張含〈讀毛氏家史論〉和萬曆《雲南府志》所載楊慎〈重修弘聖寺記〉關於記載李元陽出資修建寺廟的記載，提出楊慎嘉靖四十二年依然在世，卒於隆慶元年（1567 年）以後。丰家驊《楊慎評傳》（南京：南京大學出版社，1998 年）根據楊慎妹婿劉大昌之〈楊子卮言序〉推斷楊慎卒於嘉靖四十一年（1562 年）。周雪根〈楊慎卒年卒地再證〉一文根據除游居敬〈翰林修撰升庵楊公墓志銘〉、周復俊〈升庵七十行戍稿敘〉推斷楊慎嘉靖三十八年（1559 年）七月卒於昆明高嶢寓所。（《貴州文史叢刊》2016 年 03 期）本文採周雪根之說法，認為楊慎生卒年為 1488～1559。

〔註353〕 《國雅品・序》：「若夫品之源流，前賢敘論，代有高鑑，惟嚴儀卿一家，頗稱指南。至我盛明弘嘉間，又諄諄刻迪。如昌谷《談藝》，足起膏肓；茂秦《詩說》，切於鍼砭；用脩《詩話》，深於辯核；子循《新語》，詳析品匯；元美《卮言》獨擅雌黃。五家大備，將何復云。」出自明・顧起綸著：《國雅品》（台北：明文書局，1991 年），頁 139。

〔註354〕 出自明・楊慎著；王仲鏞箋證：《升庵詩話箋證》（上海：上海古籍出版社，1987 年 12 月），頁 606。

〔註355〕 出自明・楊慎著；王仲鏞箋證：《升庵詩話箋證》（上海：上海古籍出版社，1987 年 12 月），頁 435。

復古主義向抗衡，沈德潛稱其「拔戟自成一隊」〔註356〕。賀裳論楊慎的《升庵詩話》主要可分為三點：論楊慎評詩之語、論楊慎評詩人之語以及論楊慎論學之語，下面分別進行討論。

「升菴詩話」條中，賀裳開篇便引楊慎評李賀〈昌谷北園新笋四首（其二）〉之語：

> 「斫取青光寫〈楚辭〉，膩香春粉黑離離。無情有恨何人見，露壓煙啼千萬枝。」用修曰：「汗青寫《楚辭》，既是奇事，『膩香春粉』，形容竹尤妙。結句以情恨詠竹，似是不類。……」愚意「無情有恨」，正就「露壓煙啼」處見。蓋因竹枝欹邪厭浥於煙露中，有似於啼，故曰「無情有恨」，此可以形象會，不當以義理求者也。懸想此竹，必非琅玕巨幹，或是弱莖纖柯，不勝風露者。長吉立言自妙，不得便謂之拙。〔註357〕

從引文中可以看出，楊慎評李賀此詩，認為李賀以青光〔註358〕寫《楚辭》是為奇事，以「膩香春粉」〔註359〕形容竹尤妙，然其結句以情恨詠竹，實為不類。賀裳對此有不同看法，他認為「無情有恨」實為「露壓煙啼」之感，是因為壓在竹枝上之積露因時間累積而不斷滴落，與哀痛者的垂淚相近，此句是應當以形象領會，而非以常理求之。可以從此二句，推出此詩之竹必然不是琅玕巨幹，應該是「不勝風露」之弱莖纖柯。賀裳認為李賀此詩立言自妙，楊慎沒有領會其中之意便評價其拙是不對的。

〔註356〕清・沈德潛著：《明詩別裁》卷6（台北：台灣商務印書館，1965年），頁106。

〔註357〕出自清・賀裳《載酒園詩話》卷一，「升菴詩話」條，頁260、261。

〔註358〕青光，指代竹皮，指刮去竹子的青皮然後在上面作詩。出自唐・李賀著；清・王琦等注：《李賀詩歌集注》（上海：上海人民出版社，1977年10月），頁141。

〔註359〕「膩香春粉」，用以詠新竹之美。出自唐・李賀著；清・王琦等注：《李賀詩歌集注》，頁141。

　　此外，賀裳對楊慎批評許渾之語有不同看法：

　　　　又曰「唐詩至許渾，淺陋極矣，乃晚唐之最下者。孫光憲曰：
　　　　『許渾詩，李遠賦，不如不作。』當時已有公論。」愚意「淺」
　　　　則有之，「陋」亦未然。詩誠不能超出晚唐，晚唐不及許者更
　　　　自無限。即如孫光憲，亦僅能作〈浣溪沙〉、〈菩薩蠻〉小詞，
　　　　有何格律可稱？

　　　　用修嘗稱晚唐律詩，李義山而下，惟杜牧之為最。又稱韋莊
　　　　詩多佳。韋讀許詩曰：「江南才子許渾詩，字字清新句句奇。
　　　　十斛真珠量不盡，惠休空作碧雲詞。」杜牧又有寄渾之作曰：
　　　　「江南仲蔚多情調，悵望春陰幾首詩。」其為名流推許又如
　　　　此，將何所折衷！

　　　　余以許詩如名花香草，雖不堪為棟樑，政自宜於觴詠，安得
　　　　以一詩失核而盡棄之！〔註360〕

楊慎認為晚唐時期詩歌淺陋至極，而其中許渾為「最下者」。又引孫光
憲〔註361〕「許渾詩不如不作」之語為鄭。賀裳不讚同此觀點並以三點
反駁之：第一，賀裳認為許渾詩「淺」有之，但「陋」未然：賀裳評許
渾詩「許郢州詩，前後多互見，故人譏才短。」〔註362〕但他也同樣指
出，詩家犯此病者不只許渾一人。賀裳還讚賞其〈金陵懷古〉一詩，認
為「此詩在晚唐亦為振拔」〔註363〕。賀裳認為許渾之詩雖不能高於晚
唐，但晚唐不及許渾之人更有甚者，如楊慎引其語的孫光憲僅能作小
詞，甚至並無可稱讚之格律詩；第二，賀裳指出，楊慎於晚唐詩人作律
詩，李商隱為最佳，杜牧其次，又稱韋莊詩多佳。而韋莊〈題許渾詩
卷〉對許渾之詩多加稱許，杜牧又有寄許渾之作〈初春雨中舟次和州橫

〔註360〕出自清・賀裳《載酒園詩話》卷一，「升菴詩話」條，頁261。
〔註361〕宋・孫光憲（901～968），字孟文，自號葆光子。著有《北夢瑣言》、
　　　　《荊台集》、《橘齋集》等，僅《北夢瑣言》傳世。詞存八十四首。
〔註362〕清・賀裳《載酒園詩話》卷四，評晚唐詩人「許渾」條，頁372。
〔註363〕清・賀裳《載酒園詩話》卷四，評晚唐詩人「許渾」條，頁372。

江裴使君見迎李趙二秀才〉，楊慎又該如何折衷；第三，賀裳將許渾詩比作「名花香草」，認為其雖不能成國之棟樑，但仍宜自觴詠，不能因為一詩之失核而將其詩全部否定。

賀裳又引楊慎《升庵詩話》〈晚唐兩詩派〉〔註364〕條並說到：

> 余意用修以此矯空疏之弊，誠為石論，但兩家詩派自分，其弟子得失亦自有別。張主言情，語多平易。賈專寫景，意務雕搜。且張佳處本在樂府歌行，捨其委婉諷諭之章，而模其淺近，此誠庸劣。閬仙古詩雖氣格不靡，時多酸陋，短律推敲良具苦心，學之者專務於此，故時有出藍之美。兩派中有善學不善學之分，概謂之「蝨」，恐非平允。〔註365〕

楊慎《升庵詩話》〈晚唐兩詩派〉一條，將晚唐詩歌分為兩派，認為其一派學張籍、一派學賈島〔註366〕，導致晚唐之詩日趨漸下，甚至出現「吟成五個字，撚斷數莖鬚」的作詩方法，楊慎此條意在強調學詩應學習好的典範。〔註367〕賀裳讚同楊慎以此矯空疏之弊之論說，但也有自己觀點。賀裳認為兩家詩派自分，弟子也有善學不善學之分：賀裳認為

〔註364〕楊慎《升庵詩話》〈晚唐兩詩派〉：「晚唐之詩，分為二派，一派學張籍，一派學賈島。其詩不過五言律，起結皆平平。前聯俗語十字，一串帶過。後聯謂之頸聯，極其用工。又忌用事，謂之點鬼簿。惟搜眼前景而深刻思之，所謂『吟成五箇字，撚斷數莖鬚』也。余嘗笑之，彼視詩道也，狹矣。《三百篇》皆民間士女所作，何嘗撚鬚！今不讀古而徒事苦吟，撚斷筋骨亦何益哉！真處褌之蝨也。」，出自明‧楊慎著；王仲鏞箋證：《升庵詩話箋證》，頁 122、123。

〔註365〕出自清‧賀裳《載酒園詩話》卷一，「升菴詩話」條，頁 263。

〔註366〕施蟄存《唐詩百話‧晚唐詩餘話》中對楊慎此說作出批評：「這晚唐兩派之說，頗為文學史家採用。我以為如此分法，尚未探源。所謂張籍一派，應溯源於大曆詩人之錢起、郎士元；賈島一派，應溯源於二孟（浩然、東野）。而這兩派詩人又彼此出入於王維、韋應物。此外，另有一派起於王建、李賀、張祐，則溫庭筠、李商隱、杜牧、施肩吾、羅隱、韓偓諸家是也。雖然成就有高下，風格有雅俗，總是梁、陳餘韻的復興，與張籍、賈島不同源流。」詳見施蟄存《唐詩百話》，頁 522。賀裳並未對楊慎此分法進行評價，反而對後人是否善學造成的影響加以討論。

〔註367〕升庵標舉詩三百，是將詩經作為詩歌創作的典範。此說法參見《楊慎詩歌與詩學之研究》第五章第一節〈詩人學養〉，頁 118。

學張籍者不善學，張籍詩歌佳處本在於樂府歌行，然學張詩者捨棄諷
諭之章，轉學其平易淺近的言情之語，「此誠庸劣」；而學賈島之人則善
學，賈島之詩雖「氣格不靡」但其寫景卻良具苦心，學其者專於此，因
此有青出於藍之詩。

二、論王世貞《藝苑巵言》

明代文壇自弘治至萬曆的百餘年間，一直籠罩在前後七子所倡導
的復古思潮之下，王世貞（1526～1590）在後七子另一領袖人物李攀龍
辭世之後，主盟文壇近二十年〔註368〕，錢謙益也稱其「操文章之柄，
登罈設墠，近古未有」〔註369〕。王世貞在文學創作及理論實踐方面均
取得巨大成就，為後代文人所尊崇〔註370〕，其文學思想主要集中在《藝
苑巵言》一書。賀裳評王世貞《藝苑巵言》之語主要可分為論王世貞評
詩之語和論王世貞批評唐詩之語兩點。

賀裳首先提出「文章聲價自定，嗜好終是難齊」的觀點，認為文
章、詩歌的價值、聲望都是人們主觀決定的，並沒有一個可觀的標準，
根據個人審美的不同其偏好也不會一樣。藉此引出王世貞對於杜甫〈登
高〉一詩的評價：「老杜集中，吾甚愛『風急天高』一章，結亦微弱。」
〔註371〕但賀裳則提出「弇州尤愛『風急天高』一章，固是意之所觸，
情文相會，猶宋孝宗獨稱『勳業頻看鏡，行藏獨倚樓』耳。然即此一

〔註368〕《明史·王世貞傳》：「世貞始與李攀龍狎主文盟，攀龍歿，獨操柄二
　　　　十年。才最高，地望最顯，聲華意氣籠蓋海內。一時士大夫及山人、
　　　　詞客、衲子、羽流，莫不奔走門下。」清·張廷玉等撰；楊家駱主編：
　　　　《明史》卷二百二十七，列傳第一百七十五，文苑三，頁7381。

〔註369〕清·錢謙益著：《列朝詩集小傳·王尚書世貞》（上海：上海古籍出版
　　　　社，1983年版），頁436。

〔註370〕毛先舒更是將其與眾多文論家比肩：「劉勰、徐、王持論尤精権可
　　　　遵……論詩則劉勰《文心雕龍》、鍾嶸《詩品》、皎然《詩式》、嚴羽
　　　　《滄浪吟卷》、徐禎卿《談藝錄》、王世貞《藝苑巵言》，此六家多能
　　　　發微」出自清·毛先舒《詩辨坻》卷三，轉引自明·王世貞著；羅仲
　　　　鼎校注：《藝苑巵言校注》（濟南：齊魯書社，1992年版），頁1。

〔註371〕明·王世貞著；羅仲鼎校注：《藝苑巵言校注》，頁176。

詩，弇州嫌其結弱，劉須溪則云結復鄭重。平心觀之，弱耶？重耶？恐兩公未免皆膜外之觀也。此詩作於大曆二年夔州時，『艱難苦恨繁霜鬢，潦倒新停濁酒杯』，自是情與境會之言，不經播遷之恨者，固宜以常法律之。」〔註372〕賀裳認為王世貞喜愛杜甫此詩必是因為「意之所觸」，自身情感與詩文相會，猶如宋孝忠獨愛杜甫〈江上〉一詩一樣。但即便是此詩王世貞嫌結句較弱，而劉辰翁評之結句過於鄭重。賀裳對此二說皆不讚同，認為〈登高〉此詩作於大曆二年杜甫在夔州時，此時已是安史之亂結束第四年，杜甫已 56 歲，正處於極端困窘的情形下登高而作。〔註373〕賀裳認為，閱讀此詩需「情與境會」，未經過國家動亂之人才會以尋常解詩之法解讀此詩。

　　賀裳隨後又對王世貞批評唐詩之語進行評論：「弇州之才，吾所北面，獨其論中晚人，則如踞峰巒而下視，雖形勢瞭然，未能周悉幽隱。詩至中晚而衰，誠無辭於掊擊。然讀之亦甚草草，退之至謂『本無所解』，將〈琴操〉銘詩可一概抹卻乎？」〔註374〕賀裳之語可以從以下兩點進行分析：第一，賀裳稱讚王世貞之才學〔註375〕。王世貞之學問淵博、才華橫溢，歷代文人多有評論，如：陳田在《明詩紀事》中也提及王世貞富有才學：「蓋弇州負博一世之才，下筆千言，波譎雲詭，而又尚論古人，博綜掌故，下逮書、畫、詞、曲、博、弈之屬，無所不通。」〔註376〕朱彝尊在《靜志居詩話》頌其才華橫溢：「元美才氣十倍于鱗……時名雖七子，實則一雄。」〔註377〕《四庫全書總目》讚其學問

〔註372〕出自清・賀裳《載酒園詩話》卷一，「藝苑卮言」條，頁 265。

〔註373〕海兵編著：《杜詩全集詳注》（烏魯木齊：新疆人民出版社，2000 年），頁 339。

〔註374〕出自清・賀裳《載酒園詩話》卷一，「藝苑卮言」條，頁 266。

〔註375〕《漢典》中「北面」有弟子行拜師禮之義，此處賀裳所用之「北面」應指臣服之意，表示賀裳佩服王世貞之才學。

〔註376〕出自清・陳田撰；楊家駱主編：《明詩紀事》（上海：上海古籍出版社，1993 年），頁 1867。

〔註377〕出自清・朱彝尊：《靜志居詩話》（北京：人民文學出版社，1990 年 10 月版），頁 382。

淵博「考自古文集之富者，未有過於世貞者。」〔註378〕第二，討論王世貞評中晚唐詩之語。王世貞論詩標榜盛唐，其〈徐汝思詩集序〉中明確提到：「盛唐之於詩也，其氣完，其聲鏗以平，其色麗以雅，其力沈而雄，其言融而無跡。故曰：盛唐其則也。」〔註379〕賀裳認為王世貞以盛唐之標準看待中、晚唐詩〔註380〕，則如峰巒下視，可知其全貌，卻未見其周隱。賀裳承認唐詩至中晚而衰之論說，但王世貞忽略中、晚唐之詩，甚至認為韓愈詩「本無所解」，此觀點賀裳並不認同。賀裳對於韓愈之詩誇讚居多：如稱其七言古最見筆力，可比之杜甫〔註381〕，又讚其善於使事，是故不能認同王世貞將韓愈之詩一概抹卻的看法。

三、論謝榛《詩家直說》

謝榛（1499～？〔註382〕），曾與李攀龍、王世貞等人結社為「後七子」，因其與李攀龍觀點不合〔註383〕而被削名於七子之列。但其詩

〔註378〕出自清・永瑢等撰：《四庫全書總目》（北京：中華書局，1965 年版），頁 1508。

〔註379〕明・王世貞：〈徐汝思詩集序〉，《弇州山人四部稿》（景印文淵閣四庫全書本）（台北：台灣商務印書館，1983 年版）卷六五，1280 冊，頁 135。

〔註380〕上海大學李燕青博士論文《《藝苑卮言》研究》一文中討論到王世貞論詩以盛唐為尊，而在品評中晚唐詩之高下時，都是以「盛唐氣象、神韻」為衡量標準。詳見李燕青：《《藝苑卮言》研究》（上海大學博士學位論文，2010 年 5 月），頁 160、161。以此可以看出賀裳對於王世貞評中晚唐詩之語的理解是準確的。

〔註381〕賀裳於「韓愈」條中說到：「七言古最見筆力，中唐名家，亦多緩弱。惟韓退之有項羽救鉅鹿，呼聲動天，諸侯莫敢仰視之概，至敗亡，猶能以二十八騎於百萬眾中斬將刈旗，稍一沉深，項可劉，韓可杜矣。」出自清・賀裳《載酒園詩話》卷三，「韓愈」條，頁 450。

〔註382〕有關謝榛之生卒年學界目前爭議很大，關於其生年，有 1495 年、1496 年、1499 年三種說法，其卒年也有 1575 年、1576 年、1579 年三種說法，關於學界之討論，周宇婧：《論謝榛其人與其詩論》（山東大學碩士論文，2017 年 5 月）第一章第一節有詳細論述，可資參考。

〔註383〕李攀龍論詩認為「詩自天寶而下，俱無足觀」（《明史・李攀龍傳》），而謝榛則能夠觀初唐之優點並提倡可調和初唐之詩：「熟讀初唐盛唐諸家所作，有雄渾如大海奔濤，秀拔如……學者能集眾長合而為一，

學理論仍為時人所重視，李攀龍稱其「論詩道爾長。」〔註384〕朱彝尊《靜志居詩話》也稱「七子結社之初，李、王得名未盛，稱詩選格，多取定於四溟。」〔註385〕可從其中看出謝榛詩論之影響。其詩學主張主要在其《詩家直說》〔註386〕一書中，謝榛《詩家直說》內容豐富，賀裳只取其中四條加以評騭，其觀點如下：

賀裳評謝榛「謝茂秦論詩，不顧性情義理，專重音響，所謂習制氏之鏗鏘，非關作樂之本意也。其糾摘細碎，誠有善者，亦多苛僻。」〔註387〕賀裳認為《詩家直說》有「善者」之語，亦有「苛僻」之語，其原因就在於謝榛論詩專重音響聲律，不顧性情義理。而論詩注重聲律，有得亦有失，賀裳提出「茂秦屢誨人以悟，然所云悟，特聲律耳。其得處為淹雅，失處則不免流於平熟。詩法中固有「橫空盤硬語，妥帖力排奡」者，烏可拘此一途？」〔註388〕賀裳將詩歌比作音樂，提出「習制氏之鏗鏘，非關作樂之本意」之說法，意在說明詩歌不應以聲律音響為重，應以「情」為主，而這也可與賀裳「詩貴入情」之說相互佐證。

賀裳又針對謝榛論詩注重簡而妙這一觀點提出自身看法：「信如所云，詩只作一句耶？文人得心應手，偶爾寫懷，簡者非縮兩句為一句，煩者非演一句為兩句也。承接處各有氣脈，一篇自有大旨，那得如此苛斷！」〔註389〕謝榛《詩家直說》中關於簡而妙這一說法如下：

若易牙以五味調和，則為全味矣。」出自明‧謝榛著；李慶立、孫慎之校箋：《詩家直說箋注》（濟南：齊魯書社，1987年5月），頁332。

〔註384〕明‧李攀龍著；李伯齊校點：《李攀龍集》（濟南：齊魯出版社，1993年），頁133。

〔註385〕清‧朱彝尊著：《靜志居詩話》（北京：人民文學出版社，1990年10月版），頁386。

〔註386〕《詩家直說》又名《四溟詩話》。丁福保在〈四溟詩話題解〉提及此書名稱的轉變：「《四溟詩話》原名為《詩家直說》。」

〔註387〕出自清‧賀裳《載酒園詩話》卷一，「謝榛詩家直說」條，頁267。

〔註388〕出自清‧賀裳《載酒園詩話》卷一，「謝榛詩家直說」條，頁269。

〔註389〕出自清‧賀裳《載酒園詩話》卷一，「謝榛詩家直說」條，頁268。

「詩有簡而妙者。如阮籍『一身不自保，何況戀妻子』，不如裴說『避亂一身多』。戴叔倫『還作江南會，翻疑夢裡逢』，不如司空曙『乍見翻疑夢』。沈約『及爾同衰暮，非復別離時』，不如崔塗『老別故交難』。張九齡『謬忝為邦寄，多慙理人術』，不如韋應物『邑有流亡愧俸錢』。」〔註390〕可以看出，謝榛論詩注重簡而妙，所舉之例皆為兩句詩可化為一句。賀裳不服此論，認為詩歌承接處自有其氣脈，有其主旨，怎可因就繁、就簡而輕易改變？自楊載始，詩歌有其「起承轉合」之說，並要求章法佈局符合詩歌結構的規律性，賀裳論詩也強調其首尾需貫徹。

此外，賀裳十分讚同謝榛關於立意與措辭之語：「茂秦嘗自設問答，曰：『夫作詩者立意易，措辭難，然辭意相屬而不離。若專乎意，或涉議論而失於宋體；工乎辭，或傷氣格而流於晚唐。』此真妙論。」〔註391〕謝榛論立意之說，重點在於分「辭前意」與「辭後意」：「詩有辭前意、辭後意，唐人兼之，婉而有味，渾而無跡。宋人必先命意，涉於理路，殊無思致。」〔註392〕謝榛認為「辭前意」和「辭後意」若是融合一起，就像是唐人作詩溫婉有味，渾然而成。而宋人作詩先命意，詩歌創作涉及其理路，便無法引發思想情意。

四、論鍾、譚《詩歸》

《載酒園詩話》中賀裳評價《升庵詩話》、《藝苑卮言》、《詩家直說》之語都較為零散，但與之不同的是，賀裳對鍾、譚的評價較為集中。評價鍾惺（1574～1625）、譚元春（1586～1637）二人是晚明竟陵派代表人物。二人對於晚明詩壇影響頗深，《明史‧鍾惺譚元春傳》稱其「名滿天下」〔註393〕，錢繼章〈序友夏〉一文也提到「鍾譚一出，

〔註390〕轉引自清‧賀裳《載酒園詩話》卷一，「謝榛詩家直說」條，頁268。
〔註391〕出自清‧賀裳《載酒園詩話》卷一，「謝榛詩家直說」條，頁268～269。
〔註392〕明‧謝榛著；李慶立、孫慎之校箋：《詩家直說箋注》，頁115。
〔註393〕出自清‧張廷玉等撰；楊家駱主編：《明史》卷二百八十八，列傳第一百七十六，文苑四，頁7398。

海內始知『性靈』二字。」〔註394〕，其重要地位可見一斑。《詩歸》是
鍾、譚二人共同編著的一部詩歌選集〔註395〕，其選詩極有特色〔註396〕，
可謂風靡一時。錢謙益《列朝詩集小傳》中描寫了當時狀況：「《古今詩
歸》盛行於世，承學之士，家置一編，奉之如尼丘之刪定。」〔註397〕
朱彝尊《靜志居詩話》也評其「詩歸既出，紙貴一時」〔註398〕，但許
多詩論家對《詩歸》此書則多含貶義，如錢謙益〔註399〕、顧炎武〔註
400〕、朱彝尊〔註401〕等人，皆對其持反對意見。賀裳在「詩歸」一條
中對鍾譚之評價可分為以下兩點論之〔註402〕：

〔註394〕 明・譚元春著；陳杏珍標校：《譚元春集》（上海：上海古籍出版社，
1998 年），頁 953。

〔註395〕 《詩歸》著錄詩歌不按詩歌體裁，而以詩人生卒年代為序，《詩歸》
詩人之後有總評，詩句之後有細評，幾乎每首詩歌下都有鍾、譚二人
評語。其序言、選詩與評語三者共同形成了一套完整的理論體系。

〔註396〕 《詩歸》的選詩特色，分為下列五點：一為選錄大量上古歌謠和樂府
歌行；二為豔情詩的選擇；三為對待大家和無名詩人的態度，即：不
循名、不畏博，看詩不看人，重標準不重慣例；四為選錄有關佛禪及
修道的詩；五為對「應制詩」的態度。參見劉宇：《晚明竟陵派詩歌
理論研究》（齊齊哈爾大學碩士論文），頁 19～21。

〔註397〕 出自清・錢謙益著：《列朝詩集小傳・鍾提學惺》，頁 570。

〔註398〕 出自清・朱彝尊著：《靜志居詩話》，頁 563。

〔註399〕 錢謙益《列朝詩集小傳・鍾提學惺》：「（《詩歸》）而寡陋無稽，錯繆
疊出，稍知古學者咸能箋以攻其短……得采而錄之。唐天寶之樂章，
曲終繁聲，名為入破；鍾譚之類，豈亦五行志所謂『詩妖』者乎！餘
豈忍以蚓竅之音，為關雎之亂哉！」出自清・錢謙益著：《列朝詩集
小傳・鍾提學惺》，頁 570、571。

〔註400〕 顧炎武《日知錄》卷十八：「近日盛行《詩歸》一書，尤為妄誕。」

〔註401〕 朱彝尊《靜志居詩話》：「正如摩登伽女之淫咒，聞者皆為所攝，正聲
微茫，蚓竅蠅鳴，鏤肝鉥腎，幾欲走入醯甕，遁入薴絲。充其意不讀
一卷書，便可臻於作者。此先文恪斥亡國之音也。」出自清・朱彝尊
著：《靜志居詩話》，頁 563。

〔註402〕 張健先生《唐詩與宋詩——〈載酒園詩話〉研究》一書第三章「詩歸」
條，將賀裳評詩之誤分為認卑為雅、不明詩意、不支源流、誤取錯
誤版本而謬評讚之、選詩偏頗、擬改古人詩而不合、妄臆古人、比較
二人詩不公允、以及錯看主題九途（參見頁 176～179）。王熙銓《賀
裳〈載酒園詩話〉研究》第五章第三節將賀裳評《詩歸》之失總結為
7 點（詳見頁 79）。

（一）論鍾譚論詩之語

> 鍾氏《詩歸》失不掩得，得亦不掩失。得者如五丁開蜀道，失者則鐘鼓之享雞鶩。大率以深心而成僻見，僻見而涉支離，誤認淺陋為高深，讀之使人怏怏耳。然其持論亦偏，曰：「詩以靜好柔厚為教者也，豪則喧，俊則薄，喧不如靜，薄不如厚。」愚意遠喧而取靜可也，避豪而得悶不可也；戒薄而求厚可也，捨俊而獎純不可也。〔註403〕

上述引文乃是賀裳總評《詩歸》之語，賀裳客觀評論鍾氏《詩歸》之得與失，其主要觀點可以分為以下三方面：

　　其一，賀裳承認《詩歸》之得。自前後七子推崇「文必秦漢，詩必盛唐」後，「將秦漢、盛唐時期的學習和借鑒推向極端，變成了對古人的模擬，結果導致在自我作品中的喪失」〔註404〕，而公安派倡導「獨抒性靈，不拘格套」，雖積極提倡創作要書寫個人性靈，表達真實情趣，但卻使得後期的創作中難免出現草率粗糙的弊病。〔註405〕為矯七子、公安末流之弊〔註406〕，鍾惺認為應「第求古人真詩所在」，認為學習古人就應學其真精神所在，並進一步提出「真詩者，精神所為也，察其幽情單緒，孤行靜寄於喧雜之中，而乃以其虛懷定力，獨往冥遊於寥廓之

〔註403〕 出自清‧賀裳《載酒園詩話》卷一，「詩歸」條，頁270。

〔註404〕 參見鄔國平著：《竟陵派與明代文學批評》（上海：上海古籍出版社，2004年），頁83。

〔註405〕 參見鄔國平著：《竟陵派與明代文學批評》（上海：上海古籍出版社，2004年），頁84。

〔註406〕 鍾惺〈詩歸序〉批評前後七子提倡學古卻僅能得古人之皮相，而失其神髓；公安提倡求異但自為詩歌卻又失之淺俚：「今非無學者，大要取古人之極膚、極狹、極熟，便於口手者，以為古人在是。使捷者矯之，必於古人外自為一人之詩以為異；要其異，又皆同乎古人之險且僻者，不則其俚者也；則何以服學古者之心？無以服其心，而又堅其說以告人曰『千變萬化，不出古人。』問其所為古人，則又向之極膚、極狹、極熟者也。世真不知有古人矣！」明‧鍾惺著；李先耕、崔重慶標校：《隱秀軒集》（上海：上海古籍出版社，1992年），頁236。

外。」〔註407〕可以看出，為了改變公安派後期信手為作、粗製濫造、俚俗膚淺的積弊，竟陵派主張只有用遠離世俗的「孤懷孤詣」和「幽情單緒」〔註408〕，即「幽深孤峭」，同時重視學習古人之真神，力求深厚，才能使得作品既能抒發詩人的真實性情，又能不蹈公安俚俗的後塵。〔註409〕

經歷過「復古」與「性靈」後，明代詩歌在鍾惺提倡下又開創出「幽深孤峭」之詩風，也因此賀裳用「五子開蜀道」來形容詩風開闢之不易。而竟陵派「孤深幽峭」之詩風，也為眾多詩家所承認，如錢謙益在其《列朝詩集小傳》中便稱「擢第之後，思別出手眼，另立幽深孤峭之宗，以驅駕古人之上。」〔註410〕《明史・鍾惺譚元春傳》中也提到：「自宏道矯王、李詩之弊，倡以清真，惺復矯其弊，變而為幽深孤峭。」〔註411〕陳敏《《詩歸》與竟陵派的詩論綱領》一文中也認為《詩歸》一書標舉了竟陵派「幽深孤峭」的詩風：「幽深孤峭」是竟陵派有別於公安派的顯著之點，是鍾、譚作為領袖人物大力提倡的風格標準，它也就成了竟陵派創作實踐的主體風格。〔註412〕

其二，賀裳指出《詩歸》之失。賀裳以「鐘鼓之享鷄鵁」形容《詩歸》之失，「鷄鵁」，即指海鳥爰居，語出自《國語・魯語上》〔註413〕，

〔註407〕明・鍾惺著；李先耕、崔重慶標校：《隱秀軒集》（上海：上海古籍出版社，1992 年），頁 236。

〔註408〕鍾惺所提出的「幽情單緒」便是指詩人對客觀現實的獨特感受，是外在事物在詩人內心激起的獨特情緒體驗。此處說法參見唐娜：《鍾惺「清物」說詩學思想研究》（廣西師範大學碩士論文，2012 年 4 月），頁 28。

〔註409〕張嘯：〈俚俗與幽深，同歸於真情──公安派與竟陵派比較〉，《湖北社會科學》2019 年第 6 期。

〔註410〕清・錢謙益著：《列朝詩集小傳・鍾提學惺》，頁 570。

〔註411〕出自清・張廷玉等撰；楊家駱主編：《明史》卷二百八十八，列傳第一百七十六，文苑四，頁 7398。

〔註412〕陳敏：《《詩歸》與竟陵派的詩論綱領》（山東師範大學碩士論文，2000 年 5 月），頁 36。

〔註413〕《國語・魯語上》：「海鳥曰『爰居』，止於魯東門外三日，臧文仲使國人祭之。展禽曰：『越哉，臧孫之為政也……今海鳥至，已不知而

爰居本為神鳥，因避海風而棲息於魯國東門之外。魯大夫臧文仲以為
是神鳥，便叫魯國百姓祭祀，然而爰居此鳥並不習慣被如此對待，三天
便死了。賀裳以此形容《詩歸》之失指的是竟陵派過於強調「幽深孤
峭」，其選本《詩歸》雖然是針對公安派的流弊選詩，但客觀而言缺乏
全面性的關照，致使其創作最終走向了狹窄空靈的內心世界〔註414〕，
以至於詩歌愈加艱難澀口。錢謙益《列朝詩集小傳・鍾提學惺》中將竟
陵派的詩風比作「木客之清吟」、「幽獨君之冥語」；「如夢而入鼠穴」、
「如幻而之鬼國」；又具有「淒聲寒魄」之鬼趣，「噍音促節」之兵象，
「識之墮於魔」、「趣之沉於鬼」……並以山川、居室作譬喻，展現鍾、
譚詩風詭特、突奧的一面。〔註415〕朱彝尊《靜志居詩話》也評價道「正
如摩登伽女之淫咒，聞者皆為所攝，正聲微茫，蚓竅蠅魃，鏤肝鉥腎，
幾欲走入醋甕，遁入藕絲。充其意不讀一卷書，便可臻於作者。此先文
恪斥亡國之音也。」〔註416〕賀裳肯定鍾惺提出「幽深孤峭」之說乃是
發於深心，然其缺乏全面性的關照而成「涉支離」，又誤認淺陋為高深，
因此竟陵派之詩才會使人讀之悶悶不樂。

其三，賀裳指出鍾惺持論亦偏。賀裳引鍾惺〈陪郎草序〉〔註417〕
之語，認為其論偏頗。賀裳引用鍾惺之語，乃是鍾譚詩學理論中「求
厚」之言論，鍾惺針對當時因公安派「獨抒性靈，不拘格套」而產生的
以「氣豪」、「語俊」為風尚的詩歌風格，提出：粗豪的文氣容易出現喧
雜的意境，俊利的語言難免露出刻薄之相，不豪不俊之詩才「合於靜與

祀之，以為國典，難以為仁且智矣……今茲海其有災乎？夫廣川之鳥
獸，恒知避其災也。』是歲也，海多大風，冬暖。」出自戰國・左丘
明著；三國吳・韋昭注；仇利萍校注：《國語通釋》（成都：四川大學
出版社，2015年3月），頁184～191。

〔註414〕 參見邵衛博：《竟陵派詩學觀探幽》，（陝西師範大學碩士論文，2012
年5月），頁38。

〔註415〕 詳見胡師幼峰：《清初虞山派詩論》，頁200、201。

〔註416〕 出自清・朱彝尊著：《靜志居詩話》，頁563。

〔註417〕 出自明・鍾惺著；李先耕、崔重慶標校：《隱秀軒集》（上海：上海古
籍出版社，1992年），頁276。

厚」的詩教〔註418〕。譚元春也曾在〈詩歸序〉中提到：「乃與鍾子約為古學，冥心放懷，期在必厚。」〔註419〕賀裳則認為，為避免詩歌意境喧雜而崇尚清靜深幽的詩風是可以的，但為了避免粗豪而使其詩風氣悶，令人讀之不快則是不可以的；為戒詩歌之俚俗淺薄求其溫柔敦厚是可以的，但拋棄詩歌俊麗的語言而只求純樸之文字也是不可取的。

　　由以上三點可以看出，賀裳肯定鍾譚二人於詩風上的開創之功，但也為其後期之流弊感到惋惜。近代學者看法與賀裳不盡相同，如周作人（1885～1967）在〈陶筠庵論竟陵派〉一文中說到：「『甘心陷為輕薄子，大膽剝盡老頭巾。』這十四字說盡鍾、譚，……褒貶是非悉具足了。向太歲頭上動土，既有此大膽，因流弊而落於淺薄幽晦，亦所甘心，此真革命家的態度。」〔註420〕先生肯定竟陵派作為文壇革命者的豪氣與膽識。錢鍾書先生也在《談藝錄》中評價到：「蓋鍾譚於詩，乃所謂有志未遂，並非望道未見，顧未可一蓋抹撒言之。」〔註421〕認為不能夠將鍾譚於詩學上的成就一概抹殺。

（二）論《詩歸》評詩、選詩之語

1. 不知其意、不究其旨

賀裳以鍾譚評閻朝隱獨賦〈貓兒鸚鵡篇〉為例，評價道：

> 唐武后於宮中習貓，使與鸚鵡共處，出示百官，傳觀未遍，貓饑搏鸚鵡食之，太后甚慚。事載唐史，千古以為笑柄。……此事於翰墨中最醜，即詩佳亦不足收，況鄙誕可笑若此。張說當時以為風雅罪人，此真定論。〈詩歸〉獨賞之。……按《唐詩紀事》稱朝隱「性滑稽，屬詞奇詭，為武后所賞」。生見薄

〔註418〕參見曾肖：〈詩以靜好柔厚為教──論竟陵派的審美追求與詩學宗尚〉，《中國韻文學刊》2014 年 04 期，頁 20。

〔註419〕明‧譚元春著；陳杏珍標校：《譚元春集》（上海：上海古籍出版社，1998 年），頁 593。

〔註420〕周作人：《周作人先生文集──風雨談》（台北，里仁書局，1982 年），頁 115。

〔註421〕錢鍾書：《談藝錄》（北京：中華書局，1999 年 11 月），頁 102。

　　於本朝，忽推崇於異代。余意選者不應悖謬至此，總是閱《詩
　　紀》時見其體裁怪異而喜之，不考其何時何事也。〔註422〕

賀裳認為唐武后宮中習貓一事最醜，不應收入詩集之中，然《詩歸》
確欣賞以其事兒作之〈貓兒鸚鵡篇〉，賀裳考《唐詩紀事》後發現，朝
隱其人在本朝便為人所不喜，奈何到了後代有為人所欣賞。賀裳猜測
鍾譚二人選詩不應悖謬如此，可能是見其題材怪異而選之評之，而並
未考證其背後所用何事。

　　鍾譚二人因不明詩意而造成的評詩之誤不只此一處，賀裳又舉鍾譚
二人評價宋之問〈浣紗篇贈陸上人〉一詩，也是未讀懂宋之問寄託之語，
專就浣紗及上人評論。同樣，鍾譚二人評張九齡〈庭梅〉詩中以庭梅在
風雪中馨香如故寄寓本身立身處世之大節，將此詩單純看作一首詠梅
詩，也因此賀裳提出「讀古人草草，古人不受誣也」〔註423〕之觀點。

　　賀裳如此評詩蓋因其所提出「詩為活物」之說，鍾惺於其〈詩論〉
一文中提出：「《詩》，活物也。遊、夏以後，自漢至宋，無不說詩者。
不必皆有當於《詩》，而皆可以說《詩》。其皆可以說《詩》者，即在不
必皆有當於《詩》之中。非說《詩》者能如是，而《詩》之為物，不能
不如是也。夫詩，取斷章者也。斷之於彼，而無損於此。此無所予，而
彼取之。」〔註424〕而鍾惺援引孔子及其弟子所引《詩》，春秋列國大夫
於盟會聘享所賦之《詩》及漢韓嬰所傳之《詩》，有與《詩》之本事、
本文、本義絕不相蒙而又覺未嘗不合為例，本來就是隨時、隨事、隨
人、隨場景等的不同，而取斷章之義以應之，求其一端而已。〔註425〕

〔註422〕出自清・賀裳《載酒園詩話》卷一，「詩歸」條，頁270～272。
〔註423〕出自清・賀裳《載酒園詩話》卷一，「詩歸」條，頁274。
〔註424〕明・鍾惺著；李先耕、崔重慶標校：《隱秀軒集》，頁391。
〔註425〕陳廣宏先生還提出：當然，鍾惺《詩》為「活物」說的提出，就其現
　　　　實意義來說，主要是為他們如同選評古、唐詩那樣真正從文學鑒賞的
　　　　角度來解讀《詩經》作品張本的，據此，他可以大膽廢棄既有之傳箋
　　　　注，而如《詩歸》評點一般，感必由己，取其會心而已，「意有所得，
　　　　間拈數語」，其指歸則落實於「求古人真詩所在」。詳見陳廣宏著：《竟

2. 《詩歸》之謬，尤在李杜

賀裳還關注到，「《詩歸》之謬，尤在李、杜。」主要可從評李杜詩及選李杜詩兩方面，茲分別論述如下：

第一，賀裳首先舉出鍾惺評杜甫〈客居〉詩以誤字為妙：

> 如〈客居〉詩，止是牽爾寫懷之作，原不足選。至其後有句云「臥愁病腳廢，徐步示小園」，鍾云：「『示』字妙。」按本集乃「視」字，細味文理，亦「視」字為妥；作「示」字者，寫〈詩紀〉人一時筆誤耳。偶見其新，遂稱為妙。好奇之僻，其蔽為愚，真可一笑！〔註426〕

引文中賀裳以李杜為例指出其選詩之誤，杜甫〈客居〉一詩，鍾、譚認為其「臥愁病腳廢，徐步示小園」句中「示」字之妙乃取之，然賀裳考其本集發現此處應為摘錄之人一時筆誤。實則，《詩歸》中字句有誤之處甚多，河北大學薛佳慧碩士論文考證《詩歸》中詩文、作者、題目疑誤共達 347 條之多，其中因字形、字音而訛佔主體部分。〔註427〕清·李重華（1682～1755）《貞一齋詩話》也針對《詩歸》以誤字為妙作出批判：「鍾、譚矯七子之弊，《詩歸》一選，專取寒瘦生澀，遂至零星不成章法，甚者以誤字為奇妙。」〔註428〕

第二，賀裳就鍾、譚《詩歸》選李杜之詩作出評價：

> 鍾云：「七言律諸家所難，老杜一人選至三十首，不為嚴且約矣。然於尋常口耳之前，人人傳誦，代代尸祝者，十或黜其六七。友夏云，既欲選出真詩，安得顧人唾罵！」余意欲選真詩，不宜以同異作意細推。鍾意先務人棄我取，安得不僻，僻則安得不錯！……太白高曠人，其詩如大圭不琢，而自有

〔註426〕 《竟陵派研究》第七章〈竟陵派的文學思想〉，頁 386～394。
〔註426〕 出自清·賀裳《載酒園詩話》卷一，「詩歸」條，頁 274。
〔註427〕 此處考證之數據參見薛佳慧碩士論文《詩歸疑誤辨析》，論文不僅詳細考述《詩歸》中各處疑誤，又總結其疑誤原因分為主觀及客觀致誤，頗具論點可資參考。（河北大學碩士論文，2018 年 5 月）
〔註428〕 清·李重華著：《貞一齋詩話》，收入郭紹虞主編：《清詩話續編》，頁 197。

奪虹之色。……鍾、譚細碎人，喜於幽尋暗摸，與光明豁達者氣類固自不侔。故〈詩歸〉所選李、杜尤舛，論李之失，視杜尤甚。〔註429〕

引文中賀裳將目光聚焦於鍾譚《詩歸》對於李、杜詩的選擇。鍾譚論詩極有個人特色，除引文中賀裳所引之語外，鍾惺於《詩歸》中說到：「每於古今詩文，喜拈其不著而最少者，常有一種別趣奇理。」〔註430〕其〈再報蔡敬夫〉一文中提到：「而〈滕王閣〉、〈長安古意〉、〈帝京篇〉、〈代悲白頭翁〉、初、盛應制七言律、大明宮唱和、李之〈清平調〉、杜之〈秋興〉八等作多置孫山之外。」〔註431〕可見鍾譚《詩歸》選詩之標準：不循名、不畏博，看詩不看人，重標準不重慣例〔註432〕。賀裳對鍾譚此等選詩之法十分不滿，認為鍾譚二人選取他人不選之詩入《詩歸》，本身便是一種錯誤的作法，而至於李白之詩，蓋因其論詩倡導「幽深孤峭」，無法欣賞李白詩之快意豁達。陳衍《石遺室詩話》卷二十三中也對鍾譚此舉進行討論「鍾伯敬、譚友夏共選《古詩歸》、《唐詩歸》，風行一時，幾於家絃戶誦。蓋承前後七子肥魚大肉之後，所選唐詩，專取清瘦遠一路，其人人所讀，若李太白之〈古風〉，杜少陵之〈秋興〉、〈諸將〉皆不入選，所謂厭芻豢思螺蛤也。」〔註433〕

〔註429〕出自清・賀裳《載酒園詩話》卷一，「詩歸」條，頁275。

〔註430〕明・鍾惺、譚元春著；張國光、張業茂、曾大興點校：《詩歸》（武漢：湖北人民出版社，1985年），頁437。

〔註431〕明・鍾惺著；李先耕、崔重慶標校：《隱秀軒集》，頁471。

〔註432〕劉宇：《晚明竟陵派詩歌理論研究》（齊齊哈爾大學碩士論文，2012年6月），頁20。此外毛洪文、鄢傳恕〈評《詩歸》〉一文中也總結道「鍾惺、譚元春選詩的特色是剔肥揀瘦，批豪糾俊。」參見毛洪文、鄢傳恕：〈評《詩歸》〉，《荊州師範學院學報（社會科學版）》，2002年第4期，頁17～20。許璧如：《鍾惺詩學理論研究》一文中亦提到：「《詩歸》中刪捨詩的特點：（一）黜落應制、公宴詩；（二）多棄歷代傳誦的名作」參見許璧如：《鍾惺詩學理論研究》（國立中山大學碩士論文，2006年6月），頁94～101。

〔註433〕陳衍著：《石遺室詩話》（一）（瀋陽：遼寧教育出版社，1998年12月），頁309～318。

　　綜上所述，對於明代，賀裳並未對其詩歌風格及詩家作出評價，反而將目光聚焦於明代重要詩論家之詩學著作上。就楊慎《升庵詩話》而言，賀裳對其評價李賀詩之語提出疑問，又為許渾之詩學地位進行辯駁，隨後就楊慎勸學之語引出自身觀點，後人有善學不善學之分；就王世貞《藝苑卮言》而言，賀裳以王世貞評杜甫〈登高〉之語引出「文章聲價自定」、讀詩應「情與境會」的觀點；在肯定王世貞才學的同時又感歎其未曾關注中、晚唐詩；就謝榛《詩家直說》而言，賀裳亦是有褒有貶，讚其有關立意與措辭之語，又批判其論詩專重音響聲律，不顧性情義理；就鍾惺、譚元春《詩歸》而言，賀裳總評其失不掩得，得亦不掩失，隨後對於《詩歸》中不知其意、不究其旨、評李杜之謬等缺點一一進行批評。

第六章　結　論

第一節　《載酒園詩話》詩學理論總結

賀裳的詩學詩學，主要見於其論詩專著《載酒園詩話》中，歸納整理後，茲分為三大部分：一、賀裳之論詩宗旨；二、賀裳之創作論；三、賀裳之批評論。本文已分章論述並加以探研，下面將本文對《載酒園詩話》探研所得的詩論精要進行總結：

一、論詩宗旨方面

本文將賀裳論詩宗旨分為「理不礙詩之妙」、「述情貴真，寫景尚妍」以及「詩貴含蓄」三部分進行論述，其結論如下：

（一）理不礙詩之妙

賀裳之詩理觀是針對嚴羽「詩有別趣，非關理也」這一命題而展開的，主要可分為三個方面：其一，賀裳對於詩之「理」的態度是理與辭必須並重，不可執一而廢；其二，賀裳論詩強調「無理而妙」，認為詩歌看似「無理」卻又極富妙趣之原因在於發乎至情，而「無理之理」便是更進一層的詩之「情理」；其三，賀裳對於太過拘泥於理以及太過背理之詩歌持批評態度。

（二）述情必真，寫景尚妍

賀裳肯定情感在詩歌中的重要地位，將「情真」作為品評詩歌的

審美標準，並認為「情意」與「景事」是主輔關係，也就是說，處於「輔之」地位的「景與事」，是為表達「情意」服務的。在賀裳看來，理想的詩歌是「情意」與「景事」的「兼之」，並將此觀點融入到他對詩人詩作的批評之中。賀裳還創新性的將「景」與「妍」結合到一起，提出「詩非借景不妍」之論。

（三）詩貴含蓄

賀裳認為詩歌在表情達意方面要做到含蓄蘊藉，切忌過於生硬；而詩歌本身不可過於淺顯，能做到「言有盡而意無窮」；隨後賀裳通過對王安石和歐陽修的批評說明想要達到詩之「言有盡而意無窮」需要使用比、興之手法；賀裳不僅提出詩貴含蓄」的說法，更是將「含蓄」作為其詩歌批評的標準，但需要注意的是，賀裳並未一味反對那些並不「含蓄」的詩作，反而稱讚那些率真之詩。

二、詩歌創作方面

賀裳的創作理論清晰，且善於結合具體詩例闡明其觀點，本文將賀裳詩歌創作論分為「創作之原則」、「創作之題材」以及「創作之技巧」三部分，總結如下：

（一）創作之原則

賀裳論及詩歌創作時提出作詩應「貴於用意，又必有味」，其「貴於用意」是從「詩以意為主」這一重要詩學命題發展而來。「用意」針對詩歌創作時的構思環節，賀裳以為詩歌應能夠表現詩人創作之意旨；「有味」針對詩歌創作時的實際操作，主要表現在詩歌的語言、藝術結構等方面，賀裳強調創作時不宜過於紆折或使用過於僻奧之典故。

（二）創作之題材

就創作之題材而言，賀裳主要就詠史詩、詠物詩以及艷情詩這三種題材的創作方法展開討論：論詠史詩時，提出詠史詩應是詩人「意氣棲託之地」以及詠史詩應「比擬得當」、「切情合事」兩個觀點。

論詠物詩時，賀裳提出詠物需精切，不可入俗，「神情俱似」、「意態俱佳」，並以杜甫詠馬、詠鷹之作作為詠物詩的最高標準。論艷情詩時，賀裳提出艷情詩應「樂而不淫」且「止乎禮義」，而艷情詩之創作應「如或見之」、「情深入癡」，艷情詩之語言「寧傷婉弱，不宜壯健」。

（三）創作之技巧

賀裳《載酒園詩話》中對於詩歌創作技巧的討論，集中在章法、用字、對仗、用事以及蹈襲這五個方面：就詩歌創作之章法而言，賀裳強調作詩應「首尾貫徹」，詩之起句結句應相互貫通，有所呼應；就詩歌創作用字而言，賀裳雖多次強調其重要性，但也認為不該過於追求字句琢鍊，詩中用字應當自然無跡。作詩下字之時應忌險僻、氣質；就詩歌創作之對仗而言，賀裳認為詩歌上下句所用之事虛實要相稱、對仗時要注意符合事理人情、上句與下句的句法應該一致、還要考慮對仗之句同全詩的關係、對仗之句必須符合全詩大意；就詩歌用事之法，賀裳提出用事應自然無跡、使事著題，但不易過於拘泥；就詩歌創作時的蹈襲現象，賀裳在皎然「偷勢」之說的基礎上，提出「盜法」一說，並為盜法一事，詩家難免，但若是有巧妙的使用方式，即相似之語句用於意義相反之處，也可以創作出優美的詩作。

三、詩歌批評方面

賀裳《載酒園詩話》之精華，便是對唐、宋詩人之評論。賀裳對唐代、宋代各時期詩風之變化、詩人詩作之分析精闢、舉例得當，評明代各家詩學著作態度中肯，又頗有自己見解。綜合來看賀裳之批評褒揚中不掩其弊，貶抑中不損其彩，瑕瑜互見，不以偏概全。

（一）論唐代

就初唐詩而言，賀裳認為初唐詩壇的風氣以樸厚為主，創作手法多採用鋪敘，題材限於閨闈、戎馬、山川、花鳥幾類。賀裳指出王績在

初唐宮體詩盛行的形式下以其平淡自然、曠懷高致的風格，開唐音先聲；又稱讚陳子昂意識到齊梁詩風的庸俗靡弱，高唱漢魏風骨，對初唐詩風有扶輪起靡之功；另有四傑、沈佺期、宋之問等詩人，亦有其獨特作詩風格。

就盛唐詩而言，賀裳對盛唐詩歌的總體評價最高，喜愛其高渾之風。賀裳論盛唐詩人以李、杜為宗，李杜之外首推王維，但關注王維之角度與大眾所不同，將目光聚焦在王維送別詩之上。同時又注意到盛唐詩歌之異響旁音：張若虛之〈春江花月夜〉不似盛唐氣象反而有初唐之風；常建之詩雜有孟郊、李賀之怪異趣味，可以算的上是中唐詩歌變格的先聲。

就中唐詩而言，賀裳雖稱其論唐代雖「略於初盛，詳於中晚」，實際上還是標舉盛唐之詩，但也承認中唐有佳詩存在。對於中唐詩人的評價，賀裳不惜筆墨，如評柳宗元、劉禹錫、李賀等人，其字數、批評角度都較前人更為豐富。同時也注意到中唐詩人如劉長卿、盧綸之詩有盛唐之音。

就晚唐詩而言，賀裳認為唐詩發展至晚唐時期，風氣靡弱，風格綺麗無骨，敗壞極矣。但賀裳仍不願忽視晚唐，是以評價晚唐詩人凡45家。其中著墨較多者為杜牧、溫庭筠、李商隱三人，而分析比較三人之詩時，稱讚杜牧、李商隱比興寄託之作，而對於溫庭筠外腴內枯之詩則不喜。

此外，賀裳對待唐詩雖以初、盛、中、晚四期進行劃分，但也說提出疑惑，認為不能單獨以時間劃分詩人，而應佐以詩歌風格一同判斷。

（二）論宋代

對於宋代，賀裳反對前代論詩者對於宋詩一概抹殺的態度，提出宋詩三變之說，認為對於宋詩「非可一概視之」。同時又對倡導宋詩者推陸游一人之舉提出不同看法，認為其追捧陸游之詩，不過是「喜其尖

新儇淺」且其詩「讀之易解，學之易成」。故於《載酒園詩話》中專設一卷加以評騭。賀裳共評價宋代92家共98位詩人，時間跨度自宋初及宋末，其評價範圍廣泛，評價態度公允。賀裳雖對歐陽修倡導以文為詩導致宋代詩風一大變感到不滿，但並未對其所有詩作全盤否定，對於歐陽修之近體詩，尚有誇讚之語。宋詩中賀裳首推王安石，認為其樂府五言古詩最佳，其次則是七言律詩；汴宋喜愛蘇轍之詩，而至杭宋則讚賞范成大之詩；對於陸游之詩，賀裳則以自身為例，得出其詩雖偶有佳作，能夠讓讀者眼前一亮，但是陸游才具並不多，詩歌之意境也不夠深遠，故不能將其奉為圭臬。宋代末期，賀裳發現詩道有反振的現象，並稱讚林景熙之詩有唐音。

此外，賀裳因對於明詩見聞不多故並未對其批評，反而將目光聚焦於明代重要詩論家之詩學著作上，其中不乏精彩見解，棄之可惜。賀裳於《載酒園詩話》卷一中對於明代重要詩論家之詩學著作，如：楊慎《升庵詩話》，王士禎《藝苑厄言》，謝榛《四溟詩話》，鍾惺、譚元春《詩歸》等詩學著作，都有所評價，其見解頗有獨到之處，其中對於《詩歸》一書著墨最多，雖對其有誇獎之語，然終歸是批判居多。

綜合上述可以看出，賀裳《載酒園詩話》雖在論詩宗旨、詩歌創作以及詩歌批評等方面頗有獨到之見解，但都是評騭居多，很少立論而分析，其論詩宗旨往往散見於對詩歌的評價之中。此外，《載酒園詩話》未能架構完整的詩學理論體系，其詩體論部分缺而未見，實為遺憾。

第二節　《載酒園詩話》詩學成就與價值

賀裳之論詩宗旨集中於《載酒園詩話》第一卷中，針對詩中之「理」、「情景論」以及「含蓄」這三個重要詩學理論命題進行闡釋，賀裳的論述並非自己自己獨創，而是在前人之論的基礎上進行進一步深化。如「理不礙詩之妙」這一觀點便是在嚴羽《滄浪詩話》「詩有別趣，非關理也」的基礎上發展而來。賀裳對於「情景」的論述「述

情貴真，寫景尚妍」也是在前人（如謝榛、胡應麟等人）論詩重情、重景的基礎上，將「景」與「妍」結合到了一起，將寫景是否「妍」作為評判詩歌的標準之一，將情景論上升至詩歌美學的高度。「含蓄」更是歷代詩論家所關注的重要命題，賀裳並未過多闡述，反而將其作為其詩歌批評的標準。可以看出賀裳之論詩宗旨並無憑空發論，亦少浮泛之言，所提出之論詩宗旨皆援引具體詩例加以論證，邏輯清晰且有說服力。

近代學者對於賀裳《載酒園詩話》的討論多集中於其詩歌批評〔註1〕，但賀裳論詩歌之創作，理論完備，舉例詳盡。賀裳之詩歌創作論，在創作之前強調讀書的重要性，創作時強調「貴於用意」，論及詩歌創作之技巧時，對於章法、用字、對仗、用事及蹈襲等皆有豐富論述。此外賀裳還對不同題材詩歌（詠史詩、詠物詩、艷情詩）之作法展開細緻描寫。賀裳論詩之創作，不僅僅是提出觀點，還舉出相應詩作作為範例。從上述可見，賀裳之詩歌創作理論完備且深入，不論是對於詩家的要求，或是實際的創作運用，皆有精闢的見解與豐富的內容。

《載酒園詩話》中賀裳雖然論詩宗旨、詩歌創作論、批評論都有論及，但其精華所在，仍是賀裳對於唐宋詩人的批評。以下就賀裳之唐宋詩批評分析其詩學成就：

一、評價範圍廣泛、評價方式多樣

就所評詩人數量而言，賀裳於《載酒園詩話》卷二至卷五共評價137位唐代詩人以及98位宋代詩人；就所評詩人身份而言，其中所評詩人身份多樣，如：皇帝、妃嬪、官員、政治家、詩僧、隱士、理學家、愛國志士等，涉及社會不同階層。可見賀裳批評眼光之宏觀。本文爬梳賀裳對235位唐宋詩人評價之語，歸納得出賀裳常用批評之方法有四：

其一，直接批評。賀裳對所批評詩人或詩風進行直接批評，且語

〔註1〕 本文第一章緒論第二節相關研究述評已作分析，此處便不再贅述。

言簡潔、精準，鮮有贅述。賀裳於唐宋詩批評中使用的最多之方法便是此法。

其二，摘句批評。賀裳於評價唐詩時多用此法，摘句批評可以開啟後進創作的途徑，亦可提供批評家攻錯的機會並且能夠延續詩句的生命。〔註2〕至於宋詩，則整首列出較多，而這也使得賀裳《載酒園詩話》具備了中國傳統詩話存人存詩的文獻價值。

其三，對比批評。賀裳將不同詩人或不同詩歌置於一處進行對比，以明其各自優缺點。如評價詩人時，不僅將其文學成就、生平、詩歌風格進行對比，還能夠關注到期所作同一題材之詩所呈現的不同風格，如李賀、李商隱之「神鬼」詩，李商隱、溫庭筠「七夕」詩，韋應物、杜牧「山寺」詩等等。

其四，引用。賀裳評論詩人之詩，時常引用前賢之觀點作為開頭，引出自己之觀點或對其進行批判。如評陳子昂詩時，引用朱熹之語；評柳宗元詩時，引用蘇軾之語；評價溫庭筠詩時，引用顧璘《批點唐音》之語等等。

此外，還有比喻和典故兩種方法，但賀裳所用不多，但能賦予其詩歌批評以豐富的文學色彩。

二、評價公允，不廢中晚唐、宋詩

賀裳在〈唐宋詩話緣起〉中自述其《載酒園詩話》評唐詩「略於初盛，而詳於中晚」，並說明其原因：嘉靖、隆慶前談詩者倡導「文必秦漢，詩必盛唐」，認為「詩自天寶而下，俱無足觀」〔註3〕，以至於詩壇對於中晚唐詩皆「忽之過卑」；而到明末清初時期，錢謙益論詩重比興，作詩取法杜甫、李商隱，對李商隱詩歌評價甚高。〔註4〕馮氏兄

〔註2〕 此處說法參見淡江大學周慶華：《詩話摘句批評研究》第五章〈詩話摘句批評的功能〉（私立淡江大學碩士學位論文，1991年6月），頁98～107。
〔註3〕 見《明史·李攀龍傳》。清·張廷玉等撰；楊家駱主編：《明史》卷二百二十七，列傳第一百七十五，文苑三，頁7381。
〔註4〕 詳見胡師幼峰著：《清初虞山派詩論》，頁80～83。

弟受其影響，提倡作詩以溫、李晚唐為法式〔註5〕，改而崇尚晚唐溫李綺艷含蓄的詩風，故而詩壇對中晚唐詩又「尊之過盛」〔註6〕，因此賀裳試圖給中晚唐詩予以公允之評價。

　　綜觀賀裳對唐詩的評價，四唐之中，他對於盛唐評價最高，喜其「高凝整渾」之風，盛唐之中以李杜為宗，李杜之外首推王維，對王維之送別詩頗為關注。而對於中晚唐詩，賀裳評價不高，但仍不願忽略中晚唐之詩。他於《載酒園詩話》卷三、四中分別對36位中唐詩人、45位晚唐詩人加以評騭，不僅數量上較初、盛唐詩人更多，賀裳對於中、晚唐詩人評價著墨也遠高於初、盛唐詩人。尤其是晚唐之詩，賀裳雖「極力斥責，卻又著力研究」〔註7〕是因其論詩倡導「詩貴含蓄」，故而欣賞杜牧、李商隱比興寄託之作。

　　而對於宋詩，賀裳亦在〈唐宋詩話緣起〉中表明其態度：他反對明代論詩者「唐無賦，宋無詩」、「宋人詩不必觀」等對於宋詩一概抹殺的態度，提出宋詩三變之說，認為對於宋詩「非可一概視之」。同時又對倡導宋詩者推陸游一人之舉提出不同看法，認為其追捧陸游之詩，不過是「喜其尖新儇淺」且其詩「讀之易解，學之易成」。是故賀裳於《載酒園詩話》中專設一卷對宋代92家共98位詩人加以評騭。賀裳於宋詩首推王安石之樂府五言古詩，其次則是七言律詩；汴宋時期喜愛蘇轍之詩，而至杭宋時期則讚賞范成大之詩；同時發現宋末詩道反振的現象，稱讚林景熙之詩有唐音。

　　近代學者多認為賀裳評價宋詩時以唐詩為標準，如台大張健教授《唐詩與宋詩——《載酒園詩話》研究》一書中說到：「心中有唐、宋之念，較不重視宋詩」〔註8〕，「評論宋詩，仍常以唐詩為準則」〔註9〕，

〔註5〕　詳見胡師幼峰著：《清初虞山派詩論》，310。
〔註6〕　清・賀裳著：〈唐宋詩話緣起〉，收入《清詩話續編》，頁399。
〔註7〕　此處說法詳見陳伯海主編：《唐詩學史稿》，第一章〈緒論〉中相關研究述評有詳盡之語。
〔註8〕　詳見張健：《唐詩與宋詩——〈載酒園詩話〉研究》，頁134。
〔註9〕　詳見張健：《唐詩與宋詩——〈載酒園詩話〉研究》，頁135。

劉德重、張寅彭所著《詩話概說》中也認為「賀裳的宋詩觀是以唐詩為標準來評價宋詩得失」〔註10〕。筆者並不否認此觀點，的確，賀裳論宋詩時常以唐詩為標準〔註11〕，但縱觀賀裳對宋詩的評價，發現是否有唐音並非賀裳評價宋詩的唯一標準。

　　賀裳評王安石「實自可興可觀，不惟於古人無愧而已」〔註12〕，認為其五言古詩〈日出堂上飲〉時認為其有《詩經》〈魏風・園桃〉篇之意〔註13〕；評梅堯臣〈送滕寺孫歸蘇州〉「真溫柔敦厚，唐三百年間，無此一篇也。梅詩之可敬在此。」〔註14〕評司馬光之詩「有一時雅音」〔註15〕；評劉攽「詩多可觀」〔註16〕；評鄭獬〈采鳧茨〉詩「與沈遘〈漕舟〉同備采風」〔註17〕。賀裳高度稱讚有《風》、《雅》遺意之宋詩，這也與其「詩貴含蓄」的論詩宗旨相參照。此外，賀裳評價宋詩之時出現頻率最高的字為「清」字〔註18〕，亦可看出賀裳評宋詩以「清」作為審美標準之一，是以《詩話概說》中的說法過於偏頗。

　　唐宋詩之爭始於南宋，並成為詩學研究領域的一大課題。清代是我國古典詩歌理論和詩歌創作集大成的時代，唐宋詩之爭可謂是貫穿清詩史的重要線索。「詩必盛唐」的主張主導明代詩壇，其間有倡宋微音，終難成氣候。明末，鑒於前後七子剽竊因襲的加劇，標榜性靈的公安派與竟陵派群起矯之。清初承明末緒餘，既矯七子弊病，又痛懲公

〔註10〕本文第一章〈緒論〉中相關研究述評有詳盡之語。

〔註11〕據筆者統計共有 11 條，本文第五章〈詩歌批評論〉第二節論宋代中以全數列出。

〔註12〕出自清・賀裳《載酒園詩話》卷五，評宋代詩人「王安石」條，頁418。

〔註13〕出自清・賀裳《載酒園詩話》卷五，評宋代詩人「王安石」條，頁419。

〔註14〕出自清・賀裳《載酒園詩話》卷五，評宋代詩人「梅堯臣」條，頁415、416。

〔註15〕出自清・賀裳《載酒園詩話》卷五，評宋代詩人「司馬光」條，頁422。

〔註16〕出自清・賀裳《載酒園詩話》卷五，評宋代詩人「劉攽」條，頁425。

〔註17〕出自清・賀裳《載酒園詩話》卷五，評宋代詩人「鄭獬」條，頁426。

〔註18〕據筆者統計以「清」為詞根之詞語評價宋詩共有 20 處，本文第五章〈詩歌批評論〉第二節論宋代中以全數列出。

安、竟陵的偏失，此時詩壇宗唐派仍立於強勢。宗宋之風在錢謙益等人倡議下，創作上唐宋兼採。〔註19〕在此風氣之下，賀裳不管是對於唐詩還是宋詩，都能以較為客觀、公允的批評態度對待，評價詩人之語，通常是褒貶結合、不一味讚揚也不一味諷抑，實為難得。

三、對清初詩壇頗具影響

賀裳《載酒園詩話》作為一部「頗有真知灼見」的重要詩學著作，以整飭的體例和明確的綱目，展開其詩學理論的論述，並對唐、宋兩代詩人以及明代重要詩學著作進行評騭。《載酒園詩話》詩歌批評大體上以史為序，以人為綱，其評價詩人之多，範圍之廣，在清初眾多詩話中獨具特色，在當時的江南詩壇頗具影響力。陳田《明詩紀事》稱其「黃公《載酒園詩話》當時盛稱。」〔註20〕而對於賀裳《載酒園詩話》最為推崇的，當是吳喬及閻若璩二人。

吳喬《圍爐詩話·自序》中稱自己「一生困阨，息交絕游，惟常熟馮定遠班，金壇賀黃公裳所見多合。」〔註21〕清·王昶（1725～1807）等修《直隸太倉州志》云：「吳殳〔註22〕，……於詩服膺常熟馮班，金壇賀裳二人合採其說成《圍爐詩話》。」〔註23〕此外，吳喬於另一部詩論輯本《逃禪詩話》中稱賀裳為其「畏友」〔註24〕，可見對於賀裳之仰慕。吳喬曾評價賀裳《載酒園詩話》「深得三唐作者之意，明破兩宋

〔註19〕 此處說法參考自趙娜：《清代順康雍時期唐宋詩之爭流變研究》（蘇州大學博士學位論文，2009 年 5 月）以及廖啟明：《清初唐宋詩之爭研究》（南京大學博士學位論文，2013 年 8 月）。

〔註20〕 清·陳田撰；楊家駱主編：《明詩紀事》（上海：上海古籍出版社，1993年），頁 3346。

〔註21〕 詳見清·吳喬著：《圍爐詩話》，收入郭紹虞主編：《清詩話續編》，頁469。

〔註22〕 吳喬，又名殳，字修齡，自號滄塵子。

〔註23〕 清乾隆進士王昶等修《直隸太倉州志》，《續修四庫全書》第 697 冊，卷 35（上海：上海古籍出版社，2002 年 3 月），頁 562。

〔註24〕 詳見清·吳喬著：《逃禪詩話》（台北：廣文書局，1973 年），頁 587～589。

膏盲，讀之則宋詩可不讀。」〔註25〕並認為賀裳「能詳讀宋人之詩，持論至當。閱其詩話，則宋詩之升降得失畢在，無讀宋詩之苦矣。」〔註26〕其論詩著作《圍爐詩話》卷五中多處援引《載酒園詩話》之語。胡師幼峰〈吳喬《圍爐詩話》對宋詩的評價〉一文中統計到，卷五共148條，其中90條提及、引用賀裳之言論。至於吳喬對於歐陽修、梅聖俞的評論，多遵循賀裳《載酒園詩話》，文字稍有出入而已。〔註27〕可見吳喬對於賀裳之推崇。吳喬《逃禪詩話》也說到：「黃公詳於近體，凡晚唐、兩宋詩人之病，其所作《載酒園詩話》一一舉證而發明之，讀宋人詩集，有披沙覓金之苦，苟讀黃公之書，則晚唐、兩宋之瑕瑜畢見，宋人詩集可以不讀，大快事也。」〔註28〕

此外，吳喬好友閻若璩對《載酒園詩話》也大為賞識，其《潛邱劄記》卷四記載：「老友吳喬先生嘗言：『賀黃公《載酒園詩話》、馮定遠《鈍吟雜錄》及某《圍爐詩話》可稱談詩者之三絕。』余急問賀書何處有。曰：金陵有。即托黃俞邰使者購之，不半月以書至。同胡朏明細讀，口眼俱快、沁入心脾。歎吾老友之知言也」、「取譬語皆絕佳，可尋味之」、「近讀《載酒園詩話》頗悟詩道理，近人直是去之萬里之遙。」〔註29〕可以看出閻若璩同好友吳喬一樣，對賀裳《載酒園詩話》一書大為稱讚，並認為其詩學成就遠超近人。

由於賀裳著作大都亡佚，因此，本文所努力嘗試的，是就《載酒園詩話》一書中的詩學內容進行歸納。同時整理賀裳對唐代137位詩人、宋代98位詩人共235位詩人的評語，搜羅出賀裳所評詩作，歸納賀裳對該詩人的評語，並總結賀裳所使用的批評方式，隨後將其製作

〔註25〕清・吳喬：《圍爐詩話》，收入郭紹虞主編：《清詩話續編》，頁470。
〔註26〕清・吳喬：《圍爐詩話》卷五，收入郭紹虞主編：《清詩話續編》，頁618。
〔註27〕詳見胡師幼峰：〈吳喬《圍爐詩話》對宋詩的評價〉，《輔仁國文學報》，第27期（2008年10月），頁182。
〔註28〕詳見清・吳喬著：《逃禪詩話》，頁587、588。
〔註29〕清・閻若璩：《潛邱劄記》卷四・上（文淵閣四庫全書影印本），頁511、512。

成簡明扼要的表格，企圖使用統計法中圖表、統計等方式，系統化地彰顯賀裳之詩學理論，尤其是賀裳唐宋詩批評的精彩之處，以避免詩話語錄、條列式所帶來的不成結構體系的缺點。同時亦可以通過表格的方式突顯出賀裳對唐宋時期詩人評價之廣泛。

　　經由以上各章的整理分析，賀裳《載酒園詩話》的詩學理論已較為清晰。期待本文能對賀裳的詩學理論關注者，提供些許參考價值。

徵引書目

說明：

一、本文徵引之書目、資料，依性質相近者加以臚列。每一書先列作者，再列書名，次列出版地、出版社、出版年月日。

二、本文之參考書目分為古籍、今人資料彙編及著作、學位論文、期刊論文四大部分。

三、古籍排列次序，以賀裳著作為先，餘則依性質相近者加以臚列，先依作者時代先後，若作者相同則以出版時間先後排列。

四、今人專著中，屬於對古籍之箋注校訂者，亦附於古籍類。

五、今人資料彙編及著作中書目依作者姓名筆畫為序，同一作者又依出版先後排列。

六、碩博士學位論文及期刊論文依發表時間先後排列。同一出版年月，則依作者姓名筆畫順序排列。

一、古籍

（一）

1. 清·賀裳：《載酒園詩話》，收入郭紹虞主編：《清詩話續編》，上海：上海古籍出版社，1983 年。

2. 清·賀裳：《蛻疣集》（不分卷），清初鴛漿閣刻本。

（二）

1. 王秀梅譯注：《詩經》，北京：中華書局，2015 年 9 月。

2. 漢・鄭玄箋；唐・孔穎達疏：《毛詩正義》，台北：廣文書局，1971 年 11 月。

3. 趙生群：《春秋左傳新注》，西安：陝西人民出版社，2008 年。

4. 戰國・左丘明著；三國吳・韋昭注；仇利萍校注：《國語通釋》，成都：四川大學出版社，2015 年 3 月。

5. 元・陳澔注；金曉東校點：《禮記》，上海：上海古籍出版社，2006 年 11 月。

6. 唐・孔穎達：《禮記正義》，收入《十三經注疏》整理委員會整理：《十三經注疏》，北京：北京大學出版社，1999 年 12 月。

7. 宋・朱熹：《詩集經傳》，上海：上海古籍出版社，1987 年。

8. 宋・朱熹注；王浩整理：《四書集注》，南京：鳳凰出版社，2008 年 11 月。

（三）

1. 後晉・劉昫撰，楊家駱主編：《舊唐書》，台北：鼎文書局，1981 年。

2. 南朝梁・沈約：《宋書》，台北：鼎文書局，1975 年 6 月。

3. 清・張廷玉等撰；楊家駱主編：《明史》，台北：鼎文書局，1975 年 6 月。

4. 清・趙爾巽等撰，楊家駱校：《清史稿》，台北：鼎文書局，1981 年 9 月。

5. 清・永瑢等撰：《四庫全書總目》，北京：中華書局，1965 年版。

6. 清・紀昀等著：《欽定四庫全書總目》，北京：中華書局，1997 年。

7. 清‧劉誥等修：《江蘇省重修丹陽縣志》，台北：成文出版社，1983年。

8. 清‧王昶等修：《直隸太倉州志》，上海：上海古籍出版社，2002年3月。

9. 清‧潘介祉著：《明詩人小傳稿》，台北：國立中央圖書館，1986年。

10. 昌彼得、喬衍琯、宋常廉等編：《明人傳記資料索引》，台灣：文史哲出版社，1978年。

11. 張慧劍：《明清江蘇文人年表》，北京：人民文學出版社，2008年6月。

（四）

1. 唐‧杜甫；海兵編著：《杜詩全集詳注》，烏魯木齊：新疆人民出版社，2000年。

2. 唐‧韓愈著；屈守元、常思春：《韓愈全集校注》，成都：四川大學出版社，1996年。

3. 唐‧元稹著；冀勤點校：《元稹集》，北京：中華書局，2000年。

4. 唐‧李賀著；清‧王琦等注：《李賀詩歌集注》，上海：上海人民出版社，1977年10月。

5. 唐‧杜牧著；清‧馮集梧注；陳成校點：《杜牧詩集》，上海：上海古籍出版社，2015年11月。

6. 唐‧溫庭筠著；清‧曾益等箋注；王國安標點：《溫飛卿詩集箋注》，上海：上海古籍出版社，2008年4月。

7. 唐‧李商隱著；清‧馮浩箋注：《玉谿生詩集箋注》，上海：上海古籍出版社，1979年10月。

8. 唐‧李商隱著；陳伯海選注：《李商隱詩選注》，上海：上海古籍出版社，1982年2月。

9. 唐・李商隱著；清・朱鶴齡箋注；田松青點校：《李商隱詩集》，上海：上海古籍出版社，2015 年 6 月。

10. 唐・皮日休著：《皮子文藪》，上海：上海古籍出版社，1981 年。

11. 宋・歐陽修著；王鍈選註：《歐陽修詩文選注》，貴陽：貴州人民出版社，1979 年 11 月。

12. 宋・歐陽修著；李逸安點校：《歐陽修全集》，北京：中華書局，2001 年。

13. 宋・王安石著；中華書局上海編輯所編輯：《臨川先生文集》，北京：中華書局，1959 年 1 月。

14. 宋・王安石著；王兆鵬、黃崇浩編選：《王安石集》，南京：鳳凰出版社，2006 年 11 月。

15. 宋・蘇軾撰，孔凡禮點校：《蘇軾文集》，北京：中華書局，1986 年。

16. 宋・蘇軾著：《蘇軾詩集》，北京：中華書局，1999 年重印本。

17. 宋・蘇軾著；張志烈、馬德富、周裕鍇編：《蘇軾全集校注》，石家莊：河北古籍出版社，2010 年 6 月。

18. 宋・蘇轍著；陳宏天、高秀芳點校：《蘇轍集》，北京：中華書局，2004 年 5 月。

19. 宋・陸游著；錢仲聯校註：《劍南詩稿校註》，上海：上海古籍出版社，2005 年新版明・李攀龍著；李伯齊校點：《李攀龍集》，濟南：齊魯出版社，1993 年。

20. 明・王世貞：《弇州山人四部稿》，台北：台灣商務印書館，1983 年版。

21. 明・袁中道著；錢伯城點校：《珂雪齋集》，上海：上海古籍出版社，1989 年。

22. 明・鍾惺著；李先耕、崔重慶標校：《隱秀軒集》，上海：上海古籍出版社，1992 年。

23. 明・譚元春著；陳杏珍標校：《譚元春集》，上海：上海古籍出版社，1998 年。

24. 清・錢謙益著；錢曾箋注；錢仲聯標校：《牧齋有學集》，上海：上海古籍出版社，1996 年。

25. 清・陸世儀：《復社紀略》，北京：北京古籍出版社，2002 年。

26. 清・黃生著；諸偉奇主編：《黃生全集》，合肥：安徽大學出版社，2009 年。

27. 清・閻若璩：《潛邱箚記》，文淵閣四庫全書影印本。

（五）

1. 南朝齊・劉勰著；王運熙、周鋒撰：《文心雕龍譯注》，上海：上海古籍出版社，2012 年 8 月。

2. 南朝梁・鍾嶸著；趙仲邑譯注：《鍾嶸詩品譯注》，桂林：廣西人民出版社，1987 年 10 月。

3. 唐・皎然著；許清雲編：《皎然詩式輯校新編》，台北：文史哲出版社，1984 年。

4. 唐・孟棨：《本事詩》，收入丁福保輯：《歷代詩話續編》，北京：中華書局，1983 年。

5. 唐・司空圖：《二十四詩品》，收入清・何文煥編定：《歷代詩話》，北京：中華書局，1981 年。

6. 宋・歐陽修：《六一詩話》，收入清・何文煥編定：《歷代詩話》，北京：中華書局，1981 年。

7. 宋・劉攽：《中山詩話》，收入清・何文煥編定：《歷代詩話》，北京：中華書局，1981 年。

8. 宋・周紫芝：《竹坡詩話》，收入清・何文煥編定：《歷代詩話》，北京：中華書局，1981 年。

9. 宋・胡仔撰；廖明德校點：《苕溪漁隱叢話》，北京：北京人民文學出版社，1983 年。

10. 宋・張表臣《珊瑚鉤詩話》，收入清・何文煥編定：《歷代詩話》，北京：中華書局，1981 年。

11. 宋・姜夔：《白石道人詩說》，收入清・何文煥編定：《歷代詩話》，北京：中華書局，1981 年。

12. 宋・嚴羽；郭紹虞校釋：《滄浪詩話校釋》，台北：正生書局，1973 年 3 月。

13. 宋・胡寅：《斐然集》，收入吳文治主編：《宋詩話全編》，南京：江蘇古籍出版社，1998 年 12 月。

14. 宋・魏慶之：《詩人玉屑》，上海：上海古籍出版社，1978 年。

15. 金・王若虛：《滹南詩話》，丁福保輯：《歷代詩話續編》，北京：中華書局，1983 年。

16. 元・楊載：《詩法家教》，收入清・何文煥編定：《歷代詩話》，北京：中華書局，1981 年。

17. 明・高棅：《唐詩品彙》，上海：上海古籍出版社，1982 年。

18. 明・李東陽著；李慶立校釋：《懷麓堂詩話校釋》，北京：人民文學出版社，2009 年 10 月。

19. 明・楊慎著；王仲鏞箋證：《升庵詩話箋證》，上海：上海古籍出版社，1987 年 12 月。

20. 明・謝榛：《四溟詩話》，北京：中華書局，1985 年。

21. 明・謝榛著；李慶立、孫慎之校箋：《詩家直說箋注》，濟南：齊魯書社，1987 年 5 月。

22. 明・顧起綸：《國雅品》，台北：明文書局，1991 年。

23. 明・王世貞著；羅仲鼎校注：《藝苑卮言校注》，濟南：齊魯書社，

1992 年。

24. 明·胡應麟:《詩藪》,上海:上海古籍出版社,1979 年 11 月。

25. 明·謝肇淛:《小草齋詩話》,收入吳文治主編:《明詩話全編》,
南京:江蘇古籍出版社,1997 年。

26. 明·陸時雍:《唐詩鏡》,收入乾隆敕輯:《景印文淵閣四庫全書》,
台北:台灣商務印書館,1983～1986 年。

27. 明·陸時雍:《詩鏡總論》,收入吳文治主編:《明詩話全編》,南
京:江蘇古籍出版社,1997 年。

28. 清·錢謙益:《列朝詩集小傳》,上海:上海古籍出版社,1983 年
版。

29. 清·馮班:《鈍吟雜錄》,收入《影印文淵閣四庫全書·子部·雜
家類》,台北:台灣商務印書館,1986 年 3 月。

30. 清·吳喬:《逃禪詩話》,台北:廣文書局,1973 年。

31. 清·吳喬:《圍爐詩話》,收入郭紹虞主編:《清詩話續編》,上海:
上海古籍出版社,1983 年。

32. 清·王夫之撰;戴洪森點校:《薑齋詩話箋注》,台北:木鐸出版
社,1982 年 4 月。

33. 清·葉燮著;霍松林校注:《原詩·一瓢詩話·說詩晬語》,北京:
人民文學出版社,2006 年。

34. 清·朱彝尊:《靜志居詩話》,北京:人民文學出版社,1990 年 10
月版。

35. 清·宋犖:《漫堂說詩》,收入清·王夫之等撰:《清詩話》,上海:
上海古籍出版社,1978 年 9 月。

36. 清·吳之振:《宋詩鈔》,北京:中華書局,1986 年。

37. 清·沈德潛:《明詩別裁》,台北:台灣商務印書館,1965 年。

38. 清·田同之:《西圃詩說》,收入郭紹虞編:《清詩話續編》,上海:上海古籍出版社,1983 年。

39. 清·李重華:《貞一齋詩話》,收入郭紹虞主編:《清詩話續編》,上海:上海古籍出版社,1983 年。

40. 清·袁枚著;王英志批注:《隨園詩話》,南京:鳳凰出版社,2009 年。

41. 清·施補華:《峴傭說詩》,收入丁福保編:《清詩話》,上海:上海古籍出版社,1999 年。

42. 清·陳田撰;楊家駱主編:《明詩紀事》,上海:上海古籍出版社,1993 年。

43. 清·陳衍:《石遺室詩話》,瀋陽:遼寧教育出版社,1998 年 12 月。

二、今人資料彙編及著作

（一）

1. 丁福保輯:《歷代詩話續編》,北京:中華書局,1983 年。

2. 丁福保編:《清詩話》,上海:上海古籍出版社,1999 年。

3. 阮閱編;周本淳校點:《詩話總龜》,北京:人民文學出版社,1998 年。

4. 何文煥編定:《歷代詩話》,北京:中華書局,1981 年。

5. 吳文治主編:《明詩話全編》,南京:江蘇古籍出版社,1997 年。

6. 吳文治主編:《宋詩話全編》,南京:江蘇古籍出版社,1998 年 12 月。

7. 吳宏一主編:《清代詩話知見錄》,台北:中研院文哲所,2002 年 2 月。

8. 吳宏一主編:《清代詩話考述》,台北:中研院文哲所,2006 年 12 月。

9. 郭紹虞主編：《清詩話續編》，上海：上海古籍出版社，1983 年。

10. 張寅彭：《新訂清人詩學書目》，上海：上海古籍出版社，2003 年
    7 月。

11. 賈文昭主編：《皖人詩話八種》，合肥：黃山書社，2014 年。

12. 蔣寅著：《清詩話考》，北京：中華書局，2005 年。

（二）

1. 任國緒：《初唐四傑詩選》，西安：陝西人民出版社，1992 年。

2. 郭紹虞編：《中國歷代文論選》，上海：上海古籍出版社，2002 年。

3. 孫琴安著：《唐詩選本六百種提要》，西安：陝西人民教育出版社，
   1987 年。

4. 陳貽焮主編：《增訂注釋全唐詩》，北京：文化藝術出版社，2001
   年 5 月。

5. 董誥等撰：《全唐文》，台北：大通書局，1979 年 7 月。

6. 傅璇琮編撰：《唐人選唐詩新編》，台北：文史哲出版社，1999 年。

7. 霍松林主編：《中國歷代詩詞曲論專著提要》，北京：北京師範學
   院出版社，1991 年 10 月。

（三）

1. 吳文治編：《柳宗元資料彙編》，北京：中華書局，1964 年。

2. 陳海伯主編：《唐詩彙評（增訂本）》，上海：上海古籍出版社，2015
   年 11 月第 1 版。

3. 劉學鍇、余恕誠、黃世中編：《李商隱資料彙編》，北京：中華書
   局，2004 年。

4. 劉學鍇、余恕誠著：《李商隱詩歌集解》，北京：中華書局，2004
   年 11 月重印版。

（四）

1. 王運熙、顧易生主編：《清代文學批評史》收入《中國文學批評通史》，上海：上海古籍出版社，1996 年。

2. 王運熙、顧易生、袁震宇、劉明今著：《中國文學批評通史（明代卷）》，上海：上海古籍出版社，1997 年。

3. 陳伯海主編：《唐詩學史稿》，北京：人民出版社，2011 年 4 月。

4. 孫望、常國武主編：《宋代文學史》，北京：人民文學出版社，1996 年。

5. 章培恒、駱玉明主編：《中國文學史》，上海：復旦大學出版社，1996 年版。

6. 黃保真、成復旺、蔡鍾翔：《中國文學理論史》，北京：北京出版社，1987 年 12 月。

7. 黃藥眠、童慶炳主編：《中西比較詩學體系》，北京：人民文學出版社，1991 年版。

8. 蔣凡、顧易生：《中國文學批評通史·先秦兩漢卷》，上海：上海古籍出版社，1996 年。

9. 蔡鎮楚：《中國詩話史》，長沙：湖南文藝出版社，1988 年 5 月第 1 版。

10. 霍松林主編：《中國詩論史》，合肥：黃山書社，2006 年 10 月。

11. 嚴迪昌：《清詞史》，南京：江蘇古籍出版社，1990 年。

12. 日·青木正兒著；陳淑女譯：《清代文學評論史》，台北：開明書店，1969 年。

13. 美·孫康宜、宇文所安主編；劉倩等譯：《劍橋中國文學史（下卷）》，北京：生活·讀書·新知三聯書店，2013 年 6 月。

（五）

1. 王國維：《王國維遺書》，上海：上海古籍出版社，1983 年。

2. 王熙銓：《賀裳《載酒園詩話》研究》，台北縣永和市：花木蘭文化出版社，2006 年 9 月。

3. 朱光潛：《詩論》，北京：北京出版社，2005 年。

4. 林淑貞：《詩話論風格》，台北：文津出版社，1999 年。

5. 吳中杰：《文藝學導論》，上海：復旦大學出版社，2002 年 10 月。

6. 沈松勤、胡可先、陶然合著：《唐詩研究》，浙江：浙江大學出版社，2006 年 1 月。

7. 狄其驄、王汶成、凌晨光著：《文藝學通論》，北京：高等教育出版社，2009 年 4 月。

8. 杜書瀛《文學原理：創作論》，北京：人民文學出版社，2001 年 11 月。

9. 肖馳：《中國詩歌美學》，北京：北京大學出版社，1986 年 11 月。

10. 周作人：《周作人先生文集——風雨談》，台北，里仁書局，1982 年。

11. 胡師幼峰：《沈德潛詩論探研》，台北：學海出版社，1986 年 3 月初版。

12. 胡師幼峰：《清初虞山派詩論》，台北：國立編譯館，1994 年 10 月。

13. 洪順隆：《六朝詩論》，台北：文津出版社，1985 年。

14. 施蟄存：《唐詩百話》，上海：華東師範大學出版社，2017 年。

15. 高步瀛：《唐宋詩舉要》，台北：學海出版社，1992 年 3 月。

16. 陳建華：《唐代詠史懷古詩論稿》，武漢：華中科技大學出版社，2008 年 8 月。

17. 陳國球：《明代復古派唐詩論研究》，北京：北京大學出版社，2007年。

18. 陳廣宏：《竟陵派研究》，上海：復旦大學出版社，2006年8月。

19. 孫學堂：《明代詩學與唐詩》，濟南：齊魯書社，2012年8月。

20. 徐總：《唐宋詩體概論》，南昌：江西人民出版社，2008年3月。

21. 莫礪鋒：《莫礪鋒評說白居易》，合肥：安徽文藝出版社，2010年2月。

22. 康正果：《風騷與艷情》，上海：上海文藝出版社，2001年。

23. 梁昆著；陳斐整理：《宋詩派別論》，北京：文化藝術出版社，2017年11月。

24. 張健：《唐詩與宋詩——《載酒園詩話》研究》，新北：花木蘭文化出版社，2012年9月。

25. 許清雲：《近體詩創作理論》，台北：洪葉文化事業有限公司，1997年。

26. 黃美鈴：《唐代詩評中風格論之研究》，台北：文史哲出版社，1982年2月。

27. 鄔國平：《竟陵派與明代文學批評》，上海：上海古籍出版社，2004年。

28. 葉嘉瑩：《葉嘉瑩說初盛唐詩》，北京：中華書局，2018年6月。

29. 葉嘉瑩：《葉嘉瑩說中晚唐詩》，北京：中華書局，2018年6月。

30. 葛曉音：《詩國高潮與盛唐文化》，北京：北京大學出版社，1998年5月。

31. 葛曉音：《唐詩宋詞十五講》，北京：北京大學出版社，2003年1月。

32. 楊成鑒：《中國詩詞風格研究》，台北：洪葉文化事業有限公司，1995年12月。

33. 趙仁珪：《宋詩縱橫》，北京：中華書局，1994 年 6 月。

34. 廖可斌：《明代文學復古運動研究》，北京：商務印書館，2008 年。

35. 趙紅菊：《南朝詠物詩研究》，上海：上海古籍出版社，2009 年 5 月。

36. 趙望秦：《唐代詠史組詩考論》，西安：三秦出版社，2003 年 8 月。

37. 蔣寅：《清代詩學史（第一卷）》，北京：中國社會科學出版社，2012 年 4 月。

38. 蔣寅：《大曆詩風》，南京：鳳凰出版社，2009 年 4 月。

39. 蔡鎮楚：《詩話學》，長沙：湖南教育出版社，1992 年 7 月。

40. 劉德重、張寅彭：《詩話概說》，合肥：安徽教育出版社，2009 年。

41. 霍松林：《唐音閣隨筆》，石家莊：河北教育出版社，2000 年。

42. 錢鍾書：《談藝錄》，北京：中華書局，1999 年 11 月。

43. 顏崑陽：《詩比興系論》，台北：聯經出版社，2017 年 3 月初版。

44. 蘇文擢：《說詩晬語詮評》，台北：文史哲出版社，1985 年 10 月。

45. 酈波：《唐詩簡史》，上海：學林出版社，2018 年 2 月。

46. 日・吉川幸次郎著；李慶等譯：《宋元明詩概說》，鄭州：中州古籍出版社，1987 年 9 月。

47. 日・靜永健著；劉維治譯：《白居易寫諷諭詩的前前後後》，北京：中華書局，2007 年 10 月。

48. 美・宇文所安著；賈晉華等譯：《初唐詩》，北京：生活・讀書・新知三聯書店，2004 年 12 月。

49. 美・宇文所安著；賈晉華等譯：《盛唐詩》，北京：生活・讀書・新知三聯書店，2004 年 12 月。

50. 美・宇文所安著；賈晉華等譯：《詩的引誘》，南京：譯林出版社，2019 年 7 月。

三、學位論文

（一）台灣地區

1. 周慶華：《詩話摘句批評研究》，私立淡江大學碩士學位論文，1991年6月。

2. 卓福安：《王世貞詩文論研究》，東海大學博士學位論文，2003年。

3. 王英俊：《清代李商隱詩學研究》，國立中山大學碩士學位論文，2004年。

4. 林立中：《謝榛《四溟詩話》批評論研究》，國立高雄師範大學碩士學位論文，2004年。

5. 許璧如：《鍾惺詩學理論研究》，國立中山大學碩士學位論文，2006年6月。

6. 黃勁傑：《楊慎《升庵詩話》之詩學理論研究》，輔仁大學碩士學位論文，2005年。

7. 許如蘋：《楊慎詩歌與詩學之研究》，國立高雄師範大學博士學位論文，2008年。

8. 廖俐婷著：《黃生之詩學研究》，輔仁大學中國文學研究所碩士學位論文，2011年5月。

9. 何佳宜：《謝榛《詩家直說》創作論之研究》，國立高雄師範大學碩士學位論文，2018年1月。

（二）大陸地區

1. 陳敏：《《詩歸》與竟陵派的詩論綱領》，山東師範大學碩士論文，2000年5月。

2. 趙夢：《唐代詠鳥詩研究》，陝西師範大學碩士學位論文，2001年4月。

3. 孫春青：《唐宋詠物詩歌人文意識研究》，陝西師範大學碩士學位

論文，2001 年 4 月。

4. 徐丹麗：《陸游詩研究》，南京大學博士論文，2005 年。

5. 孫春青：《明代唐詩學》，南開大學博士學位論文，2005 年 4 月。

6. 徐愛華：《中國古代詩論用事研究》，南昌大學碩士學位論文，2006 年 6 月。

7. 陳妍：《南朝與唐代豔詩繁盛探微》，西北大學博士學位論文，2007 年。

8. 王金根：《中國古代詩歌情景論研究》，南昌大學碩士學位論文，2007 年 5 月。

9. 趙林濤：《盧綸研究》，河北大學博士學位論文，2007 年 6 月。

10. 閆成全：《顧璘文學研究》，西南大學碩士學位論文，2009 年 4 月。

11. 王文榮：《晚明江南文人結社研究》，蘇州大學博士學位論文，2009 年 5 月。

12. 趙娜：《清代順康雍時期唐宋詩之爭流變研究》，蘇州大學博士學位論文，2009 年 5 月。

13. 張錫龍：《論王荊公體》，山東大學博士學位論文，2010 年。

14. 李燕青：《《藝苑卮言》研究》，上海大學博士學位論文，2010 年 5 月。

15. 朱亞蘭：《王安石詠史詩與北宋中期政治》，江西師範大學碩士學位論文，2010 年 6 月。

16. 武春燕：《李賀詩歌明清接受史研究》，鄭州大學碩士學位論文，2011 年 4 月。

17. 劉宇：《晚明竟陵派詩歌理論研究》，齊齊哈爾大學碩士學位論文，2012 年 3 月。

18. 唐娜：《鍾惺「清物」說詩學思想研究》，廣西師範大學碩士學位

論文，2012 年 4 月。

19. 郜衛博：《竟陵派詩學觀探幽》，陝西師範大學碩士學位論文，2012
年 5 月。

20. 熊嘯：《中晚唐艷詩研究》，江西師範大學碩士學位論文，2012 年
5 月。

21. 張清河：《晚明江南詩學研究》，武漢大學博士學位論文，2012 年
5 月。

22. 田金霞：《方回《瀛奎律髓》研究》，浙江大學博士學位論文，2013
年 3 月。

23. 和靜：《明清詩學情景論研究》，雲南師範大學碩士學位論文，2013
年 6 月。

24. 廖啟明：《清初唐宋詩之爭研究》，南京大學博士學位論文，2013
年 8 月。

25. 萬亞男：《《載酒園詩話》唐宋詩批評研究》，遼寧大學碩士學位論
文，2015 年 5 月。

26. 馬連菊：《《瀛奎律髓》詩學研究——以情景論為中心》，東北師範
大學博士論文，2015 年 6 月。

27. 潘丹：《卓人月研究》，黑龍江大學博士學位論文，2015 年 10 月。

28. 張天羽：《唐音及其接受研究》，雲南民族大學碩士學位論文，2016
年 3 月。

29. 董文祥：《顧璘復古詩學研究》，湘潭大學碩士學位論文，2016 年
4 月。

30. 石文芬：《歐陽修詩歌接受史述論》，南昌大學碩士學位論文，2016
年 5 月。

31. 戴夢軍：《賀裳《載酒園詩話》研究三題》，江蘇師範大學碩士學
位論文，2017 年 5 月。

32. 楊芳琦：《楊慎與明中期復古詩學》，山東大學碩士學位論文，2017年5月。

33. 周宇婧：《論謝榛其人與其詩論》，山東大學碩士學位論文，2017年5月。

34. 王明霞：《明代柳宗元詩歌接收研究——以明代詩話、詩選為考察中心》，河南大學碩士學位論文，2017年6月。

35. 薛佳慧：《詩歸疑誤辨析》，河北大學碩士學位論文，2018年5月。

36. 郭瑞茹：《明人真詩觀研究》，湖北民族學院碩士學位論文，2018年6月。

37. 何美林：《王維送別詩研究》，西安外國語大學碩士學位論文，2018年6月。

38. 王小蘭：《「南荒」體驗與生命吟唱——柳宗元永州、柳州詩歌研究》，海南大學碩士學位論文，2019年5月。

39. 曹原：《張溥散文研究》，山東師範大學碩士學位論文，2019年6月。

40. 趙芳嬈：《歐陽修詩學觀念與詩歌創作》，北京第二外國語學院碩士學位論文，2019年6月。

四、期刊論文

1. 鄧魁英：〈杜甫詩中的馬和鷹〉，《北京師範大學學報》，1984年03期。

2. 吳河清：〈古典詩歌高峰之後的宋詩質變〉，《河南大學學報（社會科學版）》，1995年01期。

3. 陳文忠：〈柳宗元《江雪》接受史研究〉，《文史知識》，1995年第3期。

4. 文航生：〈晚唐豔詩概述〉，《四川師範學院學報（哲學社會科學版）》，1996年第1期。

5. 崔際銀:〈始於篤學終乎變新──略論歐陽修對韓愈的繼承與發展〉,《河北師範大學學報(社會科學版)》,1996 年 04 期。

6. 胡師幼峰:〈吳喬對李商隱詩歌的評價〉,《輔仁學誌・文學院之部》第 25 期,1996 年 7 月。

7. 曾中輝:〈淺論明代文學尊情觀的發展脈絡〉,《江西師範大學學報(哲學社會科學版)》,第 31 卷第 1 期,1998 年。

8. 陳順智:〈論劉長卿詩歌的風格〉,《社會科學研究》,2000 年第 3 期。

9. 蔡義江:〈律詩的章法──律詩的體裁特點之二〉,《文史知識》,2001 年第 2 期。

10. 毛洪文、鄔傳恕:〈評《詩歸》〉,《荊州師範學院學報(社會科學版)》,2002 年第 4 期。

11. 成娟陽:〈荒寒:柳宗元永州山水文學主體風格解讀〉,《常德師範學院學報(社會科學版)》,2002 年第 6 期。

12. 何詩海:〈杜甫詠鷹詩及其思想意蘊〉,《中國韻文學刊》,2003 年第 2 期。

13. 于志鵬:〈中國古代詠物詩概念界說〉,《濟南大學學報(社會科學版)》,2004 年 02 期。

14. 尚永亮、洪迎華:〈柳宗元詩歌接受主流及其嬗變──從另一角度看蘇軾「第一讀者」的地位和作用〉,《人文雜誌》,2004 年第 6 期。

15. 谷曙光:〈論歐陽修對韓愈詩歌的接受與宋詩的奠基〉,《北京師範大學學報(社會科學版)》,2005 年 03 期。

16. 黃連平:〈陸游詩歌藝術特色淺論〉,《深圳大學學報(人文社會科學版)》,2005 年第 3 期。

17. 蔣寅:〈陸游詩歌在明末清初的流行〉,《中國韻文學刊》,2006 年第 1 期。

18. 胡師幼峰：〈《圍爐詩話》之詩病說析評〉，《輔仁國文學報》，第 23 期，2007 年 2 月。

19. 李振中：〈論柳宗元山水詩幽峭風格的江山之助〉，《名作欣賞》，2007 年第 4 期。

20. 胡師幼峰：〈吳喬《圍爐詩話》之唐詩分期述論〉，《輔仁國文學報》，第 24 期，2007 年 6 月。

21. 蔣寅：〈《逃禪詩話》與《圍爐詩話》之關係〉，《蘇州大學學報（哲學社會科學版）》，第 3 期，2007 年 7 月。

22. 劉豔萍：〈中晚唐豔詩研究述評〉，《湖北師範學院學報（哲學社會科學版）》，2009 年第 2 期。

23. 楊再喜：〈蘇軾對柳宗元詩歌的大規模接受及其後世影響──再論蘇軾的「第一讀者」地位和作用〉，《社會科學輯刊》，2009 年第 6 期。

24. 全華凌：〈簡論韓學盛行於歐陽修時代的原因〉，《理論月刊》，2009 年 12 期。

25. 胡師幼峰：〈吳喬之生平交游及著作辨疑〉，《輔仁國文學報》，第 30 期，2010 年 4 月。

26. 胡傳志：〈天放奇葩角兩雄──陸游與元好問詩歌比較論〉，《北京大學學報（社會科學版）》，2010 年第 4 期。

27. 郎淨：〈卓人月年譜〉，《古籍整理研究學刊》，2011 年 04 期。

28. 蔣寅：〈論賀裳的《載酒園詩話》〉，《徐州師範大學學報（哲學社會科學版）》，第 37 卷第 4 期。

29. 杜興梅、杜運通：〈論韓愈《琴操十首》〉，《樂府學》，2011 年 00 期。

30. 張澎：〈陳子昂與初唐詩風的變格〉，《語文學刊》，2012 年第 3 期。

31. 陳廣宏、侯榮川：〈關於明詩話整理的若干問題〉，《復旦學報（社會科學版）》，2013 年第 1 期。

32. 許清雲:〈再論皎然三偷說對黃庭堅詩法的啟示〉,《中國韻文學刊》,第 27 卷第 1 期。

33. 葛曉音:〈劉長卿七律的詩史定位及其詩學依據〉,《中山大學學報(社會科學版)》,2013 年 01 期。

34. 陳陽陽:〈論白居易與鶴的淵源及其詩中鶴意象的內涵〉,《哈爾濱學院學報》,第 34 卷第 1 期,2013 年 1 月。

35. 郎淨:〈試論晚明文學家卓人月之文學觀〉,收入《中國古代文學理論學會第十八屆年會論文集》,2013 年 8 月。

36. 張靜:〈翻案詩與宋代詩學關係的辨析〉,《上海大學學報(社會科學版)》第 30 卷第 6 期,2013 年 11 月。

37. 曾肖:〈詩以靜好柔厚為教——論竟陵派的審美追求與詩學宗尚〉,《中國韻文學刊》,2014 年 04 期。

38. 嚴明、熊嘯:〈中國古代艷詩辨〉,《社會科學》,2014 年第 10 期。

39. 葛曉音:〈從五排的鋪陳節奏看杜甫長律的轉型〉,《復旦學報(社會科學版)》,2015 年第 4 期。

40. 葛曉音:〈杜甫五律的「獨造」和「勝場」〉,《文學遺產》,2015 年 04 期。

41. 陶俊:〈宋代詩風壇變轉型中的政治因素〉,《貴州社會科學》,2015 年 09 期。

42. 張雙英:〈「言志道」與「說情性」——論白居易的「詩觀」兼評台灣的「中國抒情傳統論」〉,《文與哲》,第二十七期,2015 年 12 月。

43. 周雪根〈楊慎卒年卒地再證〉,《貴州文史叢刊》,2016 年 03 期。

44. 陸岩軍:〈論張溥的詩學觀〉,《蘭州學刊》,2016 年 07 期。

45. 莫礪鋒:〈晚唐詩風的微觀考察〉,《北京大學學報》,2017 年第 1 期。

46. 周興陸：〈文道關係論之古今演變〉，《南京社會科學》，2017 年 02
期。

47. 侯林建：〈「江湖詩派」概念的梳理與南宋中後期詩壇圖景〉，《文
學遺產》，2017 年 03 期。

48. 馬連菊：〈「景」字與中國詩學早期情景論〉，《哈爾濱師範大學社
會科學學報》，2017 年第 6 期。

49. 楊健敏：〈唐憲宗與中唐詩風〉，《綿陽師範學院學報》，第 36 卷第
7 期，2017 年 7 月。

50. 蔣寅：〈在中國發現批評史——清代詩學研究與中國文學理論、批
評傳統的再認識〉，《文藝研究》，2017 年第 10 期。

51. 曾肖：〈論復社對竟陵派的詩學批評與接受〉，《玉溪師範學院學
報》，第 34 卷，2018 年第 10 期。

52. 曹淵、仲曉婷：〈「晚唐異味」發生論——以杜牧、李商隱、溫庭
筠為中心〉，《中國韻文學刊》，第 32 卷第 4 期，2018 年 10 月。

53. 陸岩軍：〈張溥名字號小考〉，《古典文學知識》，2019 年 06 期。

54. 張嘯：〈俚俗與幽深，同歸於真情——公安派與竟陵派比較〉，《湖
北社會科學》，2019 年第 6 期。

55. 李梓芮〈《載酒園詩話》的柳宗元詩歌批評〉，《青年文學家》，2019
年第 23 期。